KB119929

홀이 금하 ❷

忽而今夏(홀이금하) : 我愛过的男孩有世界上英俊的側脸 2
by 明前雨后

All right reserved
Korean copyright ⓒ 2019 by Wisdomhouse Mediagroup Inc.
Korean language edition with 北京晋江原创网络科技有限公司
through Linking-Asia International Co.,Ltd

홀이금하
忽而今夏
, 그해 여름
2

명전우후 지음
이지윤 옮김

위즈덤하우스

차례

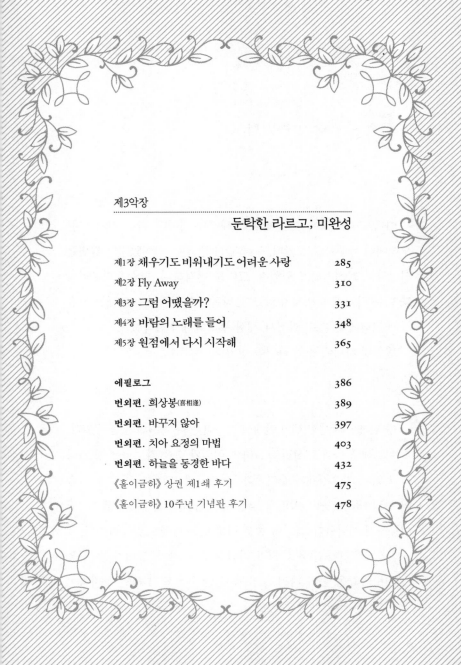

제3악장

둔탁한 라르고; 미완성

그저 한바탕 꿈이었다고

아마도 대학교에 갓 입학한 그해였을 것이다. 둘은 각자 다른 도시에서 유성우를 보았다. 북국의 11월, 깊은 밤이었지만 강변은 사람들로 북적거리고 있었다. 그녀를 생각하니 스산한 가을바람도 더는 차갑게 느껴지지 않았다. 남쪽으로 날아가는 철새는 자유롭게 그녀에게 갈 수 있겠지. 새삼 부러워지기 시작했다.

별똥별 하나에 소원 하나를 빌었다.

* * *

두 번째 미국행 비행기 안에서 장위안은 다시 허뤄 꿈을 꾸었다.

어느새 고등학교 시절로 돌아와 허뤄와 손을 잡고 버스를 기다리고 있다. 자오청제가 소리친다. "선생님께 다 이른다!" 순간 가슴이 철렁 내려앉는다. 발밑에 놓인 길이 갑자기 컨베이어 벨트처럼 이동하기 시작한다. 급기야 둘은 서로 다른 방향으로 갈라진다.

"안 돼!" 그가 고함을 치며 허뤄의 손을 잡자, 그녀가 큰 원을 그리며 공중을 돌아 다시 그의 품에 안긴다. 길고 하얀 옷자락이 바람에 나부끼며 찬란하게 만개한 꽃이 된다.

* * *

사랑하는 사람이 곁에 없을 때, 끝없이 추억에 젖게 된다. 사소한 동작 하나하나, 의도된 혹은 무의식적으로 내뱉은 말 한마디 한마디를 생각하며 잠 못 이루는 밤들이 이어진다. 그리고 두 사람이 나누었던 대화를 떠올린다. 하지만 이것은 한 사람의 기억일 뿐이다. 우리는 언젠가 모든 것을 기억하지 못하게 될지도 모른다.

사실 이별하던 그해 이미 모든 것은 결정되어 있었다.

* * *

안녕이라고 말했을 때, 그때, 단호하게 끊어냈어야 했다. 그때, 돌아보지 말았어야 했다. 그때, 완전히 기억을 지웠어야 했다. 그랬다면 아무 망설임 없이 앞으로 성큼성큼 나아가야 하는 지금, 이렇게 다시 돌고 돌아 원점으로 되돌아오는 일은 없었을 것이다.

* * *

그도 이런 사실을 모르지 않는다. 하지만 장위안은 이렇다 할 큰 다툼 없이 맥없이 끝나버린 과거를, 여지가 남아 있는 이별을 내내 곱씹었다.

불현듯 가슴이 저려왔다.

그걸 너는 알까?

* * *

그는 필라델피아의 낯선 거리를 거닐다 미소를 지으며 키스하는 노부부를 보았다. 금발에 푸른 눈을 한, 얼굴이 흰 귀여운 아기 천사의 미소를 보았다.

산수유가 피는 계절, 어느 집 정원의 일곱 빛깔 무지개 바람개비가 돌고 있었다.

따뜻하지만 애잔하고도 슬픈 이 모든 것들은 한낱 꿈이었나 보다.

제1악장

쉼 없는 아다지오; 잊히고 난 뒤

제1장 행복을 잊다

이런 세세한 것까진 아무래도 상관없어요.
그저 조금 잊고, 조금 바보처럼 살다보면
좀 더 행복해질 거예요
by 리치 '행복을 잊다'

허뤄가 처음 샌프란시스코에 도착했을 때, 같은 캘리포니아인
데도 불구하고 날씨가 사뭇 다르다고 생각됐다. 햇빛이 작렬하는
해변을 상상했는데 그와 달랐기 때문이다. 이는 전형적인 지중해
기후 때문이었다. 뜨거운 태양이 내리쬐는 낮 동안은 하늘이 씻은
듯 맑고, 작열하는 태양이 피부에 와닿을 정도로 기세가 맹렬했
다. 하지만 태양이 사라진 밤이면 온도가 급강하며 한기가 몰려왔
다. 허뤄는 친구들과 함께 딱 두 번 해변에 간 적이 있다. 그때마
다 안개가 피어오르며 차갑고 습한 공기가 몸속까지 파고들었다.

해만에 서서 안개에 반쯤 가려진 서쪽 골든게이트 브리지를 바라보니 외해가 희미한 안개로 온통 뒤덮여 있었다. 광활한 바다를 사이에 두고 한참의 거리를 날아야만 도달할 수 있는 거리에 자신의 나라가 있다. 꽤나 멀리, 꽤 오랜 시간 동안 날아왔지만 무의식 속에는 여전히 그리운 시간들이 있다.

이런 쓸데없는 생각들은 사람을 울적하고 의기소침하게 만들기 마련이다. 하지만 생활과 학업에서 오는 이런저런 압박 때문에 허뤄는 이런 감상에 빠져 있을 여유가 없었다.

입학 당시, 학교의 대학원 숙소에 정원이 다 차버리는 바람에, 먼저 온 선배들의 도움을 받아 본교에서 멀지 않은 곳에 아파트를 하나 얻었다. 룸메이트도 구했는데, 같은 해에 중국 청두에서 온 수거라는 친구다. 아담한 키에, 미소가 꽤 아름다웠다. 방값이 저렴한 편이긴 했지만 집주인과 전 세입자가 제대로 관리하지 않은 탓에 주방 벽과 레인지에 기름얼룩이 끼어 있었고, 얼룩덜룩한 가구들은 꽤 연식이 되어 보였다. 둘은 틈이 날 때마다 철 수세미를 들고 얼룩을 닦았고, 레인지 뒷면에는 은박지를 붙였다. 주방을 겨우 깨끗하게 청소하고 나니 이번에는 욕실의 배수에 문제가 생겼다. 집주인에게 연락해봤자 몇 개월이 지나야 수리공을 보내줄 게 뻔했다. 허뤄는 먼저 온 동창들의 추천을 받아 스프링 와이어와 하수구용 락스를 샀다. 우선 머리를 틀어 올리고 고무장갑을 착용한 뒤 배수구 앞에 쪼그리고 앉아 와이어로 오물을 꺼낸 다음 뜨거운 물을 부은 뒤 조심조심 하수구용 락스를 들이부었다.

수거는 두 손으로 무릎을 짚고 옆에 서서 감탄사를 연발했다. "역시 생물 실험하는 사람이라 달라. 확실히 태가 나."

"튀지 않게 조심해. 부식성이 엄청나게 강하거든.'

"어. 얼굴만은." 수거가 과장되게 뒤로 물러났다. "목도리나 마스크 가져다줄게!"

"거의 다 했어. 하루 저녁만 이대로 두면 돼." 자리에서 일어나자 세면 거울 속에 자신의 모습이 비쳤다. 수면 부족으로 찌든 얼굴을 확인하고 웃으며 말했다. "지금 보니까 얼굴은 망가져도 티도 안 날 것 같아."

* * *

이듬해부터 허뤄는 본격적으로 실험실에 들어갈 계획이었다. 대부분 전공 과정을 첫해에 다 몰아놓고, 거기에 기초 실험 과목을 선택했다. 매일 교실, 실험실, 도서관만 왔다 갔다 하면서 살았다. 주위의 미국 학생들 모두 각 학교에서 모인 엘리트들로 날고기는 친구들이었고 수업 얘기만 나오면 다들 자신감을 드러냈다. 하지만 허뤄에게는 수업이 쉽지만은 않았다. 오히려 내심 불안했다. 성적이 나빠 지금 받는 장학금마저 놓치게 될까 걱정되었다. 중간고사를 앞두고 마음이 불안해진 허뤄는 젖 먹던 힘까지 내가며 대학 시절보다 더 열심히 공부했다.

몇 날 며칠을 에너지를 바닥까지 긁어 쓴 나머지 블랙커피에 의지해야만 겨우겨우 버티는 상태가 되고 말았다. 마트에서 장을 보면서도 정신이 몽롱했다. 둥근 뚜껑처럼 생긴 딱딱한 빵을 보니, 색이나 맛이 고향에서 흔히 봐왔던 러시아 식빵 리표스카와 비슷했다. 비닐에 하나를 담아 손에 집어 들었다.

캘리포나이주에는 중국인이 많았다. 상점을 오가는 사람 모두 검은 머리의 황인종이었다. 앞에 줄을 선 남학생이 바구니에서 물건을 하나하나 꺼냈다. 무의식적으로 본 그의 얼굴에 허뤄는 하마터면 새된 비명을 지를 뻔했다.

똑같은 턱선, 억지로 떠올리지 않아도 영원히 잊히지 않을 그 얼굴.

그녀는 잰걸음으로 걸어가 물건을 바구니에서 꺼내 계산대에 올렸다. 이유는 단 하나 그의 옆에서 자세히 그 얼굴을 들여다보기 위해서였다. 마치 1초 후에라도 당장 그의 웃음소리와 함께 '남자답지!' 하고 말할 것만 같았다.

앞에 선 남학생이 허뤄를 돌아보았다. 그리고는 계산대에 놓인 식빵을 자신의 봉투에 담았다.

잠시 잠깐 그에게 가졌던 호감이 순식간에 사라졌다. 직접 가지고 오면 덧나니? 같은 고객이자 동포이고 난 여자잖아. 그래서 특별히 무시하는 거야? 그녀는 얼른 손을 뻗어 식빵을 다시 가져다 제 바구니에 넣었다.

남학생이 인상을 찌푸리며 다시 꺼내 가져갔다.

허뤄는 아무 말 없이 무표정한 얼굴로 되찾아왔다.

이번에는 그가 웃으며 물었다. "이 빵이 그렇게 좋아요? 한번에 두 개를 먹을 만큼?"

허뤄가 의아해하자 남학생이 그녀의 팔을 가리켰다. 고개를 숙여보니 겨드랑이 사이에 비닐이 끼어 있었다. 조금 전 골라 넣은 식빵이 그 안에 고이 모셔져 있었다.

"죄송합니다. 죄송합니다." 허뤄는 난처했다.

"괜찮아요. 원하면 두 개 다 가져요." 따뜻하게 웃는 그 남학생의 눈은 기억 속 그의 눈보다 컸다. 하지만 눈두덩은 평평했고, 이마는 넓었으며 사각턱이었다. 중국 이데올로기 영화 속에 나오는 전형적인 용맹한 배역의 남자배우 같았다.

* * *

둘은 간단히 몇 마디를 주고받았다. 그 남학생의 이름은 펑샤오, 허뤄보다 1년 먼저 왔으며 그녀와 같은 학교에 다니는 토목공학과 학생이었다. 허뤄는 줄곧 낯선 사람에게 자신의 신상에 관해 얘기한 적이 없었다. 이번은 드물게 자신의 전공과 중국 학부에 관해 이야기했다.

수거는 각양각색의 화려한 아이스크림에 정신이 팔려 냉장고 앞에서 한참을 고민한 끝에 겨우 하나를 골라잡았다. 뒤를 돌아보니 저 멀리 허뤄가 펑샤오와 웃으며 대화를 나누고 있었다. 별일이다 싶었다.

줄을 서서 계산을 한 뒤 밖으로 나오니 펑샤오는 이미 허뤄와 작별 인사를 나누고 떠나가버린 후였다.

"그 잠깐 사이에 훈남을 꼬시다니!" 수거가 허뤄에게 다가왔다. "얼굴만 봐선 안 돼. 친구."

"꼬시긴 뭘 꼬셔? 쪽팔려 죽는 줄 알았네." 허뤄는 식빵 얘기를 털어놓았다.

"말 붙일 좋은 기회였는데!" 수거가 아쉬워하며 말했다. "이럴 줄 알았으면 네 옆에 있는 건데. 좋은 기회를 놓쳤네. 다음에 훈남 오빠 만나거든, 날 꼭 기억해줘!"

허뤄가 그녀를 놀리며 웃었다. "알았어, 알았어. 다음에는 네 사진 들고 다니다가 훈남 오빠 보면 '저기요, 제 룸메이트인데요, 예쁘고 귀엽고 총명하고 성격도 활발한 친구랍니다. 제가 그 친구 정보를 다 드릴게요. 생일, 전화번호 다요. 체중, 신체 사이즈는 재보진 않았지만 대충 눈대중으로 봐도 끝내줘요!"

"그러기만 해! 나도 네 신상 들고 다닌다!" 수거가 익살스러운 표정을 지었다. "넘치느니 모자라는 게 낫다는 말도 있지만 남자친구야 선택지가 많을수록 좋은 거 아냐? 그 남자 괜찮던데."

"그럼 대시해봐. 이름이랑 학과까지 다 말해줄게."

"아깝지 않겠어?" 수거가 허뤄를 놀렸다. "아까 보니까 완전 혼이 쏙 빠졌던데. 그 남자 떠나고 나서도 한참 바라보고 있었잖아."

그랬나? 허뤄는 더는 입꼬리를 붙들고 있을 수가 없었다. 그게 사실이라고 해도 그건 차마 말할 수 없는 이유 때문이었다.

* * *

집으로 돌아온 허뭐는 머리가 어질어질해서 침대에 그대로 쓰러져버리고 싶은 생각뿐이었다. 저녁도 세수도 귀찮고 그저 잠깐 눈을 붙이고 싶었다. 하지만 다시 자리에서 벌떡 일어나 수업 시간에 나눠준 자료를 모두 읽었다. 그리고 다시 부드러운 이불 속으로 허물어지듯 쓰러져 이내 잠들어버렸다.

깊고 고요한 밤 한기가 몰려왔다. 몸을 말아 잔뜩 웅크리고 누웠는데도 여전히 추웠다. 갑자기 잠에서 깬 그녀는 열린 창문 사이로 미풍이 불어 들어와 흰색 블라인드가 가볍게 흔들리고 있음을 깨달았다. 억지로 졸음을 떨쳐내고 힘들게 자리에서 일어났다. 그녀는 몽롱한 상태로 창문까지 스적스적 걸어와 블라인드를 살짝 들춰보았다. 옆집 지붕 너머 초승달이 하늘가에 낮게 걸려 있었다. 초승달은 짙은 주황색에 따뜻하고 신비했다. 지금까지 보아왔던 달과는 달리 좀 더 크고 사실적이어서 손을 내밀면 닿을 것만 같았다. 정말 그 위로 기어 올라가 끝이 발쪽한 보름달 품에 안길 수도 있을 것 같았다.

허뭐는 우두커니 창가에 서서, 깊고 푸른 밤하늘에 걸린 굽은 달을 쳐다보았다. 문득 그에게 전화를 걸어 지금 이 질식할 것처럼 아름다운 풍경을 함께하고픈 충동이 들었다. 하지만 부칠 곳 없는 그녀의 문장과 문자들은 그저 가슴속에서 방황하다 결국 침묵해버리고 말았다. 다시 한번 실감났다. 자신과 장위안 사이에 놓인 것이 머나먼 거리나 10시간 이상의 시차가 아니라 점점 멀어지기만 하는 인생의 여정이라는 사실을. 서로 아무렇지 않게 이런저런 이야기를 주고받았던 그 시절은 이미 몇 년 전에 끝나버렸다.

이 모든 것을, 순간 잊고 있었다.

지난 아픔을, 그녀와 그가 이미 이별했음을 잊고 있었다. 이렇게 멀리 떨어져 있으니 상대방이 어떻게 변했는지 알 길이 없었다. 때문에 오래전 시간들이 마치 정지되어, 모든 것이 그 안에 봉인된 것처럼 느껴졌다. 그래도 어떻게? 분명 지금쯤 그는 성공해서 전혀 다른 삶을 살고 있을 텐데. 게다가 여태 온라인으로도 안부 한마디 주고받은 적이 없는데 어떻게? 결국, 그녀는 기억 속의 그를 봉인해버렸다.

손톱에 눌려 손이 아파 오도록 주먹을 꼭 움켜쥔 후에야 그에게 문자를 남기려던 충동을 억누를 수 있었다.

되돌릴 수 없다면 잊는 편이 나아.

둘이 함께 좋아했던 '선검기협전' 속에 영아가 이소요에게 했던 말이었다.

이 익숙한 대사를 그녀 혼자 기억하고 있진 않을 것이다.

* * *

중간고사 결과가 나왔고, 그중 몇몇 과목은 꽤 만족할 만한 성적을 받았다. 외향적이고 자신감 넘치는 미국 학생들과 비교하면 자신이 평소 너무 겸손했구나 하고 그제야 깨달았다. 지금까지 악으로 버텨왔는데 온몸에 맥이 다 빠져버리는 느낌이었다. 거울 속 자신을 보니 볼이 푹 꺼져 있었다. 체중계를 찾아 몸무게를 재보니 2개월 만에 5킬로그램 정도가 빠져 있었다. 수거가 한없이 부러워하며 자신은 스트레스를 받으면 엄청나게 먹어서 시험 때마다 꼭 3킬로그램씩 찐다며 불평했다. 하지만 그간 모든 잡념을 떨쳐가며 정력을 다 소진한 나머지 건강이 나빠졌다는 사실은 허뭐 자신만 알고 있었다.

우기가 찾아왔다. 연일 밤마다 검은 구름이 짙게 깔리며 갑자기 '쏴아' 하고 가랑비가 쏟아지곤 했다. 도서관에서 나오자 날씨는 우중충했고 바람은 쌀쌀했다. 아무래도 걸어서는 힘들겠다 싶어 길가에 서서 버스를 기다렸다. 차비를 내려고 가방을 뒤져 동전을 찾다가 그만 손에서 미끄러지는 바람에 동전 하나가 길가 옆 수풀 속으로 굴러 들어갔다. 동전을 주으려고 몸을 숙였다. 최근 몽롱한 상태가 계속된데다, 잠깐 앉았다 일어나려니 머리가 어지러워 2초 동안 눈앞이 희미해졌다. 얼른 옆에 있던 정류소 표지판을 붙들었다.

작은 차 한 대가 길가에 정차하더니 창문을 내렸다. "괜찮아요. 미스 브레드?" 농담 섞인 그 목소리는 바로 며칠 전 마트에서 만난 펑샤오의 목소리였다.

허뭐는 어이가 없어 손가락으로 자신의 가슴 쪽을 가리키며 말했다. "저요?"

"네." 펑샤오도 웃었다. "뻔뻔하게 눈앞에서 식빵을 훔쳐가는 사람은 처음이라 인상 깊었거든요." 허뭐에게 차에 타라며 손짓했다. "여긴 버스도 드물고 곧 비가 올 거예요."

"멀지도 않은데 그냥 걸어가면 돼요." 허뤄가 손사래를 쳤다. "폐 끼치고 싶지 않아요."

"얼굴색이 안 좋아 보이는데. 길에서 혼절해서 저기 저 사람들이 주워 가면 좋겠어요?" 펑샤오는 길가에 어슬렁거리는 부랑자를 가리키며 물었다. "얼른 타요. 여긴 오래 정차 못해요."

허뤄는 더는 사양하기 어려워 문을 열고 자리에 앉았다.

펑샤오가 창밖을 흘끗 바라보았다. "저 사람들도 나쁜 사람은 아녜요. 그저 어쩌다 좁은 골목에서 사람 붙잡고 돈 달라고 구걸하지만 그러면서도 가슴이 벌렁거릴걸요."

"경험이 있나 봐요?"

펑샤오가 고개를 끄덕였다. "change(잔돈) 있냐고 묻더라고요. 2, 3달러 정도라면 줬을 텐데, 그때 100달러짜리 한 장밖에 없었거든요."

"그래서요?"

"저도 잠깐 멍해졌죠. 뭐라고 대답해야 좋을지도 모르겠고 안 주면 강탈해갈 것 같아서, 그냥 바보인 척 했죠. 어눌하게 'Me no English.' 그러니까 또 'change' 그러더라고요. 계속 못 알아듣는 척 손가락으로 날 가리키며 'Chinese?' 이러니까 그 사람들도 어이없다는 듯 가면서 그러더라고요. '미국에 왔으면 영어를 배워야지.'"

펑샤오는 자기가 얘기하면서 자기가 웃었다.

허뤄도 웃었다. 처음 차에 탔을 때 느꼈던 어색함은 조금은 사라졌다. 그랬다. 펑샤오를 만나면 행동이 부자연스러워졌다. 대화할 때는 상대방을 보는 게 당연한 건데 그를 보면 마음이 이상하게 긴장되었다. 그저 고개를 숙인 채 곁눈질로 그의 각이 분명한 하관을 흘끗 쳐다볼 뿐이었다. 그녀의 마음은 번민 반, 기쁨 반이었다.

* * *

웃고 떠들다 보니 어느새 허뤄의 아파트였다. "여기 방값이 싸긴 한데 아늑한 곳은 아니에요. 학교 아파트를 알아보는 게 제일 좋아요. 조금 비싸긴 해도 걱정은 안 해도 되니까요."

허뤄는 고개를 끄덕였다. "그 생각은 했었는데 입학 당시 제 차례까지 안 와서. 이미 신청은 해뒀으니 아마 다음 학기 아니면 1년 후에는 갈 수 있겠죠."

펑샤오가 고개를 끄덕였다. "행운을 빌어요. 이사 갈 때 제가 도와줄게요." 자동차에 시동을 걸어 몇 미터 달리다 말고 갑자기 정차하더니 허뤄에게 손짓했다. 그녀가 다가가니 펑샤오가 웃으며 말했다. "전화번호를 알려준다는 게 깜박했네." 핸드폰이 없는 허뤄가 가방에서 노트를 꺼내려 하자 펑샤오는 손을 내저으며 그녀에게 볼펜을 건넸다. "우선 손바닥에 써요."

그는 떠나며 무의식적으로 룸미러를 흘끗 쳐다보았다. 허뤄가 길가에 그대로 서서 자신을 쳐다보고 있었다. 왠지 모르게 가슴이 따뜻해졌다.

* * *

허뤄는 손바닥에 전화번호를 보고 손을 꽉 움켜쥐었다. 그 짧은 몇 분, 함께 나누었던 대화를 떠올렸다. 방금 그 순간, 그 사람이 장위안이었으면 하고 간절히 바랐지만 그는 분명 장위안이 아니었다. 내가 지금 뭘 하는 거지? 절망적이게도 다른 사람에게서 그 사람의 그림자를 찾고 있단 말인가? 허뤄는 길가에 꼼짝 않고 그대로 서 있었다. 갑자기 비가 내리자 제정신이 돌아왔고 몸이 부들부들 떨려왔다. 얼른 집으로 돌아가 외투를 벗고 수건과 갈아입을 옷가지를 집어 들었다. 갑자기 익숙한 감각이 가슴에서 끓어오르더니 머리까지 타고 올라갔다.

매섭던 겨울, 눈이 내리던 밤이었다. 그녀는 길가에 30분 넘게 꼼짝 않고 서 있었다. 온몸이 다 얼어붙어 버렸고 가슴 한쪽에 유일하게 온기가 조금 남아 있었다. 그때 허뤄는 장위안이 떠나간 그 자리에 그대로 서서 그가 사라진 방향을 망연히 바라보았었다. 혹시나 자신에게 일말의 연민이라도 느끼며 다시 돌아와주지 않을까 하고 은근히 기대하면서. 지금 이 순간까지 그런 털끝만큼의 요행을 기대하고 있었던 것일까? 길 저 멀리 보이는 사람이 그이기를 바라면서?

시간이 이렇게 흘렀는데도 난 왜 여태 이 모양인 걸까? 난 도대체 아직까지 뭘 기대하고 있는 걸까? 샤워기의 뜨거운 물이 그녀의 몸을 적시자 한기는 물러났지만 가슴은 여전히 답답하고 숨을 쉴 수가 없었다. 허뤄는 온몸이 부들부들 떨렸다. 그대로 욕조에 주저앉아 어깨를 감싸 안은 채 흐느껴 울었다. 울음소리는 흐르는 물소리에 묻혀버렸다. 가볍게 몸이 떨려오자 그 순간 자신이 이처럼 나약하고 하찮은 존재였던가 하는 생각이 들었다.

* * *

집으로 돌아온 수거의 눈에 의자에 걸린 허뭐의 젖은 외투가 보였다. 욕실 쪽에서 샤워하는 물소리가 들려오자 다가가 문을 두드렸다. "우산 안 가져가서 비 맞은 거야?"

허뭐는 목이 메어와 간신히 '응'이라고 대답했다.

"그럼 뜨거운 물에 몸 좀 녹여. 내가 진저 콜라 만들어줄게."

그녀는 주방에서 노래를 흥얼거리고 있었다. 허뭐가 욕실에서 나올 때는 하필 '나비라 해도 망망대해를 건널 순 없지. 그런데 누가 비난할 수 있을까?'라는 소절을 부르고 있었다.

* * *

머릿속이 복잡했지만 그렇다고 누구 하나 붙들고 얘기할 사람도 없었다. 톈샹과 차이만신 모두 미국에 있긴 했지만 저 멀리 동부에 있었다. 평소 가끔 연락하긴 했지만 모두 각자의 일로 바빠 국내에서처럼 밤을 꼬박 새우며 수다를 떨 수도 없었다. 게다가 차이만신에게 남자친구가 생겼다는 소식을 다른 동창들에게 전해 들었다. 그는 스마트한 스위스 남자로 차이만신을 따뜻하고 사랑스러운 눈으로 바라보며, 바에서 색소폰으로 '모리화'와 '개울물이 흐르네'를 연주해준다고 했다.

허뭐는 출국하기 전 차이만신이 보랏빛 등나무 그늘에 앉아 했던 말이 떠올랐다. 여행 중 한여름 소나기처럼 불쑥 찾아온 감정이었다. 그녀는 예전에 두 뺨을 받쳐들고 사색에 잠겨 이야기했었다. "그 사람한테 미련이 남아. 그 가슴 뛰던 감정도 그렇고. 이게 사랑인지는 잘 모르겠어." 그러더니 갑자기 자리에서 벌떡 일어나 두 팔을 벌리며 방긋방긋 웃으며 말했다. "Keep moving forward! 그 남자보다 백 배 더 멋있는 남자친구를 만날 거야."

허뭐는 줄곧 궁금했다. 도대체 어떤 사람이기에 차이만신이 이렇게 그리워하는 걸까? 그러나 허뭐는 차이만신의 그런 과단성과 결단력이 부러웠다. 내심 외롭고 힘들어 보였지만 그래도 그녀는 진짜 앞만 보고 걸으며 절대 뒤돌아보지 않았다. 그런데 자신은? 과거에 집착하는 것, 미련을 버리고 미래를 향해 달리는 것, 그중 어떤 것이 진짜 용감한 걸까?

그녀는 자주 꿈을 꾸었다. 대학교 캠퍼스로 돌아가는 꿈, 특히 대입 고사장 꿈을 많이 꾸었다. 그렇게 꿈에서 깨고 나면 혼란스러웠다. 도서관, 실험실에서 밤낮으로 공부하고, 의식주를 걱정하는 지금 이 사람이 진짜 자신이 아닌 것만 같았다. 자신의 육신은 여기에 있지만 영혼은 멀리 떠다니는 것처럼 느껴졌다. 혹은 반대로 자신의 강한 정신력이 육신의 행동을 겨우 지탱하고 있는 것만 같았다. 그렇지 않았다면 이미 어느 조용한 구석으로 숨어들어 온몸을 잔뜩 웅크리고 동면에 들어갔을지도 모르겠다. 유체가 이탈

하는 느낌이었다. 그럼 진짜 자신은 어디에 있는 것일까?

* * *

눈 깜짝할 사이, 벌써 허뭐는 출국하고 첫 번째 겨울을 맞고 있었다.

설이 지나고 길가에는 폭죽의 잔해들이 가득했다. 어제 저녁 폭설이 내렸고, 새하얀 길에 흩어진 폭죽에서 터져 나온 붉은 종잇조각이 유난히 아름다웠다. 리원웨이가 외할머니를 택시에서 모시고 내리자, 장위안이 할머니를 등에 업었다. 그녀는 휠체어를 챙겨 장위안 뒤를 따르면서 두 팔을 벌려 호위했다.

리원웨이는 집으로 돌아와 외할머니를 잘 모신 뒤 거실로 나와 미안해하며 장위안에게 말했다. "설 연휴 동안 겨우 이틀밖에 못 쉬는 너를 붙잡고 이런 힘든 일을 시켜서 미안해."

"힘들긴 하지만 그렇다고 네가 할 수 있는 일도 아니잖아." 장위안이 어깨를 주무르며 웃었다. "미안해하지 마. 요즘은 설이라도 별 감흥이 없어. 귀찮기만 해. 매일 고기에 만두나 먹고. 어르신들이나 시끌벅적한 것 좋아하시겠지. 난 뭐 다른 건 괜찮은데 내 신발 바닥이 미끄러워서 할머니 넘어지실까 봐 걱정했지."

"그랬어 봐. 널 그냥 한 방에 보내버릴 수도 있어!" 리원웨이가 그를 노려보더니 덧니가 다 보이도록 웃었다. "우리 할머니가 특별 대우를 다 받네. 병원 재검받고 힘쓰는 일에 팀장님이 다 출동하시고."

"놀리지 마." 장위안이 고개를 저었다. "두 팀에 수십 명은 돼. 그리고 난 엄밀히 말해서 팀장이 아니라 팀장 대행이야."

"그래도 아직 수습 사원인 우리보다 낫지." 리윈웨이가 장위안의 명함을 이리저리 뒤집어보았다. "명함 봐. 이 자식 이러고도 지금 나를 우려먹으려는 거야? 길거리에서 5위안에 파는 소고기 국수가 성에 차겠어?"

"네가 산다면야 기꺼이." 장위안이 호탕하게 웃었다.

"산다, 사!" 리윈웨이가 껄껄 웃었다. "뭐 예의상 사양 같은 거 안 해?"

"짝꿍님. 사양이라니 너무 가식적이다!"

"다 알아. 작게나마 내가 너에게 보답할 기회를 주려고 일부러 그러는 거. 내가 면목 없어서 다음에 너한테 부탁 안 할까 봐 그러는 거." 리윈웨이가 걸으며 말했다. "이제 보니 너 되게 착하다."

"이제 안 거야?" 장위안이 흥 하고 콧방귀를 뀌었다. "맘 상한다. 내 짝꿍이라는 녀석이."

"그래, 그래. 넌 남의 도움 거절 못 하는 착한 사람이지." 리윈웨이가 잠시 말을 골랐다. "다른 사람한테는 다 착한데, 왜 유독……."

"내가 누구한테 불친절해?" 장위안이 시치미를 떼며 웃었다. 눈이 높게 쌓인 길을 뽀드득뽀드득 소리 내며 큰 걸음으로 걷자 눈 위에 발자국이 새겨졌다. 그의 청바지 가장자리에는 작은 눈꽃 송이가 들러붙었다. 그가 돌아보며 리윈웨이에게 물었다. "허뤄가 뭐라고 해?"

"아무 말 안 해. 다들 각자 사는 게 바쁘고 시차도 있고 하니까 연락이 뜸하게 돼."

"어." 장위안이 고개를 끄덕였다. "나한테는 연락도 안 해."

"그게 정상이지. 나도 쉬허양이랑 헤어지고 나서 서로 연락 안 하는걸." 리윈웨이가 어깨를 들썩였다. "어렵게 새로운 환경에서 새롭게 시작할 기회를 얻었는데 굳이 서로 방해가 될 필요는 없지? 너도 허뤄한테 연락 안 하잖아?"

* * *

'우리는 너희와 달라.' 이 말이 가슴속에서 맴돌았지만 차마 입 밖으로 꺼낼 수는 없었다. 뭐가 다른데? 사람들은 저마다 자신의 감정이 제일 진실하고 특별하다고 생각한다. 하지만 우리도 허뤄가 유학을 떠나며 이별하는 순간부터 이미 각자의 길로 가지 않았던가? 허뤄에게 아무 말도 하고 싶지 않았던 것이 아니다. 그저 어디서부터 말을 꺼내야 할지 몰랐을 뿐이다.

텐다 기업에 들어가고 처음은 생각했던 것처럼 일이 순조롭지만은 않았다. 뛰어난 기술자에서 이제는 어떻게 하면 처세에 능하고 두루 헤아릴 줄 아는 관리자가 될 것인가를 배워야 했다. 프로젝트의 SWOT을 분석하고 사장의 인정과 신임, 각 부처의 협력을 끌어내야만 했다. 게다가 자신과 연배는 비슷하지만 평사원인 기술자들과도 좋은 관계를 유지해야 했다. 너무 고압적이지 않으면서도 그들이 자신을 믿고 따를 수 있도록 리드해야 했다. 그렇게 적응을 하다 보니 어느새 몇 개월이 홀쩍 지나버렸다. 그는 여전히 그렇게 더듬더듬 짚어가며 천천히 앞으로 나아가고 있었다.

그러나 익숙한 고향의 눈이 내리는 밤, 갖은 잡념들을 잊게 해줄 만한 바쁜 업무가 없었다. 그리고 다시 뒤얽혀버린 복잡한 감정들이 일며 가슴 밑바닥부터 쌓이기 시작하더니 기어이 폭발하고야 말았다. 장위안은 더는 참지 못하고 그녀에게 '신년 축하' 온라인 카드를 보냈다.

'오늘 이곳에는 눈이 내렸어. 아이들은 몰려나와 길에서 눈사람을 만들고 있어. 캘리포니아는 어때? 날은 맑은지 비가 오는지? 몸 건강해! 참 주의할 것, 몸 건강하란 거지 몸이 비대해지란 건 아니라는 점.'

가볍게 몇 자 더 적고 싶었지만 하고 싶은 말들이 너무 많아 그저 손가락 끝에 머물 뿐이었다.

* * *

미국의 학제는 중국과 달라 1월이면 신학기가 시작되었다. 설날이 다가올 때쯤 허뤄는 이미 수업 준비로 정신없었다. 읽어야 하는 학술 문헌이 꽤 많았다. 중국의 제야 시간을 고려하여 집으로 전화를 걸었다. 전화기 너머 천지를 뒤흔드는 폭죽 소리가 들렸다. "우린 만두 찌고 있는데 너는 먹었니?" 부모님의 안부에 눈물이 울컥 쏟아졌지만 지나가던 친구들이 볼까 봐 소맷부리로 얼른 눈물을 닦았다.

"여보세요. 들리니?" 엄마가 원망하듯 말했다. "아마 중국 학생들이 한꺼번에 전화를 걸어서 전화 회선이 폭주하나 보다. 잘 안 들리네."

"여보세요. 여보세요……." 허뤄는 차라리 안 들리는 척 간간이 '여보세요'만 되뇔 뿐 차마 말을 꺼낼 수가 없었다. 자신이 괜히 입을 열었다가 부모님이 자신의 울먹거리는 소리를 듣게 된다면 지구 저편의 화기애애한 설날 분위기를 망칠 것만 같았다.

* * *

집을 떠나 처음으로 보내는 설날이었다. 차이나타운의 무르익은 설날 분위기는 더욱 고향을 생각나게 했다.

허뤄는 연일 기분이 울적했다. 주말에 이메일을 열어 보니 장위안의 카드가 와 있었다. 누가 가슴을 쥐어뜯는 것처럼 가슴 한편이 아려왔다. 반년 만에 첫 편지였다. 아무렇게나 갈겨쓴 듯한 간단한 몇 글자의 편지.

서로의 생활에 관해 잘 모르고 있을 때 가볍게 주고받을 수 있는 화제는 날씨뿐이었다. 서로 안면만 있고 가볍게 목례만 하는 사이처럼 서로 마주치면 가볍게 웃으며 '오늘은 날씨가 참 좋네요.' 하고 서로 인사를 건네는 것과 같았다. 이 짧은 편지 안에 만날 때 하는 '안녕'과 헤어질 때 하는 '안녕'이 다 들어 있었다.

어쩌면 그 사람은 아직도 나에게 관심을 가지며 자신의 소식을 묻고 있는 것일지도 모른다. 허뤄는 정신이 들도록 자신의 얼굴을 때렸다. 어쩌다 관심을 갖는 게 뭐 대수라고? 이 모든 것은 결국 자신의 로맨틱한 환상의 연장일 뿐이다.

회신을 해야 하나 망설이며 넋을 놓고 회신 버튼만을 뚫어져라 쳐다보았다. 웹페이지를 닫았다 다시 열고 또다시 닫았다. 마우스가 회신과 닫음 두 구간을 왔다 갔다 움직이고 있었다.

코끝을 찌르는 탄내가 주방 쪽에서 났다. 화들짝 놀란 허뤄는 주방에 주전자를 떠올렸다. 물은 이미 바짝 졸고, 주전자 겉면의 붉은 칠은 다 벗겨져 전기레인지에 눌러붙어 있었다. 허뤄는 주전자를 두어 번 세차게 흔들어 떼어냈다. 주전자 바닥은 까맣게 그을려진 상태였다. 그녀는 낮게 신음한 뒤 주전자를 개수대에 집어던졌다. 소매를 걷어붙이고 철 수세미로 힘껏 문질렀다.

* * *

열쇠를 두어 번 돌리는 소리가 들려왔다. 뒤이어 수거의 괴성이 들려왔다. "어머, 탄내가 완전 심하네! 친구, 또 주방을 태워 먹은 거야?"

"지난번에 주방을 태운 건 넌데……." 허뤄가 한숨을 쉬었다. "누구는 달걀부침 절반쯤 익히다 말고 전화기를 붙들고 수다를 떠느라 가스 불도 안 끄지 않았나?"

"그건 냄새 뺄까 봐 잠깐 피해 있으려고 했던 것뿐이야. 누가 알았나? 나한테 잠깐이 그렇게 길 줄이야." 수거가 헤죽거렸다.

"달걀이 냄새가 나면 또 얼마나 난다고?"

"다 그런 건 아니지. 아줌마들 얼굴이 왜 그렇게 누렇게 뜬 줄 알아. 다 음식 연기 때문이야!" 수거가 크게 소리쳤다.

"네 얼굴은 광고 속 여자처럼 껍질 벗긴 하얀 달걀 속살 같아." 허뤄가 그녀의 볼을 가리켰다. "넌 누렇게 뜬 아줌마랑은 거리가 멀거든." 그리고 다시 물었다. "지난번에 화재경보기에서 건전지 빼서 어디 뒀어?"

"그거 나 싫어. 요리하다 기름 연기 조금만 나도 아주 미친 듯 울린다고!" 수거가 고개를 절레절레 저었다. "어렵게 알아낸 방법인데, 다시 설치하면 안 돼?"

"경보기가 울리면 이걸로 죽어라 부채질해." 허뤄가 행주를 수거에게 건넸다. "경보기 부근에 연기가 줄어들면 다시 안 울려. 그래도 위험할 때를 대비해서 뭔가가 필요해. 오늘 같은 사고가 또 벌어지면 방을 다 태워 먹고 말 거야." 허뤄가 자신의 이마를 손가락으로 가리키며 말했다. "요즘 여기 기억력에 문제가 생겼어. 이러다 내 성적이 오를지도 모르겠어."

수거가 호기심 어린 눈빛으로 물었다. "그게 무슨 말이야?"

"나 대학교 룸메이트 중에 성적이 제일 좋은 애가 있었는데 걔가 제일 어리바리했거든. 문을 열고 열쇠를 뽑지 않은 걸 모르고 사방에서 열쇠를 찾은 적이 한두 번이 아니야."

수거가 '하하' 하고 크게 웃었다. "그렇게 말하면 내 성적은 계속 좋아야 하게."

* * *

허뤄는 의자를 놓고도 손이 닿지 않아 까치발을 든 후에야 천정에 달린 경보기를 떼어낼 수 있었다. 수거는 거실의 카펫 위에 책상다리하고 앉아, 방 안에 놓인 아직도 뜯지 않은 종이상자를 보며 한숨만 내쉬었다. "왜 여기로 이사는 와가지고. 왜, 왜, 왜……."

"여기가 학교랑도 가깝고 관리가 잘 되어 있으니까. 처음에 교내 숙소 신청했을 때를 생각해봐. 여기도 만원이어서 넌 며칠 동안 짜증냈잖아. 근데 이번 학기에 배정해주니까 이제는 또 그게 불만이야? 정말 비위 맞추기 힘드네." 허뤄가 일부러 정색했다. 어렵게 경보기 나사를 돌리자 미세한 분진이 얼굴 위로 떨어져 눈앞이 희미해졌다. 고개를 돌리고 손등으로 눈을 문질렀다. "딱 3~5센티미터만 더 컸어도!"

"언니 제발 절 자극하지 마세요." 수거가 슬픈 목소리로 말했다. "내가 훨씬 작잖아." 그녀는 뛰어올라 허뤄의 바짓단을 잡았다. "그냥 남자를 찾자!"

"흔들지 마. 날 떨어뜨리려는 거야!" 허뤄는 고개를 숙이고 눈을 부릅떴다. "안심해. 손 닿는다고. 그날도 내가 너 대신 경보기 떼준 거잖아."

"그래도 아직 가구도 옮겨야 하고, 인터넷도 설치해야 하고, 살 것도 많고, 일손이 필요하다고!" 수거가 새된 소리를 질렀다. "미치겠네! 제발 이번에는 변기가 세지 않기를, 부디 욕조가 막히지 않기를. 매일 이런 거나 고치고 있으니, 어디 이게 아가씨들의 생활이라 할 수 있겠어?"

"응, 거기 아가씨 그럼 가서 낭군을 하나 물어와 봐." 허둬가 윙크를 했다.

"네가 가지 그래?" 수거가 놀렸다. "저기, 이틀 전에 펑사오 만났을 때 이 부근에 산다고 했잖아. 이사할 때 도와준다고도 했고. 꽤 적극적이던데?"

"그건 나중에 다 이웃이 될 테니까 그런 거지."

"분명 널 찍은 거야." 수거가 큰소리로 웃었다. "봐. 그날도 우리 자전거 고장 나면 자기가 고쳐준다고 먼저 말했잖아. 난 그 남자 딱 한 번 봤는데, 설마 나한테 첫눈에 반해서 그런 얘기를 했겠어?"

허둬는 난처했다. "그 사람이 그랬잖아. 자긴 공대생이라 웬만한 공구 다 가지고 있다고."

"공구 다 가지고 있으면 아예 집 앞에서 '자전거 수리점'이라고 써 붙여 놔야겠네. 그 남자도 다 사람 가려서 받는 거라고." 수거가 물었다. "진짜 남자친구 사귈 생각 없어?"

"없어. 인연에 맡기는 거지." 허둬는 입가에 웃음을 지어 보였다. "지금은 그럴 마음의 여유가 없어." 결국 경보기를 떼어낸 허둬는 의자에서 뛰어 내려와 머리에 묻은 먼지를 털었다. "보스가 나한테 여름방학 동안 박사 과정 자격시험 봐두래. 30일에 10과목, 게다가 4과목은 독학해야 해. 진짜 죽을 맛이야!"

"오라면 오고, 가라면 가는 남자친구 있었으면 딱 좋겠다." 수거가 천장을 향해 카펫 위에 벌렁 누웠다. "귀찮을 땐 사라져버렸다가, 필요할 때 부르면 언제나 달려오는 그런 남자친구."

"콜 보이……." 허뭐는 키득키득 웃었다. "어째 좀 이상하게 들리네."

"생긴 건 얌전하게 생겼는데 속은 완전 음탕해." 수거는 바닥을 치며 웃었다. "콜……. 그런 걸 다 생각해내다니. 근데 정말 그렇게 말 잘 듣는 남자친구라면 소환수보다 더 낫겠는걸. 근데 그런 남자가 이 세상에 있긴 할까?"

"있었을지도 모르지……. 다만 지금은 멸종했어."

"공룡아…… 내가 돈 많이 벌어서 고향으로 널 만나러 갈게."

둘은 별 시답지도 않은 이야기를 나누었다. 허뭐는 가슴이 시큰했다. 언제라도 부르면 달려가는 연인은 전혀 존중받지 못한다. 그러니 더는 그러지 말자. 더는 후회할 일은 하지도 말자! 그녀의 마음이 소리쳤다. 사랑받지 못하는 나를, 나라도 사랑해주자.

* * *

북 캘리포니아주의 우기는 끝났지만 연일 눅진한 날씨가 이어지더니 두 차례 비가 내렸다. 하룻밤 사이에 학교 뒷산이 온통 푸르게 변하더니 급기야 창 아래 잔디까지 초록이 옮겨 붙었다. 연한 줄기가 바람에 맞서 기지개를 켜면, 달빛 아래 한 겹 솜털이 덧입혀졌다.

허뭐의 기분까지 밝아졌다. 돌아오는 주말은 그녀의 생일이었다. 샌프란시스코에 사는 사촌 동생 허텐웨이가 축하해주러 찾아오겠다고 노래를 불렀다. 허뤄는 이참에 미국에 함께 온 서너 명의 친구를 초대해 같이 저녁을 먹기로 했다. 음식 냄새 환기를 위해 창문을 열자 북미의 홍작새의 울음소리가 들렸다. 허뤄는 막 삶아낸 양고기 스튜의 맛을 보았다. 그런데 어째 엄마가 해준 것처럼 맛이 진하질 않았다. 때마침 중국 시각도 정오고 해서 집에 전화를 걸었다. 어깨와 머리 사이에 전화기를 끼고 엄마에게 세세하게 요리법을 물어보면서 초록 파슬리를 삶아 연녹색의 접시에 담았다.

* * *

친구들이 속속 도착했다. 텐웨이는 꽃다발을 사 들고 와 허뤄를 보자마자 힘차게 끌어안더니 코를 킁킁거렸다. "누나 뭐 만들었어? 향이 죽이는데!" 그는 대여섯 살 때 이곳 미국으로 건너와 중국어보다 영어를 더 잘했다. 그래서 당숙은 늘 허뤄에게 텐웨이와 대화할 때는 꼭 중국어를 사용하라고 당부했고, 이번 여름방학에는 중국에 다녀오라고 권유해줄 것을 부탁했었다.

"알잖아. 난 아무 데도 가고 싶지 않아." 텐웨이가 전기밥솥 안에 찹쌀 돼지갈비를 연구하며 말했다. "안젤라도 떠나고, 어디 놀러 가고 싶지도 않아." 그가 미련을 버리지 못하는 그 아가씨는 예쁘장한 혼혈아였다. 여자의 아빠는 딸이 가업을 이어받기를 바랐다. 그래서 대학은 반드시 미국 동부 아이비리그 대학을 나와야 한다며 고집했다. 하지만 허톈웨이는 따뜻한 캘리포니아에 남고 싶었다.

"동생아, 자꾸 뚜껑 열어보지 마라!" 수거가 상을 차리며 말했다. "지난번에 네 누님이 나한테 자꾸 그러면 음식이 설익는다고 했거든."

"그래도 향이 너무 좋아서, 누나도 맡아볼래요?" 허톈웨이가 밝게 웃었다.

"역시 애는 애야." 허뤄의 친구가 웃으며 말했다. "조금 전까지만 해도 온갖 인상을 다 쓰면서 안젤라가 어쩌고 하더니, 참 변덕스럽기도 하지."

"그래도 괜찮아요. 몇 시간 비행기 타고 가서 보면 되죠. 열심히 알바해서 비행기표 살 거예요." 포부가 대단했다.

모두들 하나같이 "역시 애는 애네. 이렇게 충동적이어서야!" 하며 혀를 찼다.

그 이야기를 시작으로 주변 사람의 연애사가 화제에 올랐다. 중국에 있는 누구의 여자친구를 다른 남자가 채어갔다더라, 누구는 겨울방학 동안 귀국해 20일 동안 맞선을 열세 번을 봤다더라, 누구랑 누구랑 미국에서 눈이 맞아서 국내에서 기다리고 있는 연인을 찼다더라, 누구는 온라인으로 알게 된 이성을 만나러 귀국한다더라…….

중국에 여자친구를 두고 온 리 선배는 개탄하며 말했다. "아무래도 이번 여름방학에 들어가면 데리고 들어와야겠어. 지난번에 귀국해서 다시 만났는데 처음 며칠간은 서로 어색해서 멀뚱멀뚱 쳐다보기만 하고 무슨 말을 해야 할지도 모르겠더라고. 이러다가 점점 공감대가 사라질 거야."

누군가 허톈웨이를 놀리며 말했다. "어차피 이렇게 된 거 새로운 여자를 찾는 건 어때? 대학 들어가기 전에 헤어지는 게 서로 질질 끌다가 헤어지는 것보다 낫지. 적어도 서로 좋은 인상은 남길 수 있으니까."

"말 좀 가려서 해. 이러다 내 동생 다 망치겠네." 허뤄는 찜통 안의 접시를 꺼내며 말했다. "몰래 먹고 있으면 안 돼. 집에 참기름이 없어서 옆집에서 빌려 올 테니까 딱 2분만 기다려."

그녀는 밖으로 빠져나왔다. 깊이 심호흡을 하며 마음을 진정시켰다. 밀고 당기는 이 감정은 가슴에 가로놓인 무딘 칼날 같았다. 예전에는 무턱대고 용감하게 돌진했었다면 지금은 이 지루한 줄다리기를 계속할 힘이 더는 남아 있지 않았다. 울고 웃고 만나고 헤어지는 남들의 연애사에 일일이 대꾸하기도, 들어주기도 힘들었다.

* * *

이 집 저 집을 거쳐 결국 펑샤오 집 복도까지 이르렀다. 약간 망설여졌다. 그렇다고 일부러 피할 것까진 없다고 생각했다. 벨을 눌렀다. 침침한 노란 불빛이 그의 뒤에서 쏟아졌다. 허뤄의 시선은 옆으로 놓인 창살을 따라 머뭇거리다 그의 하관으로 옮겨갔다.

"우리 집엔 참기름 자체가 없는데." 펑샤오가 웃었다. "난 촌스러워서 그런 복잡한 조미료는 사용 안 해요. 기껏해야 간장 같은 조미료가 다예요.

"남자한테 그런 게 있을 거라 생각한 내가 이상한 거죠." 허뤄는 괜히 헛걸음만 하고 돌아갈 판이었다.

"급히 필요한 건가요? 내가 차 타고 중국 상점에 가서 사올게요."

"됐어요. 다들 식사하려고 기다리고 있어요."

"또 무슨 맛있는 음식을 했으려나?" 펑샤오가 힘껏 코를 킁킁거렸다. "억울해. 밥을 이렇게 일찍 먹는 게 아니었는데."

"가서 좀 더 드세요. 환영입니다." 허뤄가 웃었다. "초대 안 해서 미안해요. 저랑 같은 해에 유학 온 친구들만 초대한 거라서 당신이 낯설까 봐."

"실망인데요!" 펑샤오가 어깨를 들썩였다. "됐어요. 뭐 음식도 고양이 사료만큼 준비했을 텐데 내가 그걸 뺏어 먹을 순 없지."

허뤄가 돌아가려는데 펑샤오가 등 뒤에서 웃으며 소리쳤다. "다음에 초대할 때는 미리 말해줘요. 들리나요? 미스 브레드?"

"미스 브레드라고 부르지 마세요!" 난감해진 허뤄는 돌아보며 소리쳤다.

* * *

잔디밭을 걸어가는데 차가운 이슬이 바짓단을 적셨다. 허뤄는 청바지 단을 한 번 접어 올렸다. 잔디가 복사뼈를 간지럽혔다. 풀

벌레인가 하고 고개를 숙여 툭 하고 치려는데 주변 관목 사이에서 희미한 녹색 불빛이 깜박이고 있었다.

반딧불이.

이른 계절 벌써 반딧불이가 눈에 띄었다.

기억 속의 이 작은 곤충 역시 이미 지난 세기의 일이 되어버렸다. 허뭐는 흠칫 놀랐다. 그러네. 진짜 한 세기가 지났네. 그때 소년 장위안은 고개를 빳빳이 들고, 나이도 어린 소년이 어른 남자 흉내를 내가면서 부러 종잡을 수 없는 말을 했었다. '너랑 함께 있으면 즐거워' 그리고는 다시 '맛있는 걸 많이 주잖아'라고 말했었다. 그때 내가 왜 그의 불분명한 태도를 그냥 넘겼을까?

그때의 우리는 지금의 허텐웨이보다 어렸었다. 그때 나는 어떻게 그렇게 거친 어린 소년을 좋아했을까? 최근 누군가 고등학교 동창 카페에 고등학교 시절 단체 사진을 올렸다는 이야기가 들렸다. 그 모습이 허뭐의 기억보다 더 흐릿했다. 아무리 봐도 장대 나무처럼 키만 크고 삐쩍 마른, 풋풋한 소년의 앳된 얼굴을 한 장위안이 사람들 속에서 혀를 내밀고 웃고 있었다. 화면이 정지된 듯한 그 시절이 바로 청춘 편도 열차표의 시발역이었다. 그렇게 점점 멀어져 이미 남의 이야기가 되어버렸다. 더는 그리워하기도 어려운 사이가 되어버렸다.

이후의 다툼이나, 처음의 시작만 잊을 수 있다면 완벽하게 아름다운 한 편의 동화였다.

허뭐는 잔가지처럼 뻗어 나와 얼기설기 얽혀버린 이야기들은 생각하지 않으려고 노력했다. 머릿속 기억들이 창고 속 잡동사니처럼 제멋대로 쌓이도록 내버려두었다. 일부 정리된 물건들도 구석에 처박아두거나 거미줄이 앉도록 방치해두면 그만이었다. 어쨌든 애써 그 기억들을 건드리고 싶지 않았다. 그러나 오래된 물건들이 어지럽게 쌓이다보면 간혹 어떤 조각들이 튀어나와 가슴에 생채기를 남기게 마련이다. 피가 흐를 만큼은 아니지만 가슴을 움켜쥘 정도로 고통스러웠다. 그녀는 고개를 떨군 채 얼굴을 찌푸렸다.

* * *

현실 세계에서는 성장하기 위해 아름답지 않은 이야기도 받아들여야 한다.

인간에겐 늘 생존이 우선이니까. 허뤄의 학교는 매년 대량의 입학 허가서를 발송했다. 하지만 전액 장학금을 받는 사람은 그중 일부뿐이었다. 매년 학비와 생활비를 더하면 족히 400~500만 달러는 된다. 미국의 중산층 가정이라도 부담스러운 금액이었다. 하지만 명문 대학이라면 많은 유학생이 자비를 털어서라도 입학하고 싶어 했다. 성적이 오르면 다음 해에는 실험실 조교 일을 신청할 수도 있었다. 중국 학생의 학구열은 이미 유명했고, 경쟁도 치열했다. 그러니 허뤄처럼 전액 장학금을 받으며 의식주 걱정이 없는 학생이라도 위기의식 없이 편안하게 살 수만은 없었다.

일정표가 크고 작은 시험과 실험으로 빼곡히 채워져 있었다.

어쩌다 시간이 나면 직접 맛있는 요리를 해 먹는 것 역시 여가를 보내는 좋은 방법이었다. 이젠 시간에 닳고 닳아, 더는 함께할 수 없다는 아쉬움이라든가 애절함 같은 감정들은 처음 출국할 때만큼 강하거나 분명하지 않았다. 스트레스와 수면 부족으로 폭발한 여드름 역시 조금씩 잠잠해졌다. 캘리포니아 날씨는 언제나 사람의 마음을 평온하게 만들었다……. 모든 것들이 완벽한 지금…… 그가 생각나지도, 더는 외롭지도 않았다. 과거를 추억할 일이 없으니 그리움도 없었다.

* * *

안젤라는 뉴욕의 컬럼비아 대학 언론홍보학과에, 허텐웨이는 캘리포니아 로스앤젤레스 분교에 진학하기로 하면서 미국의 끝과 끝에 놓이게 되었다. 둘은 신나게 놀다가 헤어져 다시는 연락하지 않기로 했다. 말끝마다 여행 갈 기분이 아니라던 허텐웨이는 허뤄의 집에서 차이만신이 보내 온 해변의 사진을 보더니 눈이 반짝 빛났다. "죽이는데. 여기 진짜 아름답다. 서핑이랑 스킨 스쿠버 하기에 제격인데."

"그래서 여름방학 동안 당숙이 네가 이 친구와 보냈으면 하셨어. 말이 여행이지, 사실 중국어 연습 좀 시키려는 속셈이셔." 허뤄가 차이만신에게 전화를 걸었다. "이제 다 큰 애라 너한테 폐를 끼치지는 않을 거야."

"난 실연당한 사람 위로 같은 거 잘 못하는데."

"걔 얼굴을 보면 실연당한 얼굴이 아냐."

"누군가를 그리워하는 걸 꼭 티내야 하는 건 아니잖아." 차이만신이 느긋하게 말했다. "맞다. 나 해변에 유스호스텔 이름 지었어. 그리운 여행자의 집."

"대부분은 이해 못할 거야. 네가 왜 미국 취업 기회를 버리고 남쪽의 작은 시골 마을로 내려갔는지 말이야."

"그럼 너는? 내가 너무 비현실적이고 제멋대로라고 생각해?"

"그럴 리가? 난 너의 용기가 부러워. 그저 네가 너무 힘들까 봐 걱정돼." 허뤄는 잠시 생각했다. "가끔 과거를 회상하는 것 자체가 부담이 될 때가 있어. 아픈 추억은 지금 생각해도 아프고, 또 잃어버린 행복은 영원히 되돌릴 수 없잖아. 그래서 추억하면 더 아픈 거 같아. 차라리 아무 생각도 하지 않는 편이 누군가를 그리워하는 것보다 쉬워. 그리고 차라리 자신한테 최선을 다하는 게 훨씬 나아.

* * *

허뤄는 옥상에 기어 올라가 흘러가는 구름을 바라보았다. 멀리 하늘가를 바라보니 구름이 흩어졌다 모이기를 반복했다. 푸른 하늘은 한눈에 다 보일 정도로 투명하고 맑았다.

이 시각 너는 아직 꿈나라에 있겠지. 내 생일이 또 지나고 또 한 살을 먹었는데 너는 편지 한 장 없구나.

* * *

길가에 핀 산수유 가지에는 생기가 넘쳤다. 분홍 혹은 순백의 꽃잎이 열리며 층층이 퍼져나갔다. 옥상에서 내려다보니 마치 구름이 발밑에 깔린 것 같았다. 세찬 바람이 지나가고 난 거리는 온통 꽃잎으로 뒤덮였다. 그 길이 구불구불 이어진 아스팔트 길을 따라 하늘 끝에 닿자, 변화무쌍한 장밋빛 노을 속으로 녹아들었다. 이어폰에서는 양첸화의 아련한 '안녕 2가'가 흘러나왔다.

* * *

거리를 가득 메운 발걸음 소리도 갑자기 잦아들고
하늘을 가득 채우던 측백나무도 숨죽이는
이 순간, 따뜻한 차 한 잔만이 간절해,
어떤 향이든 상관없어……
이 낯선 느낌은 너를 떠올릴 때처럼 오묘한 감정과는 다르지만
이곳의 이국적인 분위기도 아득한 그리움으로 변해,
난 다시 쓸쓸해져
욕망을 버릴 수만 있다면,
앞으로 인생은 길고, 지금 걸친 옷은 얇으니
내가 어디에 있어도, 네가 내 옆에 없어도
나는 이곳저곳을 여행하며 다시 의탁할 곳을 찾게 되겠지

* * *

한 사람을 향한 마음이 두려움을 준다면 차라리 순진한 환상 따위는 버리는 편이 낫겠다고 생각했다.

세월은 길고 걸친 옷은 얇으니까.

당신에 관해서라면 이야깃거리가 많지 않으니 피할 수 있는 건 가능한 모두 피하자. 지난 시절들을 조금이라도 잊을 수 있다면, 조금만 미련해질 수 있다면 어쩌면 지금의 나는 좀 더 행복해질 수 있지 않을까?

제2장 나의 사랑, 나의 자유

늦봄은 이별하기 적당한 계절
행색은 유유하고 발걸음은 가볍게
당신보다 내가 더 사랑의 맹세를 믿었지만
더는 서로의 앞길에 방해가 되지 않기를 바라기에
혹여 내가 잊고 당신 곁에 돌아오지 않더라도
부디 우리의 과거를
의심하거나 부정하지 말아주기를

by 수후이룬 '나의 사랑, 나의 자유'

설이 지나고 장위안은 새로운 직무를 맡게 되었다. 톈다의 기술사업부 부사장이 특별히 그를 불렀다. 연구개발팀을 꾸려 마케팅팀의 계약 협상 과정을 지원하도록 지시했다.

긴급한 업무였다. 휴가에서 막 돌아온 동료는 야근해야 한다는 소식에 모두 아우성을 쳤다.

* * *

미팅에서 캉만싱이 불만을 토로했다. "이 프로젝트는 진짜 미

션 임파서블이에요! 3개월 안에 퉁싱처럼 큰 기업의 정보화 플랫
폼을 만들고, 거기에 전산화 업무 시스템, 소프트웨어, 하드웨어의
설계까지 맡으라니 이건 죽으라는 거지. 게다가 아직 완전히 협약
이 완결된 것도 아닌데." 그녀 역시 작년 졸업 예정자로 평소 히죽
히죽 실없이 웃다가도 일을 시작하면 한 치의 빈틈도 없었다. 그
녀는 시원시원한 성격으로 대화할 때는 빙빙 돌려 말할 필요가 없
었다.

"이건 우리에게나 경쟁사에게나 모두 동일한 문제야. 똑같아."
장위안이 고개를 끄덕였다. "대충 자료를 훑어보니 퉁싱은 처음
남방 작은 무역 회사에서부터 시작해서 정식으로 업무를 시작한
지 근 10년이 다 되어가. 내가 예상하건대 상대방은 이 점을 공략
하고자 할 거야. 국제화 관리 시스템을 연계해서 10년 간 몸담았
던 사업을 키우고, 국제 시장으로 발돋움할 수 있는 디딤돌로 삼
겠다고 하겠지. 그리고 이젠 업체에서도 더는 시간을 지체할 수는
없을 거야. 그러니 구체적인 협약은 못하더라도 우선 개괄적인 의
향서라도 받아두어야 해."

차이만신이 입을 삐죽거리며 말했다. "무턱대고 달려들었다가
아예 산통을 깰 수도 있잖아요?"

"장위안 씨 말에 일리가 있어요." 마케팅 팀장 팡빈이 자료를
넘기며 말했다. "우리가 협상할 때에도 주로 시효성을 강조했어
요. 3개월 내에 최대한 강력한 플랫폼 틀이라도 만들어내겠다고
했죠."

"빛 좋은 개살구면요?" 캉만싱이 소리죽여 말했다.

"이게 바로 고객별 맞춤형 서비스지." 장위안이 웃었다. "그러니까 회사에서도 이번엔 날 기술 대표로 협상에 참여시키려는 거잖아. 나더러 프로젝트 예상 결과에 관해 정확하게 맥락을 파악하란 거지."

"제가 하고 싶은 말을 다 하셨네요." 광빈이 두 개의 서류를 내려놓으며 웃었다. "자료는 모두 여기 있어요. 고생들 하세요."

"암 고생이지! 협상은 줄곧 마케팅팀 업무였는데, 이젠 우리까지 끼워 넣어서 피 토하도록 야근하란 소리지." 일부 팀원이 불만을 토로했다.

"처음 협상 단계에서부터 참여하면 우리 연구개발팀에서 주도권을 쥐게 되는데 좋은 일 아냐?" 장위안이 각자에게 임무를 부여했다. "공정도 작성해서 3개월 내에 얼마나 진행할 수 있는지 보자. 하드웨어 분야는 내가 다른 연구개발팀이나 공급 업체에 가서 지원하면 되고." 그가 또 웃으며 말했다. "생각들 해봐. 만약 마케팅팀이 경솔하게 협약했다가 계약이 일단 탕탕 성립됐다고 치자. 그때 보스한테 가서 '미션 임파서블'이라고 말하는 건 짐 싸 들고 나가겠다는 말밖에 더 돼."

"팀장님이 말하면 무슨 나쁜 일도 다 좋은 일이 되어버리네." 캉만싱이 혀를 내밀었다. "그런데 팀장님은 5월에 미국에 연수받으러 가신다면서요. 프로젝트가 다 끝나지도 않았는데 다 벌려놓고 혼자 도망가버리는 거 아녜요?"

"그럴 리가? 미국 연수 가는 거지, 해외 도피하는 거 아니잖아! 프로젝트 못 끝내면 보스가 일정을 취소하지 않겠어?" 장위안이 웃으며 말했다. "편하게 떠나기 위해서라도 죽을힘을 다해 이 프로젝트를 시간 안에 다 끝내야지."

"아하. 팀장님도 별수 없는 해외파 신봉자구나." 캉만싱이 야유했다. "미국에서 미팅한다니까 이렇게까지 흥분을 하는 걸 보면."

장위안은 미소를 지을 뿐 아무 말도 하지 않았다.

* * *

장위안은 통싱 기업의 본사에서 주닝리를 만났다. 그녀는 대학을 졸업하고 정보산업부 산하의 한 소프트웨어 업체에 들어갔다. 둘이 각자의 회사를 대표해서 고객 하나를 놓고 경합을 벌이게 될 줄은 상상도 못했다.

서로 명함을 교환한 뒤 주닝리가 놀라며 말했다. "진짜 원수는 외나무다리에서 만난다더니. 난 또 누가 우리랑 입찰 경쟁하나 했지. 넌 기술이나 열심히 연구할 것이지 왜 와서 남의 밥그릇을 뺏나?"

"우리 회사 내부적으로도 전사적 차원에서 서로 한마음 한뜻으로 추진하는 사업이거든." 장위안이 넥타이를 고쳐 맸다. "넌 줄 알았으면 우리도 몇 명 더 데리고 왔을 텐데. 그래야 승산이 있지."

"내가 말이 많다는 얘길 하고 싶은 거지?" 주닝리가 그를 흘겨보았다. "넌 꼭 돌려서 사람 까더라."

"동창끼리 무슨 그런 섭섭한 소릴 하냐." 장위안이 웃는 얼굴로 손을 흔들며 작별 인사를 했다. "쓸데없는 말 그만하고 기회가 되면 다음에 한 수 배움을 청할게."

* * *

"텐다의 장위안?" 주닝리와 함께 온 마케팅 팀장이 물었다. "동창이었어? 근데 왜 한 번도 말 안 했대."

"서로 말도 잘 안 하는 사이예요. 지금은 많이 좋아진 거예요. 예전에는 만나기만 하면 으르렁거렸거든요."

"왜? 안 그래 보이는데."

"오만이 하늘을 찔러요."

"하하. 그럼 원수를 사랑한 거네. 이렇게 훌륭한 친구를 뒀으니 다른 남자가 눈에 안 들어오지." 마케팅 팀장이 감탄하며 말했다. 그녀는 인맥이 넓어서 업계에서 조금이라도 유명한 청년 인재는 모두 다 알고 있었고 늘 신입 사원에게 오작교를 놓아주고는 했다. "장위안이 대학 시절 꽤 잘나갔다던데. 텐다에서 알아보고 지금 팀장으로 고용하고 있지만 그건 우선 회사 기본 운영을 익히라고 그런 거고 곧 승진을 시킬 계획일 거야. 그때 자룽 기업에서 장위안을 놓쳤으니 지금쯤 아마 땅을 치며 후회하겠지."

"우린 아무 관계도 아니에요." 주닝리가 손을 내저었다. "쟤는 자기만 잘난 줄 아는 오만한 녀석이라 어린 여학생들이나 맹목적으로 따라다니는 거죠."

"오? 여자가 꽤 따를 것 같은데?"

"맞아요." 주닝리가 한숨을 쉬며 장웨이루이를 떠올렸다. 장웨이루이는 다른 대학도 하고 많은데 굳이 허뤄가 졸업한 대학의 대학원에 들어가겠다고 고집하며 말은 그럴듯하게 했다. '당연히 칭화에 가야지. 걔네 영문과가 좋잖아. 축하해줘.'

주닝리는 당시 찬물을 끼얹으며 말했었다. "허뤄는 출국했어. 너랑 장위안이 베이징에 남겨졌지만. 명심해. 둘이 헤어진 이유가 허뤄만 이 학교에 붙었기 때문이었다는 걸. 장위안에게 이곳은 아픔의 장소야. 그러니 넌 더 가망이 없다고."

* * *

응찰업체 중 텐다가 제시한 공정도가 가장 상세하고 타당성이 있었다. 그렇게 장위안이 제시한 기술적 아이디어가 퉁싱에 채택되었다. 프로젝트가 본 궤도에 오르고 시간과의 싸움이 시작되었다. 몇 개월 연속 밤낮으로 식사도 잊은 채 일에만 매진했다.

그러다 보니 어느새 허뤄의 생일이 지나버렸다. 그냥 지나쳐버렸다니 변명의 여지가 없었다. 너무 바빠서 잊었다고 하면 상황을 더 악화시킬 게 뻔했다. 날짜를 계산해보니 프로젝트를 완료하고 시애틀에서 개최하는 연수에 참여할 수 있을 것 같았다. 그 후 바로 남쪽으로 이동하면 캘리포니아와도 가까웠다.

헤어진 지 근 1년이 다 되어가는데 무슨 말을 해야 할까? 어딜 가야 하나? 도무지 감을 잡을 수가 없었다. 차라리 아무 생각도 하지 말자. 일단 그녀를 만나는 것만 생각하자. 과거는 생각지 말고, 미래도 묻지 않고 그냥 그녀의 얼굴을 한번 보고 싶었다.

모든 것을 다 하늘의 뜻에 맡길 수밖에.

* * *

늦봄과 이른 여름 사이, 사스가 창궐한다는 소식이 미국까지 전해졌다.

허뤄는 타향 만 리에 와 있으니 국내 상황이 진짜 정부가 발표한 대로인지 아니면 일부에서 말하는 것처럼 베이징이 텅 비어버렸는지 알 길이 없었다. 베이징에 있는 친구들에게 소식을 물었다. 사람도 차도 없으니 조용하고 공기 질도 평소보다 좋아졌다며 좋아하는 친구도 있었다. 그리고 어떤 친구는 학교가 전부 폐쇄되어 꼭 감옥에 갇힌 것 같다며 걱정하기도 했다. 어떻게 그런 헛소문이 퍼졌는지 3M의 N95 마스크가 바이러스를 막아준다고 하자 미국 대형 마트와 슈퍼의 재고가 일시에 거털 났다. 대부분 중국인이 구매해 우편으로 중국에 발송했기 때문이었다. 허뤄도 외국 마스크가 중국만큼 두껍지 않다는 것을 잘 알았다. 하지만 지금 사람들의 불안 심리를 생각하면 마스크를 구매해 가족이나 친구들에게 보내야 조금이나마 불안 심리를 잠재우고 자신의 마음도 편안해질 것 같았다. 집에 한 박스, 선전에서 일하는 리원웨이에게 한 박스, 베이징에는 친구들이 많으니 2박스, 그리고…… 장위안, 잠시 망설였다. 보내자니 자기가 너무 신경 쓰고 있다는 생각이 들 테고, 안 보내자니 계속 마음에 걸려 오히려 마음을 들킬 수도 있을 것 같았다.

허뤄는 편안하게 공부에만 전념하기 어려웠다. 학교 부근 점포에 파는 마스크는 이미 중국 유학생들이 쓸어갔다. 운이 좋다면 인근 마을에서 구매할 수도 있을 것이다. 허뤄는 아직 차가 없었고 그렇다고 다른 사람에게 민폐를 끼칠 수도 없어서 열차 시각표를 검색해 스쿨버스를 타고 기차역으로 나가려던 참이었다. 마침 도서관에 자료를 찾으러 온 펑샤오가 홀 컴퓨터 앞에 앉아 있는 허뤄를 발견했다. 그녀와 얘기를 나누다가 그녀의 계획을 듣게 되었다.

펑샤오는 웃음을 참지 못했다. "생물학과 아냐?"

그녀가 고개를 끄덕였다.

"지난번에 나한테 DNA, RNA니, 세균 바이러스니, 분자클로닝 항생 물질 이런 말을 하지 않았었나?"

"이온 투과 담체 항생제." 허뤄가 정정했다.

"맞다." 펑샤오가 말했다. "토목공학과인 나도 N95가 바이러스에는 구멍이 굵은 거름망밖에 안 된다는 걸 아는데. 너는 전문 과학도가 그런 걸 믿는 거야?"

"N95가 적어도 타액은 막아주니까. 사스를 막을 방법이 없다는 걸 아니까 더 초조한 거죠. 마스크 말고 내가 뭘 해줄 수 있는 게 없으니까."

"진짜 가게?" 펑샤오가 자리에서 일어났다. "내가 데려다줄게.

기차에서 내려서도 버스를 타야 하잖아. 너도 알겠지만 미국 버스는 30분에 한 대 있을까 말까잖아."

"너무…… 너무 폐를 끼치는 것 같아서." 허뤄가 망설였다.

"그렇게 마음을 못 잡아서 어떻게 실험이나 할 수 있겠어?" 펑샤오는 완고했다. "가자. 과학자. 네가 사스를 막아줄 신약을 만들어줄 거라 기대할게!"

* * *

마스크를 사고 나니 순간 날씨까지 맑아지는 기분이었다. 이제는 웃고 떠들 수 있을 것 같았다. 펑샤오가 옆 쇼핑센터에서 아이스크림을 사왔다. "진짜 어린애 같네. 조금 전까지만 해도 죽을상을 하고 있더니 금방 기분이 좋아졌잖아."

분홍 겹벚꽃이 화려하게 핀 나무 그늘에 앉아 아이스크림을 먹으며 이야기를 나누었다.

"요즘 내가 부쩍 어른스러워졌다고 생각했는데 이렇게 당황하니까 호들갑을 떨고 허둥대네."

"꼭 나쁜 건 아니지. 천진난만하잖아. 막 태어난 신생아처럼. 난네 잠재력을 믿어."

"어떤 잠재력?"

"천진난만함을 잃지 않을 거란 잠재력. 난 벌써 알아봤지." 펑샤오는 잠깐 말을 멈추고는 소리 내어 웃었다. "내 식빵을 빼앗아갔을 때부터 말이야. 그때 도대체 이 여자 왜 이렇게 엽기적이야! 그랬는데 나중에 보니까 완전 어리바리인 거지."

허뭐는 웃으며 고개를 저었다. 두 사람의 그림자를 내려다보니
그 위로 벚꽃잎이 떨어져 있었다.

* * *

엽기녀. 그도 그렇게 말했었다. 진짜 엽기녀.

쪼다 좀도둑.

엽기녀.

아직도 그해 겨울 고등학교 정문 앞에서 먹던 고구마의 따스함
이 손에 남아 있는 듯했다. 그는 뜨거워 펄펄 뛰면서 찬 공기를 들
이마시며 고구마를 삼켰다. 웅얼웅얼 알아들을 수도 없는 목소리
로 웃으며 그녀를 엽기녀라고 불렀었다.

시간이라는 물속에 잠겨 있던 기억은 마치 불쑥 솟아오른 돌처
럼 늘 물보라를 일으켰다.

* * *

아이스크림은 차가웠지만 충치가 없어 치통은 없었다. 마음도
상처 하나 없이 온전하다면 아무리 가슴 아픈 추억일지라도 이렇
게 심장이 날카로운 것에 찔린 것처럼 아프진 않을 것이다.

그러나 가슴 속 네가 있던 그 자리는 이제 텅 비어버렸다.

* * *

"돌아가요." 허뭐는 침울해졌다. "오빠 시간을 너무 많이 잡아먹었네."

차에 앉아 마스크를 끌어안고 생각하니 자신은 장위안의 주소도, 베이징으로 옮긴 후 그의 새로운 핸드폰 번호도, 그의 업무 메일도 몰랐다. 메신저는 미국에 온 후 거의 사용하지 않아서 비밀번호도 잊어버렸다.

옛 동창들과 친구들 사이에서는 이미 암묵적으로 헤어진 사람 앞에서 옛 연인을 거론하는 것을 피하고 있었다. 산산이 부서졌던 마음을 가까스로 추스르고 천천히 그 상처를 잊고 지내왔다. 서로의 생활환경은 이미 변해버렸고, 상대방이 어떻게 살고 있는지, 무슨 생각을 하는지도 알 수 없었다. 허뭐는 자신에게 물었다. 이 모든 게 내가 처음부터 다시 시작하고 싶어 했던 새로운 삶 아니었니? 네 자신을 보호하기 위해 단단한 껍데기를 만들지 않았니?

알 수 없는 세월을 마주할 용기도, 힘도 남아 있지 않는데 굳이 더 생각할 필요가 있을까……. 생각하고 또 생각하다 보니 어느새 눈물이 흐르고 있었다.

펑샤오는 룸미러로 그녀의 안색을 살피며 몇 번이고 말을 걸려다 도로 삼켰다. 그리고 결국 말을 꺼냈다. "꽃가루 알레르기야?"

"그런가 봐요." 허뭐는 고개를 숙인 채 휴지를 찾았다.

"뒷좌석에 있어. 내가 줄게." 신호등에 빨간 불이 들어오자 펑샤오는 차를 멈추고 안전띠를 푼 뒤 몸을 돌렸다.

그 순간 차에 부딪히는 굉음이 들렸다. 허뤄는 안전띠를 맨 덕분에 몸이 앞으로 세게 튕겨나가며 머리를 목 받침에 세게 부딪혔다. 눈앞이 갑자기 까맣게 변하더니 서서히 밝아졌다. 순간 혼절했던 모양이었다.

"쳇……." 펑샤오의 욕이 멀리서 들려왔다.

"악!" 이마에 피를 흘리고 있는 펑샤오를 살폈다.

"안전띠 풀지 말고." 펑샤오가 그녀를 진정시키며 말했다. "911에 전화해 핸드폰이 내 오른쪽 주머니에 있는데 움직일 수가 없어."

"어머. 손이……."

"골절된 것 같아."

* * *

뒤 차 운전자는 십 대 소년이었다. 소년은 아빠의 지프차를 타고 헤비메탈 음악을 고막이 찢어져라 틀어놓고 있었다. 급브레이크를 밟긴 했지만 장갑차처럼 방대한 차체의 무거운 관성을 닛산차가 견디기에는 역부족이었다.

아이들은 털끝 하나 다치지 않았다. 아이들은 펑샤오에게 경찰에 신고만 말아달라며 집에서 수리 비용과 병원비를 보상해줄 거라고 애원했다.

"그건 안 되지. 후유증이 있을 수도 있잖아?" 펑샤오는 허뤄에게 움직이지 말라며 당부했다. "차량 수리비야 상대방이 전액 부담하겠지만, 내가 안전띠를 매고 있지 않아서 보상을 백 퍼센트 못 받을 수 있어. 하지만 넌 안전벨트를 잘 하고 있었으니까 내 병원비까지 보험 회사에서 타내야 해." 허뭐의 얼굴이 창백해진 것을 보고 펑샤오가 웃으며 위로했다. "봤지. 미국의 탱크 앞에선 6기통 일본 차도 그저 고철덩어리에 불과해."

경찰차와 구급차가 5분 내로 출동했다. 그들은 병원을 호송하는 과정에 두 사람의 사회 보장 번호와 보험 정보를 기록했다. 펑샤오의 이마 쪽 머리카락이 피로 범벅 되어 있었고, 다른 곳보다 더 진하게 응고되어 있었다. 허뭐는 미안한 마음에 계속 "아프죠? 다 내 탓이야."만 반복했다.

"'이것이 복이라면 화가 아니고, 화라면 피할 수 없다'라는 옛말도 있잖아." 펑샤오가 왼손을 움직이며 그녀의 손등을 세게 두 대쳤다. "그렇게 실성한 과부처럼 굴지 마. 미안하단 말만 스무 번은 넘게 했잖아. 귀에 딱지가 앉을 지경이야. 차라리 혼절했으면 이렇게 귀가 따갑진 않았을 텐데."

"퉤퉤, 재수 없는 소리." 억지로 웃어 보였다. "신이시여. 못 들은 걸로 해주세요!" 뒷목은 여전히 쑤셨고, 아직도 놀란 가슴이 진정되지 않아 몸이 떨려왔다.

펑샤오는 그녀의 손을 잡고 조용히 속삭였다. "지금 둘 다 괜찮으면 됐지. 겁내지 마. 겁내지 마." 그는 허스키한 목소리로 그녀를 달랬다. 허뭐는 조금씩 긴장이 풀리면서 피곤한 나머지 구급차에서 깜박 잠이 들어버렸다.

* * *

평샤오는 이마가 깨져 다섯 바늘을 꿰맸다. 차 사고가 났을 때 오른팔로 핸들을 짚는 바람에 어깨 관절이 탈골되었다. 의사가 알 아들을 수도 없는 근육과 인대 명칭을 주저리주저리 말했지만 둘 은 그저 서로의 얼굴을 멀뚱멀뚱 바라보기만 할 뿐이었다. 간호사 가 다가와 허뤄에게 임신 여부를 물으며 잘 모르겠다면 검사를 한 번 해보라고 권했다.

허뤄는 얼굴을 붉히며 절대 그럴 일은 없다고 대답했다.

의사가 웃으며 임신 초기에는 대부분 임신한 줄 몰라 그냥 넘 어가고는 하는데, 자칫 태아에게 영향을 미칠 수 있다고 경고했다.

평샤오도 끼어들며 허뤄에게 눈짓을 했다. "이참에 한번 검사 해. 어차피 상대방 보험사에서 비용 지급하니까."

"입도 꿰맸어야 했는데." 허뤄는 화난 표정을 지었지만, 평샤오 가 자신이 긴장할까 봐 일부러 농담한다는 사실을 누구보다 잘 알고 있었다.

* * *

공업사에서 차량을 수리하는 동안 상대방 보험사에서 평샤오 에게 렌터카를 제공했다. 그는 특별히 섹시한 노란 스포츠카를 고 르고는 신나서 말했다. "난 죽었다 깨어나도 이런 차 못 샀을 텐 데. 이제 나에게도 이런 차를 무료로 탑승할 기회가 생기다니." 허 뤄는 여전히 찜찜했다. 이 모든 것이 자기 탓인 것만 같았다. 평사오가 그녀를 안심시키며 말했다. "보험사에서 수리비로 대충 2400 달러 정도 물어줄 거야. 내가 중국인이 운영하는 공업사를 찾아봤더니 700~800달러면 충분하대. 대충 따져도 돈 벌었잖아." 그래도 허뤄의 기분이 나아지질 않자 그가 손을 흔들며 말했다. "그렇게 자책할 거면 한턱 쏴?"

"좋아요!"

"돈을 쓰게 해주겠다는데도 이렇게 즐거워하니. 네 즐거움을 위해서라도 거한 거 먹어야지."

"얼마나 비싼 거?"

"랍스타."

"하, 아주 작정을 했구나." 허뤄가 웃었다. "돈은 자기가 1000달러나 벌어놓고."

"미스 브레드, 설마 나한테 덮어씌우려고 우울한 척하는 거야?" 펑샤오가 웃었다 "어림도 없어. 이미 랍스타 입력해놨으니까 언제든 빚 받아낼 거야." 그는 여전히 태평스럽고 밝게 웃기만 했다. 수천만 달러의 병원비를 두고 상대방 보험사와 줄다리기 중이란 얘기는 일절 하지 않았다.

* * *

장위안은 리원웨이가 선전에서 부쳐온 N95 마스크를 받아들고 그녀에게 전화했다. 전화 저편은 시끌벅적했다. 누군가 광둥어로 소리치자 리원웨이가 목청을 높이며 툴툴거렸다. "식사 중이잖아요, 보스! 넌 어쩜 시간을 이렇게 딱 맞추니."

"식당 밥이 뭐가 좋아?" 장위안이 웃었다. "베이징에 오면 내가
리자차이(북경의 고급 레스토랑—옮긴이)의 고급 가정식 백반 요리를
대접하지."

"거길 왜 가! 지금 베이징 사스 발병률이 선전보다 높은데."

"그럼 내가 날아가서 밥을 사야 하나? 설마 그랬다가 잠시 격
리되는 건 아니겠지."

"말 돌리지 말고." 리윈웨이가 미소 지었다. "아무 일도 없이 전
화했을 리는 없고, 너 같은 능력자가 내 도움이 필요할 리도 없고?"

"아니, 마스크 잘 받았어."

"오호라. 빙빙 돌려 말하더니 결국 그 말이 하고 싶었던 거구
나……." 리윈웨이가 말을 질질 끌었다. "그럼 다행이네. 구하기 힘
든 제품이라서 혹시 우체국에서 꿀꺽하면 어쩌나 걱정했는데."

"너도 참, 별 쓸데없는 걱정을 다 한다……. 근데 허뤄 미국 연
락처 알아?"

"아니. 국제 전화라 줄곧 허뤄가 먼저 걸어왔어." 리윈웨이가 웃
었다. "왜? 너도 허뤄가 여름방학에 집에 안 돌아오고 실험실에서
일만 한다니까 불안해서 전화한……."

"뭐라고? 여름에 안 돌아와?" 장위안이 그녀의 말을 잘랐다.

"몰랐어?"

"조금 전에 알았어. 네가 말해서."

"보고 싶어? 그럼 직접 미국으로 찾아가. 아직도 그리워한다면

실제 행동으로 보여줘야지!"

"사실 그러려고 했어." 장위안은 암담해져 그저 맥없이 웃었다. 미국 비자 받는 게 말처럼 쉽지 않았다. 수개월 동안 미국 연수만 고대하고 있었는데, 사스 발생으로 주최자가 지금은 대규모 해외 연수를 갈 때가 아니라며 일정을 연기했다.

* * *

퉁싱 기업의 프로젝트는 차질 없이 진행되어 이미 막바지로 치닫고 있었다. 고객사에서 마케팅팀과 연구개발팀을 식사에 초대했다. 장위안은 위 때문에 술을 점차 끊을 거라고 말하고 다녔다. 하지만 허뤄 소식을 듣고 나서는 권하는 술 마다하지 않았다. 웃으며 술잔을 받아 단숨에 입안에 털어 넣었다. 잔을 차례로 비우고 서로 주거니 받거니 하다 보니 어느새 인사불성이 되었다.

다들 젊은 팀장이 팀원을 이끌고 전쟁에서 승전고를 울렸으니 기뻐서 그러겠거니 생각했다. 정신없이 토하다가 피까지 토하자 사람들은 그제야 허둥대며 120에 전화를 걸어 그를 응급실로 호송했다.

* * *

그 시각 미국 서부 태평양 시각은 오전 9시였다. 허뤄는 박사 자격시험을 준비하느라 온종일 공부에 매진했고 머리가 터질 지경이었다. 펑샤오의 끈질긴 설득으로 결국 다른 친구들과 함께 주립 공원의 호반에 놀러가 고기를 구워 먹었다. 키 큰 참나무 아래 초원 위에다 흰색과 붉은색의 체크무늬로 된 린넨 테이블보를 깔았다. 남학생들은 차 트렁크에서 목탄과 염지된 고기를 꺼냈다. 피크닉 바구니에는 빵, 포도주, 딸기, 채소 샐러드가 들어 있었다. 반짝이는 물결 위로 돛단배의 그림자가 점점이 나타났다. 불쏘시개용 장작에서 가늘고 푸른 연기가 피어올라 구름 속으로 곧장 솟구쳤다.

반나절 만에 허뭐의 목과 팔뚝이 붉게 그을렸다. 밀짚모자로 얼굴을 가린 게 그나마 다행이었다. 펑샤오의 이마에 난 상처가 너무 선명해서 자꾸 카메라를 피하며 사진 망친다고 아우성이었다. 수거는 허뭐의 모자를 빼앗아 그의 머리에 뒤집어씌웠다.

* * *

베이징의 늦봄과 초여름의 밤을 뚫고 구급차가 질주했다. 캉만싱은 울먹이며 팡빈만 계속 원망했다. "마케팅팀에서 우리 팀장님 대신 술잔을 받았어야죠. 왜 이렇게 많이 마시게 돼요!"

팡빈은 손을 양옆으로 펼쳐 보이며 말했다. "사양을 안 하기에, 난 또 동북 남자들은 다 술을 잘 마시는 줄 알았지……."

장위안은 기나긴 꿈을 꾸었다.

꿈은 기억 속 무덥던 여름의 끝자락이었다. '몇 년이 걸려도 기다릴게.', '내가 돌아온다고 했던가?' 그녀의 단호한 말과 격앙된 말투. 처음에는 비난이라고 생각했는데 지금 와 곰곰이 생각해보니 그건 은근한 애원에 가까웠다.

　그날의 하늘은 불타고 있었다. 그녀의 머리칼은 짙은 갈색에 짙은 와인색으로 층층이 빛났고, 석양에 금속처럼 야광빛을 띠었다. 그러나 그녀의 얼굴은 희미하게 멀어졌다. 결국 그의 마음속에 각인된 것은 홀로 택시 앞에 서 있던 외로운 그녀의 뒷모습뿐이었다. 지난 일은 점점 멀어져갔고 저녁노을은 마지막 장밋빛을 불태우고 있었다. 둘의 가슴에는 세월의 먼지만이 소복이 쌓여갔다. 거센 바람이 한차례 지나고 나니 어두운 하늘에 별빛이 흩뿌려졌다.

제3장 도시의 달빛

인간사 만남과 헤어짐을 알 수만 있다면
행복한 순간으로 가득 채울 수 있지 않을까요
마음이 통한다면 설사 함께하지 못한다 해도 두려울 것 없죠
by 쉬메이징 '도시의 달빛'

장위안이 입원하고 회사 동료들이 문병을 왔다.

다른 팀 팀장 마더싱은 톈다 네트워크 사업부에서 3~4년간 근무하며 모아둔 돈으로 폴로 차를 한대 샀다. 팀장의 차를 얻어 타고 네 명의 여사원도 함께 문병을 왔다.

"우리가 날씬해서 다행이지!" 캉만싱은 어깨를 빠짝 움츠리는 시늉을 했다. "다음엔 큰 차로 사요. 몸집은 산만 해가지고 코딱지만 한 폴로를 끌다니. 그건 베이징에서 첩들이나 타는 차란 건 몰라요?"

"그러니까 누가 쫓아오래!" 마더싱이 눈을 부릅떴다. "내가 대표로 혼자 온다니까 굳이 따라와놓고."

"지금도 대표긴 대표네요. 수많은 여자들 속 유일한 청일점." 장위안이 링거를 꽂은 채 베개에 몸을 살짝 기대앉아 웃으며 말했다.

"그러니까, 차에 온통 여자뿐! 오는 내내 어찌나 재잘재잘 떠드는지 시끄러워 죽는 줄 알았다니까. 장위안이 위가 아니라 이번엔 뇌에서 출혈이 일어날지도 모른다 타일렀을 정도라니까."

"그러니까 팀장님 말씀은 우릴 보면 너무 행복해서 그렇다는 거죠?" 캉만싱이 큰소리로 웃었다. "질투하는구나. 장 팀장님이 여복이 많으니까! 좀 전에 지금 병원은 고위험 지역이라 여기 온 사람은 다 격리당한다고 협박까지 했잖아요."

"사실이잖아. 봐라 내일이면 샤오탕산에 격리될 테니!"

장위안이 웃으며 물었다. "만싱이 아니라 저 말하는 거죠? 내일 퇴원할까 했는데 혹시 여기 나가자마자 격리되는 건가요?"

"내일 퇴원하게? 한 이틀 푹 더 쉬지!" 마더싱이 손을 내저었다. "자네 팀에 일이 생기면 내가 좀 봐줄게. 요즘 사스다 뭐다 다들 널널하게 보내고 있다고. 그러니까 자네도 이참에 병이나 치료해."

"팀장님이 병원은 고위험 지역이라면서요."

"그래도 팀장님 집보다는 덜 위험할걸요! 도대체 뭘 먹고 사는 거예요? 달걀 열두 개를 부쳐서 정오에 반, 저녁에 반을 먹는 게 맞아요?" 캉만싱이 '칙' 하고 소리를 흉내 냈다. 사내에 퍼진 장위안에 관한 유머였다. 장위안이 어쩌다 주말에 야근 없이 집에 돌아갔는데 도대체 뭘 먹어야 할지 몰라서 마트에서 달걀 한 판을 샀다는 이야기였다.

"그럼 내가 아래층에서 물만두를 사 먹었다는 소문은 없어?" 장위안이 웃으며 타박을 했다. "난 그냥 조리도구 살 필요가 없다, 사봤자 달걀이나 더 부쳐 먹겠냐 한 건데."

"그러지 말고 정숙한 여자를 찾는 건 어때? 자, 여기 많잖아. 하나만 골라봐!" 마더싱이 손짓을 하더니 그중 캉만싱은 한쪽으로 밀며 말했다. "이 아가씨만 빼고! 진짜 '정숙'해. '정'말 아무것도 할 줄 모르는 '숙'맥이지!"

"제가 어때서요?" 캉만싱이 씩씩거렸다.

"아 참, 맞다. 넌 괜찮지. 참 괜찮아." 마더싱이 싹싹 빌며 말했다. "내가 깜박했네. 자넨 여자가 아닌데. 그렇게 말하다니!" 다시 장위안을 돌아보며 말했다. "여자친구를 만나려거든 따뜻하고 현명한 여자를 만나야 해. 그래야 장 팀장 일도 좀 도와주지."

"차라리 엄마를 찾는 게 낫겠네요." 장위안이 웃었다.

"그러게. 아주머니 베이징에 오시라고 해요." 캉만싱이 말했다.

"그럼 우리 아버지는 어쩌고? 몇 년 후면 퇴직하실 텐데."

"그럼 팀장님은 어쩌고요?"

"뭘 어째? 큰일도 아닌데. 지난 이틀 동안 일에 쫓겨 야근하고 겨우 일을 끝내놓으니 고객이 술을 자꾸 먹여대니까 그랬던 거지." 장위안이 링거를 가리키며 말했다. "이것도 생리 식염수니까 혈액 속에 알코올 농도를 좀 희석해줄 거야."

"그럼 위액도 희석 좀 시켜주겠네." 마더싱이 고개를 절레절레 저었다. "담백하게 드시고, 천천히 몸조리 잘 하세요. 위는 관리가 중요하다고요."

* * *

동료들이 한바탕 웃고 떠들다가 모두 돌아가버렸다. 소음이 마치 썰물처럼 단번에 빠져나갔다.

남쪽으로 반쯤 열린 창을 통해 버들 솜이 날아들어 가볍게 부유하며 위로 아래로 날아다녔다. 장위안은 두 눈을 살짝 감았다. 창살의 어두운 파란 그림자 사이로 곧은 황금색의 햇빛이 유유히 침대 아래까지 밀고 들어왔다.

수간호사가 깨금발로 들어와 솜으로 링거 바늘을 누른 후 신속하게 바늘을 뽑았다.

"어, 감사합니다." 장위안이 솜을 받아들었다. "제가 누르고 있을게요."

"깨어 있었네." 수간호사가 친절하게 웃었다.

"간만에 눈을 감고 명상을 한다는 게 너무 오랜만이라서 몰입했었나 봐요."

"오늘 손님이 많던데, 저녁에는 누가 간호해주나요?"

"아뇨. 다시 피를 토할 것 같진 않은데요." 장위안이 웃었다. "이틀 전에는 동료들이 괜히 겁을 먹어서 붉은색을 보고 피인 줄 착각했나 봐요. 사실 식사 후 먹은 수박을 토한 건데."

"친구들이 걱정해서 그렇죠!" 수간호사가 링거를 정리했다. "참, 아까 누가 여자친구였나요?"

"누가 여자친구 같았나요?" 장위안이 웃었다.

"아뇨." 수간호사가 호호 웃었다. "없으면 어때. 젊은 친구가 이렇게 멀쩡하게 생겼는데. 다 나으면 제가 여자친구 하나 소개해줄게요."

"감사한데 괜찮아요. 여자친구가……." 장위안은 잠시 망설였다. "미국에 있어요."

"출장?"

"유학이요."

"아. 몇 년이나?"

"몰라요……."

정말, 아무것도 몰랐다. 장위안은 순간 깨달았다. 어느새 허뤄가 출국한 지도 벌써 8~9개월이 다 되어갔다. 하지만 그녀와 정식으로 이별한 것은 3년 전 일이었다. 예전에는 밤낮으로 일하느라 피곤해서 잠을 이기지 못했고 회전의자에 앉아서도 잠을 잤다. 조금의 여유도 없어 이제는 마음속에서 그녀를 잊었나 보다 했다. 그리고 그동안 그녀는 어떻게 살고 있는지, 새로운 환경에 적응은 했는지, 새로운 친구는 사귀었는지, 아는 것이 하나도 없었다.

"아파서 입원한 걸 알면 당장 비행기표 끊어서 돌아왔겠죠?" 수간호사가 웃었다. "안 그래요?"

"아마도요. 지난번에 입원했을 때도 얘기 안 했었는데. 입 싼 친구들 때문에 여자친구까지 알게 돼서 전화로 한바탕 퍼부었었죠."

장위안이 미소 지었다.

"국제 전화? 비싸지 않나요?"

"아, 그때는 우리 모두 대학생이었는데 그 친구는 베이징에, 저는 지방에 있었어요."

"근데 어떻게 알게 되었대?"

"고등학교 동창이에요."

"드문 경우네요. 지금까지 벌써 몇 년이야. 동창이 좋죠. 서로 속속들이 다 아니까, 서로 이해해주고. 좀 쉬어요. 곧 식사 시간이니까."

* * *

수간호사가 나가자 주변이 적막해졌다. 소리 없는 침묵이 천천히 그를 에워쌌다. 귓전에 아직도 그녀의 맑은 음성이 들리는 듯했다. '그날 내가 전화했을 때, 넌 이미 입원 중이었지? 왜 말 안 했어?' 원망 속에 관심이 담겨 있었고, 그녀의 잔소리도 달콤했다. 지금 와 다시 생각해보니 새삼 씁쓸했다.

벌써 몇 년이나 지난 걸까?

흘러가는 세월, 풍상에 씻긴 얼굴. 이젠 잊어버리기에도, 추억을 되짚기에도 너무 늦어버렸다. 눈썹은 짧은데 그리움은 이처럼 길었다.

* * *

캘리포니아의 태양은 뜨거웠다. 허뤄는 캠퍼스 메인 도로를 따라서 30분을 뛰고 나니 정신이 아주 맑아지는 것 같았다. 연일 도서관에 처박혀 참고서가 닳도록 자습을 했다. 대학 시절 전공과목을 더 들어둘 걸 하고 후회하면서. 수거가 웃으며 물었다. "그땐 뭐 하느라고 바빴는데? 학교에서 훈남들 구경했어?"

허뤄는 순간 당황했다. "먹기만 하고 빈둥빈둥 놀았지."

언제 비가 내린 것인지 큰비는 아니었지만 건기에 정신이 번쩍 들게 하기엔 충분했다. 길을 따라 분홍에 노란기가 도는 협죽도가 예쁘게 피어 있었다. 펑샤오는 중국 학생들과 잔디에서 땀을 뻘뻘 흘리며 축구를 하고 있었다. 그는 멀리서 허뤄를 보고는 손을 흔들었다. 그녀도 경쾌하게 손을 흔들고는 운동복 점퍼를 허리에 묶고 축구장 근처까지 잰걸음으로 뛰어갔다.

높고 낮은 원목 의자에 빗물의 흔적이 남아 나뭇결이 짙은 갈색으로 물들었다. 나무 틈 사이로 비취색의 잔디와 하룻밤 사이 피어난 연보라색 야생화가 보였다.

선수들의 가족은 이미 운동장 옆에서 응원하고 있었다. 허뤄는 안면이 있는 여학생을 발견하고 그녀 옆에 나란히 앉았다. 그 여학생은 임신 4개월에 배가 불러 있었다. 하프타임 때 펑샤오가 생수를 들고 걸어왔다. "어때? 재검 결과는 나왔어? 괜찮대?"

"괜찮아요. 오빠는 왜 여기서 축구 시합하고 있어요? 팔은 괜찮아요? 얼마 전 탈골됐다면서 웬만하면 부딪히지 않도록 조심해요."

"괜찮아. 무림 고수들도 다 이를 악물고 탈골된 팔을 다시 맞추고 계속 싸우잖아."

* * *

예비 엄마의 남편이 뛰어와 웃으며 말했다. "허뤄, 샤오원 부탁할게요. 지금 저 사람 거동이 불편해서 말이죠."

"저만 믿으세요. 공이 날아오면 제가 걷어차줄게요."

"몰라봤네. 허뤄도 선수급인가요?"

"비웃는 거죠?" 허뤄가 웃었다. "제 몸을 날려서라도 막아줄게요. 선배님의 샤오원이 공에 맞지 않도록 말이죠."

"그럼 됐어요."

"되긴 뭐가 돼?" 펑샤오가 말했다. "설마 우리 허뤄는 맞아도 된다는 거야?"

샤오원이 웃으며 말했다. "오, 여보! 흑기사가 납셨어요. 어떻게 허뤄 씨가 우리 허뤄가 됐을까?"

허뤄는 민망했다. 샤오원이 얼른 남편을 치며 말했다. "거기 둘 조금 전까지 미친 듯 뛰었는데 이러다 숨이라도 차면 어쩌려고 그래요."

남자 둘이 웃으며 자리를 떴다.

"언니, 펑샤오 놓치면 안 돼요. 자타공인 좋은 남자예요. 따뜻하고 의리도 있고 성격도 쾌활하고 또 진중하고. 오빠가 여자들 환심을 못 사는 게 아니에요. 매일 공부만 하다 보니 오빠를 알아주는 여자가 몇 없을 뿐이죠." 샤오원이 고개를 끄덕였다. "우리 집 남자 같진 않아요. 내가 만날 저 사람 보고 언제 어른이 되냐고 구박을 하죠. 매일 온라인으로 쿠폰이나 할인 정보 좀 그만 찾으라고요. 집에 전자 폐기물이 한가득 쌓였는데도 뭘 더 사려고 하는 건지……. 싸다고 쟁여놓다가 집안 거덜 나게 생겼어요." 말만 그렇지 그녀는 운동장을 바라보면서 불룩 튀어나온 배를 오른손으로 만족스럽게 감싼 채 행복한 얼굴을 하고 있었다.

* * *

허뤄는 그녀와 이런저런 얘기를 나누다 말이 끊길 때면 두 팔을 쭉 펼쳐 의자 등받이에 팔을 얹었다. 자신의 미래도 이렇진 않을까? 행복한 예비 엄마가 되어 높은 하늘 아래 이렇게 앉아 있노라면 이렇게 단순하게 웃을 수 있지 않을까?

상상만으로도 두려웠다.

바람이 불어 익숙한 꽃향기가 은은하게 퍼지자 가슴이 울렁거리며 한때 사랑했던 사람이 떠올랐다. 타향에서 웃으며 살기 위해서라도 모든 것을 꽁꽁 감춘 채 학업에 몰두해야만 했다. 그 어떤 것도 드러내지 말아야 했다. 마음 아파하지도, 상심하지도, 방심해서도 안 되었다.

* * *

박사 자격시험은 연 3일에 걸쳐 치러졌다. 허뤄는 이미 모든 뇌

세포를 다 써버렸고 매일 해가 중천에 뜨도록 잠만 자고 싶었다. 하지만 펑샤오가 그걸 용납하지 않았다. "아침에는 학교 근처에 사람도 차도 적어서 운전 연수하기 좋단 말이야."

허뤄는 비몽사몽으로 전화를 들고 중얼거렸다. "이 상태로라면 사고가 난단 말이야. 안…… 가…….."

수거가 배시시 웃으며 그녀를 보다가 다가와 간지러움을 태웠다. "아양 떠는 거 처음 보네."

"내가 언제?" 허뤄가 수화기를 가리며 그녀를 노려보았다. 다시 생각해보니 자기가 너무 어리광을 피운 것 같아 얼른 펑샤오에게 말했다. "알았어. 알았어. 15분만 기다려."

* * *

전화가 걸려왔을 때 허뤄는 한참 운전 연수 중이었다. 그녀는 허둥대며 큰소리로 "펑샤오, 펑샤오, 얼른얼른, 내 전화기."만 연발했다.

"오. IP 번혼데. 중국에서 걸려온 전화야." 펑샤오가 깔깔 웃으며 통화 버튼을 눌렀다. "안녕하세요……. 아, 지금 운전 중인데, 잠시만요."

"누구?"

"남잔데, 동창이래."

허뤄는 심장이 쪼그라들고 손에 힘이 풀리는 바람에 차가 관목을 향해 돌진했다. 펑샤오는 얼른 핸들을 잡았다. "이러면서 국내에서 운전해봤다고 큰소리를 쳐."

"누군지 물어봐." 허뤄는 대충 얼버무렸다. "지금 손이 없어서 못 받는다고, 다음에 내가 다시 전화한다고 해."

"지금 길에 차도 많아서 허뤄가 전화를 받을 수 없대요. 저한테 말씀하시면 전해줄게요. 아니면 다음에 전화 다시 걸라고 전해줄게요." 펑샤오가 전화를 끊고 허뤄를 돌아보며 말했다. "선례라네. 마스크 보냈다는 소식 들었다면서 먼저 감사한대."

"아." 허뤄는 길가에 차를 세웠다. 계절풍이 건기에 누렇게 말라버린 잡초를 휩쓸고 지나가니 텅 빈 길가는 누런 잿빛으로 가득했다.

* * *

"마스크 잘 받았어." 예즈가 전화로 소식을 전했다. "근데 선례가 제일 재수가 없었지 뭐야. 집에 잠깐 들렀다 학교로 돌아와서 바로 격리 조치당했어. 격리 구역에 들어서자마자, 학교에 다른 사람들이 감금해버렸어. 휴. 그 녀석이 매일 우리보고 면회 오라고 난리야."

허뤄는 웃음이 터져 나왔다.

예즈는 허뤄가 신나게 웃는 소리를 듣고 물었다. "기분 좋아진 거야? 그 사악한 시험 끝나고 또 펄펄 날아다니고 있겠지?"

"맞아." 허뤄는 고개를 끄덕였다. "선례 전화 받고 나니까 마음이 홀가분해졌어. 물론……." 장위안 얘기를 꺼내고 싶지 않았지만 친구들의 동정어린 말투도 듣고 싶지 않았다.

"물론 조금 실망했겠지. 안 그래?" 예즈가 혀를 끌끌 찼다. "시간이 이렇게 많이 지났는데. 너도 얼른 다른 사람 찾아서 마음의 빈자리를 채워야 딴생각도 안 들 텐데."

허뤄가 웃었다. "벌써 그런 기약 없는 백일몽은 접은 지 오래야."

"네가 정말 이제는 벗어났길 바라." 예즈가 탄식했다. "헤어 나오지 못할 어제란 없어. 다만 문제는 네가 걸어 나올 생각이 있느냐가 문제지."

"그럴 거야!" 허뤄는 전화기에 대고 진지하게 고개를 끄덕였다. "Keep moving forward."

"외계어 좀 쓰지 마. 지금 내 영어 실력 알면서 그래." 예즈가 깔깔 웃었다. "아, 맞다. 영어 말이 나와서 말인데, 요즘 선례가 영문과 여자애랑 가깝게 지내더라. 소문에 연극반에서 만났대. 어쨌든 너도 관심 좀 가져주고, 축하도 좀 해줘. 이젠 멀리 있다고 나 몰라라 하면 그 녀석 속상해할 거야."

"군자의 사귐은 담박하기가 물과 같으니라." 허뤄가 반박했다. 하지만 진짜 선례와 연락한 지도 꽤 오래되었다고 생각했다. 그래서 전화를 끊자마자 바로 선례에게 전화를 걸었다.

* * *

"자본주의의 호사스러운 세계에 빠져서 우리같이 가진 것 하나 없는 무산 계급을 잊었단 말이야." 목소리에 분명 반가운 기색이 있었지만 여전히 옛날처럼 장난스럽게 얘기했다.

"듣자 하니 요즘 여러 미녀를 만나고 다닌다던데." 허뤄가 그를 놀렸다. "내가 마스크 안 보냈으면 넌 전화도 안 했을걸."

"그러는 넌 벌써 양코배기랑 결혼해서 그린카드 받은 건 아니고?"

"누가 그래?" 허뤄가 웃었다. "의사소통도 잘 안 되는데. 우선 중국인 남자를 찾아봐야지."

"그럼…… 나는 어때?" 선례가 반 농담조로 물었다. "멀어도 괜찮다면."

"네 옆에 있는 여자친구가 동의한다면." 허뤄가 진지한 척 대답했다.

"무슨 소리야. 알고 지낸 지도 얼마 안 됐다고. 아직 생각 중이야."

"뭘 생각해? 덜 예뻐?"

"말하자면 길어. 그리고 너……." 선례가 잠시 말을 멈추었다. "난 옛날 일들 자주 생각나더라."

"뭐 하러?" 허뤄가 깊게 심호흡한 뒤 가볍게 웃으며 말했다. "내 앞에 있는 사람한테 최선을 다해."

* * *

내 앞에 있는 사람은 지금 노래를 흥얼거리며 설거지를 하고 있는 이 남자였다. 그가 돌아보며 웃었다. "넌 요리하고 난 냄비를 닦고, 아주 공평하지 않아."

허뤄가 그의 곁에 서서 고개를 비스듬히 쳐다보았다. "그렇게 힘주며 닦지 마. 냄비 바닥에 구멍 나겠어."

"여기 와서 밥 먹으려면 힘을 써야지." 수거가 그녀를 잡아끌었다. "펑샤오 씨가 닦게 냅둬. 자기가 하겠다잖아. 봐, 의욕이 하늘을 찌른다니까."

"매일 이렇게 얻어먹을 수만 있다면 매일 설거지해도 좋아." 펑샤오가 허뤄를 불렀다. "저기, 소매 내려갔는데 좀 올려줘."

"그러지 말고 허뤄를 모셔가서 매일 밥을 해달라면 되겠네요!" 수거가 히죽히죽 웃었다. "아 참, 그럼 내가 밥을 얻어먹을 수가 없잖아."

"나한테 식비를 주면 너도 우리 집에서 밥 먹여줄게." 펑샤오가 이번엔 허뤄를 보며 물었다. "넌 어때, 미스 브레드? 내가 식자재를 대고 넌 인력을 제공하고, 수입은 둘로 나누자." 그는 방긋방긋 웃으며 싱크대를 정리했다. 레인지 후드의 노란 불빛이 그의 눈언저리를 비추었고, 얼굴의 윤곽을 부드럽게 만들었다. 허뤄는 조금 전 식품 가게에서 장을 보던 때를 떠올렸다. 그가 카트를 밀고 자신이 그 옆에서 이것저것 손으로 가리키면 평소 명랑한 이 남자도 허리를 굽어 자신 말을 경청하며 부드럽게 미소 지었다. 그녀의 마음속에도 작은 등불 하나가 켜지며 어두운 구석까지 따뜻하게 비추고 있었다.

* * *

펑샤오의 지도 교수가 대형 실험실을 설계하는데 펑샤오도 야근을 하며 자재의 피로 강도 데이터를 기록했다. 허뤄는 쓰레기를 들고 내려가면서 그를 바래다주고 차를 가져올 생각이었다. 펑샤오가 이야기를 꺼냈다. "시간 좀 있는데 걷자."

허뤄가 고개를 끄덕이며 손을 내저었다. "방금 쓰레기 버리고 손도 안 씻었어."

"상관없어. 그 손으로 뭘 먹을 것도 아닌데." 펑샤오가 웃었다. 둘은 대학원생 아파트를 크게 한 바퀴 돌았다.

"허뤄. 난……." 펑샤오가 걸음을 멈추고 그녀를 돌아보았다. "글쎄, 내가 이런 말을 하면 어떻게 될지. 어쩌면 내가 못 미더운 녀석이라고 생각할지도 모르겠다."

허뤄는 어리둥절했다. 길가를 뛰어다니던 작은 다람쥐가 눈을 동그랗게 뜨고 둘을 뚫어져라 쳐다보았다.

범포 천의 트레이닝복 바지 주머니에 두 손을 찔러 넣었다. "그래도 널 속여선 안 될 것 같아서. 내 과거에 대한 거야."

"과거 없는 사람이 어디 있나?" 허뤄가 미소 지었다.

"약혼자가 있었어." 펑샤오는 마치 자신과 아무 상관없는 다른 사람 말을 하는 사람처럼 담담했다. "경솔한 행동이었고, 다른 사람한테는 거의 얘기한 적이 없어." 그가 정색하며 말했다. "그런데 넌, 이 일에 관해서 알아야 할 권리가 있으니까."

"내가?"

"응. 난 네가 알아줬으면 해. 이번엔, 진짜 신중하게 행동한다는 걸."

"대학생 때에도 여자친구는 없었어. 감정은 사치라 생각했고, 나이가 들수록 더 심해졌지. 어쩌면 너무 공부만 파고들어서 그럴지도 몰라. 난 타고난 천재가 아니라서 모든 보답은 스스로 노력해서 얻는 것이라 생각하며 살았거든. 그래서 누군가를 조건 없이 사랑한다는 건 믿을 수가 없었어. 부모님은 내가 이쪽으로 영 젬병이라 생각하셨는지 조급해하셨지. 마침 아빠 동창의 동료의 조카가, 너무 복잡하지?" 펑샤오가 웃었다. "그 아가씨가 출국 신청을 했는데 미국의 오퍼를 못 받았나 봐, 또 다른 나라에는 가기 싫고 해서 다른 방법을 찾고 있었어. 우리 집에선 그 아가씨가 예쁘고 참하고, 집안도 좋으니까 마음에 들어했어……. 몇 번 만나서 영화 보고 집에 바래다주고 그랬지 어차피 누군가와 평생을 함께해야 한다면 부모님이 좋아하는 사람이면 좋지 않을까? 그래서 대학교 4학년 2학기 때 바로 약혼을 했고 졸업 후 결혼해서 그녀를 F2 비자로 미국에 데려올 생각이었지."

* * *

"단지 몇 번 만나고?"

"응. 그쪽도 특별히 반대하지 않았으니까."

"그건 잘생긴 아들을 낳아준 엄마한테 감사해야겠네." 허뤄가 웃었다.

"나를 며칠 더 늦게 낳아주신 것에도 감사해야지." 펑샤오가 한숨을 돌리며 말했다. "내가 출국을 하던 날은 스물둘 살까지 아직 반 개월이나 남아서 혼인 신고를 할 수 없었거든. 다행이었지. 아니었으면 지금쯤 불륜이 되었을 거야."

허뤄가 미간을 살짝 찌푸렸다. "꿈도 커. 그럼 어떤 여자가 오빠랑 엮이고 싶어 하겠어."

* * *

"미국에 온 후 학업에 바빠서 나도 몇 주 연속 정크 푸드를 먹은 경험이 있지. 숙소는 완전 엉망이었어. 진짜 여름방학에 당장 돌아가 결혼해서 그 아가씨를 데려와야겠다 생각했었지." 펑샤오는 한숨을 푹푹 쉬었다. "그 시기를 잘 버텨내서 다행이야. 추수감사절에 미국 친구 집에 가서 칠면조를 먹는데, 오육십 대 노부부가 다정하게 손을 잡고, 하느님께 서로 만나게 해주셔서 감사한다고 말하더라. 문득 내가 기다려온 사람이 지금의 약혼자는 아니구나 깨달았어. 그녀와 결혼한다면 영원히 이런 따뜻한 가정을 이룰 수는 없겠다 싶었지. 우리 둘 다 아직 젊은데 굳이 짝을 찾기 위해서 인생 전부를 걸 필요가 있을까 생각했어?"

"이해해." 허뤄가 고개를 끄덕였다. "나도 처음 와서 몇 개월 동안은 많이 방황하고 외로웠어. 꼭 시간이 날 버려둔 것만 같고."

"그래서 파혼했어." 펑샤오가 씁쓸하게 웃으며 머리를 긁적였다. "봐! 약혼하고 다시 파혼하기까지 채 스무 번도 안 만났어. 죄책감이 들더라."

허뤄는 고개를 숙인 채 아무 말도 하지 않았다.

"나도 알아. 너도 용납이 안 될 거야. 나도 생각하면 후회만 되니까. 사람 감정을 가지고 놀았나 싶기도 하고."

"괜찮아. 그것도 성장하는 과정이니까." 허뤄는 고개를 들었다. "너무 현실적인 사람이 있는가 하면 너무 비현실적인 사람도 있으니까. 모두 감정의 균형점을 찾아가는 중이라고 생각해. 사실 나도 계속 과거 속에 갇혀 살까 봐 겁나. 그 사람, 헤어진 지 오래되었는데도, 아직도 꿈을 꾸곤 해."

그리움이 나를 그 자리에 못 박아두었다.

* * *

펑샤오는 오히려 웃었다. "MIT BBS에서 본 글인데 못을 뽑고 나면 그 자리에 구멍이 생긴대. 똑똑한 사람은 그림으로 그 자리를 가리고, 우둔한 사람은 계속 쳐다보면서 그 구멍을 더 후벼 판대. 그리고 현실적이고 이성적인 사람은 더 큰 못을 박는대. 못이 작으면 쉽게 빠지니까."

허뤄도 웃었다. "왜 차라리 시멘트를 발라버리지?"

"그러게. 넌 내가 대신 발라줄게. 그리고 새로운 못을 박아 그림도 걸어줄게." 펑샤오가 허뤄의 손을 잡았다. "미스 브레드, 난……."

"방금 쓰레기 치웠잖아………." 허뤄가 손을 뺐다. "까먹었어?"

하늘에 무수한 별들 아래 둘은 자신의 발끝만 쳐다보았다. 지

나가던 자동차의 노란 헤드라이트가 그 침묵을 깼다. "난, 생각해
본 적이 없어……." 허뭐는 여짓거렸다. 생각은 해봤다 해도 그날
이 이렇게 빨리 올 줄은, 특히 뭐라고 대답해야 할지는 미처 생각
지 못했다.

"기다릴게."

"오빠가 기대하는 답이 아닐 수도 있어."

"그건 반대로 OK일 수도 있다는 거잖아."

뒤에서 그녀의 이름을 부르는 사람이 없는데도, 허뭐는 무의식
적으로 뒤를 돌아보았다. 지나온 길은 어둑했다. 한때 자신을 응
시했던 그 사람의 두 눈동자도 더는 지금 아파트에 켜진 등불만
큼 밝지 않았다.

* * *

검진 결과 큰 문제는 없었다. 장위안은 며칠 더 입원했다가 퇴
원 절차를 밟았다. 마더싱이 그를 데리고 집으로 돌아가는 길에
자동차 매매 시장에 들르자고 했다. 장위안이 웃으며 물었다. "이
차 산 지 얼마 안 됐잖아요?"

"말 타면 경마 잡히고 싶은 법." 마더싱이 웃었다. "차는 마누라
랑 같아서 젊고 예쁜 여자를 보면 괜히 일찍 결혼했구나 후회하게
되지."

"사무실에서, 특히 캉만싱 앞에서는 그런 말 하지도 마세요. 능
지처참 당할 수도 있어요." 장위안이 말했다. "요즘 아가씨들하고

는 세대 차가 느껴진다니까요."

"내가 오히려 여러분하고 세대 차를 느끼지." 마더싱이 웃으며 더는 묻지 않았다. 장위안의 연애사는 이미 회사에서 파다하게 퍼졌고 그 버전 역시 가지각색이었다. 능력도 흠잡을 데 없는 남자가 여태 혼자이니 사람들의 수많은 추측이 난무했다. 그가 모 기업 사장의, 아직 해외에서 공부 중인 딸을 노린다는 소문도 있었다.

* * *

"자동차 매매 시장 안 갈 거야? 바로 시베이 쓰환에 있는데 여기서도 안 멀어." 마더싱이 제안했다.

"좋지요. 근데 모아둔 돈이 없어요." 때마침 길가의 옥외 광고가 '휙' 하고 스쳐 지나갔다. "쿤위강 인접, 학부의 성지, 푸른 강이 흐르는……." 혼잣말로 광고를 읽다 말고 갑자기 단호하게 말했다. "다음 길목에서 골목으로 들어가 샹산 방향으로 가주세요."

"어디 가게?"

"징미 수로 부근 분양 아파트요."

"뭐?" 마더싱이 자신의 귀를 의심했다.

"지금 본 광고, 평균 매매가가 6500이에요. 괜찮지 않나요?" 장위안이 웃었다. "여기 집을 사두려고요. 베이징 녹화 계획 지구잖아요."

* * *

부동산 아가씨의 말은 청산유수였다. 개발업체와 부동산 관리에 관해 침이 마르게 자랑했다. 모델 하우스를 나오면서 마더싱이 조언했다. "여긴 교통편이 안 좋아서 자동차가 있어야 해. 게다가 주변에 단지도 적고 주도로도 하나뿐이고, 2년 동안은 교통 문제가 제일 골칫거린데. 도로 정비는 나중 일이고 말이야. 저축해둔 돈도 없다며? 같은 돈이면 먼저 자동차를 사고 나중에 좀 더 먼 곳에, 큰 집을 사."

"차 말고 이 집을 살 거예요. 출근이야 버스에 끼어서 다니면 되고요." 장위안은 브로슈어를 튕겼다. "조금 전 확실하게 대답하지 않은 건, 오늘 저녁 부모님께 돈을 빌려보려고 그런 거예요. 제가 당장은 일시금으로 지급할 능력이 없어서."

"이렇게 번갯불에 콩 볶듯이? 실제 건물을 본 것도 아니고 모델 하우스 하나 보고?" 마더싱은 고개를 절레절레 저었다. "위염이 심한 건 아니지? 사람이 완전 정상이 아닌데."

"정상이에요." 장위안이 고개를 저었다. 그는 차 옆에 서서 멀리 북쪽의 푸른 산맥을 바라보았다.

* * *

그날 그는 환자식을 먹었다. 그리고 거리의 풍경을 바라본 게 오랜만이구나 생각했다. 베이징의 밤은 휘황찬란하여 오히려 저 멀리 별들이 더 적막해 보였고, 반원의 상현달만이 가가호호 밝혀진 등불을 내려다보고 있었다. PVC 창이 시끄러운 차량의 소음을 단절시키면서 비로소 홀로 조용히 남겨졌다. 한 사람에 대한 그리움을 반복하며 곱씹었다.

허뤄가 자신의 말을 경청하던 모습을 떠올렸다. 도서관의 옥상에서 그리고 숙소에서 찹쌀죽을 먹으면서, 눈이 내린 후 소란스럽던 12월에도, 그녀는 미소 띤 얼굴로 고개를 끄덕이며 내 얘기에 맞장구를 쳐주었었다. 그는 아무 걱정 없이, 조금의 망설임도 없이 앞만 보고 달렸다. 하지만 그것은 그가 원하는 목표였지, 그녀의 것은 아니었다.

허뤄는 그가 대신 하늘을 이고 보호해줄 필요 없었다. 미래를 스스로 충분히 개척할 능력이 있는 여자였다.

* * *

그녀의 사랑에 메아리는 없었다. 꽃피는 계절을 놓쳐버린 장미는 이내 시들어버렸다. 웃음 뒤에 고독을, 소란 속에 적막을, 혼자 병실에 남겨진 후에야 깊이 깨달을 수 있었다.

지금 이 순간, 이별 후 1000일여 간의 공명과 출세를 위해 달려온 시간들이 빠르게 흘러갔다. 이제 와 새삼 영원히 그녀를 잃어버렸다는 생각이 들었다. 장위안은 처음 사랑을 깨달은 철부지 소년처럼 불안한 미래 앞에서 속수무책이 되고 말았다.

너에게 묻고 싶어, 허뤄! 우리 둘의 미래는 없는 걸까?

제4장 나 혼자 영원할 거라

내가 어떻게 당신께 따져 물을 수 있을까요
붙잡고 싶은 나, 잊으려는 당신
행복했던, 아팠던
당신의, 그리고 나의
모든 것들이 한순간 끝이 나버렸는데
어떻게 물을 수 있을까요
당신은 아파하지 않는데 안타까움도 없겠죠
손잡고 함께 걷던 이 길을
나 혼자 영원할 거라 믿으며

by 장위 '나 혼자 영원할 거라'

장웨이루이가 1층으로 찾아왔다. 그리고 복도 끝 계단에서 장위안이 보였다. 마침 창밖으로 응시하고 있던 그의 얼굴은 어두웠다. 어둑어둑한 저녁 안개에 녹아들어 실루엣이 희미하게 드러났다. 두 뺨이 움푹 꺼져 초췌해 보였지만 옆얼굴의 실루엣은 여전히 아름다웠다. 줄을 잘못 선 앞머리 한 가닥이 고집스럽게 치켜 올라가 있었고, 입술을 앙다문 채 먼 곳을 응시하고 있는 모습이 흡사 고집을 부리고 있는 아이 같았다.

"실컷 봤어?" 주닝리가 그녀를 밀었다. "그 사람 명함을 보지 말 았어야 했어."

"그러게, 누가 그걸 노래방 회원 카드랑 같이 지갑에 넣고 다니 래?"

"그러게 누가 몰래 학교에서 빠져나와서 노래방에 가재? 넌 지 금 학교에 갇힌 거 아니었어?" 주닝리가 그녀를 잡아끌었다. "가 자. 들키면 뭐라고 변명할래?" 주닝리는 그녀를 이곳 오피스 빌딩 에 데려온 걸 후회했다. 물론 이곳에 다른 협력사들도 있긴 하지 만 지금 이렇게 대놓고 톈다 기업 복도에 서 있다는 건 딴 맘이 있 다는 걸 드러내는 꼴이었다.

"조금만 더 보고……." 장웨이루이는 차마 자리를 뜨지 못하고 한숨을 내쉬었다. "역시 우리 오빠야. 아파도 일반인보다 잘생겼 잖아."

주닝리가 눈을 흘겼다. "봐. 석양 아래 넋을 놓고 서 있는 고독 한 미남이라! 너처럼 미색에 빠진 어린 여자들의 환상이나 채워주 고 모성애를 자극하지."

"진짜 딴마음 없다니까."

"근데 왜 보러 왔어? 장위안이 병원에 실려갔다고 하니까 학교 에서 몰래 빠져나온 거잖아?"

"난 진짜 오빠처럼 생각하고 있어." 장웨이루이는 반박했다. "진 짜 가족처럼."

"거짓말."

장웨이루이가 입을 삐죽거리더니 잠시 침묵했다. "근데 넌 왜 보러 왔어?"

"나?" 주닝리가 소리 내어 웃었다. "난 널 감시하러 온 거지. 얼른 가자. 톈다 마케팅팀 사람들이 날 안단 말이야."

이틀 후 장웨이루이는 주닝리에게 전화를 걸어 울먹이며 말했다. "나 격리됐어······."

"왜?"

"학교에서 빠져나올 때 마침 우리 과 점호가 있었나 봐. 다들 제대로 둘러대지 못하고······."

재수가 없으려면 뒤로 넘어져도 코가 깨진다더니.

장웨이루이는 대성통곡했다. "이틀만 있으면 내 생일인데. 설마 중미합작소에서 생일을 보내야 하는 거야?"

주닝리가 그녀를 위로하며 과일이 얹어진 슈바르츠발트 초콜릿 케이크를 사주겠다고 약속했다. 게다가 그녀 극성에 못 이겨 동감 지대(지정 구간 요금 할인제―옮긴이) 충전 카드, '프렌즈' 신작 CD 등 구매 목록을 한가득 받아 적은 후에야 끝이 났다.

* * *

학교에서는 잠시라도 외출하고 돌아온 학생을 무조건 이 주간 격리했다. 4월부터 유학생들이 속속 돌아왔고, 사스를 피하고자 4층 기숙사를 비워주었다. 에어컨에, 별도 화장실에 일반 학생 숙소보다 훨씬 좋았다. 하지만 앞뒤 정원의 대문은 경비가 지키고 있었고, 학교에서도 규정을 위반하고 격리 구간을 무단으로 이탈하는 자는 모두 '중과실 기록' 처분에 처하겠다고 여러 차례 성명을 발표했다.

예즈는 난간을 사이에 두고 선례에게 허뤄가 보내온 마스크를 전달했다. "우리 둘 다 지금 위험 반경 내에 있는 거지?"

"격리는 그냥 형식적인 거야."

"그러게 누가 함부로 돌아다니래?"

"엄마가 연잎 쌈밥 먹으러 오래서. 사자의 코털을 건드리려는 의도는 없었어."

"여기도 나쁘진 않지." 예즈가 웃으며 주변을 살펴보니, 배드민턴을 치는 사람, 제기를 차는 사람, 고무줄 놀이를 하는 사람들이 보였다. "완전 중미합작사 유치원이네! 너한테 딱 맞아. 선례 꼬마, 벌 잘 서고 있어라!"

그녀는 갑자기 또 무슨 생각이 났는지 조용히 물었다. "연극반에 새로 가입한 예쁜 아가씨는 너 보러 안 왔어?"

"그런 게 어디 있어?"

"없어?" 예즈가 고개를 저었다. "이 녀석 거짓말 마."

"남이사!" 선례가 농담조로 욕을 했다. "뻥 아니거든, 진짜 아니라고. 걔도 격리됐다고."

* * *

매일 저녁 무렵 학교에서 약을 나눠주며 마음껏 복용하도록 했

다. 판람근과 기타 약초를 넣고 달인 진한 갈색의 보약이었다. 장
웨이루이는 마치 장렬하게 전사하는 영웅처럼 코를 잡고 꿀꺽꿀
꺽 반 사발을 마시더니, 결국은 삼키지 못하고 그대로 나무 아래
뱉어버렸다.

"장 잡초 양. 가글 중?" 선례가 물었다. 그 별명은 악착스럽게
따라다녔다.

"응. 잔디에 물 주는 중이야? 요즘 비가 안 내렸잖아." 장웨이루
이가 고개를 들어 하늘을 쳐다보았다. 속눈썹이 바람에 흔들렸다.
"조금 전, 그…… 여자친구야?"

"무슨 소리야. 대학 동창이야." 선례가 손을 세차게 흔들었다.
"자. 너도 좀 줄게."

"마스크?"

"전설 속 그 N95야. 미국 친구가 특별히 택배로 부쳐준 거야."

"오." 장웨이루이는 하얀 마스크를 한참을 관찰했다. "이렇게 단
순해. 이거 일회용 같은데, 진짜 효과 있어? 넌 생물학과잖아."

"에이, 그냥 심리적 안정이지. 여자들은 쓸데없이 걱정이 많아."

"그래서 안 받을 거야?" 그녀가 입을 삐죽거렸다. "그만큼 널 신
경 쓴다는 거잖아요. 이번엔 진짜 여자친구야?"

"얼씨구. 그럼 내가 이걸 널 줬겠니?" 선례가 웃었다.

"우정보다는 사랑이구나." 누군가 분필로 그려놓은 사방치기를
하며 장웨이루이가 말했다. "너랑 안 놀아."

"흑심이 있긴 했었지." 선례가 솔직하게 털어놓았다. "한데 그때

그 친구는 남자친구랑 아주 잘 지내고 있었거든. 둘이 고등학교 동창."

"히히. 삼각관계였구나." 장웨이루이가 다가와 그의 옆 화단에 앉았다. "다른 건 몰라도 남녀 사이는 갈라놔선 안 돼."

"갈라놓긴." 선례가 변명했다. "내가 그런 사람이니? 근데 시간과 거리가 사람보다 더 무섭더라."

장웨이루이는 이해한다는 듯 고개를 끄덕였다. "맞아. 내가 아는 완전 괜찮은 남자가 있었는데, 여자친구가 유학을 떠나면서 그 남자를 버렸어. 아 참, 그 여자가 이 대학에 다녔는데."

"우리가 왜 이런 우울한 얘기를 하고 있냐! 자, 자. 우리 이제 가벼운 얘기나 하자." 그가 얼굴에 마스크를 뒤집어썼다. "울트라 맨!"

"친구가 알면 화내겠다! 차라리 다음엔 다른 거 부쳐달라 해……." 장웨이루이는 손가락을 꼽으며 말했다. "초콜릿, 쿠키, 포도, 오렌지……."

"그러지 말고 직접 달라고 해." 선례가 웃었다. "그러고 보니 그 친구 고향이 너희 대학 소재지였던 것 같은데."

"진짜 우연이네." 장웨이루이는 갑자기 어떤 예감이 스쳤다. "그 친구 이름이?"

"허뭐."

* * *

역시, 역시나 그녀였다. 장웨이루이는 자신의 뺨을 치고 싶었다. 허뤄의 당시 전공을 몰랐다 해도 왜 진작 선례에게 물어볼 생각을 못했을까?

"알아?"

"그런 셈이지." 그녀는 맥이 풀렸다. "내가 조금 전에 말한 그 남자, 여자친구한테 차였다던……."

"장위안. 허뤄가 차긴 언제 차." 선례는 눈살을 찌푸렸다. 신입생 국경절, 그렇게 해맑게 웃는 허뤄의 모습은 처음 보았다. 그것도 다른 남자의 앞에서. 그 이후 그녀는 점점 조용하고 차분해졌고 예전처럼 귀엽고 환하게 웃는 모습을 더는 볼 수 없었다.

"허뤄처럼 남김없이 모든 걸 바쳐 사랑하는 사람은 이 세상에 또 없을걸. 장위안이 태도를 분명하게 하지 않으니까 허뤄도 더는 어쩔 수 없었던 거지."

"넌 당사자도 아니면서." 장웨이루이는 반박했다. "그때 장위안은 입석 표를 사서 허뤄를 보러 왔었고, 직접 나무 상자까지 만들어 카세트테이프를 선물했다고. 병원에 입원하고도 알리지 않았고!" 그녀는 순간 흥분했다. 지금은 그녀를 자극하기 위해 시시콜콜 이야기해준 주닝리가 고마울 뿐이었다.

"그럼 허뤄가 기차로 밤새 달려 찾아간 건 알아? 출국을 준비하면서도 장위안 주려고 자료를 밤새 준비한 건 아냐고? 난 그건 확실히 알아. 사람들 말로는 장위안이 자신의 미래를 위해서 허뤄에게 상처를 줬다더라. 한 번도 허뤄의 행복을 위해 노력한 적이 없어."

"장위안의 행동이 모든 걸 말해주지 않나! 그의 미래가 바로 허뤄의 미래가 아냐?" 장웨이루이는 격분했다. "장위안이 얼마나 초췌해졌는지 알아. 나였다면 아무리 좋은 곳이라도 유학 가진 않았을 거야!"

"확실하지도 않은 미래를 위해 여기 남을 사람은 아무도 없어. 헤어지고 나서도 장위안이 몇 번 찾아왔었어. 근데 그 친구가 찾아오면 올수록 허뤄가 더 불안해졌다는 걸 그 친구는 알까?"

"네가 허뤄를 좋아하니까 자꾸 편드는 거잖아." 장웨이루이는 기가 막혔다. "그래서 함부로 추측하는 거잖아!" 마스크를 바닥에 내동댕이치고 발로 짓밟고 싶었다. 하지만 차마 그러지 못하고 선례의 얼굴에 집어던졌다.

선례는 그 자리에 멍하니 서 있었다. 우리가 왜 이렇게 된 거지? 사실 이틀 후면 장웨이루이 생일이라는 얘기를 듣고, 농담으로 수용소에서 생일을 맞는 기분은 어떠냐고 물은 뒤, 소원이 무언지 물어볼 생각이었다.

그런데 뜻밖에도 다른 사람 때문에 서로 다투기까지 하다니! 그녀가 장위안의 얘기를 하면서 흥분하는 모습에 더 불안해졌기 때문이었다.

* * *

선례가 허뤄에게 전화를 걸었는데 웬 남학생이 전화를 받았다. 그는 친절하게 수화기를 가리고 그녀가 바빠서 전화를 받을 수 없다고 둘러댔다. 누굴 피하고 있는 걸까? 그게 분명 자신은 아니었다.

"난 옛날 일들이 자주 생각나더라."

"네 앞에 있는 사람한테 최선을 다해." 완곡한 그녀의 한마디는 다른 사람을 위한 걸까, 아니면 자신에게 한 말일까?

* * *

매일 해가 지면 모두 뜰에 나와 바람을 쐤다. 마치 교도소의 산책 시간처럼 모두 이 시간을 놓치고 싶지 않아 했다.

둘은 시도 때도 없이 마주칠 수밖에 없었다. 장웨이루이는 지난 이틀간 선례를 고운 눈으로 바라본 적이 없었다. 그러면서도 마음속은 늘 불편했다. 11시 소등 후 곧 한 살을 더 먹을 생각을 하니 그대로 누워 있을 수만은 없었다. 자리에서 일어나 촛불을 켜고 일기장을 펼쳤다.

'내가 정말 잘못 살았구나! 여태 그런 생각을 해본 적이 없었는데, 이번이 처음이다. 갑자기 수십 년은 한꺼번에 늙어버린 기분이다.' 일기를 써 내려간다.

'몇 년 전 그녀를 처음 만났을 때도 이렇게까지 패배감이 들지는 않았었다. 그에게 내가 어떻게 해도 그녀를 대신할 수 없다는 것을 잘 알고 있었으니까. 그에 대한 감정도 서서히 식어가고 있었다. 물론 여전히 관심을 가지고 그의 소식을 묻곤 하지만 그래도 가슴이 아플 정도까지는 아니었다. 하지만 이젠 다른 남자에게

서 또 다른 행복을 찾았다고 생각했는데 또 그녀에게 졌다고 생각하니 마음이 달갑지만은 않았다!'

"아직 안 자?" 침대 위 칸의 여학생이 물었다.

"불이 너무 밝아서 방해됐니? 미안해."

"내 캐노피 태울까 봐 그러지."

장웨이루이는 촛불을 껐다. 고요한 어둠 속 고독이 밀물처럼 몰려왔다. 머릿속엔 온통 진지한 표정을 한 선례뿐이었다. 평소 실없이 웃기만 하던 남자가 드물게 진지해졌는데 그게 하필 한때 좋아했던 여자 때문이라니. 아, 어쩌면 여전히 좋아하는 여자일 수도 있겠구나!

그렇게 예전의 장위안의 모습은 희미해져 갔다.

그리고 분명해지는 한 가지 사실. '주닝리가 말하지 않아도 이제는 알 것 같았다. 누군가를 좋아한다는 건 절대 숨길 수가 없는 법이다. 만약 주닝리가 누군가를 그토록 미워하고 있다면 명함을 받아 아무렇게나 가방에 넣어두었을 텐데, 어째서 지갑 깊숙한 곳에 넣어둔 것일까?'

당시 주닝리가 자신에게 했던 말이 떠올랐다. '첫눈에는 반한 게 아니라도 두 번, 세 번 보면 또 모르지? 너 같은 여자애들은 장위안 같은 남자들한테 면역력이 없거든.'

그럼 설마 주닝리는 있다는 건가? 늘 나에게 철없는 애라고 말했으면서.

장웨이루이는 순간 이루 말할 수 없는 슬픔에 빠졌다. 그리고 다시 자신의 총명함에 감탄했다.

* * *

누군가 창틀을 똑똑 두드렸다. 장웨이루이의 숙소는 1층이었는데, 종종 열쇠를 놓고 나간 사람들이 문을 열어달라며 아무 침실이나 두드리곤 했다. 그녀는 심기도 불편하고 대답하기도 귀찮았다. 그런데 창밖에서는 고집스럽게, 그것도 소년 선봉대의 북소리 장단에 맞춰서 창문을 두드리고 있었다.

짜증 나! 장웨이루이는 조용히 구시렁거렸다. "그만해. 다들 자잖아."

"생일 주인공도 주무시나?"

선례였다. 내 생일을 알고 있다니! 장웨이루이는 자리에서 일어나 앉았다. 웃음을 참았다. "자는데, 잠꼬대하는 중."

"아, 이 예쁜 케이크가 아까워서 어쩌나? 그냥 길고양이들이나 줘야겠네."

"이게 그 예쁜 케이크야?" 아카시아 사이로 비추는 순백의 달빛을 빌려, 그녀 앞에 형체를 알아볼 수 없는 크림과 케이크의 혼합물을 살펴보았다. "너무 추상적이다."

"너도 한번 해봐. 담에서 떨어지면 다 이렇게 추상적으로 변해." 선례가 허리를 주물렀다.

"아. 떨어졌어? ……쌤통이다."

"내가 아니라 케이크가. 나야, 고수니 케이크를 들고도 한 손으로 기어오를 수 있지." 선례가 담장을 손가락으로 가리켰다. "원래 케이크는 일단 저기다 두고 넘어가려고 했는데 그만 실수로 힘을 너무 줘서 케이크가 담장 밖에서 안으로 바로 떨어진 거지."

"일부러 그랬지?"

"케이크가 너한테 먹히기 싫다는 걸 난들 어쩌겠어." 선례가 돌아서며 말했다. "갈게." 그리곤 노래를 흥얼거렸다. "꽃과 같은 향기도 없고, 나무처럼 크지도 않은 나는 무명초라네. 외로움도, 번뇌도 없네. 내 비록 이렇게 늙어⋯⋯."

"못 먹어도, 버릴 순 없지." 장웨이루이가 크림을 손에 잔뜩 바르더니 그의 코에 재빠르게 문질렀다. "하하, 이것도 괜찮은데. 바이. 하얀 코 피에로 씨. 곡예단에나 가보시지!"

선례도 장웨이루이 이마에 초콜릿 크림을 발랐다. "인디언." 그가 웃었다.

신나게 장난을 치고 나니 얼굴은 온통 엉망이 되어버렸고, 케이크는 불쌍하게도 한 조각만이 남겨졌다.

"아까워라. 힘들게 11시까지 문 연 빵집을 찾아 사 온 건데."

"그럼, 커팅하자!" 장웨이루이가 손을 내밀었다.

"뭐?"

"칼하고 초는?"

"아, 까먹었다⋯⋯."

"멍청이."

"그냥 손으로 들고 먹자."

"초 가지고 올게!" 장웨이루이가 숙소로 돌아갔다.

"중미합작사를 태워 먹을 작정인 거야? 불길 속에서 열반에 들게?" 선례가 웃으며 그녀를 놀렸다. "이렇게 큰 생일 초는 처음 본다."

"네가 안 가져와서 그런 거잖아!" 따뜻한 촛불이 두 얼굴을 희미하게 비추었다.

"소원 하나 빌어." 선례가 말했다.

"세 개!" 장웨이루이가 손을 들었다. "두 개는 말해줄 수 있지만 마지막 거는 말 못 해."

"알았어. 맘대로 해. 욕심쟁이. 한 번에 세 살이나 더 먹어도 좋아?"

장웨이루이가 발을 동동 굴렀다. "쉿. 소원 빌게!"

"알았어. 말해봐."

"하나, 얼른 격리 조치가 해제되고 모두가 평안하기를."

"응."

"둘, 아빠, 엄마 만수무강하세요. 저를 이렇게 키워주시느라 고생 많으셨죠."

"나도 고생했는데……." 선례가 손가락으로 자신의 콧등을, 그리고 다시 담장을 가리켰다.

장웨이루이가 눈을 흘겼다.

"셋째는?"

"말 못 해."

"그럼 그렇게 해." 선례가 웃었다. "자, 촛불 꺼. 사감에게 발각되면 소방차가 출동할지도 몰라. 그럼 기록부에 중과실 기록이 남는 다고."

장웨이루이가 실눈을 뜨고 선례를 훔쳐보았다. 그는 허리에 손을 짚고 있었다. 얼굴은 온통 크림 범벅이었고 하얀 티셔츠는 먼지와 잡초들이 잔뜩 묻어 있었다.

모두가 행복해지게 해주세요. 마음속으로 소원을 빌었다. 기대해볼 만한 희망을 발견한 것 같았다.

* * *

격리 조치가 끝나고 이틀이 채 지나기도 전에 각 대학에도 해금 조치가 내려졌다. 쓸데없이 합작사에서 2주 동안이나 갇혀 있었다고 모두 아우성이었다. 주닝리가 특별히 장웨이루이를 찾아와 함께 쇼핑을 갔다. "답답해 죽을 뻔했지?"

"응. 여명이 터 오르기 전 어둠이 가장 짙은 법이지. 장렬히 희생하고 났더니 전국이 해방되더라고."

"2주 못 본 사이 말 참 많아졌네?" 주닝리가 흠칫 놀랐다. "난 또 네가 답답해서 우울증 걸릴까 봐 걱정했네."

"내가 한 말은 아니고……. 그게…… 인터넷에서 누가 그랬어……."

"좋아서 입을 못 다무네. 그날 전화해서 할 말 있다고 했잖아. 어서 사실대로 불어."

"불긴 뭘 불어. 그냥 깨달은 바가 있어서 그래." 장웨이루이가 웃으며 말했다. "사람은 그래서 앞을 보고 살아야 해. 시간이 모든 걸 해결해주지."

* * *

어떤 사람에게는 시간이 상처를 치유하는 약이겠지만 안타깝게도 장위안에게는 그렇지 못했다. 1분 1초가 뼈를 녹이는 독약만 같았다.

그는 결국 분양 아파트를 샀다. 계약금 30만, 20년 상환으로 매달 3900위안을 갚아야 했다. 열쇠를 받아들던 그날도 바람이 세게 불었다. 길은 온통 황금색의 은행잎으로 뒤덮였고, 흩날리며 떨어지는 잎은 마치 나비의 색동저고리 같았다. 건물 뒤편의 푸른 산은 알록달록 가을색으로 물들었고, 붉고 노란 단풍이 손에 잡힐 듯 가까이 있었다.

허뤄에게 전화를 할까 말까 망설였다.

허뤄의 연락처를 물어볼 요량으로 이틀 전 리원웨이에게 전화를 걸었었다. 장위안이 무언가를 말하려다 머뭇거리자 그걸 눈치챈 리원웨이가 놀리며 말했다. "반년 만에 드디어 나에게 물어볼 생각을 하신 거야? 그렇게 미적거리는 사람이 무슨 창업입네 사업입네 하는 거야? 그냥 공공기관에나 들어가서 차나 마시고 신문이나 보면서 편하게 일해!"

"사업은 리스크가 있게 마련이야. 리스크가 클수록 돌아오는 수익도 크지. 그런 건 실패해도 겁 안 나. 실패 좀 하면 어때? 어차피 가진 거 하나 없었는데. 그러다 넘어지면 그냥 짐 싸서 떠나면 되고 처음부터 다시 시작하면 그만이야." 그가 잠시 머뭇거렸다. "이제야 알았어. 어떤 일은 절대 질 수 없다는 걸. 최종 판결이나고 사형 집행이 내려지고 나면 억울해도 상소할 기회조차 없는거잖아. 그리고 허뤄도 자신의 생활이 있으니까 괜히 내가 갑자기연락하는 건 아닐까 싶기도 하고."

"핑계고 헛소리야! 질까 봐 두려우면 두렵다고 해. 괜히 그럴듯한 핑계대지 말고." 리원웨이가 한참 고래고래 소리를 지르다 말고 조용히 탄식했다. "난 또 둘 다 서로 잊고 새 출발하기로 한 줄알았지."

"못 잊겠어. 잘 모르겠어. 내가 여기서 기다리고 있다고 말하면무슨 소용이 있을까?"

"나도 알아. 친구도 아닌 그렇다고 예전처럼 연인으로 돌아갈수도 없는 사이라는 거지? 게다가 이렇게 멀리 떨어져 있으니 왕래도 연락도 힘들고, 그저 지난 과거에 매달려 서로의 감정을 지키기란 어렵지. 나도 알아. 그건 나도 잘 알아. 그런데, 넌 아직 허뤄에게 감정이 있는 거지? 지난 1년간 다른 누군가가 생겼을까 봐걱정되는 거지?"

"걱정되기 시작됐어. 그것도 아주 많이."

"나도 걱정된다. 행운을 비는 수밖에."

"이렇게 쓸데없는 소리 할 시간에 얼른 가서 물어봐야지." 장위안이 웃었다.

* * *

말은 언제나 쉬웠다.

이미 밤이 깊었다. 허뤄가 대충 일어날 시간이었다. 장위안도 그제야 마음의 준비를 끝냈다. 심장이 목구멍까지 튀어 올랐다.

"헬로우." 그녀는 아득하지만 익숙한 목소리로 느직느직 말하고 있었다. 마치 발밑에서 지구 중심으로 꺼져 들어가는 것만 같았다.

"나야."

"아, 너구나." 그녀는 잠시 침묵했다. "아직 안 잤어?"

"응. 새로 분양한 아파트를 오늘 다녀왔거든."

"그래서 샀어? 흥분해서 잠 못 자고 있었던 거야?" 어렴풋한 그녀의 목소리, 웃고 있는 모양이었다. "너…… 설마 결혼하려고?"

"그건 너무 이르고."

"에이, 고등학교 동창 중 몇몇은 이미 결혼했어. 톈샹만 해도 어쩌면 내년에 아이를 낳을지도 모르는데." 허뤄가 빙그레 웃었다. "좋은 사람 있으면서 이 친구한테 숨기면 안 돼?" 그녀는 수화기를 꼭 쥐었다.

혹시, 혹시 너에게 누군가가 생겼다면, 만약에, 만약에 네가 다른 여자의 남편이 된다면 절대 내가 그 소식을 듣는 제일 마지막 사람이 되지 않기를. 아니면 아예 내가 모르게 해줘.

"설마 그러는 넌 결혼했어?" 장위안이 반문했다. "아니면…… 그럴 계획이라도?"

"계획은 무슨?" 허뤄가 서둘러 대답했다. "한가하게 그럴 시간이 어디 있어? 보스가 얼마나 날 쪼아대는데. 내가 유학 와서 뭘하고 있는 건지. 진짜 사서 고생하는 거 같아."

"……그럼 돌아와." 한시름 놓았다.

"못 돌아가." 그녀가 가볍게 웃었다. "그럼 이도 저도 안 돼. 돌아가도 일자리도 없고. 먹고 살길이 막막해."

그래도 내가 있잖아. 하마터면 그렇게 말할 뻔했다. 허뤄가 그 말을 들으면 또 눈살을 찌푸리겠지 생각하니 헛웃음이 나왔다. "그러게. 먹고살기 힘들지. 온종일 먹어댈 텐데."

"맞아. 누구도 그렇게 말하더라……." 수화기를 꼭 쥐었다. "먹는 데 들일 정성으로 공부를 하면 분명 성공할 거라고 만날 그래."

무거워진 그녀의 목소리를 들으니 가슴이 저려 억지웃음만 나왔다. "누가 그렇게 예리하지?"

"내…… 남자친구."

* * *

며칠 전 펑샤오는 허뤄를 데리고 뮤지컬을 보러 샌프란시스코에 갔었다. 공연이 끝나고 시간이 남아 펑샤오는 스포츠 용품점에 테니스 라켓 줄을 갈러 가고 허뤄는 서점을 둘러보기로 했다.

펑샤오가 스포츠 용품점에서 나왔지만 허뤄가 보이지 않았다. 휴대전화는 꺼져 있었고 날은 이미 어두워졌다. 혹시 그녀가 주차장을 잘못 찾은 건 아닌지 걱정이 되어 이곳저곳을 찾아 헤맸다.

그리고 결국 반스 앤 노블스 체인 서점에서 허뤄를 발견했다. 그녀는 책상다리를 하고 긴 서가에 등을 기댄 채 큰 생수병을 들고 심취해서 책을 읽고 있었다. 책을 보며 물을 마시며 아주 한가로워 보였다.

평샤오는 웃지도 못하고 울지도 못하고 그녀 옆에 나란히 앉았다. "잃어버린 줄 알았잖아. 휴대전화 배터리 나간 거야?"

"어, 진짜네. 꺼져버렸네." 허뤄가 혀를 내밀었다. "벌써 이렇게 어두워졌네. 미안. 내가 원래 어려서부터 이 모양이야. 한번 서점에 들렀다 하면 시간 가는 줄을 몰라."

평샤오가 깔깔 웃으며 말했다. "그래. 어렸을 적 얘기하니까 말인데, 우리 부모님이 날 데리고 쇼핑을 하러 갔는데 두 바퀴 돌고 났더니 내가 안 보이더래. 잃어버렸구나 했겠지. 그런데 서점 구석에 처박혀서 내가 책을 보고 있었다나. 그때가 저녁 7시쯤이었는데 엄마가 나를 보자마자 다짜고짜 달려와서 내 뺨을 두 대 갈기더니 나를 부둥켜안고 우시는 거야. 좀 배웠다는 분이 말이야. 밥도 굶었는데 어디서 그런 힘이 나왔는지 맞다가 기절할 뻔했다니까. 나는 얌전히 책을 보고 있었을 뿐인데 무슨 생이별한 사람처럼."

허뤄가 웃으며 말했다. "나도 어려서 그랬는데. 우리 엄만 때리지 않고 주로 꼬집었지만."

"아휴. 진짜 꼬집어줘야 하는 건데. 이제야 부모님이 얼마나 걱정하셨을지 이해가 된다니까. 아까 널 보고 정말 달려와서 책으로 네 머리를 때려주고 싶었어. 내가 얼마나 걱정한 줄 알아? 샌프란시스코에 널 혼자 떨어뜨려 놨는데, 날은 어두워지고, 어떻게 돌아오나? 혹시 강도를 만나면 어쩌나?"

"고마워. 괜한 걱정 끼쳤네." 허뤄가 웃었다. "그런데 길을 잃어버리진 않아. 처음 미국에 왔을 때라면 적응도 안 되고 아무것도 몰라서 좌절했을지도 모르지만, 지금은 괜찮아. 혼자서도 잘 돌아다니는걸. 봐, 일단 새로운 환경에 익숙해지고 나면 이렇게 천방지축 돌아다니잖아."

평샤오가 미소 지었다. "어떻게 걱정을 안 하니? 아무리 강하고 독립적이라도 넌 여자인데."

허뤄의 마음이 따뜻해졌다. 기나긴 겨울밤에 마시는 따뜻한 수프처럼 그의 말은 그녀를 편안하고 나른하게 만들었다.

* * *

자동차가 짙은 안개로 가득한 바다 위 대교를 달려 절벽 뒤로 돌자 안개가 갑자기 사라졌다. 밝은 달이 쓸쓸하게 하늘 끝에 걸려 있고, 눈부시게 하얀 은빛이 바다 위로 부서졌다. 그리고 다시 빛줄기는 차갑게 피부 위를 살살이 훑으며 기어 올라왔다. 드문드문 흩어진 별들은 끊임없이 미약한 갈색의 빛을 반짝이고 있었다. 쪽빛의 하늘 장막은 넘실대는 바다보다 더욱 적막해 보였다.

둘은 차를 길가에 세웠다. 바다를 향해 서 있는 절벽으로 파도가 매섭게 부딪혔고, 바닷바람이 강하게 불었다.

"친구가 해변 작은 마을에 살아. 그 친구가 그러는데 바다를 마주하게 되면 실의에 빠진 사람들은 여기가 길의 끝이구나 하고 생각한대. 어떤 사람은 큰 깨달음을 얻기도 하고 어떤 사람은 자살을 생각하기도 한대." 허뤄는 어깨를 꼭 안으며 떨리는 목소리로 말했다. "바람이 정말 세네. 이렇게 곧장 아래로 떨어지면 절벽 밑에 부는 바람이 나를 떠받쳐주겠지?"

펑샤오가 외투를 벗어 그녀의 어깨에 걸쳐주었다. "스테이크 먹을 때 와인을 따라주는 게 아니었어. 이렇게 헛소리를 하네."

"난 쉽게 목숨을 끊을 생각 없거든요." 허뤄가 그를 흘겨보았다. "그런데 누구는 운전해야 하는데도 결국 못 참고 반 잔이나 마시더라."

달빛 아래 뾰로통한 그녀의 표정은 더욱 생동적이었다. 발그레해진 그녀의 두 뺨, 겨울밤의 별 같은 눈동자 속 흔들리는 눈빛, 살짝 취기가 오른 그녀에게서 평소 볼 수 없었던 애교스러움이 묻어났다.

투덜거리는 꼬마 아가씨는 평소 단정하고 예쁜 허뤄와는 완전 딴판이었다. 술 반 잔에 마음이 먼저 취해버렸다.

펑샤오의 우람한 덩치, 선이 분명하고 잘생긴 얼굴에 짙고 옅은 음영이 드리워졌다. 바람을 마주하고 선 그의 옷깃이 펄럭이며 허뤄의 손등을 계속해서 때렸다. 허뤄는 할 말이 딱히 떠오르지 않았다. 요란스럽게 펄럭이는 셔츠를 누르고 싶은 충동이 들었다.

펄럭이는 셔츠의 소리가 너무 소란스러웠다. 그녀가 손을 들자 따뜻한 그가 그녀의 손을 덥석 잡았다. 그리고 다음 순간 그녀를 당겨 품 안으로 꼭 끌어안았다.

그 시간, 그날, 그 감정, 그 풍경, 따뜻한 그의 품, 허뤄도 더는 거부하지 않았다.

* * *

그렇게 판결이 내려지기도 전에 모든 것은 그대로 참수형에 처해졌다.

장위안은 무너져내렸다. 그 후로 허뤄와 무슨 얘기를 나누었는지 기억이 나지 않았다. 정신을 차리고 보니 이미 자정이었고 자신은 여전히 베이 윈도우에 그대로 걸터앉아 담배를 피우고 있었다. 건물 밖 도로는 뱀처럼 구불구불 이어지고, 차량의 불빛은 별똥별처럼 점점이 미끄러져 산속의 어두운 밤 속으로 꿈틀꿈틀 기어 들어갔다. 마치 심원한 밤하늘로 이어지는 길 같았다.

실내 장식이 전혀 되어 있지 않은 아파트에는 헐벗은 백열전구만이 눈이 따갑도록 빛나고 있었다. 너무 밝아 마음의 그늘을 숨길 곳이 없었다. 장위안은 차라리 등을 꺼버리고 창가에 앉아 온몸에 달빛을 걸쳤다. 이렇게 하면 긴 밤이 이어질 것만 같았다. 그리하여 바쁘지만 공허한 현실 세계를 맞이하지 않을 수 있을 것만 같았다.

그녀가 정말 떠났다. 그의 세계에서 완벽하게 나가버렸다.

* * *

이미 인테리어 시공업체를 불러 수도와 전기 공사를 시작했다. 석회수 냄새가 가득한 방 안에 새하얀 벽을 뚫으니 붉고 푸른, 굵고 가는 전선들이 거미줄처럼 얽혀 있었다. 그는 벌써 디지털카메라로 집의 원형을 찍어 큰 종이에 출력한 뒤 시간이 날 때마다 색연필로 집 인테리어를 하곤 했다. 그림을 그린 지 오래되어 이젠 화구들도 많이 비어 있었다. 당시 갑자기 흥이 발동한 그는 특별히 문구점으로 달려가 수채화 물감을 구매해 종이에 집의 인테리어 설계도를 그리기 시작했다. 거실과 베란다를 하나로 트고 긴 테이블에 등나무 의자 두 개를 그려 넣었다. 바닥에는 옅은 카멜색 멜턴 원형 러그를 깔고 창밖에는 석양을 그려 넣었다. 늦은 밤 퇴근해 집으로 돌아오면 다리를 꼬고 책을 읽거나 서로 등을 기대고 앉아 서산으로 기우는 해를 볼 수 있겠지. 붓을 놀릴 때마다 감정이 더욱 격해졌다.

삭막한 공간이 그림 속에서는 살아 움직이는 것처럼 포근하고 산뜻한 색채로 번져나갔다. 장위안은 아름다운 미소를 짓고 있는 사람의 형체를 그려 넣고 싶었다.

그러나 눈을 깜박하고 나니 모든 것은 꿈처럼, 이슬처럼, 전광석화처럼 사라져버렸다.

여전히 텅 비어 있는 공간, 바닥에 어지럽게 흩어진 공구들.

그녀의 웃는 얼굴을 더는 볼 수 없었다. 그녀의 음성도 그렇게 멀어져만 갔다.

한 번도 느껴본 적 없는 외로움이었다. 이제야 알 것 같았다. 왜 여자들이 노래방에서 노래를 부르며 '가슴이 아파 숨을 쉴 수 없다'라고 하는지. 이미 너무 늦어 버스도 끊겼을 터였다. 이 근방은 마더싱 말처럼 앞으로 2년간은 고립되어 밤에 택시도 찾아보기 힘들었다. 어쩌면 주린 배를 움켜쥐고 창가에서 하룻밤을 나야 할지도 모르겠다. 장위안은 습관적으로 명치를 눌렀다. 그때 길가에 광고판에 소개된 이 집을 보고 사버리기로 결심했다. 애초에 도로며 인프라 시설 등 중요한 문제를 자세히 생각할 겨를도 없었다.

내가 너무 충동적이었나? 그는 쓸쓸하게 웃었다.

정문 경비실은 텅 비어 있었고 차는 그림자도 찾아볼 수 없었다. 가로등만이 길 건너편 거대한 광고판을 비추고 있었다. 아름다운 자연 풍광, 겹겹이 늘어선 아파트, 행초서로 흘려 쓴 문구.

'쿤위강 인접, 학부의 성지, 푸른 강이 흐르는, 허뤄 가든'

그 이름을 되뇌어본다. 허뤄 가든.

* * *

어쩌다 이렇게 순식간에 그녀가 붙잡을 수도 없는 곳까지 멀어져버린 걸까? 어쩌면 마지막 순간 내가 그녀의 이름을 불렀더라면, 무작정 그녀를 품에 안았더라면, 그녀가 발버둥을 치더라도 키스를 했더라면, 그랬더라면 모든 것이 달라지지 않았을까?

그녀는 이미 모든 것을 포기했다. '안녕'이라고 말하던 그날이 아니라 이미 오래전에.

* * *

그때 그 갈림길에서 내가 선택하지 않았던 그 길에는, 지금쯤
누가 도착해 있을까?

제2악장

미풍 같은 모데라토; 가깝고도 먼

제1장 눈 깜짝할 사이

나는 또 세월 속에 얼마나 변했는지
이젠 너에 대한 미련이 얼마나 남았는지
어느덧 유행은 돌고 돌았고
어느덧 친구들 모두 가정을 이루었는데
삶은 둥근 원처럼 돌고 도는데
어찌하여 너는 다시 나타나지 않는 것인지

by 샤오야쒸안 '눈 깜짝할 사이'

장위안은 공항버스 안에서 미끈하게 빠진 신형 소형차들이 스쳐 지나가는 것을 지켜보았다. 은행 프로젝트가 아직 끝나지 않아 마음은 내내 불안했다. 여러 번 수정을 거친 기획서가 드디어 채택되었고 그중 텐다 마케팅팀 동료들의 공도 무시할 수 없었다. 그 이후로도 두 달 동안 개발자들은 잠 한숨 못 자고 쉬지도 못하고 악전고투해야만 했다. 은행의 하위 프로젝트 정도에 불과했지만 워낙 덩어리가 커서 제 몫을 조금만 챙겨도 신차 한 대를 장만할 수 있었다. 그럼 지금처럼 샴페인 로즈를 손에 들고 바보처럼 공항버스 조수석에 앉아 사람들의 호기심 어린 시선을 피하지 않아도 되었을 것이다. 꽃다발은 부드러운 연두색의 포장지에 아이보리 레이스 천으로 둘려 있었다. 그는 줄곧 꽃다발을 품에 안고 있었다. 향기로운 꽃향기에 취해 겨울이 이미 지나간 듯한 착각이 들었다.

* * *

그리움은 파도처럼 밀려와, 낮 동안 현실적이고 냉담하게 변해버렸던 마음을 쓸고 가버렸다. 조용한 밤이면 실의에 찬 시간의 탄식을 더 분명하게 들을 수 있었다. 공항 고속도로 길가에 사시나무 잎은 누렇게 바래고, 길고 가녀린 나뭇가지는 앙상하게 하늘을 향해 뻗어 있었다. 밝은 달 아래 드넓은 평야, 그 위로 가늘게 부유하는 눈도 밤하늘 아래 차가운 에메랄드빛을 발하고 있었다. 멀리서 바라보면 크리스마스카드에서 흔히 볼 수 있는 한 폭의 그림 같았다.

장위안은 동문 카페 방명록에서 허뤄가 돌아온다는 소식을 듣고 리원웨이에게 그녀의 항공편과 시간을 알아봐달라고 부탁했다. 짝꿍이 한숨을 쉬며 대답했다. "충격을 주려고 하는 말은 아닌데, 이번엔 남자친구랑 함께 귀국해서 부모님께 인사드리러 간대. 무슨 말인지 알지?"

왜 모르겠어? 그는 주머니에 손을 찔러 넣고 네모반듯한 보석상자를 만지작거렸다.

출국 전 허뤄가 상자를 돌려주었다. "돌려줄게. 너무 급하게 떠나느라고 이것밖에 못 챙겼어."

"이러지 마. 그럼 나도 너에게 돌려줄 게 많아. 그런데 지금은 정리할 시간이 없어. 그리고 이거 모두 여자 거라 나한텐 아무 쓸모도 없어."

허뤄는 더는 고집을 부리지 않았다. "그래. 내가 가지고 있을게. 한데 이건 꼭 돌려줘야 할 것 같아."

장위안은 손안에 놓인 반지를 보며 이맛살을 찌푸렸다. 그리고 어쩔 수 없다는 듯 손바닥을 펼쳐 보이며 말했다. "그럼…… 내가 잠시 보관하는 것으로 하자."

이 반지는 그녀 한 사람만을 위한 것이다. 앞으로 원래 주인에게 이 물건을 돌려줄 기회가 있긴 할까?

* * *

수도 공항은 사람들로 붐볐다. 각종 피부색의 사람들이 웃으며 서로 스쳐 지나갔다. 장위안은 국제공항 입국장 출구에서 주변을 살펴보았다. 꽃을 든 사람이 자신만은 아니었다.

하지만 장미 꽃다발을 든 사람은 자신이 유일했다.

정열의 붉은 장미가 아닌 것이 천만다행이었다.

파스텔 톤은 그녀를 생각나게 했다. 한 번도 농염하게 피어난 적은 없지만 늘 온화하게 오랫동안 그 자리를 지켜준 그녀.

마중을 나온 인파 속에 계속 이리저리 치였다. 장위안은 꽃다발을 가슴에 안았지만 여전히 누군가에게 부딪히기 일쑤였다. 어쩔 수 없이 손을 높이 쳐들자 얼굴이 반쯤 가려졌다. 누군가는 다가와 묻고, 누군가는 격려의 눈빛을 보내며 올려다보는 것도 당연했다. 장위안은 어색하고 쑥스러워 뒤로 살짝 물러나 사람이 적은 곳에 서서 트렌치코트의 깃을 세웠다.

뭐라고 말을 할까? 만나면 뭐라고 해야 할까?

* * *

보잉 747 비행기가 안정적으로 활공하며 선회하다가 착륙했다. 불이 밝혀진 도시가 비행기 날개 아래로 서서히 펼쳐졌다. 저 멀리 칠흑같이 어두운 광활한 평원이 보였다. 구름 아래 휘황찬란한 등불은 마치 발아래 떨어진 별똥별 같았다. 하늘과 땅이 빙빙 돌았고 허뤄는 조금 현기증이 났다. 펑샤오에게 껌을 주며 자신도 하나 꺼내 씹었다.

"효과가 있어?" 펑샤오가 웃었다. "이건 귀를 막는 데 쓰는 건가?"

허뤄가 콧등을 찌푸렸다. 비행기 이착륙할 때마다 귀가 윙윙 끊임없이 울렸다. 아무것도 들리지 않으니 차라리 눈을 감고 마음을 가라앉혔다.

펑샤오가 그녀의 손등을 톡톡 두드렸다. "배 안 고파? 비행기에서 내려서 뭐 먹을까?" 그의 목소리는 그저 윙윙거리며 공기의 진동만이 느껴졌다.

"죽. 위가 완전히 비었으니까."

"내 친구들이 좀 난처하겠는걸." 펑샤오가 웃었다. "아마 아는 죽집도 없을 거야. 그리고 남자들은 육식 동물이란 걸 몰라서 그래."

"대충 흰죽이랑 짠지나 좀 먹으면 돼. 10시간 넘게 몸을 구기고 있었잖아. 친구들한테 절대로 거하게 대접하라고 하지 마."

"걱정하지 마. 샹베이는 직설적인 녀석이니까. 먹고 싶은 거 있으면 바로 말해. 그 녀석도 격식 차리고 그런 놈은 아냐."

* * *

샹베이는 펑샤오의 대학교 단짝이었다. 공대생인 그는 대학 졸업 후 회계사 사무실에서 일하고 있었다. 입국장의 면세 통로를 빠져나오자마자 펑샤오가 허뤄의 어깨를 쳤다. "저기 봐. 샹베이 왔어."

"어디?"

"저기. 포청천처럼 생긴 남자. 옛날에 우리가 저 녀석을 천다오밍 닮았다고 했었는데. 그것도 중년의 천다오밍."

"중년의 천다오밍보다는 잘생겼는데." 허뤄의 얼굴은 진지했다.

"있다가 앞에서 칭찬 좀 해봐. 아마 얼굴이 빨개질걸." 펑샤오가 허뤄의 귓가에 조용히 속삭였다. "옛날에 어떤 여자가 쫓아다녔는데, 그 여자가 고백하자마자 도망가버렸다니까. 여자 자존심이 뭐가 돼. 나중에 보니까 귀까지 빨개졌더라고."

"정말? 재밌네요!" 허뤄가 옆으로 걸으며 말했다. "자기가 직접 고백하기라도 하면 죽을 수도 있겠네."

"그러니까. 누가 보면 분명 '이보게 브라더, 무슨 일인가? 누가 자넬 삶아놓은 겐가?' 이럴걸."

허뤄가 깔깔 소리 내 웃었다. "제발 이상한 남자들 흉내 좀 내지 마요."

* * *

허뤄가 자신을 보지 못했구나 생각했다. 그녀의 눈은 줄곧 다른 곳을 향하고 있었다. 바로 옆에 준수한 남자는 먼 곳에 누군가를 가리키고 있었다. 장위안은 그 둘의 얼굴이 잘 보이지는 않았지만 그들이 가볍게 어깨까지 들썩이며 웃고 있다는 사실은 알 수 있었다. 허뤄는 두 손으로 카트를 밀고 있었다. 남자는 노트북 백팩을 등에 메고, 왼손으로는 캐리어를 들고, 오른손은 허뤄의 어깨에 얹고 있었다.

가볍게, 그녀의 어깨를 가볍게 끌어안고 어쩌다 그녀의 등을 토닥였다. 그러나 그 손에는 육중한 힘이 실려, 한 방에 장위안은 암흑의 구렁텅이로 밀어 넣었다.

펑샤오는 샹베이를 향해 손을 흔들었다. 둘은 펜스를 사이에 두고 서로의 어깨를 힘차게 두드렸다. "내 옛날 의형제, 황금의 콤비, 샹베이." 펑샤오가 둘은 서로 소개했다. "여긴 허뤄."

"말씀 많이 들었어요." 허뤄가 웃었다. "펑샤오가 함께했던 영광의 순간들을 많이 얘기해줬어요. 함께 땡땡이치고 축구 시합도 하러 가고, 한밤중에 담 넘어 양꼬치 먹으러 갔던 얘기들도요."

"언제나 평샤오 형이 앞장섰고 우린 그저 따라만 갔을 뿐입니다." 샹베이가 웃으니 차갑던 얼굴이 아이처럼 순진해 보였다. "형수님을 본 건 제가 처음인가요? 영광입니다." 서로 대화를 나누다 보니 어느덧 출구를 빠져나가고 있었다. 샹베이는 허뭐가 밀고 있던 카트를 대신 밀었다. "진즉에 밑천은 마련했는데 아직 차를 못 샀어. 이번에 형 오면 좀 물어보고 사려고. 오늘은 빌려온 차인데 괜찮겠어?"

평샤오가 엄지를 치켜들며 허뭐를 가리켰다. "이분은 완전 범퍼카야. 그래도 아랑곳하지 않고 타잖아. 네 차쯤이야?" 허뭐가 웃었다. 그가 자신의 손을 잡도록 그대로 내버려두었다.

* * *

로비의 전등이 너무 밝았다. 장위안은 그 자리에 그대로 서 있었다. 손에 든 장미가 점점 무거워졌다. 그는 반사적으로 몸을 피해 이미 출구의 유리창 뒤로 숨어버렸다.

'조국의 품으로 돌아온 걸 환영해.' 가벼운 안부 인사를 속으로 수천 수백 번은 연습했었다. 남자친구가 있다는 건 알고 있었다. 하지만 직접 눈으로 확인하는 지금 이 순간까지 장위안은 그를 무의식적으로 투명인간 취급해버렸다. 그리고 은근히 서로 두 손을 마주 잡고 바라보며 눈물을 흘리는 재회를 기대했었다.

하지만 세 사람이 웃고 떠들며 점점 앞으로 다가올수록 허뭐 옆에 선 그 남자는 더는 투명인간일 수 없었다. 웃음소리는 호탕

했고 행동거지는 반듯했다. 허뤄는 반달눈을 하고 미소 지으며 살짝 고개를 들고 그를 올려다보다 간혹 고개를 숙이기도 했다. 행복해 보였다.

예전에 그 소녀 같던 허뤄가 아니었다.

이곳에 더는 머물 수 없을 것 같았다.

장위안은 자신의 천진무구한 무모함을 자조하듯 탄식했다. 돌아서려다 하마터면 안으로 들어오던 청년과 부딪힐 뻔했다. 그 청년은 "늦었다. 끝장이다."라고 중얼거렸다.

"마중 나오신 건가요?" 장위안이 물었다.

청년은 순간 당황했다. "네. 샌프란시스코발 비행기는 벌써 착륙했나요?"

"조금 전에요. 이거 가지세요." 그는 아무 생각 없이 손에 들고 있던 장미를 그의 손에 건넸다.

* * *

"어머, 사랑해!"

허뤄는 행복한 비명소리에 뒤를 돌아보니 한 여성이 꽃다발을 받아들고 있었다. 샴페인 로즈, 안개꽃, 기린꽃이 어우러진 꽃다발에 산뜻한 연두색 포장지가 쌓여 있었다. 그녀의 남자친구는 바보처럼 웃고 있었고 온몸은 땀으로 젖어 있었다. 여자는 남자의 품에 뛰어들 듯 안겼다. 둘은 웃으며 서로의 코를 비볐고, 여자는 남자의 볼에 격정적으로 입을 맞추었다.

"정말 낭만적인 남자네." 허뭐는 부러움과 감동을 숨기지 못하고 길게 한숨을 내쉬었다.

"형님도 좀 해주시지?" 샹베이가 그를 놀리며 웃었다.

"허뭐한테 물어봐. 내가 꽃 선물을 안 했을까 봐? 얼마나 자주 하는데!"

"맞아요. 모두 화분에, 내가 직접 고른 거라 그렇지."

"완전 노가다야. 백합에, 진달래에, 히아신스까지 다 홈디포(미국 인테리어 용품 및 건축 자재를 파는 곳—옮긴이)에서 들고 온 거야. 자기가 꽃을 자르는 건 싫다고 화분이 좋다고 해놓고."

"말은 그렇게 해도." 허뭐가 미소 지었다. "꽃다발 받고 싫어할 여자가 세상에 어디 있어? 특히 이런 순간은 더 그렇지. 다른 사람의 부러움도 사면서, 소소하게 허영심도 누려보는 거지. 그게 뭐 잘못인가?"

북적거리는 공항에는 익숙한 검은 머리에, 노란 피부가 가득했다. 허뭐는 문득 자신이 언제 이 나라를 떠난 적이 있었던가 하는 생각이 들었다. 하지만 격세지감이 느껴졌다.

* * *

장위안이 공항에 올 때만 해도 택시를 잡기가 어려워 어쩔 수 없이 공항버스를 타야 했다. 하지만 공항을 빠져나올 때는 택시들이 일렬로 늘어서 있었다. 그런데도 그는 아무 생각 없이 공항버스에 올라탔다. 그리고 고개를 들어보니 허뭐 학교로 가는 버스였다.

버스에서 내려 주저하던 그는 얼마 멀리 가지 못했다. 오른쪽으로 학교의 정문이 보였다. 돌아서 길 건너편 분식집에 들어가 창가에 앉았다.

"우렁이요. 감사합니다."

"겨울이라 우렁이는 안 팔아요."

"그럼…… 우육면이요."

실내의 따뜻한 김이 유리창에 서려 자욱한 안개를 만들었다. 밤이 깊었지만 학교 정문은 학생들로 북적거렸고, 과일 꽂이 탕후루와 군밤, 군고구마를 파는 장사꾼들도 있었다.

* * *

삼삼오오 무리를 지어 학생들이 분식집으로 들어와 큰소리로 웃고 떠들었다.

그리고 뒤이어 그녀도 웃으며 녹두 음료를 두 그릇 받쳐 들고 다가와 '난 빙수, 넌 뜨거운 차로 마셔.' 하고 말할 것만 같았다. 그리고 맞은편 자리에 앉아 고개를 숙인 채 우렁이를 먹을 것만 같았다. 이쑤시개로 심각하게 우렁이를 집어가며 입가에 온통 붉은 고춧가루를 잔뜩 묻힌 채 먹고 있을 것만 같았다.

장위안은 갑자기 정신이 번쩍 들었다. 옷깃에서는 여전히 장미향이 남아 있었지만 그의 품은 텅 비어 있었다.

제자리걸음을 하거나 뒤를 돌아보는 일은 평소 자신의 일 처리 방식이 아니었다. 그런데 요즘은 자주 추억에 잠겨 생각하고 또 생각했다. 그러다 해야 할 일을 미루기도 했다. 장위안은 은행의 카드 발급 프로젝트의 마무리 작업과 설명서 및 결산 자료 검토 업무가 생각나 얼른 면을 먹고 자리에서 일어나 계산했다.

* * *

"샹베이 씨가 주차할 곳을 찾았나 모르겠네."

"학교에 주차했을 거야. 아까 우리가 학교 주차장이 가장 저렴하다고 얘기해줬거든."

계산대에 서 있던 장위안은 등을 곧게 폈다. 온몸의 혈액이 고막으로 쏠리며 쿵쿵 심장 소리가 머릿속에 울리는 느낌이었다. 그 자리에 붙박여 차라리 환청이었으면 하고 바랐다. 거스름돈을 돌려받아야 하는 것도 잊고 있었다. 계산을 해주던 사람이 계속해서 그를 불렀다. "저기요, 거스름돈이오."

* * *

익숙한 그녀의 부드러운 음성, 돌아보지 않아도 그녀의 미소가 보이는 듯했다.

"미안해 죽겠네." 허뭐가 말했다. "오빠 친구만 계속 뱅뱅 돌게 만들었잖아."

"하하. 결국 길은 네가 안내했잖아." 펑샤오가 말했다. "너무 미안해할 것 없어. 친형제보다 더 가까운 식구나 다름없으니까."

"여기 분식이랑 죽, 요리가 맛있어. 옛날에 룸메이트랑 자주 야식 먹으러 오곤 했는데." 허뤄는 식당을 둘러보았다. 인테리어도 그대로였고, 가게 안은 온통 밥 냄새로 가득했다. 그리고 저쪽에 익숙한 뒷모습이 보였다.

그와 비슷한 뒷모습에 그녀는 눈을 뗄 수가 없었다.

* * *

그는 천천히 고개를 돌리며 돌아섰다.

"목소리만 듣고도 넌 줄 알았어. 역시 먹는 얘기는 빠지질 않네." 장위안이 다가와 고개를 숙인 채 미소 지었다. "언제 돌아왔어?"

"방금 비행기에서 내렸어."

"진짜 우연이네. 여기 일 때문에 왔다가 대충 뭐 좀 먹고 계산하고 나가려던 참이었는데." 협소한 공간에는 차마 눈길을 둘 곳이 없었다. 허뤄의 옆에 선 남자에게 시선이 갔다. "친구랑 같이 귀국했어?"

"응, 아 참. 소개할게." 허뤄가 몸을 돌렸다. "장위안, 고등학교 동창. 여긴 평샤오⋯⋯." 말하지 않아도 맞잡은 손이 모든 걸 말해 주고 있었다.

두 남자는 인사를 대신해 악수를 하고 미소를 지으며 눈인사를 나누었다.

* * *

장위안은 허뤄를 보며 웃었다. "미국 생활이 좋긴 좋은가 봐?

좋아 보이네. 그렇게 야윈 것 같지도 않고."

"찌지 않으면 다행이지." 허뤄가 가볍게 웃었다. "공부는 힘든데 또 먹긴 잘 먹거든."

"네 위를 섭섭지 않게 대할 줄 알았어." 장위안도 웃었다. "중국에서 설 쇠는 거야?"

"아니, 미국은 설이 없잖아. 강의가 있어서 1월 중순에 돌아가야 해."

"일정이 빡빡하네."

"응."

"베이징에는 얼마나 있을 거야?"

"짧게. 비자 발급받으러 온 거라서. 2~3일 정도 있다 고향에 갈 거야."

"아. 내일모레 동창회 모임이 네 귀국 파티였구나."

"아마도. 다들 못 본 지 오래됐네."

"나도 그래. 요즘 스케줄이 바빴어. 큰 프로젝트 몇 개가 걸려 있어서."

"그러게요. 허뤄도 친구들 본 지 오래됐다면서 미국에서도 텐샹 보러 가고 싶다고 만날 징징거렸는데." 펑샤오가 웃었다. "이런 우연도 있네요. 돌아오자마자 그쪽을 만났으니. 그러지 말고 합석해요?"

"아뇨. 전 일이 있어서. 다음에 모임에서 다시 얘기하면 되죠." 장위안은 허뤄를 뚫어져라 쳐다보았다. 시선은 그녀의 어깨에서 팔로 미끄러져 다시 맞잡은 두 손에 이르렀다.

돌아선 그의 그림자가 쓸쓸했다. 허뤄는 더는 보고 싶지 않아 고개를 돌렸다.

* * *

펑샤오가 고개를 들어 메뉴판을 보며 그녀의 소매를 잡아당겼다. "미스 브레드, 뭐 먹을래? 팥죽 아니면 은행죽?"

"다 좋아." 허뤄는 눈을 내리깔고 입술을 깨물었다. "아까…… 그 남자, 옛날 남자친구야."

"아." 펑샤오가 고개를 끄덕이고는 잠시 침묵했다. "둘 다 눈이 높았구나."

"화났어?"

"무슨?" 그가 웃었다. "네가 '옛날'이라며. 그건 과거형이잖아."

"그럼 나랑 같이 동창 모임에 갈래?"

"그건 아닌 것 같아." 펑샤오가 고개를 저었다. "그럼 다들 신나게 못 놀 거 아냐." 그가 허뤄의 이마를 콕콕 찌르며 웃었다. "널 믿어. 그리고 날 믿고."

* * *

고등학교 동창들이 속속 베이징으로 모였고, 다 모이니 두 테이블이나 됐다. 장위안이 도착했을 때는 허뤄의 테이블은 이미 만석이었다. 그중 눈치 빠른 한 사람이 일어나며 그를 불렀다. "이리와, 장 사장. 문 맞은편 자리는 너에게 넘길게. 여긴 마지막에 계산하는 사람 자리거든."

장위안도 더는 사양하지 않고 허뤄의 옆에 가서 앉았다. "시차 적응은 됐어?"

"응, 대충. 그래도 오늘 새벽에 눈이 떠지더라."

"난 새벽에도 잠 안 잘 때가 많은데. 아마 내가 미국에 가면 시차 적응은 필요도 없을걸." 장위안이 웃으며 다른 친구들과도 인사를 나누었다. 허뤄는 옆에 친구들과 대화를 나눴다. 누군가 물으면 허뤄가 대답하는 형식이었는데 대부분 미국 생활에 대한 질문이었다. 친구들은 모르는 게 많아 두서없이 시시콜콜 물어봤고, 그러면 허뤄는 처음부터 끝까지 자세하게 설명했다. 한참을 말하고 나니 시차 때문인지 이내 피곤하고 졸음이 몰려왔다.

* * *

"수다만 떨지 말고 좀 먹어. 음식 다 식겠네." 장위안이 말을 가로챘다. "내가 시킨 요리가 너무 볼품없다고 다들 젓가락도 안 대는 건 아니겠지?"

모두 한바탕 웃고 떠들면서 식사했다. 처음에는 이런저런 고충들을 얘기하다가 이내 옛날 에피소드들을 회상하며 대화가 점점 무르익어 갔다. 장위안의 미소는 따뜻했고, 그의 몸짓은 시원시원하면서도 또 절제되어 있었다. 그런 그가 허뤄는 낯설었다. 그녀는 차라리 말문을 닫고 초계닭만 열심히 먹었다.

"이젠 매운 음식도 잘 먹네." 장위안이 말했다. "차가운 음료라도 줄까?"

허뤄가 입꼬리를 올리며 말했다. "그거 알아. 미국 있을 때 음식이 다 심심해서 특히 이런 맵고 강한 음식들이 그리웠어."

"이럴 줄 알았으며 사천 요릿집 사우스뷰티나 페이텅위샹에 데려갈 걸 그랬네. 마라의 유혹이나 서측 연두부집도 괜찮은데. 아니면 남은 이틀 동안 먹으러 갈래?"

"어…… 나중에." 허뤄가 손사래를 쳤다. "내일은 비자 받으러 가야 하고, 모레는 부모님 뵈러 집에 갈 거야."

"다들 무고하시지?"

"엄청 건강하시지. 뭐든 잘 드셔."

"그래도 넌 멀리 있으니까 필요한 게 있거나 집에 도움이 필요하면 언제든 말해." 장위안이 잠시 생각하더니 한마디를 보탰다. "다 같은 친구인데 너무 사양하지 말고."

* * *

식사를 마치고도 다들 아쉬움이 남아 첸구이 노래방에 가자며 난리를 쳤다. 총 열한 명, 택시 세 대로 끼어 타기는 힘들었다. 장위안이 "한 대 더 기다렸다 나랑 같이 탈 사람?" 하고 묻자 나머지 사람들은 재빠르게 팀을 나눴고 허뤄만이 혼자 남겨졌다.

허뤄는 쿨하게 장위안의 옆에 섰다. "그럼 나 좀 끼워줘."

택시가 왔다. 장위안은 뒷문을 열어 안쪽에 허뤄를 앉혔다. 그리고 고심 끝에 자신도 뒷자리에 앉았다.

허뤄가 감상에 젖어 말했다. "고등학교 동창들이랑 있으니까 너무 좋다. 다들 가족처럼 너무 편해. 봐, 예전에 심하게 말다툼했던 친구도, 치고받고 싸웠던 친구도 지금은 전혀 개의치 않잖아."

"그러게. 근데 얼마나 말들이 많은지 시끄러워서 머리가 다 지끈거려." 장위안이 차 문을 닫으며 한숨을 쉬었다. 긴 두 다리가 앞좌석 등받이에 닿아 살짝 풀어져 있었다. "톈샹이 귀국 안 했기에 망정이지, 아니면 지진이 날 뻔했어."

"그러게. 걘 미국에서 남편이랑 있어." 허뤄가 웃었다. "그렇게 일찍 결혼할 줄 몰랐어."

"옆 반 친구들 몇몇도 결혼했어." 장위안이 씁쓸하게 웃었다. "평소에 연락도 안 하고 지내다가 청첩장 보낼 때만 꼭 아는 척하더라. 진짜 비참해. 축의금은 냈는데 난 제대로 받아먹지도 못할 것 같아."

"너 돈 많이 벌었다고 애들이 그러던데? 까짓 축의금쯤이야." 허뤄가 웃었다. "지난번에 집도 샀다며?"

"아니, 보기만 하고 사진 않았어." 저도 모르게 부인해버렸다. "베이징 부동산은 너무 비싸. 다 거품이지."

"아." 허뤄가 다시 물었다. "위는 좀 어때?"

"누가 또 뭐라고 그래?" 장위안이 미간을 찌푸리자 이마에 가늘고 옅은 주름살이 두 줄 패였다.

"아까 보니까 매운 거랑 기름진 음식 잘 안 먹길래."

"아, 요즘 접대가 많아서 몸이 좀 무거워져서."

"어쨌든, 너도 몸 관리 좀 해."

"알았어." 장위안이 고분고분 말했다. "너도 참 잔소리가 심해."

"세 살 버릇 여든까지 간다잖아." 창밖을 바라본 채 웃으며 고개를 내저었다.

* * *

"그 사람이…… 잘 해줘?" 장위안이 뜬금없이 물었다. 그리고 허뭐는 가볍게 고개를 끄덕였다.

"응, 펑샤오가 잘 해줘."

"우리 약속을 네가 먼저 지켰네." 그의 음성은 어딘가 딱딱하고 씁쓸했다. "이제 보니 넌 너의 행복을 찾은 것 같구나."

"너는?" 허뭐는 여전히 창밖을 바라보고 있었다. "너도…… 여자친구 있지?"

"그렇게 한가할 틈이 있나? 바빠서 그럴 시간 없어."

"하긴 네가 쫓아다니지 않아도 알아서 여자들이 들이대잖아." 허뭐가 웃었다. "네가 노란 국화만 선물하지 않는다면."

"너 정말 뒤끝 있구나." 장위안이 껄껄 웃었다. "대체 몇 백년 전 일을 가지고."

"생일날 노란 국화 받은 사람은 내가 처음일걸." 허뭐가 어깨를 으쓱했다. "내 평생 처음 받은 꽃다발이었는데."

"나도 내 평생 처음 선물한 꽃다발이었어." 장위안이 낮게 속삭이더니 잠시 후 미소 지으며 말했다. "경험이 없어서 그런 거니 이해해줘. 그리고 내가 다른 꽃을 선물했어도 너희 아버지는 파티하러 온 십여 명 친구들 앞에서 날 바로 내쫓았을걸. 난 그저 제일 소박한 꽃을 고른 건데. 그땐 뭐 꽃말 이런 걸 누가 알았나."

"그리고 선물에 가격표." 허뤄가 다시금 일깨워주었다. "처음으로 선물한 오르골 아래 가격표가 붙어 있었잖아."

"누가 그렇게 은밀한 곳에 그런 걸 숨겨놓았을 줄 알았나. 네가 이렇게 일깨워주지 않았으면 내가 그런 바보스러운 짓을 했다는 사실도 까맣게 잊고 있었을 거야."

"그럼 여자가 삐져서 도망간다고."

"그래?" 장위안이 저도 모르게 헛웃음이 나왔다. "나도 어떤 여자에게 잘해줘야지 작정하면 진짜 잘해줄 건데."

허뤄가 웃었다. "그럼 다행이네." 그녀는 깊게 숨을 들이마셨다. "뜻밖이야. 우리가 이렇게 옛날 일을 아무렇지 않게 얘기하다니. 시간의 힘은 정말 대단해. 지금 와서 생각해보면 그렇게 어색하고 조심스러울 것도 없었는데. 이젠 옛일을 그저 농담처럼 주고받을 수 있잖아."

그건 네 생각이지. 장위안의 안색이 어두워졌다. 반지가 담긴 보석 상자는 여전히 코트 주머니 속에 들어 있었고, 옆구리와 차 시트 사이에 끼어 있어 꽤나 불편했다.

* * *

허뤄는 노래방에서 잠깐 노래를 부르고는 돌아가겠다고 말했다.

"좀 더 놀고 가지?" 친구들이 물었다.

"피곤해서. 졸리기도 하고."

"그럼 얼른 쉬어." 장위안이 말했다. "이틀 후에 판다 눈으로 집에 내려가지 말고. 참, 아주머니, 아저씨한테 안부 좀 전해줘."

"응." 허뤄는 대답하며 핸드백을 집어 들었다. "배웅은 됐어. 좀 있다 누가 데리러 올 거야."

"펑샤오?" 장위안이 웃었다. "그럼, 안심이네. 배웅은 안 할게."

* * *

아래층으로 내려왔지만 펑샤오는 아직이었다. 매서운 바람이 열린 문틈으로 들어왔다. 그녀는 벽 쪽에 있는 소파에 걸터앉아 모니터에 샤오야쉬안의 뮤비를 보았다. "격렬했던 우리의 사랑을 탓할 수밖에, 사랑이 너무 깊어서. 꿈에서 깨어나, 한참을 넋을 놓았다가, 침묵하고, 손을 흔들어보지만 아직도 정신을 차릴 수가 없어……." 그리고 갑자기 류뤄잉의 노래가 나왔다. "당신이 그랬죠. 우리는 너무 미약하여, 운명의 소용돌이가 몰아치면, 숨으려 해도 숨을 수 없다고. 그것도 벌써 이미 아주 오래, 오래전 일이네요. 한때 깊게, 깊게 사랑했는데. 그것도 벌써 이미 아주 한참, 한참 후의 일이네요. 하지만 다시 상처받을까 봐 너무, 너무 두려워요……."

132

* * *

이런 빤한 노랫말이 마음과 영혼을 울렸다. 좀 전까지 그녀는
가시방석에 앉은 것처럼 불편해 얼른 그 자리를 뜨고 싶은 생각뿐
이었다. 자리에서 일어나 문으로 걸어가자 펑샤오가 걸어오는 모
습이 보였다. 귀까지 빨개져서 문밖에 서 있는 그의 모습을 보니
양심의 가책이 느껴졌다. "가자." 그녀가 먼저 적극적으로 펑샤오
의 팔짱을 끼었다.

"더 놀지 않고?"

"다 최근 2년간의 신곡이라, 몇 번 들어본 적도 없어서. 못 부르
겠더라고."

부를 수 있다 해도 차마 자신의 입으로 부를 수는 없었다.

* * *

그 많은 노랫말에 모두 의미가 담겨 있었다. 가슴 아파 차마 말
할 수 없었던 한때의 아픈 추억들을 노래하고 있었다. 한때 방황
하던 자신의 모습이 자꾸 떠올랐다. 하지만 장위안은 더는 케케묵
은 옛 추억에 연연하지 않는 듯 태연자약해 보였다. 게다가 그녀
를 붙들고 함께 '화양연화'의 주제곡을 불렀다.

그런데 나는? 허뤄는 자신의 나약함이 한스러웠다. 과거를 완
벽하게 끊어버린 것이 아니었던가? 그런데 어째서 이런 절절한
사랑 노래를 들으면 여전히 눈물이 나올 것 같은지.

그 사람 때문에, 한때의 감정 때문에.

제2장 사랑이 돌아온대

보고 싶지만 볼 수 없는 슬픔
가슴에 묻어야만 하는 사랑
당신을 내 가슴에 묻어둘 수밖에

by 린이렌 '사랑이 돌아온대'

허둬는 미국 비자를 연장하고 펑샤오와 함께 고향에 부모님을
뵈러 갔다.

1년여 만에 딸을 처음보는 허둬의 부모님은 정류장에서 그녀
를 보자마자 함박웃음을 감추지 못했다. 몇 마디 채 나누기도 전
에 엄마의 눈시울이 붉어졌고, 허둬도 함께 울먹였다.

집으로 돌아와 부모님이 슬리퍼를 찾느라 정신이 없을 때 그녀
가 펑샤오에게 말했다. "부모님이 많이 늙으셨어. 갑자기 흰머리
가 많이 는 것 같아. 어려서는 아빠가 엄청 커 보였는데, 지금 보

니······." 고개를 숙인 채 한숨을 쉬었다.

펑샤오가 그녀의 손을 잡고 조용히 위로했다. "괜찮아. 2년 후에 우리 취업하면 그때 부모님 모시고 가자, 어때?"

허뤄 엄마의 귀는 의외로 밝았다. 그녀는 그 말을 듣자마자 돌아보며 말했다. "내가 거기 가면 벙어리, 귀머거리가 되는 거잖아. 원빈 삼촌, 네 아빠 사촌동생 있잖아. 가족이 함께 이민을 갔잖니? 셋째 할머니도 미국에 따라갔다가 심심하다고 아주 난리였다고. 한 반년 있다가 다시 상하이로 돌아왔지. 장손 톈웨이 보러 안 갔으면 아마 그 반년도 못 버텼을걸."

허뤄의 아빠가 웃으며 말했다. "네 엄마는 말끝마다 미국에 가서 보모 노릇은 안 한다, 애 보다가 늙어 죽는다 그러면서, 아까 누가 꼬마를 데리고 역에 마중을 나왔는데 아주 귀여워서 어쩔 줄을 몰라 하더라."

허뤄 엄마가 말했다. "아까 그 꼬마 정말 귀여워. 내가 손가락을 내미니까 바로 내 손을 잡는 거 있지. 작고 통통한 그 손이 또 얼마나 하얗고 부드럽던지. 이 늙은이가 타고나길 그렇게 타고나서 아마 진짜 외손자를 안겨주면 열심히 키워줄 거야."

허뤄는 엄마의 어깨를 흔들며 "엄마~" 하고 말꼬리를 길게 늘였다. 반은 원망조였고 반은 부끄러워서였다.

허뤄의 아빠가 말했다. "네 엄마가 딸이 돌아온다고 하니까 한 달 전부터 방을 치웠어. 넌 집에 없고, 안에는 전부 대학교 졸업할 때 가지고 온 잡동사니들 투성이고. 그렇다고 우리가 함부로 만질 수도 없으니 박스 두세 개가 그냥 쌓여 있단다. 펑샤오도 우선 그냥 대충 묶어야겠어."

허뤄가 말했다. "안 버리길 잘했네. 리윈웨이 사촌 남동생이 대학교 3학년인데 자기도 유학 간다고 나한테 그때 입학 신청 자료들을 빌려달라고 해서. 그렇지 않아도 박스 하나를 부치려던 참이었어."

* * *

펑샤오와 아빠는 짐을 손님방에 옮겼다. 허뤄의 엄마는 딸을 끌고 자신의 방으로 들어갔다. 허뤄가 상자를 하나하나 열어 정리하는 걸 지켜보며 감상에 젖어 말했다. "아까 그 꼬마를 보니까 우리 허뤄도 얼마 전까지만 해도 요만했는데, 언제 이렇게 다 큰 아가씨가 됐을까 생각했어. 그리고 2년 후면 또 요런 외손주가 하나 생기겠네 했지."

"엄마!" 허뤄가 입을 삐죽거리며 엄마를 흘겨보았다. "나 아직 공부 중이거든. 그리고 우리 둘 다 아직 어리고 자리도 못 잡았잖아."

"허뤄. 물어볼 게 있는데……." 엄마는 잠시 말을 멈추더니 더듬더듬 말을 꺼냈다. "나나 네 아빠나 다 구식은 아니야. 대부분 학생들이 해외에서 힘들고 하니 서로 의지하고 그런다는데 그건 좋은 일이야. 그런데 스스로 단속을 잘해야 해. 아이를 원치 않으면……."

"그게 다 무슨 소리야?" 허뤄가 이맛살을 찌푸렸다. "지금 수거랑 같이 살고 있는데. 걱정하지 마. 나도 다 생각하고 있으니까."

* * *

"톈샹이 결혼했다며?" 엄마가 물었다. "의외네. 동창 중 걔가 제일 애 같았는데."

"신랑이 톈샹을 잘 챙겨." 허뤄가 웃었다. "야리야리해서 남자의 보호 본능을 일으키나 봐."

"내 말이. 나나 네 아빠가 가장 걱정하는 게 바로 네가 너무 강한 척한다는 거야. 그나마 이젠 한시름 놓았어. 펑샤오의 말투나 행동거지를 보니까 사람 참 괜찮더라."

"맞아. 세심한 사람이라서 난 머릴 쓸 필요가 없어." 허뤄가 미소 지었다. "저 사람이랑 함께한 후부터 생활이 아주 편해졌어."

"좋네."

"응, 좋아."

* * *

"결혼 계획은 있어?" 저녁 식사 후 엄마가 물었다.

허뤄는 주방에서 엄마와 함께 설거지하다가 손에 들고 있던 애먼 젓가락만 이리저리 굴렸다. "일단은 없어." 그녀가 고개를 저었다. "결혼할 거면 엄마나 아빠한테 먼저 허락을 받았겠지."

"네 아빠가 지금 펑샤오를 시험 중이야." 허뤄 엄마가 웃으며 거실 쪽을 손으로 가리켰다. 허뤄 아빠는 주전자에 차를 우려 펑샤오를 끌고 함께 뉴스를 보며 이런저런 세상 돌아가는 얘기를 하고 있었다.

"불쌍한 펑샤오." 허뤄가 쓸쓸하게 웃으며 고개를 저었다. "아빠는 사업을 그렇게 오래 했는데도 여전히 열정이 남았나? 대학교 교수처럼 일장 연설을 늘어놓으시네.

"그게 다 널 위해서 관찰하고 있는 거지. 요즘 애들은 어떨 때 보면 사람이든 일이든 멀리 내다보질 못한다니까."

허뤄는 거실을 홀끗 쳐다보았다. "펑샤오 지도 교수가 다음 학기에 미국 동부 실험실로 자리를 옮긴다는데, 아마도 펑샤오를 실습생으로 데려갈 것 같아. 난 그 정도밖에 멀리 못 봐. 그다음은 살면서 변수가 얼마나 많은데."

"얘 좀 봐. 우리라고 뭐 삶에 우여곡절이 없었을까? 사실 우리 세대가 너희 세대보다 더 불안정했지. 나랑 네 아빠랑 같이 농촌으로 하방(중국에서 당원이나 공무원의 관료화를 막기 위해 일정 기간 지방에서 일하게 한 사회 운동―옮긴이)됐었어. 네 아빠는 대학에 들어가서 졸업하면 베이징에 그대로 남아 있을 수도 있었는데 내가 베이징에 진입을 못했지. 그래서 아빠가 사업을 시작했고, 처음 두 번은 완전히 말아먹었단다. 한 달 내내 러시아에 있으면서 어쩌다 한 번 집에 돌아왔지. 돌아와도 업체 사람들이랑 술 마시느라 한밤중이나 되어야 돌아왔어. 술에 잔뜩 취해 집에 돌아와서는 다 토하고. 나 혼자 널 안고 이 가정을 일궜어. 그땐 정말 못 견딜 것 같았는데."

"또 옛날이야기야."

"그러니까 내 말은 서로를 좀 배려하라는 거야. 요즘 애들은 다들 자기만 알잖아."

허뭐가 실소했다. "절대 다른 사람이 내 삶의 중심이 되어서는 안 된다. 그럼 쉽게 절망하게 된다. 이렇게 늘 잔소리하던 사람이 엄마, 아빠 아니던가?"

허뭐의 엄마는 말문이 막혔다. "그때랑 지금이랑은 다르지." 그녀는 생각 끝에 말을 꺼냈다. "우린 네가 힘들까 봐 그런 거지. 사실 옛날에 네 외할아버지, 외할머니도 네 아빠를 마뜩찮게 생각했어."

허뭐는 고개를 숙였다. "저도 알아요."

* * *

허뭐 아빠는 신나서 엄마에게 말했다. "펑샤오, 저 청년, 사람 참 괜찮네. 듬직하고 명석해."

엄마가 한숨을 쉬었다. "나도 저 청년이 맘에 드는데. 난 어째 허뭐가 계속 마음을 못 잡는 거 같아. 이젠 커버려서 얼굴에서 감정을 읽을 수가 없으니."

허뭐 아빠가 웃으며 말했다. "옛날에 허뭐가 울며불며할 때는 그래서 걱정하더니, 이제는 조용해도 걱정이야. 대체 당신은 우리 허뭐가 어떻게 했으면 좋겠어?"

"행복했으면 좋겠어요."

* * *

　12월 말 펑샤오는 가족과 함께 신년을 맞기 위해 베이징으로 돌아갔다. 떠나기 하루 전날 허뤄 가족과 함께 하얼빈 '빙설 대세계'에 가서 빙등과 눈 조각을 구경했다. 허뤄 부모님은 목이버섯, 개암버섯 등 특산품을 사서 펑샤오 편에 들려 보냈다.

　집에 돌아와 허뤄 엄마는 따뜻한 차를 내와 손을 녹이게 했다. 신바람이 난 허뤄의 아빠는 군이 펑샤오를 붙잡고 장기를 두었다. 1국은 허뤄 아빠의 승리로 시작해, 연이어 2, 3국을 패하더니 4국째에는 고심하며 말을 들고 좀처럼 결정을 내리지 못하고 있었다.

　허뤄가 웃으며 말했다. "아빠, 내가 다 한 번씩 장기를 둬봤지만, 펑샤오가 아빠보다 한 수 위예요. 처음에 진 건 아마 긴장해서 그런 걸 거예요."

　"딸은 출가외인이라더니." 허뤄 엄마가 딸을 잡아당기며 조용히 속삭였다. "아빠 체면도 좀 세워줘야지."

　펑샤오가 말했다. "허뤄도 장기 잘 둬요. 설거지 걸고 둘이 내기 자주 하거든요."

　"분명 허뤄가 대부분 설거지했겠지." 허뤄 엄마가 웃으며 말했다. "허뤄는 요리는 몰라도 설거지는 질색하는데."

　펑샤오가 웃으며 허뤄를 바라봤다. "나 고자질하는 거 아니야. 글쎄 허뤄가 두 판 연속 졌는데 '어머, 날씨가 어두워졌네, 나 갈게.' 핑계를 대더니 가방 들고 도망가버렸어요. 집에 설거지를 산더미처럼 쌓아두고."

허뤄가 콧방귀를 뀌었다. "나한테 그런 말할 자격이나 있어? 다음 날 가보니까 설거지가 여전히 산더미더만!"

"그건 전날 네가 쌓아둔 거잖아." 펑샤오가 놀렸다. "그대로 내빼고 모른 척하려고 했어?"

집 안에 온통 차 향기와 훈훈한 온기로 가득했다.

* * *

허뤄의 엄마가 전화를 받았다. 그리고 허뤄에게 전화를 받으라며 돌아보았다.

"집 안이 시끌벅적하네, 모임이라도 있어?" 장위안의 허스키한 목소리였다.

"아니. 우리 아빠…… 둘이 장기 두고 있어." 그의 코맹맹이 소리를 들으니 '감기 걸렸어? 여전히 많이 바쁜 거야? 제대로 못 쉬었어?' 하고 묻고 싶어 입이 달싹거렸다. 묻고 싶었던 말들이 혀끝에서 맴돌았지만 결국 다시 안으로 삼켜버렸다. 그리고 의미 없는 음절들만 내뱉었다. 마치 귀찮을 때 건성으로 내는 '어, 오, 아' 같은 대꾸처럼.

"아. 별건 아니고…… 언제 베이징으로 돌아와?"

"1월 12일쯤."

"그럼…… 언제 시간 내서 같이 밥이나 한번 먹자?"

"힘들 것 같아. 13일 오전 비행기로 미국에 돌아가거든."

"완전 타이트하네. 그래도 잠깐 나와. 한두 시간이라도."

허뭐는 입술을 깨물었다. 그리고 거실을 돌아보았다. 허뭐 아빠는 아이처럼 평샤오를 붙들고 장기를 다시 두고 있었다. 허뭐엄마는 그 옆에서 큰소리로 훈수를 두었다. "마를 넘어. 넘으라고." 허뭐 아빠는 고심했다. "진정한 군자는 장기판을 보며 침묵을 지키는 법."

"내가 군자야. 난 당신 딸의 엄마라고!"

평샤오는 어쩔 수 없다는 듯 양손을 옆으로 펼쳐 들며 허뭐를 향해 어깨를 들썩였다.

허뭐는 옅은 미소를 지으며 고개를 숙였다. 앞머리가 눈앞을 가렸다. 차라리 눈을 감아버렸다. "그 사람 집에서 따로 계획해둔 게 있어서 시간 내기 힘들 것 같아."

* * *

전화를 끊고 장위안은 고개를 묻었다. 열 손가락으로 머리를 움켜쥐고 손바닥 아래쪽으로 태양혈을 힘껏 문질렀다. 허뭐의 타박타박 걸음 소리보다 먼저 온 가족의 웃음소리가 귀에 들어왔다. 장위안은 자신이 마치 달빛을 건지려는 원숭이 같았다. 그녀가 어두운 밤을 비추었고, 그 빛을 잡으려고 달려들었지만 산산이 흩어진 그림자뿐이었다. 그녀는 여전히 하늘 끝 저 멀리 있었고 미소는 차가웠다.

최근 회사 일이 바빠졌고 외부 시장의 경쟁도 치열해졌다. 게다가 기술사업부 부본부장이 하필 이때 이직을 하면서 기존 고객을 많이 데려갔다. 본사는 부본부장의 행정 직무를 잠시 장위안과 다른 팀장에게 맡기며 서비스 사업을 확대하라고 지시했다. 하지만 당장 맘에 드는 신입 엔지니어를 구하기가 쉽지 않아 어쩔 수 없이 다른 회사와 합작을 해야만 했다. 팀장들 모두 이 핑계 저 핑계를 대면서 회피할 뿐 대놓고 본사의 결정에 반기를 들진 못했다. 장위안은 비현실적인 큰 기대를 거는 상사를, 한숨만 푹푹 쉬는 동료를, 강 건너 불구경하듯 바라만 보는 사람들을 상대하느라 몸도 마음도 피로해졌다.

이러한 시기에 누군가를 그리워한다는 건 사치일 뿐이었다. 붙잡을 수 없으면 놓아주는 수밖에.

* * *

장위안의 기존 개발팀은 잠시 마더싱이 맡기로 했다. 마더싱은 머리를 긁적이며 말했다. "이번 건은 완전히 통신 설비 지원 업무라 우리랑은 전혀 상관없는 일이야. 협력사에 완전히 먹힐 것 같은데. 우린 아무것도 건질 게 없어."

"자기 사람한테 먹히는 것보다 낫겠죠." 장위안이 소리 낮춰 말했다.

마더싱도 그가 무슨 말을 하는지 잘 알았다. 텐댜 경영진끼리 서로 의견이 맞지 않았고, 그들은 신흥 소프트웨어 기업을 무대로 토너먼트 경기를 벌이고 있었다. 애먼 직원들만 권력 쟁탈전의 소용돌이 중심에 서서 시키는 대로 군소리 없이 일해야 했고, 하소

연은 꿈도 꿀 수 없었다.

"하늘이 이 몸에게 대업을 맡기려 하시는구나!" 둘은 이구동성으로 말했다.

장위안은 개탄했다. "우리가 먼저 죽지 않는다면요."

* * *

연말 보너스에 지난 두 개 프로젝트 상여금을 더하여 한 번에 집값을 지급하고 나서 바로 집을 내놓았다. '허뤄 가든' 일대의 부동산가가 수직 상승해 시가가 이미 7300위안에 달했다. 마더싱이 말했다. "장위안, 이번에 대박을 터뜨렸구나. 한 번에 10만 위안을 벌다니. 그때 나는 좀 먼 곳에 집을 사고 남는 돈으로 좋은 차를 사라고 했었는데."

장위안이 웃었다. "저도 아무 생각 없이 산 거였어요." 그때 전화가 걸려왔다. 중년 부부가 부동산 중개업자를 통해 집을 보러 오고 싶다고 전했다.

그는 현관 열쇠를 만지며 잠시 생각에 잠겼다. "다음 주요? 아. 아니요. 빠를수록 좋아요. 아? 오늘이요? 괜찮아요……."

장위안이 나서려는 것을 보고 캉만싱이 황급히 그를 불러 세웠다. "보스, 조퇴해요?"

"휴가 냈다고 치자. 조금 전 윗분한테는 말씀드렸어."

"안 돼요. 팀장님 가시고 나면 우린 아무것도 못한단 말예요. 잘 아시잖아요. 고객이 걸핏하면 전화해서 보드가 어쩌고 슬롯이 어쩌고 하면 전 아무것도 모른단 말예요." 캉만싱이 그를 원망했다. "다 팀장님이 벌려놓은 일이잖아요. 제가 말했었죠. 유지 보수 업무, 특히 하드웨어 쪽은 우리 팀이 맡아선 안 된다고요. A/S팀이나 설비팀에 넘겼어야죠!"

"그럼 우린 어떤 일을 해야 하는데?" 장위안이 입을 앙다물고 강경하게 말했다. "몇 년 전 IT 업무는 어디 편하기만 했나? 이제는 경쟁도 치열해졌다고. 여러 가지 일을 할 수 있다는 건 좋은 일이야. 이것도 싫다, 저것도 싫다. 그럼 얼마 안 있어서 진짜 한가해질걸. 그땐 짐 싸 들고 나가야지."

"팀장님, 왜 겁을 주고 그래요."

"많이 배워둬서 나쁠 건 없어. 나도 아무 원칙 없이 무조건 일을 받은 건 아니야." 장위안이 무슨 말을 하려다 삼켰다. 억지웃음을 짓는 캉만싱을 보고 한숨을 내쉬었다. "미안. 조금 전 내 태도가 틀렸어. 물론 어려움이 있으면 피해 가는 게 상책이지. 그런데 어려운 걸 쉽게 만드는 게 진짜 상책 중의 상책이야. 얼른 갔다가 돌아올 거야. 일 있으면 전화하고."

"알겠어요." 캉만싱이 고개를 끄덕였다. "얼른 가서 일 보세요."

* * *

마더싱이 고소하다는 듯 말했다. "만싱, 혼났구나?"

"아뇨. 그건 가르침을 주신 거죠! 못 들었어요. 어려움은 피해 가는 게 상책이다. 하지만 어려운 걸 쉽게 만드는 게 진짜 상책 중의 상책이다." 쳇 하고 콧방귀를 뀌고는 다시 조용히 속삭였다. "그런데 요즘 보스 기분이 별로인 거 같아요. 옛날에는 한 번도 우리한테 얼굴 붉힌 적 없었거든요."

"어허. 상사 뒷담화 하는 거 아니야." 마더싱이 좌우를 살폈다. "어쩌면 앞으로 내 상사가 될 수도 있고."

"소문 들었구나?" 캉만싱의 얼굴에 흥분이 드러났다. "팀장님이 지금 이름만 행정 업무 대행이지, 실질적으로 바이어를 만나고 총회에 참석하고 그러시잖아요. 윗선에서 팀장님한테 많은 권력을 준 거죠. 경력이 짧아서 그렇지 능력만 놓고 보면 벌써 승진했을걸요. 새로운 개발 계획도 팀장님은 딱 한 번만 듣고도 바로 우리한테 기술 핵심을 분석해서 설명해주실 정도라고요. 여러 번 생각할 필요도 없이요. 근데, 요즘 팀장님 기분이 안 좋은 게 설마 인사 문제 때문일까요? 저번에 같이 식사하는데 '큰 문제는 없을 거야.' 하면서 얼렁뚱땅 넘어가는 거예요. 예전에는 그런 식으로 말한 적 없었는데, 요즘은 사람 봐가면서 얘기하는 거 있죠."

마더싱이 혀를 찼다. "일이나 해. 함부로 입 놀리지 말고. 내가 이르는 수가 있다."

캉만싱이 하하 큰소리로 웃었다. "난 팀장님이 제일 좋더라. 그 안에 배도 띄울 만큼 배포가 크신 우리 마더싱 팀장님."

마더싱이 35인치 허리를 손으로 짚으며 그녀를 노려보았다. "좋아. 나를 놀린다 이거지. 어디 꼬투리 잡히기만 해봐라."

"제가 꼬투리 잡힐 게 뭐 있다고?"

"어떤 상사한테 지나치게 관심이 많다는 거."

캉만싱이 그를 흘겨보았다. "팀장님씩이나 되어가지고 어떻게 신입 실습생 차오샤오샹처럼 헛소문이나 퍼뜨리신대?"

* * *

지나친 관심이라고? 무슨 헛소리야? 캉만싱은 넋을 놓고 화장실에 서서 머리를 빗었다. '아야' 머리카락이 빗에 뜯겼다. 그녀는 아까운 머리카락을 쳐다보았다. 고개를 숙여 거울에 머리를 이리저리 비춰보니 대학 시절보다 숱이 많이 줄어 있었다.

IT업은 여자의 청춘을 망친다. 머리카락은 빠지고 얼굴에 여드름이 솟아오르고. 캉만싱은 괴로웠다.

'머릿결이 굉장히 좋네. 흑단 같은 머리에 숱도 많고.' 마음속 깊은 곳 숨겨두었던 그의 목소리가 다시 울렸다.

캉만싱은 한숨을 쉬었다. 넌 뺄도 없니. 칭찬할 때의 그의 미소가 언제나 그리웠다. 특히 고개를 쳐든 옆모습, 선이 굵은 하관은 약간 각이 졌지만 그렇다고 너무 넓지도 않았다.

펑샤오와 정말 비슷했다.

펑샤오가 출국한 지 벌써 2년 반이나 지났고 서로 왕래도 없었다. 영국에 있는 절친에게 전화를 걸었다. 그의 친구는 웃으며 말했다. "너네 보스도 한번 고려해봐. 네가 너희 팀장님 젊고 스마트하고 젠틀하고, 전도유망하다고 침이 마르게 칭찬했잖아."

"나 좀 봐주라." 캉만싱이 반발했다. "첫째, 팀장님의 웃는 모습을 볼 때마다 펑샤오 선배가 떠올라. 평생 마음의 빚을 지고 살 순 없어. 둘째, 우리 보스가 보기에는 친근한 이미지지만, 실은…… 꼭 유리 벽 같아. 속을 다 보여주는 것 같지만, 누구도 쉽게 접근하기 힘들지. 어떨 때는 차라리 우리한테 화를 냈으면 좋겠다 생각할 때도 있어. 그럼 적어도 무슨 생각을 하는지는 알 수 있으니까."

"그렇게 고고해?"

"꼭 그런 건 아니고, 조금…… 고독하다고 할까." 캉만싱이 단정 지어 말했다. "이런 사람 여자친구 노릇은 분명 피곤할 거야. 됐어. 그만하자. 더 말해봤자 못 먹는 감이라 찔러나 본다고 하는 거냐고 할 거잖아."

"아무리 봐도 펑샤오 선배가 최고다." 인웨이가 한숨을 쉬었다. "지나간 건 지나가버리게 내버려둬. 무슨 말인지 알지?"

알지. 아주 잘 알지. 휴. 그만 생각하자. 이젠 다른 여자의 남편이 된 사람인데.

'짝사랑도 행복하다'라고 누가 그랬던가? 그 노랫말이 참 아프다. 대학 3학년이 끝나가던 여름 무렵, 그가 결혼한다는 소문을 들었다. 그날은 비가 유난히 세차게 내렸던 것으로 기억한다. 그녀는 은행나무 아래 서서 이젠 그도 가고 없는 남학생 숙소를 바라보며 부들부들 떨고 있었다. 하지만 이젠 더는 펑샤오를 볼 수 없었다. 그녀를 대신해 난장판이 된 실험실을 수습하던 그 남자, '기기들도 이젠 다 늙었잖아. 고장 나면 고장 난 거지. 교수님이 물어보면 내가 책임질게.'라고 말하던 그 사람.

그녀를 안심시키던 그의 미소 때문에 스무 살의 캉만싱은 잠을 설치기도 했었다. 새벽 2시까지 잠들지 못하고 5시만 넘으면 잠에서 깨곤 했었다. 달력을 뚫어져라 쳐다보며 펑샤오와 함께 실험하는 날들을 붉은 펜으로 동그라미를 치고 싶은 마음이 굴뚝 같았다.

함께 웃고 떠들던 그 시절이 오래오래 계속될 줄로만 알았는데 그가 유학을 떠난다는 소문이 들려왔다. 그녀도 온 힘을 다해 열심히 영어를 공부했다. 하지만 어느 날 갑자기 그가 사라져버렸다. 그것도 어디서 갑자기 나타난 약혼자를 밑도 끝도 없이 데리고왔다. 이건 한국 드라마보다 더 막장이었다.

지금껏, 어쩌면, 당신은 내 존재를 완전히 잊고 있었겠죠.

'이런 짝사랑도 행복이라면 난 매일 너무 행복해서 눈물을 흘리는 거겠죠. 펑샤오, 날 아직 기억하나요? 내 머릿결이 좋다고 했던 말 기억해요?' 캉만싱은 빗에 붙은 머리카락을 정리해 뭉친 다음 쓰레기통에 버렸다.

* * *

중년 부부는 매물이나 구조, 채광, 아파트 관리 따위에는 전혀 불만이 없었다. 다만 가격을 조금 더 깎았으면 하고 바랐다.

"저기, 부동산 개발업자가 처음 분양할 때나 새집이지, 손을 거치면 바로 헌 집이 되는 거죠. 그러니까 가격을 너무 높게 부르시면 안 돼요."

남편의 말에 아내도 거들었다. "그러니까요. 사실 저희도 살 집이 없는 것도 아니고 급할 건 없어요. 애 고등학교가 여기서 가깝지만 않았어도 성남(城南)의 집을 팔아 여기로 올 생각은 안 했을 거예요."

"보세요. 여기 교통도 불편해서 자동차로도 매일 한참을 돌아오게 생겼잖아요."

장위안이 주변을 둘러보았다. "저도 이 집, 투자 목적으로 산 건 아니에요. 원금에 수수료, 여기에 들인 인테리어비만 받을 생각이었어요."

* * *

부부는 끊임없이 별것도 아닌 생트집들을 잡았다. 단지 내 중심 공원이 너무 가까워 저녁에 시끄러울 것 같다느니, 인근에 묘목 농원이 있어서 도시와 시골을 오가는 사람들로 너무 번잡하다느니……. 장위안은 가볍게 고개만 끄덕일 뿐 딱히 아무 말도 하지 않았다.

"응. 근데 아파트 이름이 너무 촌스럽지 않아요. 허뤄. 허뤄. 이름이 꼭 무슨 점집 같아."

아내의 말에 남편이 맞장구를 쳤다. "그러게, 황'허'의 그림과 '뤄'양의 글(《하도낙서》, 고대 중국에서 예언이나 수리의 기본이 된 책—옮긴이)이라니. 왜 아파트 이름에까지 그런 걸 들먹이는 건지. 인근에 분양 주택이 너무 적지만 않았어도, 애가 입학만 곧 하지 않았어도……."

심기가 불편해진 장위안은 열쇠를 다시 집어넣었다. "여기 작은 평수도 있고, 그중 임대하려는 사람도 많을 겁니다. 전 회사로 이만 돌아가겠습니다. 같이 내려가시죠."

부부는 서로 얼굴을 마주 보더니 부인이 먼저 황급하게 말을 꺼냈다. "저흰 아무 의미 없이 한 말인데, 가격을 깎겠다고 말한 것도 아니고요."

"그래요. 우리 앉아서 천천히 얘기합시다."

"다음에요." 장위안이 이맛살을 찌푸렸다. "정말 시간이 없어서요. 다음에 얘기하시죠."

* * *

기억 속 그해 한여름, 그녀가 그런 말을 했었다. '내 이름만 보고 나한테 점 봐달라는 건 아니지?' 소녀 같던 목소리는 사라지고 어느새 허스키해진 목소리로 신나서 그를 돌아보며 '자, 장위안이 누구한테 장가드나 볼까?' 하고 말했었다.

그리고 어색한 미소를 하고 이렇게 묻기도 했었다. '그렇다고 세상을 등지고 산으로 들어가는 건 아니지?'

'내 일생이 카드 한 장으로 결정되는 건 아니니까.' 오래전 느리게 달리는 기차에서 장위안은 웃으며 카드를 흩뜨렸었다. '내가 누굴 찍게 되면 그 사람이 세상 끝 어느 구석에 있든 상관없어. 풀이란 풀은 죄다 뽑아다 내 집에다 옮겨 심어버릴 거야.'

그때는 세상 물정을 몰랐다. 용기는 천진함과 무모함의 혼합물이었다. 하지만 그것도 나이를 먹어가면서 고공을 나는 풍선처럼 '평' 소리와 함께 완전히 박살나버리고 말았다.

서랍 속에는 대학교 4학년 겨울 허뭐와 함께 찍은 사진이 들어 있었다. 양복과 중국 전통복, 바보처럼 웃고 있는 두 아이, 너무나 달콤하게 웃고 있었다. 설마 그때 헤어진 후로 우리 이젠 각자 늙어가고 서로 다른 사랑을 해야만 하는 걸까?

* * *

평샤오가 베이징으로 돌아가고, 허뭐는 매일 부모님을 모시고 각종 친목회에 참석했다. 그녀는 미국에서 화장품을 대량 구매해 와 새해에 가족들 모임 때 친지들에게 나눠줄 생각이었다. 허뭐의 엄마는 국내와 가격이 얼마나 차이 나는지 궁금하다며 굳이 남편과 딸까지 끌고 백화점을 돌아다니며 일일이 확인했다. 허뭐 엄마는 상품권 행사를 하는 걸 보더니 "네 외삼촌 며느리가 곧 출산한다고 하니 출산용품을 사러 가자."라고 했다.

허뭐는 고개를 저었다. "전 안 갈래요. 출산용품은 잘 몰라요. 그냥 윈웨이 외할머니께 서양삼이나 가져다드릴래요. 그리고 레코드점도 좀 가고 싶거든요. 아빠, 같이 근처에 서점에나 가실래요?" 아빠도 예전과 달리 자동 바운서와 신식 치발기에 유독 관심을 보이며 엄마와 둘이서 신나게 이것저것 따져보고 있었다.

아빠, 쇼핑을 제일 싫어하지 않았던가? 특히 자신과 무관한 물건은 더더욱. 어떻게 사람이 나이를 먹으면 오히려 아이 같아지는 거지? 허뤄는 아무 말 없이 고개만 절레절레 저었다.

* * *

레코드점은 예전처럼 사람으로 붐볐지만 1층에는 정품 CD들이 드문드문 꽂혀 있었다. 아마 연말에 단속한다는 소리에 다 치워버린 것 같았다. 젊은 점원은 허뤄도 처음 보는 얼굴이었다. 마침 그가 큰소리로 고객들의 물음에 응답하고 있었다. "손님, 누구 CD 찾는다고 하셨죠? 진열대엔 없어도 물어보면 찾아드려요!"

이렇게 대놓고 말을 하다니. 허뤄도 웃으며 끼어들었다. "'포레스트 검프' 오리지널 사운드 트랙 있나요?"

"아, 있어요……. 아니…… 없어요!" 그가 제 머리를 치며 말했다. "마지막 한 장이 막 팔렸어요. 한동안 구하긴 어려울 거고, 구정 지나고 다시 오세요! 이름 남겨주시고요. 물건 오면 하나 빼놓을게요."

"아." 허뤄는 약간 실망했다. "감사한데 아마 그때까진 힘들 것 같네요."

그녀가 고개를 숙이는 순간 갑자기 '샌프란시스코'의 신나는 노랫소리가 레코드점에 울려 퍼졌다.

* * *

If you're going to San Francisco
샌프란시스코에 가거든

Be sure to wear Some flowers in your hair
잊지 말고 머리에 꽃을 꽂으세요
If you're going to San Francisco
샌프란시스코에 가시게 되면
You're gonna meet Some gentle people there
평화를 사랑하는 이들을 만나게 될 거예요

* * *

For those who come to San Francisco
샌프란시스코에 오시는 이들을 위해
Summer time will be a love-in there
여름에는 러브인 모임이 있답니다
In the streets of San Francisco
샌프란시스코 거리에서는
Gentle people with flowers in their hair
평화를 사랑하는 이들이 머리에 꽃을 달아요

* * *

그리고 뒤이어 조안 바에즈가 부르는 Blowin' In The Wind(바
람에 실려서)가 흘러나왔다. 통기타가 심금을 울렸다.

＊ ＊ ＊

How many roads must a man walk down
사람은 얼마나 많은 길을 걸어봐야
Before they call him a man
진정한 인생을 깨닫게 될까요

노랫소리가 은은하게 퍼졌다. 허뤄는 계단 입구에 서서 위층에서 흘러나오는 노랫소리에 심취해 있었다. 고1 여름, '캐스퍼' VCD를 장위안에게 빌려주었는데 장위안은 여름방학이 끝나고 조카들이 가져가서 찾을 수 없다고 말했다. 둘은 함께 이 레코드점에 왔고, 허뤄가 '포레스트 검프'를 골라 들자 장위안이 그 CD를 그녀에게 선물했다.

둘이 사귀기 시작하고 어느 날 장위안이 허뤄의 책 속표지에 캐스퍼를 그려주었다. 그리고 실수로 사실을 폭로하고 말았다. "당연히 똑같이 그렸겠지. 자주 보는데."

허뤄가 화가 난 척 말했다. "잃어버린 게 아니었구나. 내 CD를 꿀꺽해!"

"네 꺼 내 꺼가 어디 있어." 장위안이 웃었다. "내 건 내 거고, 네 것도 내 거지. 사실 네가 덕 본 거지. 90분짜리 영화를 142분 영화랑 바꿨으니. 남는 장사 아냐?"

"누가 덕을 봐? 따져볼까!" 허뤄가 입을 삐죽거렸다.

"아이고, 영화로도 모자란다면 내 몸으로라도 때울까?" 장위안이 다가왔다. "자, 어쩔 건데?"

* * *

마치 포레스트의 지칠 줄 모르는 걸음을 보는 것만 같았다. 북미 대륙을 횡단하며 길을 하나하나 세던 모습. 여정이 길어질수록 사랑도 깊어졌다.

허뭐는 이끌리듯 위층으로 올라갔다. 2층에 거의 다다랐을 때 점원을 돌아보며 물었다. "이 노래 CD 샘플이라도 있나요? 새것이 아니라도 상관없어요."

"아, 아마 조금 전에 그 CD 산 손님이 위층에서 듣고 있는 걸거예요."

"그랬구나. 그럼 어쩔 수 없죠." 허뭐가 돌아섰다.

등 뒤에서 '펑' 하고 부딪히는 소리와 사람들의 키득거리는 웃음소리가 들려왔다. 머리를 부딪힌 게 분명했다. 말이 좋아 2층이지 작은 다락방을 개조해놓은 곳이었다. 외부에는 창고라고 거짓말을 하고, 공상 세무 문화국에서 단속반이 나오면 잠가두었다. 하지만 이곳은 불법 복제 CD 창고였다. 천장이 낮아서 허뭐가 서도 머리가 쿵쿵 천장에 닿았다. 장위안처럼 키 큰 사람이 아무 생각 없이 몸을 폈다가는 머리를 부딪힐 수밖에 없었다. 당시 장위안은 이곳에 오는 걸 질색하며 주인이 아마 자오청제처럼 키가 루트 3밖에 안 될 거라고 말했었다.

허뭐는 레코드점을 나섰다. 고개를 들어 하늘을 올려다보았다.

맑고 푸른 하늘에 흰 깃털이 춤을 추고 있는 것만 같았다. 오래전 일을 아직도 기억하고 있다니. 어디서 주웠는지 그가 비둘기 깃털을 던졌다. 깃털이 뱅그르르 돌아 떨어지면 다시 주어 그걸 던졌다……. 그리고 시험 전날 건네준 초콜릿. '인생은 초콜릿 상자와 같은 거야. 시험도 마찬가지고. 다음엔 선생님이 어떤 문제를 낼지 영원히 알 수 없지'라고 웃으며 말했었다.

* * *

장위안은 발걸음을 재촉하여 1층 매장까지 뛰어왔다. 진열대 앞에 여학생이 등지고 서 있었다. 흰색 모직 코트에 스웨이드 치마, 무릎까지 오는 부츠를 신고 있었다. 그녀는 고개를 살짝 들고 손을 뻗어 가는 손가락으로 진열된 CD의 등을 훑고 있었다. 장위안이 가볍게 헛기침을 하며 물었다. "뭘 찾고 계시죠?"

"저우제룬의 신곡 있나요?" 여성이 뒤를 돌아보더니 깜짝 놀랐다. 아무리 봐도 눈앞에 이 남자가 점원 같아 보이지는 않았다. 그는 마치 오래 알고 지낸 친한 친구처럼 자신을 보며 웃고 있었다.

* * *

그녀가 아니다.

장위안은 계면쩍게 웃었다. 환청이었나? 조금 전 노래를 듣다 얼핏 그녀의 목소리를 들은 것 같았는데. 그는 사방을 둘러보고는 다시 문을 열고 밖으로 뛰쳐나갔다. 버스가 멈췄다 다시 지나갔다. 길가에 사람들은 손을 들어 택시를 잡고 있었고, 길가 양쪽에 상점에서는 매초마다 들고 나는 사람들의 발걸음이 분주했다. 번화가 수많은 인파 속에선, 누군가를 찾아 헤매는 시선은 쉽게 잠식당하고 말았다.

허뤄의 집으로 여러 차례 전화를 걸었지만 아무도 받지 않았다. 비행기에서 내려 지금까지 3~4시간 동안 아무것도 먹지 못했지만 배가 고프진 않았다. 매서운 칼바람 속에 서서 그저 베이징에서 가지고 온 점퍼가 너무 얇구나 생각했다.

몸 밖에서 안에까지, 온몸에 한기가 뚫고 들어왔다.

* * *

인생은 초콜릿 상자와 같았다.

만남도 헤어짐도 예측할 수가 없었다. 어쩌면 수많은 인파 속에서 당신과 어깨를 스치고 지나갔다고 해도 말이다.

제3장 두 번의 겨울—두 번째

당신이 떠나간 뒤
나는 이렇게 외롭게 지내요
두 번의 겨울이 지났네요
당신은 행복하길 바라요
당신이 내게 깍듯하게 안부를 묻네요
……
손이 떨리고, 어쩔 줄 모르겠어요
사랑도 했고, 미워도 했죠, 그런데 다시 마음이 다시 복잡해져요
사랑이 여전히 내게 남아 있었나 봐요
다만 감정이 예전과 달라졌을 뿐

by 허우샹팅 '두 번의 겨울'

장위안은 한 정거장이나 헤매다 결국 고등학교로 향했다. 연말이라 아이들은 한창 신입생 환영회를 준비하고 있었고, 복도에는 의자며 책상, 풍선 그리고 리본들이 어지럽게 널브러져 있었다. 남학생이 스케이트 날을 들고 잰걸음으로 뛰어 들어오려고 하자 여학생이 문을 막아섰다. "자진해서 칠판에 그림을 그리겠다고 할 땐 언제고 이제야 돌아와? 그냥 계속 스케이트나 타러 가시지!"

"내가 잘못했어." 남학생이 계속해서 용서를 구하며 여학생의 손목을 잡았다. "내가 할게."

"됐거든!"

"내가 아니면 칠판 위쪽은 손도 안 닿잖아?"

"책상이랑 의자는 괜히 있니?"

"그러다 떨어지면 내가 널 업고 돌아가야 하잖아."

"그래서 저주하는 거야!" 여학생이 눈을 부릅떴다. "필요 없다면 없는 줄 알아!"

"가시나무를 짊어지고 사죄를 구해도 안 되겠니?" 남학생이 문 옆에 마포를 집어 들며 말했다. "짊어져?"

"널 어디다 쓰니?" 여학생이 웃었다. "손이 꽁꽁 얼었는데 분필이나 잡을 수 있겠어?"

* * *

허뤄도 예전에 웃으며 손등을 그의 목덜미에 대고 '얼어 죽어라.' 하고 장난을 쳤었다.

그때 학교에서는 지하수를 사용해서 여름에도 물이 차가웠다. 청소 후 두 손이 하얗게 불어서는 턱을 살짝 치켜들며 장난스럽게 웃고 있었다. 그녀의 부드러운 손끝을 잡으니 겨울날의 빙설을 잡은 것만 같았다. 방심한 틈에 빙설이 녹아 사라져버리고 나니, 축축한 손안에는 아무것도 남아 있지 않았다.

* * *

"그건 안 되겠다. 등에 리본을 묶었다가 뜨거워지면 불이 날 수도 있어, 위험해."

"선생님, 이건 형광등이라서 그렇게까지 뜨거워지지 않아요."

"안 된다면 안 되는 거야."

"린 선생님." 장위안이 다가왔다. "여전히 열심이시네요."

"어, 오늘 어떻게 온 거야?"

"어…… 프로젝트를 하나 맡아서 출장 온 거예요." 핑곗거리를 찾았다.

* * *

린수전은 애제자를 보니 기분이 좋아졌다. 학생들에게 몇 마디 당부하고 곧장 장위안과 복도 창가에 서서 그와 다른 학생들의 근황을 물었다.

"그때는 너희들보고 철부지다, 장난꾸러기다 했는데, 요즘 애들은 점점 더 제멋대로야."

"잘됐네요. 혁명 정신에 불타 청춘을 영원히 유지하실 수 있겠어요!"

"청춘은 무슨, 아들이 유치원에 다니는구만."

"어? 몇 살이죠? 전 줄곧 갓난아이로만 생각했는데. 지난번에 뵈러 갔을 때가 딱 백일이었잖아요."

"그게 언제 적 얘긴데. 벌써 몇 년 전이야."

"그러게요. 우리 졸업하고 다음 해에 태어났잖아요."

그때만 해도 그녀와 함께였다. 둘은 무슨 선물을 할까 고민하며 백화점 출산용품점에 서서 서로를 쳐다보며 깔깔대며 웃었었다. 그녀가 그의 등을 때리며 '뭐래? 웃지 마.' 그러면서 자기가 오히려 얼굴이 빨개지도록 즐거워했었다. 린 선생님과 동창들이 만났을 때, 친구들이 '너희 둘이 나중에 결혼하면 린 선생님이 당연히 주례'라며 놀렸었다.

그때 그녀의 손에는 그가 준 반지가 끼워져 있었고, 둘은 열 손가락 깍지를 꼭 끼고 있었다. 이미 오래전 일이었다.

* * *

"넌 좀 어때?" 린 선생님이 물었다. "여자친구는 생겼고?"

"선생님, 우리 보고 연애는 하지 말라고 그러셨잖아요. 이젠 제가 제일 말 잘 듣는 학생이죠."

"말을 잘 들어? 그런 사람이 부모님이 교무실로 찾아오게 해!" 린 선생님이 웃었다. "허뤄 아빠가 옛날에 역사학과 교수였다며? 그분이 근엄한 얼굴을 하고는 나한테 너희들 문제를 얘기하면서 조목조목 따지시는 거야. 그때 완전히 긴장했잖아." 그녀가 가슴을 쓸어내렸다. "너희들 때문에 얼마나 애를 먹었게."

"저도 줄곧 그분이 무서웠어요." 장위안도 웃었다. "나중에는 뭐라고 안 하셨지만요. 그냥 그렇게 대충 넘어갔죠."

"그랬지. 허뤄 수학 성적이 또 올랐으니까. 그때 내가 그랬지.

아버님, 허뤄가 잠깐 실력 발휘를 못해서 그럴 뿐입니다. 두 아이 모두 철이 든 아이들이니 서로에게 의지가 될 겁니다. 공부에는 지장이 없을 거예요."

"선생님이 우리 풋사랑을 지지해주셨군요."

"내가 막는다고, 막아지겠어?"

장위안은 웃기만 할 뿐 아무 말도 하지 않았다.

"맞다. 허뤄가 귀국했더라. 이틀 전에 학교에 찾아왔었어……." 린 선생님이 한숨을 쉬었다. "역시, 너무 안타까워."

* * *

린 선생님의 아들이 모퉁이에서 뛰어왔다. "얼른 퇴근해! 가서 장난감 총 사줘."

"꼬마야. 유치원 안 가?" 장위안이 꼬마의 머리를 툭툭 쳤다.

"여긴 엄마 제자. 큰 형이라고 불러."

꼬마는 눈만 깜빡거리며 한참을 아무 말 않고 있더니 쩌렁쩌렁하게 '아저씨, 안녕하세요.' 하고 인사했다.

* * *

1층 현관에는 전신 거울이 있었다. 개교 70주년을 기념해 학우들이 기증한 것이었다. 연일 정신없이 돌아다녔더니 거울 속에 비친 자신의 얼굴에 피곤이 가득했고, 온몸에는 풍파에 찌든 흔적이 남아 있었다. 주위에 웃고 떠드는 학생들 모두 등을 꼿꼿이 펴고 머리를 치켜든 채 당당해 보였다. 겁날 것도 없고, 물러설 줄도 모르는 나이었다.

체육부 기계 창고에 자신이 고3 때 허뤄에게 남겼던 'THANKS'라는 낙서가 생각났다. 기억을 더듬어 찾아가보니 뜻밖에도 오래된 창고는 새롭게 페인트칠이 되어 있었고, 담 한쪽 구석에 잡초는 뿌리째 뽑혀 하얀 담벼락이 그대로 드러나 있었다.

스케이트장은 예전처럼 평평했지만 펜스는 새것이었다.

"원래 나무가 아니었었나요?" 장위안이 스케이트를 타는 남학생에게 물었다.

"그건 벌써 뜯어서 작년 캠프파이어에 땔감으로 썼죠. 오래된 의자랑 책상도요."

옛날 흔적은 전혀 남아 있지 않았다.

가슴에 무력감이 밀려왔다. 이런 좌절감은 오랜만이었지만 역시 익숙한 감정이었다. 평생 처음으로 뼈저리게 느껴보았던 감정. 그는 자신만만했었다. 이미 머릿속에는 모든 계획이 다 세워져 있었다. 그런데 일순간 정상에서 바닥으로 추락할 줄 누가 알았을까. 하지만 운명을 탓할 수만은 없었다. 그 사실이 더 참담했다. 그건 누가 뭐래도 자신의 근거 없는 자신감과 부주의함 탓이었다.

* * *

마지막 시험 답안을 작성하고, 초패왕이 오강을 바라보며 대세가 이미 기울었음을 느꼈을 그 비장함을 그도 느꼈다.

사실 그 직감은 수학 답안을 제출하고 고사장을 나오면서부터 시작되었다. 친구들끼리 답을 서로 맞춰보고 있었다. 대개는 시험을 너무 잘 치렀거나 혹은 누군가의 위로가 절실히 필요한 경우였다. 하지만 장위안은 둘 모두 아니었다. 하지만 친구들이 말하는 주관식 문항이 그의 기억과는 많이 달랐다. 정확한 숫자는 생각나지 않았지만 그의 답은 루트에 루트를 씌워 뭔가 이상하다 생각했었다. 그리고 희미하게 들리는 누군가의 음성. "나랑 답이 다른데! 루트가 엄청 많았어."

그러자 곧이어 누가 반박했다. "너 덮개 덮었어? 문제 보기에 분명히 덮개가 없다고 쓰여 있었잖아."

다 기어 들어가는 목소리로 우울하게 중얼거렸다. "수조에 덮개를 안 덮으면 어떻게 해." 모두 한바탕 웃었다.

수조에 덮개를 안 덮으면 어떻게 해? 장위안은 웃을 수 없었다. 가슴이 갑자기 서늘해지며 7월 한여름 태양 아래 식은땀이 흘렀다.

영어는 생각보다 너무 쉽게 풀렸다. 세 번을 검토하고 그중 일부는 수정했다. 나중에 보니 올해 시험 문제는 유난히 쉬웠는데, 자신이 너무 꼬아서 생각한 나머지, 검토하며 고친 것이 오히려 다 틀린 답이었다.

* * *

시험 후 이틀간 학교에 모범 답안이 붙었다. 그중 몇몇은 교실 열쇠가 없어서 복도에 주저앉아 한 문제 한 문제씩 답을 맞추었다. 장위안의 기억으로는 그날은 유난히 비가 거셌고, 등 뒤로 들리는 빗소리에 친구들이 조용히 답을 맞추는 소리가 모두 묻혀버렸었다. 허뤄는 자신의 예상 점수가 640점 내외라며 걱정이 가득했다. "근데 올해 시험이 너무 쉬워서 커트라인이 작년보다 높아질 것 같아."

사실이 그랬다. 그녀는 예상 점수를 너무 낮게 잡았다. 탄탄한 영어 실력에 기반한 영어 성적, 제대로 실력 발휘한 물리와 화학, 평소 실력을 월등히 뛰어넘은 수학 성적, 학년 상위권 성적이었다. 어느 대학이든 골라서 갈 수 있을 만큼의 성적이었다. 하지만 그녀가 가려는 도시는 그와 1000킬로미터나 떨어진 곳이었다.

* * *

성적이 나왔다. 누군가는 기뻐하고 누군가는 슬퍼했다. 하지만 그 누구도 이 흔치 않은 방학 기간을 놓치고 싶지 않아 함께 놀이동산에 가기로 했다. 무더운 여름 후룸라이드만큼 시원한 건 없었다. 작은 배가 위로 슬글슬금 올라갈 때 허뤄는 장위안의 손을 꼭 잡았다. 몇몇 여자들은 괴성을 질렀다. 후룸라이드는 재빠르게 아래로 내리꽂혔고 모두 온몸이 흠뻑 젖었다. 하지만 장위안은 전혀 자극적이지 않았다. 인생의 기복이 놀이기구보다 더 예측하기 힘들었기 때문이었다.

허뤄는 솜사탕을 사서 집에 돌아가는 내내 들고 있었다. 천진난만한 소녀 같았다. 하지만 그녀의 웃음은 어딘가 부자연스러웠다. 장위안도 그녀가 자기처럼 앞으로의 긴 이별을 어떻게 받아들여야 할지 몰라 그런다는 사실을 잘 알았다. 갈림길에서 그녀가 고개를 들었다. 그는 그녀의 입술에서 흔들리는 솜사탕을 닦아주었다. 그 순간 고개를 숙이고 얼마나 키스를 하고 싶었던지. 하지만 그의 마음속에는 온통 무거운 비애와 깊은 번뇌뿐이었다. 대입 전 지원서를 쓰면서 허뤄에게 약속했었다. 네가 어느 대학에 가든지 그녀 학교 근처로 가겠다는 그 경솔했던 약속이, 그리고 하늘 높은 줄 모르고 경거망동했던 언사가 이제는 산산조각 나버려 수습하기도 어려웠다.

* * *

허뤄가 베이징으로 떠나던 날, 장위안과 친구들은 함께 역으로 배웅을 나갔다. 가족들이 그녀를 둘러싸고 기뻐했다. 장위안은 친구들의 등쌀에 기둥 뒤로 숨었다. 둘은 포옹할 기회조차 없었다. 허뤄가 그의 앞에 서서 오른손을 내밀었다. 그도 왼손을 내밀었다. 집으로 돌아가던 갈림길에서 늘 하던 것처럼 둘은 네 손가락으로 주먹을 쥔 뒤 살짝 옆을 부딪치며 엄지를 겹쳤다. 손가락이 서로 마주치던 그 순간 그는 허뤄의 눈에 서린 이슬을 보았다. 하지만 그녀는 입술을 굳게 다문 채 억지웃음을 지으려고 애쓰고 있었다. 장위안의 심장이 난도질당하는 느낌이었다. 그녀를 꼭 끌어안고 시간을 이 순간에 붙잡아두고 싶었다. 쉽게 자만하는 사람이 쉽게 열등감을 느끼는 법이라고 선생님이 말씀하신 적이 있었다. 확실히 그랬다. 장위안은 갑자기 그 말뜻이 가슴에 와 닿았다. 지나치게 자신감에 넘쳤던 사람은 인생의 미완성을 받아들이기 더 어려웠다. 그는 속으로 다짐했다. 이 여자를 불행하게 만들지 않겠다고. 하지만 정말 둘이 갈림길에서 각자 흩어져 점점 멀어질 것이라고는 상상도 못했다. 그는 자신을 증명해 보이고 싶은 마음에 급급해서 허둥가 느꼈을 감정은 미처 생각지도 못했다.

* * *

그녀가 버스에서 고개를 숙인 채 그렇게 말했었다. '난, 혼자 헛물 켠 거라고 생각했는데.'

장위안이 지금 그랬다. 지금 이 순간 자신 혼자 헛물을 켠 건 아닌지, 아득히 먼 곳의 그녀를 잊을 수 없을 것만 같아서 겁이 났다. 교문 밖에는 아직도 군고구마 장수가 있었다. 장위안은 하나를 사서 손에 들었다. 향기가 코끝을 찔렀지만 그는 입도 대지 않았다.

헤어진 뒤 그에게 고백하는 여성이 없었던 것도 아니었다. 그가 농구 시합하는 모습을 지켜보다 수건을 건네는 여자도 있었다. 장위안은 그 여자와 적당한 거리를 유지했다. 학교 본관에서 마주친 그녀가 그를 끌고 함께 아이스크림을 먹으러 갔다. 그녀가 한입 깨물더니 얼굴을 찌푸리며 이가 시리다고 했다. 장위안은 무심코 "우리 옆집에 치과 의사가 사는데." 하고 말했다.

그녀가 고개를 들며 물었다. "다음에 저랑 같이 가주면 안 돼요?"

참 예쁘게 생긴 아가씨였다. 훤한 이마에 작고 오뚝한 코, 통통한 입술, 존경과 사랑의 눈빛. 하지만 아쉽게도 그녀가 아니었다. 그녀는 허뤄가 아니었다. 장위안의 마음속에는 솔방울을 입안 가득 문 다람쥐 같던, 그녀의 통통 부은 얼굴이 떠올랐다. 그는 순간 움찔했고 얼른 말을 바꾸었다. "그냥 학교 근처로 가. 거긴 너무 멀어."

그가 허뤄에게 처음 건넨 쪽지는 치과 의사의 연락처였다. '又' 자로 접어 그녀의 필통에 넣어두었다. 그 쪽지 하나를 쓰려고 얼마나 말을 고르고 고르다 펜을 들었는지. 너무 다정하면 자신의 마음을 들키지나 않을까, 너무 무심하게 쓰면 자신의 관심을 제대로 담지 못할까 걱정하면서.

세상에 좋은 여자는 참 많았다. 하지만 허뤄는 단 한 사람뿐이었다.

* * *

허뤄가 리원웨이 집에 도착했을 때는 도우미 서 씨 아줌마가 식탁을 정리하고 있었다. "식사는 했어요? 찜통에 만두 있어요. 막 찐 건데. 두 개?"

"네! 할머니의 비법으로 만든 거라면 맛이 없을 수가 없죠." 허뤄는 서양삼을 아주머니에게 건넨 뒤 만두를 하나 받아들었다. 비계 사이와 사이에 고기와 배추 소가 들어 있었고 어쩌다 작은 연골도 씹혔다. "전 맛있는 냄새가 나는 산둥 왕만두가 제일 좋아요.

이래야 진짜 먹은 거 같죠." 그녀는 리원웨이 외할머니 옆에 앉았다. 2~3년이 훌쩍 지나갔고, 할머니의 다릿심은 예전과 달리 시원치 않았다. 하지만 정신은 여전히 말짱하다는 것은 눈을 보면 알 수 있었다.

"펑 군도 그걸 제일 좋아하지. 그런데 원웨이는 콩이랑 갈비 들어간 걸 좋아해."

"펑 군이요?"

"창펑, 리원웨이랑 어려서부터 같이 자란 아이야. 너희 동창 아니었니?"

"고등학교 동창은 아니에요. 아마 초등학교 동창이겠네요."

"나 좀 봐. 이렇게 오락가락한다니까. 늙으니까 기억력도 나빠져." 외할머니가 돋보기를 쓰고 리원웨이의 고등학교 졸업 앨범을 꺼냈다. "원웨이가 부모님을 일찍 여의고 이 친구들이 많이 도와줬지. 여기. 작년 봄에 이 청년이 베이징에서 돌아와 1주일 동안 있었는데 원웨이한테 붙들려서 꼼짝없이 나를 데리고 검진을 다녔지 뭐냐."

"예?" 허뤄는 사진을 들여다보았다.

"여기, 키 큰 청년."

단체 사진 속 그의 얼굴은 흐릿했지만 파란색과 흰색이 섞인 학교 운동복은 눈에 띄었다. 허뤄의 마음이 삽시간에 풀어지며 입가에 미소가 번졌다.

"장위안이에요. 원웨이 원래 짝꿍이오."

"이 청년 참 마음 씀씀이가 고와. 고향에 올 때마다 여길 들르 거든."

* * *

누군가 초인종을 울리자 서 씨 아줌마가 도어 스코프로 밖을 내다보았다. "호랑이도 제 말 하면 온다더니."

허뤄는 얼떨결에 자리에서 일어났고, 손에는 여전히 먹다 만 만두가 들려 있었다.

"밖이 춥네요." 그가 현관에서 발을 털며 손에 든 군고구마로 귀를 연신 녹이고 있었다. 청바지에, 남색 반코트, 그리고 수면이 부족한 듯한 얼굴, 눈을 들 때 이마에 살짝 잡히는 잔주름.

베이징에서 만났을 때는 밤이었고 서로 눈가의 변화를 눈치채 지 못했었다. 하지만 지금 오후의 밝은 거실, 따스한 겨울의 햇살 이 나른하게 얼굴에 흩뿌려지자 잔주름 하나하나가 고스란히 드 러났다.

꽃들도 이제 모두 시들었다.

* * *

장위안의 눈이 반짝이더니 구겨졌던 미간이 활짝 펴졌다. "이 런 우연이, 생각도 못했는데. 이 도시가 작긴 작구나." 그가 외할머 니와 몇 마디 간단히 나누고 소파에 앉으려 하자 주머니에서 빠지 직 소리가 들렸다. 그는 얼른 주머니에서 꺼내 탁자 위에 놓았다.

CD 케이스, '포레스트 검프'의 오리지널 사운드 트랙이었다.

"다행히 케이스만 깨졌네." 그가 안도의 한숨을 내쉬었다. "아까 왔어?"

"아, 조금 전에. 오전에 부모님이랑 쇼핑을 하러 갔다가."

"아저씨, 아주머니는 어쩌고? 이런 딸이 어디 있어?"

"나랑 무관한 물건들만 보셔서." 그녀는 손이 가는 대로 CD의 가사를 넘기고 있었다.

"두 번째 장 세 번째 곡. 샌프란시스코, 네가 있는 곳이지?"

"거기 안 살아. 가까워서 자주 가긴 하지만."

그가 웃었다. "Gentle people with flowers in their hair, 진짜 사람들이 다 머리에 꽃을 꽂고 다녀?"

"설마. 그럼 노랫말처럼 기러기 나는 가을날에는 머리에 온통 국화꽃을 꽂고 다니게." 허뤄도 웃었다.

보름 사이 두 번째 해후였다. 한차례 웃고 나니 더는 무슨 말을 해야 할지 떠오르지 않았다.

* * *

"위안, 요즘 위는 괜찮니?" 외할머니가 물었다. "원웨이가 그러던데 얼마 전에 입원했었다며?"

"아." 장위안이 고개를 들어 외할머니를 보았다. 허뤄도 눈을 들어 그를 보려다 서로 눈이 마주쳤고, 그녀는 다시 고개를 숙였다. 그는 웃으며 말했다. "별거 아니에요. 동료들이 괜히 호들갑을 떤 거예요. 그날 술을 많이 마셔서 그런 것뿐이에요."

"젊은 사람들은 너무 몸을 함부로 굴려. 원웨이도 그렇고. 제때 식사 챙겨야 해. 참. 허뤄 지난번에 와서 죽 만드는 법 배워 가더니 그 친구는 좀 괜찮아졌니?"

허뤄는 뭐라 말해야 좋을지 몰라 웃기만 했다.

노인이라 기력이 달렸던지 할머니는 잠시 대화를 나누더니 피곤해하셨다. 장위안과 허뤄는 인사를 하고 자리를 떴다.

* * *

둘은 나란히 길을 걸었다. 우연히 어깨가 부딪히면 얼른 다시 떨어져 걸었다. 교차로 입구에 쌓인 눈은 차량에 눌려 결빙되었다. 장위안은 휘청거리다 하마터면 넘어질 뻔했다. 허뤄가 그의 어깨를 잡아주었다. 그리고 그가 고맙다는 말을 꺼내기도 전에 얼른 손을 떼고는 주머니에 넣었다. "네가 넘어지면 난 못 끌고 가."

"난 누구처럼 길 가다 전봇대에 부딪혀 아프다고 소리치진 않아." 장위안이 미소 지었다. "넌 겨울만 되면 펭귄처럼 뒤뚱뒤뚱 걸어다니잖아."

"말을 말아야지." 그녀가 고개를 들었다. "진짜로 건강 조심해. 제때 정량으로 챙겨 먹고, 조금씩 여러 번에 나눠 먹고, 너무 급하게 먹지 말고, 기름진 음식 먹지 말고."

"베이징에서도 이미 잔소리했었잖아. 진짜 할머니보다 더 할머니 같네." 그가 인상을 쓰고 원망은 했지만 이내 저도 모르게 입꼬리가 올라갔고, 눈에는 웃음기가 가득했다. "알았어. 바쁜 거 지나고 나면 심신 수양 좀 할게. '태상노군'처럼 선단이나 만들면서."

"그래. 나도 그만 잔소리할게." 허뤄는 그 자리에 멈춰서 그를 올려다보았다. 매서운 바람이 바늘처럼 그녀의 얼굴을 아프게 찔렀다. 눈을 가늘게 뜨자 익숙한 그의 얼굴이 점점 희미해졌다. 그녀는 잠시 머뭇거리더니 깊게 숨을 들이마셨다. "그럼…… 난 가볼게. 부모님이 저녁 같이 먹자고 기다리고 계실 거야."

"아직 이른데 좀 더 걷자. 오랜만에 만났잖아. 다음에 언제 다시 돌아올지도 모르고. 그리고 어쩌면 그때는……." 그는 말을 하려다 말았다.

허뤄는 눈꺼풀을 내렸다. 장위안이 하려던 말이 무엇인지 알 것 같았다. '다음에는 너에게 변화가 있을지도 모르지. 누군가의 아내가 되었을지도.' 그 생각에 그녀는 다시 감회에 젖었다. 하지만 역시 그 이유 때문이라도 더는 이곳에 머물러서는 안 된다고 생각했다. 여기서 돌아서는 것이, 미소 지으며 '안녕'이라고 말하는 편이 더 확실하고 깔끔할 것 같았다.

그녀가 망설이자 장위안이 말을 이었다. "나 좀 도와준다 셈 치고……. 물어볼 것도 있고."

"내가? 친척이나 친구 누가 유학 간대?" 허뤄가 고개를 들었다. "요즘 유학 신청 절차 물어보는 사람이 많네."

"일에 관한 거야."

"IT라면 문외한인 거 잘 알면서. 그리고 너희 회사 요즘 잘 나간다며, 내가 괜히 번데기 앞에서 주름잡을 일 있어?"

"남의 눈에는 그럴듯해 보일지 몰라도 골치 아픈 일도 많고, 어려움도 많아." 장위안이 이맛살을 찌푸렸다. "새로운 아이디어가 있는데 네 의견을 좀 듣고 싶어."

친구 중에 컴퓨터 공학과 전공이 있는데 실리콘 밸리에서 실습생으로 일해. 아니면 동문회에서 알게 된 선밴데 지금 IT업계에서 꽤 인지도가 있어……. 허뤄는 머릿속으로 백만 개의 대답을 떠올렸다. 앞에 피곤에 절어 있는 장위안의 눈을 보니 그의 부탁을 차마 거절할 수 없었다.

"핸드폰 좀 빌려줘. 부모님한테 미리 말이라도 해둬야지."

* * *

찬바람이 매섭게 훑고 지나간 후 둘은 콧물을 흘리기 시작했다. 허뤄 가방에 있던 티슈가 바닥이 나자 장위안이 맥도날드에 가자고 제안했다. "들어가서 몸 좀 녹이고 갈까?" 그가 어깨를 으쓱했다. "서양식이긴 한데 패스트푸드라 질이 좀 떨어져. 괜찮겠어?"

"그런 건 상관없어. 미국에선 사실 거의 안 먹어. 국내 제품은 개량된 거고 오히려 정성이 더 많이 들어간 거야."

매장 안에는 사람이 많아 빈자리가 없었다. "그냥 앞에 커피숍으로 가자. 우선 뭐 좀 사고."

그는 시끌벅적한 아이들과 부모들 사이에 끼어 줄을 섰다. 허뤄는 창가에 서서 그를 바라보았다. 애플파이를 사려는 게 분명했다. 또 이곳에 오고야 말았다. 뒤를 돌아보니 창가에는 여전히 바스툴이 있었다. 그리고 정청인의 조용한 흐느낌이 들리는 것 같았다. '포옹할 수 있어요?', '키스할 수 있어요?', '나중에 언니랑 결혼할 거예요?' …… '평생을 함께할 생각까지 했다면 정말 좋아하는 거네.'

그리고 장위안은 턱을 만지작거리며 짐짓 근엄한 척 이렇게 말했었다. '내가 좀 잘생기긴 했어. 그러니까 잘 감시하라고.'

이 모든 것이 마치 아주아주 오래전 일인 것만 같았다. 적어도 허뤄는 아주 오랫동안 그와 함께했던 날들을 떠올리지 않고 살았다. 특히 고향에서 함께 보낸 마지막 겨울을 생각하면 쓸쓸해졌다. 눈 내리던 밤 망연자실, 우두커니 한참을 서 있었다. 눈과 얼음으로 뒤덮인 길모퉁이에 서서 목 놓아 울었던 날, 그가 손을 뿌리치고 가로등도 비추지 않는 암흑 속으로 사라져버린 날이었다. 그 시절의 과거는 추억하고 싶지도 않았다. 가끔은 아픔을 기억하는 것이 행복을 잊는 것보다 더 집착에 가까운 용기가 필요했다.

* * *

장위안은 애플파이 두 개를 들고 왔다. "왜? 추워?"

"어?"

"어깨를 움츠리고 있잖아." 허뤄에게 애플파이 하나를 건넸다. "따뜻한 것 좀 먹어." 그러더니 다시 의뭉스럽게 웃었다.

"또 지저분한 재밌는 얘기라도 떠올랐어?"

"어디 네 휴지 얘기만 할까?" 그가 손을 내저었다. "봐. 한 움큼 집어왔어."

"걱정 마. 난 그럴 걸로 눈도 깜박 안 하거든. 그냥 못 들은 걸로 할게." 허뤄는 포장지를 뜯었다. "이건 미국 가정에서 만든 거랑 많이 다르네. 작년에 추수 감사절에 만드는 법을 배웠거든."

"맛은 비슷해?"

"응. 둥근 케이크처럼 생겼고 겉은 이렇게 생기지 않았어." 그녀가 한입 베어 물었다. "이 특유의 맛은 시나몬 맛이야."

"뭐?"

"시나몬, 계피 말이야. 카푸치노에도 가끔 들어가."

"완전 전문가 같네." 장위안이 웃었다. "자랑만 말고 언제 한번 해줘."

"국내에선 홈 베이킹 도구와 재료들을 구하기 어려워. 사실 시나몬 사와서 예즈랑 친구들한테 커피 좀 만들어주려고……."

허뤄가 말을 하다 말았다. 오기 전에 펑샤오가 구매 목록을 들고 마트에 다녀와서 그녀에게 작은 용기를 내밀었던 일이 떠올랐다. '자, 네가 말한 시나몬 파우더.'

커버 걸? 여자 화장품 브랜드? 허뤄는 용기의 포장을 살펴보고 깜짝 놀랐다. 역시나 페이스 파우더였다.

"아저씨, 이건 시나몬 피부색의 페이스 파우던데요. 화장품이라고요!" 그녀는 배꼽이 빠져라 웃었다. "픽서 파우더."

"어? 시나몬이랑 파우더라는 글자만 보고 샀지." 펑샤오도 따라 웃었다. "됐어, 됐어. 뒀다가 네가 써. 환불하러 안 가."

"시나몬 파우더 한 번도 못 봤어? 갈색이잖아." 허뤄가 고개를 저었다.

"난 먹기나 했지 네 양념통들은 연구해본 적이 없어서. 그러지 말고 여름에 하와이 가서 까맣게 태울까? 그럼 탄 브레드가 되는 건가?"

오버랩되는 기억이 순간 그녀의 정신을 번쩍 들게 했다. 네 옆에는 이미 다른 사람이 있고, 지금 눈앞에 이 남자는 이젠 과거형이다.

장위안의 핸드폰이 분 단위로 울렸다. 전화를 걸고 있는 그의 입가에 잼이 묻어 있었다. 허뤄는 멈춰 서서 티슈를 꺼내 그에게 건넸다. 입을 닦으려다 손에 들고 있던 애플파이가 오히려 뺨에 묻었는데도 그는 그것도 모르고 허뤄가 전혀 알아들을 수도 없는 전문 용어까지 써가며 심각한 얼굴로 이야기하고 있었다. 그런 그가 그녀는 어쩐지 낯설었다. 그녀는 고개를 갸웃하며 그를 쳐다보았다. 겨울 눈 내리는 거리, 파도처럼 정신없이 밀려오고 밀려가는 사람들 틈에서 서서 그녀는 갑자기 내 앞에 이 남자가 여전히 예전의 그 소년이 아닐까 생각했다. 그리고 다시 둘은 지구 반대편에 멀리 있다는 사실을 깨달았다.

* * *

둘은 커피숍에 들어가 목제 창문 옆 소파에 앉았다. "아까 네가 말한 용어는 하나도 못 알아듣겠어. 아마 내가 무슨 도움되는 조언은 못 해줄 것 같은데."

"어, 요즘 노르웨이 업체를 유치하고 있는데 기술적 내용은 나도 처음 접해보는 거라."

"그럼 어떻게 해?"

"죽을 때까지 배우는 거지. 이 업계가 업그레이드가 빠르다는 건 너도 잘 알잖아. 너 실리콘 밸리에서 가깝게 살지? 사실 기회만 있으면 그쪽 대기업의 운영 방식이나 거기 업계 표준을 좀 배우고 싶어."

"아는 친구가 있긴 해."

"인도 친구는 없어?" 그가 웃었다. "중국 전체 아웃소싱량이 인도 기업 하나만도 못할걸."

"그들은 언어가 되고 규모가 되니까."

"인도 기업은 어느 정도 성숙 단계지. 미국은 핵심 기술이 있으니 표준을 만들고, 인도는 주로 서브 모듈이나 내장형 소프트웨어를 독자적으로 개발해. 우리가 대부분 만드는 건 응용 소프트웨어고. 국내 기업이 제대로 발전하지 못하는 건 미국이 업계 규모와 정규화에 매우 엄격하기 때문이야. 국내 신생 기업들은 기본적으로 심사 통과 자체가 어렵고, 그나마 정규화된 대기업들은 이런 하청 업무는 거들떠보지도 않으니까. 하지만 시장이나 인력 자원 면에서 보면 우리도 승산은 있어."

허뤄가 전혀 모르는 세계였다. 그녀는 멍해져서, 뭐라고 대꾸해야 할지 갈피를 잡을 수가 없었다.

"이것도 그저 생각일 뿐이야. 아직 타당성을 따져보진 않았어. 국내 IT 기업 대부분이 규모가 작고 다들 눈앞에 이익에만 급급한 데다 상품 종류도 단일하고 품질도 떨어져. IC 산업이 잘나간다 싶으면 다들 IC 산업에 달려들고, 기업 정보화가 괜찮다 싶으면 다들 정보 플랫폼을 만들지. 그래도 어쩔 수 없이 먼저 내 이익이랑 살길부터 챙겨야 발전이든 뭐든 할 수 있는 거니까. 결국, 국내 인력 자원은 넘쳐나고 부당 경쟁은 치열해지는 악순환만 반복되는 거지. 사실 전반적인 사상이 해외 성숙한 기업에 비해 많이 떨어져."

"그런 생각이라면 적당한 시기를 봐서 더 큰 세계로 나와 둘러보는 건 어때?"

"사실 몇몇 기업들이 연합해서 시애틀하고 실리콘 밸리로 업체 시찰을 하려고 했었어. 바로 올해 봄에." 장위안이 커피를 젓던 티스푼을 내려놓았다. "그런데 사스 때문에 취소됐지."

"기회가 또 있겠지." 허뤄는 CD 케이스를 만지작거리다 그의 낮은 탄식을 들은 것 같았다. 그리고 마음속에 불현듯 '만약, 만약에 그때 일정이 취소되지 않았다면……' 하는 생각이 들었다. 그리고 그 다음은 감히 생각할 수조차 없었다. 한 번 놓치고 나면 되돌릴 수 없는 일도 있는 법이다.

* * *

이 순간 둘은 아무 말도 할 수 없었다. 허뤄는 고개를 떨구고 CD 케이스의 곡명을 읽었다. 장위안은 그녀에게 무언가를 물으려다 그만두었다. 그러면 그녀가 그 자리에서 일어나 다시는 뒤도 돌아보지 않고 떠나버릴 것만 같았다.

"내가 틀어줄게." 장위안이 CD를 가져갔다. 커피 향과 함께 노래가 한 곡 한 곡 은은하게 퍼져나갔다. "캘리포니아에는 볼거리가 많지. 사계절 따뜻한 샤이니 비치."

"제대로 놀아본 적이 없어서. 시간 내기 힘들거든. 작년 여름에 박사 자격시험 통과하고 수강 과목이 많진 않았는데 그래도 종일 실험실에 처박혀 있었어."

"너희는 요즘 뭘 연구해? 클론?"

"백 명 중 구십구 명은 그렇게 묻더라." 허뤄가 웃었다. "그렇다고 봐야지. 그런데 보통 상상하는 복제 양 돌리나 그런 건 아니야. 우리는 주로 유전자 발현이나 조작, 그리고 질병 유전자 기능이랑 백신을 연구해. 그래서 대부분 졸업하고 제약 회사에 취업해."

장위안이 허뤄의 설명을 듣더니 웃으며 말했다. "신의 손이네. 만물을 창조하고."

"무슨. 거의 매일 현미경만 들여다보는걸. 실험하다 보면 금세 자정이고 대학교 4학년 때는 3일 내내 8시간밖에 못 잔 적도 있어. 아마 하반기에 지도 교수 확정되고 나면 또 그런 날들을 보내야 할 것 같아."

"대학교 4학년? 언제?" 장위안이 이맛살을 찌푸렸다.

"오퍼받고 나서. 그때 내가 너무 모르는 게 많은 것 같기도 하고, 다들 외국 학생들은 실전에 강하다고 해서. 미국에 가서 창피 당하지 않으려고 대학원생들이랑 같이 실험 많이 했지."

"한 번도 말한 적 없잖아."

그건 그때 네가 내 희로애락에는 전혀 관심이 없었으니까. 그녀는 억지로 웃어 보였다. "누구한테도 말 안 했어. 조금 힘든 거야 조금만 버티면 지나가니까."

"넌 늘 힘든 내색은 잘 안 했으니까." 장위안은 허뤄의 성격을 너무 잘 알았다. "약한 모습은 보이기 싫어했으니까. 네가 조금 힘들다고 할 때는 정말 많이 힘든 건데."

"누구나 자신만의 고충은 있는 거니까. 그래도 대부분의 사람과 비교하면 난 그나마 큰 어려움은 없이 순탄하게 산 편이잖아. 그러니까 지금도 여한은 없어." 그녀는 엷게 웃었다. 앞머리 한 가닥이 앞으로 내려왔다.

* * *

"톈샹이랑 너랑 함께 유학 간 대학 동기는? 서로 많이 의지가 되지?" 장위안이 물었다.

"엄청 친하지. 근데 너무 멀리 있어. 톈샹은 미국 동부에 있는데, 여기서 신장보다 더 멀리 떨어져 있다고 해야 할까. 차이만신은 원래부터 동부에 있었는데 작년에 회사 그만두고 귀국했어."

"그렇게나 빨리?" 장위안이 놀랐다. "네가 말해준 적 있잖아. 엄청 똑똑한 친구 아니었나? 국내에 더 좋은 자리가 있었던 거야?"

"걘…… 개인 사정으로 대도시로 안 오고 해변에서 게스트하우스 운영해. 요즘은 현지 환경 보호 프로젝트를 구상 중이고."

장위안이 감탄하며 말했다. "다른 사람의 시선을 의식하지 않고 자신만의 길을 간다는 건 정말 부러운 일이야."

허뤄가 고개를 끄덕이며 미소 지었다. "네 얘기하는 거야? 다들 차이만신이 왜 그런 선택을 했는지 아쉬워하는데."

"보장된 미래도 포기했다는 건 분명 마음속에 더 중요한 일이 있어서 아닌가? ……자신이 제일 하고 싶은 게 뭔지 알고 용감하게 밀어붙인다는 건 존경할 만한 일이야." 희미한 등불 아래, 선이 분명한 장위안의 얼굴에 음영이 드리워졌다. "하지만 대부분 사람들이 이상만 좇느라 가진 걸 아낄 줄 모르고 잘못된 선택을 하기도 하지." 그는 말을 멈추었다. 공명을 좇는 무리 속에 어쩌면 자신도 포함될지 모른다.

"가끔은 뭔가를 좇으려는 의도보다, 어디로 가야 할지 몰라서 그냥 앞만 보고 걷는 경우도 있어. 안 된다는 걸 알아도 멈추기가 어려워서." 허뤄는 마음속의 생각들을 정리하려 했지만 적당한 단어들을 찾을 수가 없었다. "너도 하고 싶은 게 뭔지 알고 그걸 밀어붙일 줄 아는 사람이잖아."

나도 내 목표가 명확하다고 착각했었지. 그런데 그걸 좇다가 가장 소중한 걸 잃어버렸어. 장위안은 허뤄의 손을 꼭 잡고 '내가 잘못했어. 이런 건 내가 진짜 원하는 게 아니야. 내가 바라는 건 네가 다시 돌아오는 것뿐이야.'라고 고백하고 싶었다. 하지만 그녀는 주위 벽에 붙은 낡은 사진들만 바라볼 뿐, 그에게 시선을 오래 두지 않았다.

장위안은 암담했다. 무슨 근거로 그녀를 되찾아올 건데? 그녀가 그렇게 바쁘고 힘든 시간을 보낼 때 넌 어디 있었는데? 아무것도 몰랐었잖아. 그녀가 시련과 도전 앞에 섰을 때 너는 또 어디에 있었는데? 그도 잘 알고 있었다. 피곤한 몸으로 실험실을 나오는 그녀를 차에 태워 집까지 바래다주고, 격려와 위로가 필요할 때 수수한 그녀의 이마에 가볍게 입 맞춰 줄 사람. 곁에서 보살펴주는 그러한 일들은 그가 해줄 수 없는 것들이었다.

* * *

둘의 침묵은 서로를 어색하게 만들었다. 장위안이 다시 물었다. "리원웨이는 요즘 어떻게 지내? 개인사를 묻는 거야. 직접 물어보기가 좀 그래서. 너무 오지랖으로 보일까 봐."

"별다른 건 없는 거 같아. 돈을 어느 정도 모으면 고향에 돌아와서 일할 거래. 그래야 외할머니 돌보기도 편하고."

"혼자서 짊어지려니 힘들 거야. 쉬허양하고는 더는 가망이 없는 거지?"

"쉬허양은 멀리 있는데 무슨 도움이 되겠어? 처음에 헤어진 것도 단순히 거리 때문만은 아니었어. 너도 말했다시피 2년 후엔 모든 게 변할 테니까 그런 거지."

"내가 그랬어?"

"응."

"정말. 모든 게 변했어?"

허뤄가 고개를 끄덕였다. "정말 그래."

"그래……." 장위안은 억지웃음을 지었다. "하긴 그래. 앞으로 2년 후엔 나도 아마 머리털이 숭덩숭덩 빠져 있을걸."

지금 앞에 있는 이 사람이 그때 나를 설레게 했던 그 소년이 맞는 것일까? 어째서 아무런 아픔도 느껴지지 않을 정도로 편안한 거지? 허뤄는 자신의 생각을 읽을 수 없었다. 가슴에서는 심장 박동이 느껴지지 않았다. 마치 텅 비어버린 것처럼, 혈맥과 경락이 모두 막혀버린 것처럼. 이곳에 계속 머물고 싶지 않았다. 폭풍 전 고요처럼 다음 순간 가슴속 감정들을 주체하지 못하고, 슬픔, 당혹, 울분의 기억들이 터져 나올 것만 같았다.

"너도 몸조심하고, 너무 무리하지 마." 그녀는 자리에서 일어났다. "우리 가자. 네 업무랑 관계된 친구를 만날 기회가 생기면 다리 놓아줄게."

이렇게 학술 포럼은 거의 끝이 났다. 그들 사이의 화제는 이젠 이런 것들밖에 남아 있지 않았다.

* * *

"데려다줄게."

"됐어. 아까 요 며칠 집에 잠깐 돌아온 거라며? 가족들과 많은 시간 보내." 허뤄는 시계를 보았다. "시간이 아직 이르니까 택시 타고 돌아가면 돼."

"그래……." 장위안은 주머니를 뒤졌다. "먼저 가. 난 담배 한 대 피우고 갈게."

그녀가 떠나가는 걸 똑바로 바라보며 자신의 무능함을 다시 한 번 증명하고 싶지 않았다.

장위안은 자리로 돌아가 앉았다. 그리고 오목판의 마지막 판도를 찬찬히 따져보았지만 누가 진정한 패자인지는 알 수 없었다.

사실 CD를 허뤄에게 선물할 생각이었다. 그녀가 놓고 간 CD가 스피커에서 조용히 흘러나오고 있었다.

* * *

How many roads must a man walk down
사람은 얼마나 많은 길을 걸어봐야
Before they call him a man
진정한 인생을 깨닫게 될까요

핸드폰이 울렸다. 캉만싱이 잔뜩 열이 받아 고함을 질렀다. "보스, 언제 돌아올 거예요! 더는 못 버티겠어요. 사장님이 우리 보고 적극적으로 고객 유치 안 하냐면서 노발대발, 화가 하늘을 찔러요."

"화가 머리 꼭대기까지 난 거야?"

"머리 꼭대기요? 우린 화가 나서 벌써 머리 뚜껑이 열리고 아주 하늘을 찌르기 일보 직전이라고요. 이런 중요한 시기에 휴가를 내요?"

"내일 바로 돌아갈게."

"제가 재촉하는 건 아니고……. 그렇게 급하게 고향에 가신 건…… 혹시 집안에……."

"다들 무고해. 내가 괜한 수선을 떤 거야." 장위안은 업무상 몇 가지 일을 처리하고 다시 커피를 들었다. 이미 식어버린 커피는 너무 써서 삼키기도 힘들었다.

* * *

허뤄는 집으로 돌아와 저녁을 먹었다. 아빠가 얼굴을 찌푸렸다. "친구랑 어디 다녀왔니? 몸에 담배 냄새가 나는데."

"우리가 피운 게 아니라, 옆 테이블에서 피운 거예요."

"허뤄, 이리와 나 좀 도와줘." 엄마가 딸을 주방으로 불러 조용히 물었다. "누구 만났니?" 의심으로 가득 찬 눈빛이었다.

"별거 아녜요."

"누굴 만났냐고 물었는데, 대답이 '별거 아녜요'야? 대답이 왜 그래?" 허뤄 엄마가 고개를 절레절레 저었다. "여기 남아 있는 친구들이 몇이나 된다고. 걘 베이징에 간 거 아니었어?"

"진짜 별거 아니라니까." 허뤄는 귀신같은 엄마의 눈을 피할 수가 없었다.

"펑샤오는 좋은 청년이야."

"저도 알아요." 그녀는 엄마를 도와 음식을 담았다. "엄마, 저 어린애 아녜요. 믿어주세요. 저도 그 정도는 알아요."

* * *

20여 일간의 휴가도 어느덧 끝나가고 있었다. 허뤄는 미국으로 돌아오기 전날 밤 예즈의 숙소에 묵었다. 샤워를 마치고 침대에 누우니 위층 침대에 익숙한 합판이 보였다. 갑자기 지금이 언제고 자신이 어디에 있는 것인지 헷갈렸다.

"난 여전히 내가 대학생인 줄 착각을 한다니까. 어른이 된다는 건 참 피곤한 일이야."

예즈는 젓가락으로 머리를 말아 올리더니 탁자 위의 생수통을 마이크처럼 들어 올렸다. "재회 소감에 관해 말씀해주십시오. 예즈 채널 현장 중계입니다!"

"내일 공항으로 배웅 나오겠다고 하더라고."

"넌 뭐라고 했는데?"

"뭘 뭐라고 해?" 허뤄가 고개를 저었다. "당연히 거절했지. 펑샤오 아버지랑 어머니도 나오시고, 펑샤오 후배들도 나올 텐데. 그곳에 장위안이 나타나면 안 되잖아."

허뤄의 말을 듣던 예즈가 무릎을 꿇은 채로 그녀에게 다가와 그녀의 눈을 살폈다. "어디 보자. 맘에 없는 말 하는 건 아닌가?"

"그럴 리가? 잘 봐봐!"

"고집부리지 않던?"

"고집은 무슨? 그냥 예의상 한 말인데. 만약 우연히 만나지 않았다면 다시 나한테 연락할 일도 없었을 거야. 여전히 고고해서 비굴하게 뭘 애원하거나 그럴 사람은 아니야."

"결국 이렇게 됐지만 좋은 관계는 유지해야지. 장위안도 네 앞길을 막아선 안 되는 거야! 너도 펑샤오를 생각해야 하고. 펑샤오야말로 미국에서 밤낮으로 밥상을 마주할 사람이잖아." 예즈가 고개를 끄덕였다. "뭐 백년해로하기로 약속한 후의 일이긴 하겠지만. 그런데 이렇게 자꾸 만나게 되는 게 모두 우연이라고는 믿기지 않는데, 설사 우연이라 해도 우연 속에 필연도 있을 거야."

"쓸데없는 소리 마!" 허뤄가 그녀를 탓했다. "본인인 나도 가만있는데, 네가 굳이 그 얘길 끄집어내야겠어."

"사는 게 재미없으니까 그런 가십거리라도 있어야지." 예즈는 끈질기게 물었다. "정말 아무것도 없어? 진짜 이 우연을 의심해본적 없어? 넌 마음에 아무런 동요도 없어?"

"귀국하고 보니 언제 내가 여길 떠났었나 싶어. 그런데 또 미국으로 돌아가고 나면 언제 내가 귀국했었나 싶을 거야." 허뤄는 눈을 감고 얼굴을 살짝 들었다. "요즘은 이렇게 살아. 감정 말고도 생각해야 할 게 너무 많거든. 한 사람의 한마디 때문에 모든 걸 뒤집고 새로 시작할 순 없어."

"여자가 냉정해지기 시작하면 무섭다더니." 예즈가 고개를 저었다. "차라리 그게 낫지. 펑샤오는 좋은 남자야. 그 사람이 있어서 우리 모두 안심이야."

냉정한 게 아니다. 그저 깊게 생각하지 않을 뿐이다. 허뤄는 새하얀 벽을 보고 돌아누웠다. '과거를 회상하면 너무 가슴이 아프고, 외면하기 힘이 드니까.' 하고 아슴푸레 생각했다. 우리 인생은 평행하지 않은 두 갈래의 직선과 같아 한번 교차하고 나면, 이후 점점 멀어져 영원히 다시 만나기 어렵게 된다.

* * *

늦봄 장위안의 사업은 점점 정상 궤도에 오르며 운이 트이기 시작했다. 그는 이미 부본부장으로 승진하여 국유 기업과의 합작 관련 업무를 분담하고 있었다. 그 소식이 동창들 사이에 걷잡을 수 없이 퍼져나갔다. 하지만 몇 천 킬로미터를 지나고 지나 허뤄의 눈에 들어온 것은 인터넷에 겨우 몇 글자에 불과했다. 모두 장위안이 고속 승진했으니 한턱을 쏘라며 아우성이었다.

그중 장위안이 이미 집을 사두었다는 비밀을 폭로하는 친구도 있었다. 차가 아닌 집을 사서 매일 버스에 끼어 타거나 택시를 타고 출퇴근을 해서 동료들의 웃음거리가 되기도 했다고 말했다. 그리고 또 어떤 친구는 예쁜 여자를 들이려고 좋은 집을 산 것이다, 하던 일이 잘되면 곧 결혼할지도 모른다고 말하는 친구도 있었다.

고객을 만나려면 정장에 잘 갖춰 입어야겠지. 허뤄는 그가 서류 가방을 들고 베이징의 흔들리는 버스에 끼어 몸을 옴짝달싹도 못하는 모습을 상상해보았다. 지난번 집 얘기를 물어보았을 때 그가 부인했던 건, 어쩌면 이미 맘에 드는 상대가 있어서였을지도

모른다. 그가 어떤 상대를 점찍었다면 결국 그녀도 그에게 넘어갈
테지.

* * *

그때는 내가 그의 유일한 여자가 아니게 되겠구나.
그와는 결국 이렇게 타인이 되는 것이겠지.

제4장 소문으로 들었어

그저 소문만으로 너와 나의 일들을 정리했어
옳은 선택도, 잘못된 선택도 있었지
한때 우리 서로 비슷했던 모든 것들이 다 변한 줄로만 알았어
by 류뤄잉 '소문으로 들었어'

장위안은 부본부장으로 임명되었고, 자신만의 사무실을 갖게
되었다. 인사팀에서는 신입 실습생 두궈궈를 그의 비서로 발령냈
다. 두궈궈는 얼마 전 상하이에서 베이징으로 올라왔는데 말이 무
척 빨랐다.

"궈궈라고 부르기도 어려운데 그냥 여치(궈궈)라고 부르자."

"친구들은 다 절 애플(핑궈)이라고 불러요." 그녀의 붉은 얼굴빛
과 사각거리는 목소리가 확실히 옌타이 사과와 비슷했다.

"온 지 얼마 안 되어서 모르는 게 많을 테니 나나 만싱한테 물

어봐."

두귀귀는 고개를 끄덕이더니 눈을 굴렸다. "보스, 물어보고 싶은 게 있는데요. 이제부터 보스 출입할 때 홀에 보안 요원들이 보스한테도 경례하나요?"

"뭐?"

"그날 이사장님 들어올 때 보니까 모든 보안 요원이 서서 경례를 하더라고요. 다음에 제가 보스 뒤에 따라가도 될까요? 너무 어깨에 힘주시면 안 돼용!"

"이사장님이나 그럴 자격이 있는 거지. 여기 오피스 빌딩이 다 이사장님 거니까." 장위안이 웃었다. "아니면 보안 업체 사장 정도는 돼야지."

"그렇구나." 두귀귀도 따라 웃었다. "괜찮아요. 제가 매일 보스에게 경례하면 되지요." 그녀는 말과 동시에 두 다리를 모으며 거수경례를 했다.

* * *

"신입 쟤는 왜 저렇게 앵앵거려." 실습생 차오샤오샹이 캉만싱의 옷자락을 끌었다. "통신학과라면서요? 비서학과도 아닌데 어떻게 장 부본장 비서가 된 거지? 업무도 잘 모르고 온 지 얼마 안 되어서 도움은커녕 짐만 될 텐데?"

"요즘 확장하고 있는 사업이 다 통신 분야잖아!" 캉만싱은 이유 절반만 이야기했다. 마더싱이 자신에게 몰래 말해준 진짜 이유,

장위안이 직접 두궈궈를 선택했다는 비밀을 말하고 싶어 입이 근질거렸다.

"그런 스타일 좋아하나?" 캉만싱이 흠칫 놀랐다.

"아니." 마더싱은 득의양양하게 눈썹을 씰룩거렸다. "면접 당일에 너는 노르웨이 바이어 만나러 가고, 나는 면접관으로 면접을 봤잖아. 면접 본 여직원 중 몇몇은 인사팀이랑 재무팀에 갔고, 그중 두궈궈만 장위안을 제일 자연스럽게 대하더라고."

"하, 마 팀장님이 사람을 꿰뚫어보기라도 한다는 거예요?"

"내가 아니라, 마케팅팀 팡빈이 한 말이야. 팡빈은 매일 바이어들을 상대하니까 사람 보는 눈이 정확해. 너도 팡 팀장 안목을 믿잖아."

"맞는 말이긴 해요. 장 부본도 귀신같은데." 캉만싱이 고개를 끄덕이다 말고 다시 고개를 저었다. "팀장님들이 부본부장님 혼삿길막는 거 아녜요? 평소 여자 보기도 힘든데, 비서라도 잘 선택해야지. 근데 부본부장님한테 관심도 없는 여자를 뽑으면 우리 보스더러 스님이 되라는 거예요?"

"하긴, 여긴 순 너 같이 여자 같지 않은 여자들만 수두룩하니." 마더싱은 그녀를 놀릴 기회를 절대 놓치지 않았다. "바보, 역시 너도 초짜구나……."

"어? 뭐가 있어요? 빨리 말해줘요?"

"본부장 여자친구 있어. 미국에." 마더싱이 더욱 우쭐거리면서 얘기했다. "지난번에 병원에 수간호사님이 말해준 거야. 아니었음

본부장이 그리 급하게 집을 샀겠어?"

"또 미국이네⋯⋯." 펑샤오가 떠올라 캉만싱은 안색이 어두워졌다. "거기 뭐 대단한 거라도 있나? 다들 왜 못 가서 안달들인지."

"그러게 말이다. 최근 2년간 본부장도 한 번도 여자친구 얘기를 한 적이 없어. 그래서 나도 알면서도 물어보기 그렇더라고."

"분명 각자의 길로 가기로 한 거지." 캉만싱이 한쪽 입술을 삐쭉거렸다. "그리고 거긴 여자가 적어서 쟁탈전이 심하대요. 그래서 유학을 가기 전에 여자 하나 잡아서 결혼하는 남자들도 꽤 있어요."

* * *

캉만싱은 엉망인 기분으로 일하고 싶지 않았다. 대학 동창 창펑이 MSN 상에 있는 것을 보고 대화창을 열고 킥을 날렸다.

"만싱 낭자, 내가 뭘 잘못했나?"

"아니, 그냥 기분이 안 좋아서 누군가를 때려주고 싶었거든."

"그래라. 왼쪽 뺨을 맞고 오른쪽 뺨도 내줄게."

몇 마디 대화를 주고받고 나서 창펑이 다시 말을 꺼냈다. "내가 말 안 해줬다고 뭐라고 할까 봐 하는 말인데, 이틀 후에 너의 원수가 나타나실 거야."

"누구?"

"샹베이 선배. 기억해?"

어떻게 기억 못 하겠어? 서로 왕래를 자주 하지 않지만, 늘 만

나면 트집을 잡던 선배였다. 그가 펑샤오와 친하지만 않았어도 캉만싱은 그 눈만 높은 선배와는 말도 섞지 않았을 것이다.

펑샤오, 펑샤오, 끝까지 따라다니는구나. 창펑은 그의 따끈따끈한 소식을 전해주었다. 학술 성적이 뛰어나서 우수 유학생에게 제공되는 국가 장학금을 받게 되었다고 했다.

거기 가서도 역시 최우수야. 캉만싱은 생각했다. 이게 다 나랑 무슨 상관이람. 기뻐할 것도 고민할 것도 없지. 이런저런 생각 끝에 결국 펑샤오 학교 사이트에 들어가 클릭, 클릭하다가 학과 홈페이지까지 흘러 들어갔다. 학교 소식란에서 그에 관한 단서를 찾느라 정신이 팔려서 장위안이 서류를 들고 그녀 뒤에 한참 서 있다는 사실도 눈치채지 못했다.

그의 시선이 한쪽 구석 익숙한 학교 이름에 머물며 순간 할 말을 잃어버렸다.

* * *

"어머! 보스!" 캉만싱이 장위안을 돌아보고 깜짝 놀랐다. "저, 제가 몰래 딴짓을 하려던 건 아니고."

"오……."

"친구가 희소식을 알려줘서 한번 찾아보려고." 그녀는 깜박이는 MSN 대화창을 얼른 닫고 홈페이지도 내려버렸다.

"친구가 이 학교에 다녀? 훌륭한데." 장위안이 웃었다. "무슨 희소식인데?"

"선배가 국가 유학생 장학금을 받았대요. 무려 5000달러나 된다네요!" 캉만싱은 흥분한 척 애써 연기했다. "중요한 건 매년 전 세계 중국 유학생 중 겨우 이삼백 명만 뽑는다는 거죠!"

"대단한 사람인데!"

"맞아요. 성적도 좋고, 대인 관계도 좋고, 운동 신경도 뛰어나요. 우리 과 축구 대표팀의 주전이었다니까요."

"오……." 장위안은 깜짝 놀라는 표정을 지어 보였다. "네 우상이자, 또……."

"팀장님도 다른 사람처럼 오지랖이 넓구나." 캉만싱이 입을 삐죽거렸다. "벌써 결혼했다고요. 적어도 제가 알기론 약혼하고 미국으로 갔다고요."

"그래, 그 얘긴 그만하고." 장위안이 서류를 내려놓았다. "이거 애플한테 설명 좀 해줘." 고개를 숙이자 구글 검색 페이지 검색 결과란마다 '펑샤오'에 빨간 강조 표시가 되어 있었다.

"펑샤오?" 그는 무심코 소리 내어 읽었다.

"아, 맞아요. 제가 말한 선배예요." 캉만싱이 허둥댔다.

"이미 약혼했다고……."

"응. 맞아요."

장위안은 억지로 웃었다. "괜찮아. 다음에 더 잘난 남자 소개해 줄게."

197

* * *

리윈웨이가 지난겨울 두 사람의 재회에 관해 물었다. "뭐야, 우리 집에서 마주쳤다고? 낭만이라곤 눈곱만치도 없었겠네. 외할머니랑 아줌마는 내막을 전혀 모르니 옆에서 도와줄 사람도 하나도 없었겠네."

"이제 허튼 얘기는 다시 하지 말자." 장위안이 냉담하게 말했다.

"응?"

"그만하자. 사람은 앞을 보고 살아야지. 그런 일로 너무 많은 에너지를 낭비하고 싶지 않아. 요즘 회사 일만으로도 충분히 골치가 아프거든."

"그래도……."

"이미 너무 늦었어."

아무 예고도 없이, 9·11보다 더 급작스러운 소식이었다. 세상의 한쪽이 갑자기 무너져버렸다. 약혼이라니? 도대체 언제? 이번 겨울인가? 그는 전혀 알지도 못했는데. 나쁜 소식은 깊은 수풀 속 똬리를 틀고 숨어 있는 뱀처럼, 밟는 순간 뱀이 하얀 이를 드러내며 순식간에 당신을 물어버린다. 더욱 더 참담한 건 뱀은 늘 그곳에 있었고 위기가 사방에 널려 있었는데도, 고통을 느끼기 전까지는 전혀 그 사실을 모른다는 사실이었다.

* * *

펑샤오는 샌프란시스코 미국 대사관의 수상식에 참가해 수상

소감을 발표했다. "너무 빤한 소감이겠지만, 저 역시 다른 수상자들처럼 저를 지도해주시고 도와주신 친구들과 멀리 베이징에 계신 부모님, 그리고 줄곧 제 옆에서 저를 지지해주고 격려해준 사람, 특히……." 그는 연단 아래를 가리키며 말했다. "저의 여자친구, 허뤄에게 감사드립니다."

모두 미소 지으며 손뼉을 쳤고, 그녀에게 시선이 쏠렸다.

"수상 소감이 너무 후지더라."

"그럼 다음에는 네가 원고를 준비해줘." 펑샤오가 그녀의 귀에 대고 속삭였다. "내조의 여왕 비밀 레시피!"

허뤄가 살짝 뒤로 기대며 옆을 바라보았다. "돼지 사육 비결이겠죠."

"그럼. 이번에 장학금도 받았는데 이번 여름에 알래스카나 하와이에 갈까? 넌 어디가 좋아?"

"졸부 씨, 차 바꾼다며?"

펑샤오가 어깨를 으쓱했다. "하고 싶은 게 아주 많아. 그리고 무공훈장 속에는……."

"그만, 낯간지러운 말 그만해." 허뤄가 웃었다. "더운 날 닭살 돋는 걸 보고 싶어 그래?"

* * *

둘 다 기분이 좋았다. 구불구불 이어진 꽃길을 따라 피셔맨스워프까지 걸었다. 피어 39에 부바 검프라는 테마 식당이 있었는데 허뭐가 제일 좋아하던 장소였다. 식당 안에는 '포레스트 검프' 의 포스터, 시나리오, 의상이 장식되어 있었고, 메뉴판도 독특해서 '미국 횡단(Run Across America)', '핑퐁 새우(Ping Pong Shrimp)' 등과 같은 메뉴가 쓰여 있었다.

여행객 무리로 보이는 일본 여학생들이 웃고 떠들고 있었다. 그중 한 학생은 '런 포레스트 런'이라는 피켓을 들고 있다가 식당 안에서 음악이 흘러나오자 조화를 웨이터의 귀에 꽂더니 함께 사진을 찍자고 끌어당겼다.

노랫소리가 바람에 날렸다. If you're going to San Francisco, Be sure to wear Some flowers in your hair.

"다른 데로 가자! 여기 오늘 너무 사람이 많네."

"좋을 대로 해."

* * *

허뭐는 클램 차우더를 두 개 시켜 겉이 바삭한 빵에 담은 후 핑샤오를 끌고 노천 벤치에 앉았다. 어쩌다 갈매기가 날아오면 그녀는 빵 조각을 던져주었다. 거리의 예술가가 색소폰을 불고 있었다. 늦은 봄 공기 중에는 커피향이 흩어지며 낮게 깔리는 재즈 소리와 하나가 되었다. 이곳에서는 해변의 풍경을 볼 수 있었다. 석양이 지면 붉은 골든게이트 브리지 위로 은은한 황금빛이 물들며 따뜻하고 고요한 분위기를 자아냈다.

허뭐는 감탄했다. "날씨에 따라 느낌도 달라지고 기분도 달라져. 그리고 기분에 따라 눈앞에 풍경도 다르게 보이고."

"왜 이렇게 감상적이야?" 펑샤오가 웃었다. "《악양루기(북송 범중엄이 친구 동종량에게 쓴 글로, 사대부의 책임 의식을 드러낸 작품.—옮긴이)》에서도 궂은비가 내리치는 날과 화창한 봄날은 당연히 다르다고 했잖아."

"지난번에 차이만신이 왔을 때 바다 위에 운무가 가득해서 골든게이트 브리지의 끝이 보이질 않았는데, 그때 다들 음울했던 것 같아. 그래서 기억 속 골든게이트 브리지는 언제나 구름이 가득해."

"여자들이란 너무 섬세해. 사실 그저 계절의 변화일 뿐인데." 펑샤오가 수프를 한입 삼켰다. "말이 나와서 말인데 차이만신이 너무 성급하게 귀국을 결정한 것 같아 너무 아쉬워."

"그때 차이만신의 상태라면 돌아가는 게 더 맞아."

"누구나 힘든 고비가 있는 건데 그걸 이 악물고 견디다 보면, 비가 온 후 날이 개고 나면 더 아름다운 풍경을 볼 수 있는 것처럼 더 좋은 결과를 얻을 수도 있는 거잖아." 펑샤오가 저 멀리 대교를 가리키며 말했다. "듣다 보니 이상하네. 넌 언제나 신중한 사람이었는데 갑자기 왜 차이만신의 충동적인 순간의 결정을 지지하는 거야."

허뭐가 빙그레 웃었다. "겉모습은 진지해 보여도 사실 나도 충동적인 사람일지 몰라."

"충동은 누구나 가지고 있지." 펑샤오가 그녀의 머리를 매만졌다. "하지만 넌 충동적인 감정에 휘둘리는 사람은 아니잖아. 너도 그냥 상상만 할 뿐 잘못된 길을 택하진 않을 거야."

어떤 것이 틀리고 어떤 것이 맞는 것일까? 차이만신의 결정은 그저 일반적이지 않았을 뿐이다. 하지만 그녀에게도 그녀만의 이유가 있는데 어떻게 그걸 틀렸다고 말할 수 있을까? 허뤄는 마음속으로 생각하며 입술만 달싹일 뿐 입 밖으로 소리 내어 말하지 않았다. 허뤄는 차이만신이 다른 사람들의 시선을 신경 쓰지 않는다는 걸 잘 알았지만, 그래도 자신이 다른 사람의 도마 위에 올라 찧고 까부는 화제가 되는 걸 원치는 않을 것이다.

* * *

"이번 학기 끝나면 미국 동부에 한동안 가 있어야 해." 펑샤오는 그녀가 심경에 변화가 일어 고개를 숙인 채 수프만 마시고 있다는 사실을 전혀 눈치채지 못했다. "지난번에 토목공학 실험실 얘기했었지? 우리 교수님하고 합작하는 상대방 책임자 역시 당시 9·11 테러 사태 후 조사팀에 계시던 전문가 중 하나야."

"가서 얼마나 있는데?"

"짧으면 반년, 길면 1년, 프로젝트가 그래. 그런데 우리 보스가 이직할 계획이라서 우리 중 몇몇 박사 과정 학생들도 따라갈 예정이거든. 좀 골치 아프게 됐어."

"그러게. 학교도 옮겨야 하고, 이사도 가야 하고."

"그런 건 괜찮아. 다만." 펑샤오가 잠시 머뭇거리더니 고개를 들고 웃으며 말했다. "매일 실험 생각, 그리고 네 생각이 날 거야."

그는 예술가에게 '시애틀의 잠 못 이루는 밤에' 주제곡 '사랑에 빠졌을 때(When I Fall in Love)'를 신청했다. "너랑 멀리 떨어져 있기 싫어."

"그럼 나도 미국 동부 실험실에 자리가 있나 찾아볼게." 허뤄는 잠시 생각하더니 말을 꺼냈다. 그녀는 살짝 두 눈을 감고 박자에 맞추어 가볍게 몸을 흔들었다. 그 빠른 노랫말들은 밀어버리자. 천정에 이마를 부딪치고 만면에 피곤한 웃음을 짓던 그 사람도 떨쳐버리자. 과거의 꽃들은 바람에 흩어 보내자. 그것들이 가슴에서 부패해버리기 전에.

* * *

"허뤄, 정말 잠깐 동안 실습생으로 나가 있는다고?" 지도 교수 데이비스가 얼굴을 찌푸렸다. "자네도 잘 알겠지만, 우리 연구실 정원이 제한적일세. 그리고 자네는 빠릿빠릿해서 학위도 빨리 받은 편이고. 제약 회사에 가는 것도 나쁘진 않지만, 우리 랩에도 산학 연계 프로젝트가 많다네. 실습생보다 더 많은 최근 첨단 기술들도 접할 수 있고 말이야."

"데이비스 교수님, 이건 전적으로 개인적인 이유 때문입니다. 제 남자친구가 미국 동부에 1년 정도 가게 되어서요."

"개인적인 이유야, 아니면 가정사야?" 데이비스 교수가 다 안다는 듯 웃었다. "펑샤오가 좋은 청년이긴 하지. 둘이 정말 잘 어울려서 나도 말릴 생각은 없네. 좋아, 내가 추천서를 써주지."

"감사합니다. 데이비스 교수님."

"1년 후에 다시 우리 랩으로 돌아오게." 교수는 과장되게 어깨를 으쓱거렸다. "친애하는 허뤄 양. 자네 박사 자격은 보류해둠세. 그런데 그땐 장학금을 놓고 새로운 신청자들과 경쟁을 벌여야 할 거야."

"알아요. 그래서 먼저 교수님께 말씀드리는 거예요. 올해 팀의 신입생 모집에 영향이 있을까 봐서요." 허뤄가 웃었다. "얼른 돌아올게요. 사모님의 에인절 푸드 케이크 비법 레시피를 위해서라도요."

데이비스 교수가 콧수염이 들썩거릴 정도로 하하 큰소리로 웃었다. "오는 게 있으면 가는 게 있어야지. 자네가 하나를 말해줬으니 나도 하나를 말해주지. 희소식을 먼저 들을 텐가, 아니면 나쁜 소식을 먼저 들을 텐가?"

"전 대개 나쁜 소식을 먼저 택하는 편이에요."

"겨울방학에 700달러나 들여 귀국하는 비행기표를 샀던 걸 후회하게 될걸세."

"이미 할인 많이 받았는걸요."

"왜냐면……" 데이비스 교수가 장난스럽게 웃었다. "네가 샌프란시스코와 베이징 왕복 공짜 표를 주면서 한 달간 중국 외유를 제안할 거니까."

"무슨 말씀이세요?"

"장 교수 기억하나? 작년에 중국으로 돌아가 자네 모교의 객원 교수가 되었다네. 중국 정부에서 장 교수에게 꽤 괜찮은 대우를 해준 모양이야. 그 교수가 한 달 동안 강의해달라며 나를 초청했어. 내게 조수와 통역이 한 명 필요한데 자네가 가장 적합해서."

"장 교수님이 '창장학자(중국에서 가장 뛰어난 학문적 성과를 보인 학자에게 주는 영광—옮긴이)' 칭호를 받으셨다는 건 저도 알아요. 하지만 교수님 통역 얘기는 하신 적이 없어서……."

"막 결정한 거니까." 데이비스 교수가 머리를 긁적였다. "사실은 다른 사람을 찾아보려고 했었는데 자네가 어차피 실습을 가기로 했다니까. 우선 나는 지금 하는 실험을 마칠 생각이네. 그럼 자네도 잠시 새로운 프로젝트를 맡지 않아도 돼. 자칫 중간에 관둬야 하는 사태가 벌어질 수도 있으니까. 그리고 장 교수가 자기 실험실이 중국에서 가장 좋다고 아주 호언장담을 하던데. 자네가 날 따라가 연합 프로젝트를 추진하면 자네도 시간을 버는 거지. 당연히 결정권은 자네에게 있으니 곰곰이 생각해보게."

"제 비자 기간이 만료되어서요. 민감한 전공이라 겨울방학에 돌아가서 갱신하고 온 거예요. 그런데 딱 한 번 입국할 수 있도록 허가만 받은 거라 이번에 나가면 다시 비자를 발급받아야 해요."

"비자 신청비가 얼마야? 내가 대줄게."

"그리고 제가 돌아가는 걸 부모님이 아시면……."

"주말에는 집에 돌아가도 좋아."

"저, 저는……." 허뤄는 순간 거절할 이유를 찾을 수가 없었다.

"잠깐도 펑샤오와 떨어질 수 없는 건가?" 데이비스 교수가 엄지와 검지로 '잠깐'을 강조하며 말했다. "정말 샘나는데? 내 통역

관을 빼앗아가다니."

"그런 게 아니라……." 허뤄가 한숨을 쉬었다. 맞은편 데이비스 교수는 장난스럽게 웃고 있었고, 그 뒤 벽에는 장 교수가 보내온 붓글씨가 걸려 있었고, 큼지막하게 참을 '인(忍)'이 쓰여 있었다.

"'참을 인'자는 마음 심(心)자 위에 칼(刀)이 한 자루 놓여 있지. 나는 작은 칼 한 자루만 놓고 싶네만."

* * *

"왜 한 자루만? 네 보스도 참, 핵폭탄을 투하했어야지." 톈샹이 전화에 대고 웃었다. "허뤄야, 우리 허뤄야. 뭘 망설이는데? 보스가 주머니까지 털어서 중국에 보내준다잖아. 얼마나 좋은 기회야?"

"이게 좋은 기회야? 그럼 내가 랩에서 붕 뜨게 된단 말이야. 데이비스 교수가 진심인지 아니면 잠깐 판단이 흐려진 건지 모르겠어." 허뤄가 '어휴' 하고 한숨을 내뱉었다. "요즘 는 거라곤 한숨밖에 없어."

"한숨 쉬는 게 이것 때문만은 아니지?" 톈샹이 깔깔 웃었다. "겨울방학에 돌아가니까 양가 부모님이 결혼을 재촉이라도 하시디? 이번에는 압력이 더 심할 것 같지?"

허뤄가 곤란해하며 말했다. "빙빙 돌려 물어보시기는 하시는데…… 너무 서두르시는 감이 있어."

"말하다 보니, 너희도 벌써 1년이 다 되어가는구나. 곧은 아니어도 언젠가는 결혼할 거란 생각 안 해본 거야?"

"정말 아무 계획도 없어……." 허뤄는 단호하게 대답했다. "이런 일은 신중해야 한다고 생각해왔고, 우선 자리부터 잡아야지. 나중 일은 흘러가는 대로 두는 거고."

"더 신중해야 해? …… 얼마나 더 신중해야 하는데." 톈샹이 히 죽히죽 웃기 시작했다. "몇 년 전의 너라면 벌써 애를 줄줄이 낳아 서 아들, 딸 이름도 다 지어놨을걸."

"내가 언제? 매번 네가 날 놀리며 한 말이지." 허뤄의 얼굴이 뜨 거워지더니 톈샹을 꾸짖었다. "나이를 먹으면 생각하는 것도 달라 지기 마련이야. 예전처럼 실패했다고 좌절하고 있을 수만은 없잖 아. 옛날에나 물불 안 가리고 충동적이었지."

"그게……." 톈샹이 잠시 머뭇거렸다. "상대 때문이 아니라 나이 때문이라고 단언할 수 있어?"

허뤄는 순간 말문이 막혀 뭐라 대답해야 좋을지 떠오르지 않았 다. 그녀는 잠시 생각한 후 말했다. "사랑하는 방법이 다 같을 수 는 없는 거니까……." 그녀는 잠시 망설이다 친한 친구에게 사실 을 털어놓았다. "겨울에 귀국했을 때 베이징에서 그 사람을 봤어. 그리고 고향에 돌아가서도 또 만났고. 출장차 왔다고는 했는데 나 중에 자세히 생각해보니까 왠지……."

"왠지 널 보러 온 것 같다고?" 톈샹이 화들짝 놀랐다. "그래서 네가 지금 귀국할까 말까 망설이는 거구나! 사실대로 불어. 겨울 에 무슨 일이 있었던 거야? 너 뭔가 있지? 그 녀석을 다시 보면 마 음이 흔들릴까 봐 두려운 거지?"

"무슨 일은 무슨 일? 앉아서 얘기만 했어! 그리고 살아온 세월과 환경이 점점 달라지고, 서로 관계가 어색하니까 함께 있어도 당최 무슨 말을 해야 좋을지 모르겠더라. 그런데……." 아무렇지 않았다면 그건 거짓말이다. "당황스럽기는 했어. 그건 마치 담배가 몸에 해로워서 끊었는데 누가 눈앞에서 연기를 풀풀 내면서 담배를 피우니까 다시 피우고 싶은 생각이 드는 거랑 같은 거야." 허뤄는 둘 사이에 있었던 대화를 아주 간단하게 이야기했다. "그 애를 만나면 오랫동안 잊고 지냈던 일들이 떠올라. 한데 그 아프고 힘들었던 날들을 다시는 생각하고 싶지 않아. 평생 과거만 붙들고 살 순 없잖아. 앞을 봐야지. 앞으로 나아가야지. 내 맘 알지?"

"잘 모르겠어. 너희 둘은 다른 사람보다 더 생각이 복잡해서. 그래도 난 네가 진심으로 너에게 잘해주는 남자를 만났으면 해. 그런 면에서 장 군은 삼진 아웃이야. 있을 때 잘했어야지. 네가 얼마나 많은 걸 버렸는지 알지도 못하잖아. 이번에도 그래. 그렇게 먼 길을 돌아와서 겨우 한다는 소리가 비즈니스 발전이 어쩌고야? 할 말이 있으면 말을 해야지. 때려죽여도 한마디를 안 해요. 그 녀석이랑 대화하면 너무 피곤해.'

"제발 말 좀 곱게 합시다……." 톈샹 남편의 목소리가 들려왔다.

"그렇다고 이마를 때리면 안 되지……." 그녀가 애교스러운 목소리로 나무라더니 다시 허뤄에게 설교를 늘어놓았다. "어쨌든 너희 둘 얘기는 상관하고 싶지도 않아. 그런데 걔 앞에만 서면 넌 늘 이성적이지 못하고 바보처럼 굴더라. 네가 힘들게 안정을 찾으면 그 녀석이 갑자기 튀어나와 뒤흔들어 놓고."

"나 그렇게 어리지 않아. 한 번 실패하고 나면 그걸 잘 기억해 둬야 한다는 것쯤도 알고."

"네가 한 말이니까 잘 기억해둬야 해. 입장 분명히 하고, 그 녀석 때문에 너를 힘들게 하지는 마! 맘 편하게 가지고. 쓸데없는 생각할 시간 있으면 펑샤오한테 좀 더 잘해주고. 난 피부를 위해서라도 일찍 잘란다." 남편이 옆에서 채근하자, 텐샹은 미용을 위해서라고 핑계를 대며 전화를 끊었다.

* * *

피하는 것만이 상책은 아니니까. 허뤄는 여권을 꺼내 개인 정보를 데이비스 교수에게 보냈다. 어려움이 있으면 피하는 게 상책이겠지만 위기를 기회로 바꾸는 것이 진짜 상책 중의 상책이다. 그녀는 자신에게 다짐했다. 이제는 너의 지난 꿈 그리고 추억과 작별할 시간이다. 용감하게 현실과 부딪혀보자.

* * *

장위안은 3년 후 다시 그 익숙한 붕어 찹쌀죽을 보게 되리라고는 상상도 못했다. 파란 뚜껑의 전자레인지용 그릇에 찹쌀의 투명한 흰색과 그 위에 송송 뿌려진 파가 살짝 보였다. 심장이 순간 늙어버리는 느낌이었다. 새벽에 집을 나설 때만 해도 투지에 불타 있었는데 일순간 마음속에 지난 몇 분간 추억의 조각들이 끼워 맞취지고 있었다.

허뤄는 턱을 받치고 으스대며 말했었다. "파는 거 아냐. 내가 직접 만든 거야." 자신의 컴퓨터 앞에 앉아서 따닥따닥 자판을 두드리며 자신에게 얼른 자라고 말했었다. 이렇게 시끄러운데 잠을 자라고? 그리고 두 눈을 감자 그녀가 자신을 들여다보는 것이 슬쩍 보였다. 그를 응시하는 그 눈빛이 평생 함께일 것만 같았다. 그때 방 안은 순간 정적이 흘렀다. 주변이 드나드는 사람으로 소란스러웠지만 그날의 오후는 모처럼 편안했다. 그리고 결국 서서히 잠에 빠져들었다. 후에도 그런 날들이 반복되고 그렇게 백발로 늙어갈 것이라고 착각을 했었다. 그런데 눈 깜빡할 사이 그 꿈이 깨져버렸다.

그녀도 떠나버렸다.

* * *

캉만싱이 그릇을 들고 고개를 갸우뚱한 채 설명했다. "보스, 물론 내가 만든 건 아니지만, 어쨌든 저도 가스비 절반을 분담하는 사람이니까. 우리 두 사람 얼굴을 봐서라도 드세요."

"지난 이틀 동안 네 선배가 와서 감사를 보고 있는데, 내가 준비해두라는 재무 시스템 자료는 다 준비한 거야?" 장위안이 미소 지었다. "너희들이 날 화나게만 않는다면, 위가 아플 일은 없을 거야. 아무리 붕어 찹쌀죽……. 아니, 인삼, 영지를 가져다줘도 소용없다고."

"어머, 어머, 뭐야. 우리가 언제 화를 돋웠다고. 억울해요!" 캉만싱이 꽥꽥 소리를 질렀다. "그건 회계법인 그 선배가 날 슬슬 건드리니까. 잘 지내고 있었는데 왜 하필 우리 회사에 와서 회계 감사를 한다는 건지. 본부장님은 부하 직원이 괴롭힘을 당하는데 보고만 계실 거예요? 전 찍소리도 하지 마요?"

"샹베이랑 만싱은 선후배 사이니까 잘 통할 거 같은데." 장위안은 도시락을 밀었다. "아까 회계사한테도 줬다고 했지? 그럼 더더욱 받을 수 없지. 다들 만싱이 상사한테 아부 떤다고 생각할 거 아냐. 원 플러스 원으로 샹베이는 덤으로 줬다고 생각할 거고. 나를 챙겨주고 싶은 마음은 알겠는데 다른 사람이 뭐라고 생각하겠어?"

"본부장님이 되시고 나더니 우리랑 너무 거리를 두시는 거 아녜요?" 캉만싱이 구시렁거렸지만 사무실에서 더는 말대꾸하기 힘들었다.

* * *

"여자친구가 있으면 여자친구 사진을 책상 위에 올려놨어야죠." 두궈궈는 문서 다발을 장위안 앞에 내려놓았다. "조금 전 복사실에서 들었어요. 그리고 어제 점심 먹으면서 대학교 3학년 때 위가 아팠다느니, 친구가 붕어 찹쌀죽이 위에 좋다고 했다느니 그런 말을 하면서 간절한 눈빛으로 종용했다면서요. 캉만싱 언니 얘기가 아니라 언니랑 동거하는 그 어린 아가씨가 말하더라고요."

간절? 종용? 장위안은 실없이 웃더니 고개를 끄덕이며 말했다.

"그럼 다음에는 황금이랑 다이아몬드가 위에 좋다고 말해야겠네."

"그 친구라는 사람이……." 두궈궈가 사방을 둘러보며 소리 죽여 얘기했다. "여자친구죠?"

장위안이 고개를 들고 아무 말 없이 웃었다.

두궈궈는 그럴 줄 알았다는 듯한 표정을 지으며 말했다. "하! 다들 내가 IT랑은 안 어울리고, 촉이 좋아 연예부 기자가 딱이라고 했죠."

"자네 촉에 임금을 줄 수는 없는데." 장위안이 뒤에 있는 자료를 가리켰다. "얼른 저거 분류해서 관련 부서에 나눠줘."

그게 말이 되나? 다른 사람의 여자친구가 된 사람의 사진을 내 책상에 둔다는 게. 서랍 고리에 손이 닿자 대학교 4학년 때 함께 찍은 사진이 떠올라 심장이 두근거렸다.

제5장 진눈깨비

나는 지금 그녀를 기다리는 걸까
아니면 고해 속으로 침몰하도록 기다리는 걸까
나 홀로 멍하니
서로 각자의 고민을 안은 채
우리 좋았었는데 어쩌다 우리 사랑이 이렇게 변했을까

by 류더화 '진눈깨비'

허뤄는 교환 학생 자격으로 단기 유학생 아파트에 한 달간 머물며, 세계 각지에서 온 여학생들과 함께 생활했다. 그녀는 아직도 시차 적응 중이라 새벽에 깼다. 복도에는 이미 네다섯 명의 금발에 푸른 눈의 여자들이 헐렁한 티셔츠를 입고 새벽에 배운 24식 태극권을 연습하고 있었다. 중국에 온 지 수개월 만에 '수박 하나 둥글둥글 둥글고'라는 태극권 속성 구결을 배웠다. 허뤄는 워싱블루 청바지에 대학교 로고가 새겨진 후드티를 입었다. 머리를 높게 올려 묶은 뒤 야구 모자를 비스듬하게 눌러쓰고 모자챙을 살짝 앞으로 내렸다. 그녀는 거울 앞에서 휘파람을 불며 톈샹이 한 명 언을 떠올렸다. "관리만 잘하면 5센티미터 밖에서는 스물다섯도 스무 살처럼 보일 수 있다."

* * *

아침 식사를 하러 오랜만에 식당에 가서 꽈배기, 두유에 공짜 짠지를 곁들여 먹었다. 햇살이 창살을 뚫고 들어와 시멘트 바닥을 황금빛으로 물들였고 여린 잎의 그림자가 함께 새겨졌다. 대학 시절이 오버랩되었다. 허뤄는 주머니 속에 든 MP3로 라디오를 들었다. 낭랑한 뉴스 소리가 유난히 익숙하고 친근하게 느껴졌다. 지난겨울 방학에는 친구들을 만나느라 바빠 지금처럼 한가롭게 시간을 보낼 수 없었다. 하지만 지금 이 순간만큼은 늦봄의 봄바람이 그간 떨쳐버릴 수 없었던 겉도는 느낌을 시원하게 날려주었다. 이 도시에서 느긋하게 지내다보니 마치 한 번도 이곳을 떠나본 적 없었던 것처럼 느껴졌다.

예즈가 허뤄와 함께 새로 문을 연 까르푸에 가서 생활 필수품을 장만하자고 제안했다. 그런데 정작 그녀는 여전히 늦잠을 자느라 오전 10시에 약속해놓고 30분이나 늦게 도착했다. 정문까지 미친 듯이 뛰어왔지만 허뤄가 보이지 않아 마음이 조급해졌다. 주위를 둘러보니 한 여학생이 화단 옆에 퍼져 앉아 전병을 우걱우걱 씹고 있었다. 야구모자로 얼굴 반을 가리고 있었지만 손가락까지 빨며 끊임없이 먹고 있는 그녀를 알아볼 수 있었다.

"점점 더 못난이가 되는 것 같다." 예즈가 그녀의 모자챙을 아래로 눌렀다.

"그러지 마. 얼른 제자리로 돌려놔." 허뭐가 야단을 쳤다. "난 손에 기름 잔뜩 묻었단 말이야."

"아침 안 먹었어?"

"먹었지. 근데 전병 먹어본 지 오래돼서 하나 샀지." 허뭐가 히죽거리며 먹다 만 전병을 건넸다. "반이나 남았는데, 더는 못 먹겠다. 너 아침 안 먹었지?"

"네가 먹다 남긴 건 먹기 싫거든!" 예즈는 머리를 절레절레 저었다. "네 꼴을 좀 봐. 그러지 말고 모자를 바닥에 벗어놓는 건 어때? 혹시 알아, 누가 동전 두 개 던져줄지."

"그렇게 꼴이 엉망이야?" 허뭐가 중얼거렸다. "텐샹이나 어려 보이지. 난 역시 어려 보이려고 발악해도 소용없나 봐."

"넌 성숙한 여성으로 노선을 갈아탄 거 아니었어? 미국에 가더니 아주 털털해졌네"

"라이프 스타일이 다르니까." 허뭐가 살짝 미소를 지었다. "좀 단순하게 살고 싶었어. 내가 원하는 모습으로 살려고."

"펑샤오가 원하는 모습이 아니고?" 예즈가 그녀를 놀렸다. "지금 보니 완전 애 같아. 분명 어떤 사람이 너무 예뻐라 해서 망친 거야."

"그 사람 요즘 많이 바빠. 매일 자정이나 되어야 일이 끝나거든."

"펑샤오가 아주 잘나간다던데? 그럼 취업하기도 쉽겠네. 둘 다 미국에서 일할 거지?" 예즈가 감탄하며 말했다. "시간 참 빨라. 네가 출국한 지 얼마 안 된 거 같은데 벌써 2년이라니."

"그러게……. 출국하고 처음은 시간이 너무 더디게 간다 생각했는데. 일은 해도 해도 끝이 없었고. 그런데 문득 돌아보니 2년이란 시간이 텅 비어버린 것 같아. 베이징에 돌아오니 지난 시간이 마치 꿈인 것만 같아. 나는 여전히 대학생인 것 같은데……. 실험실의 기기들도 여전히 그대로고."

예즈가 고개를 주억거렸다. "인생이 꼭 둥근 원 같아."

"위에서 내려다보면 원이지만 옆에서 보면 둥글게 돌면서 올라가고 있는 중일지도 모르지." 허뤄는 검지로 공중에 원을 그렸다. "산을 오르는 구불구불한 길처럼 경도나 위도는 그대론데 고도만 달라지는 거지. 그러니 지난 삶이 다시 반복되지는 않아."

* * *

둘은 카트를 밀며 잡동사니들을 골라 담았다.

"선례 여자친구 생겼는데, 알고 있어?"

"알아." 허뤄가 고개를 끄덕였다. "선례 만났어. 자기 시티폰이 있는데 한 달 동안 빌려주겠다고 하더라."

"그 시티폰 버벅거리는 건 알아?"

"응. 시티폰 들고 비바람 부는 데 서서 왼손에서 오른손으로 바꾸기만 해도 안 터져." 허뤄가 웃었다. "그래도 없는 것보다 나으니까. 펑샤오한테 연락하기도 편하고, 내가 다시 귀국한다니까 아주 부러워 죽으려고 해. 이틀 있다 그 사람 본가에 찾아뵈려고."

"아들이 없으니 며느리가 아들이나 마찬가지지." 예즈가 웃으며 말했다. "결혼 생각은 있어? 조금 전 지난 2년이 텅 빈 것 같다는 건 무슨 소리야? 너에겐 펑샤오가 있잖아! 나중에 가정을 꾸리고 애가 생기면 더 바빠질 텐데."

"당분간 계획 없어. 앞으로 몇 년은 더 애처럼 살 생각이야."

"밤이 길어지면 꿈도 많아지는 법이야. 그러다 그 남자가 더 어리고 예쁜 여자 만나면 어쩌려고."

허뤄가 눈썹을 씰룩거리며 말했다. "그럼 나도 영계 만나면 되지. 조교 할 때 팀에 미국 어린 남자가 있었는데 내가 고등학생인 줄 알더라고. 서양 사람들은 동양인의 나이를 잘 모르거든."

둘은 힙합을 흉내 냈다. 허뤄는 모자챙으로 얼굴 반을 가린 채 눈꺼풀을 내리깔았다.

결혼? 펑샤오와? 너무 요원한 일이었다. 줄곧 거론하지 않았던 화제였다.

* * *

학교는 학년 말 마무리 행사로, 강당에서 마지막 채용 설명회를 개최했다. 주닝리도 기업을 홍보하기 위해 참가했다. 대부분 외부 학교의 이력서만 접수되었고, 오후 3시가 되자 점점 참가자도 줄어들었다. 그녀는 신나서 얼른 자리를 정리했다. 내친김에 장웨이루이와 저녁 약속을 했다. 날은 어두컴컴했지만 은행나무,

회화나무는 연하고 신선했다. 낮 동안의 햇살을 머금은 잎사귀에서는 선명한 푸른빛이 가로수길 양쪽 보도블록까지 쏟아져 내렸다. 캠퍼스에는 등나무가 한창이었다. 벽을 타고 내린 등나무 줄기에서 그윽한 향이 진동했다.

"라일락 향이 생각나네." 장웨이루이가 눈을 감고 깊게 숨을 들이마셨다. "아, 베이징의 보랏빛 라일락은 너무 빨리 져버려서 아쉽네. 난 라일락이 줄곧 초여름에 피는 꽃인 줄 알았는데."

"그러게. 원래 본관 앞에 몇 그루가 있는데, 흰색 라일락도 있고, 보라색도 있고, 아주 생기가 넘쳤었지." 주닝리가 허리를 두드렸다. "역시 학교가 좋아. 우리 같은 직장인들은 온종일 혹사를 당해요."

"허, 너답지 않은데." 장웨이루이가 웃었다. "난 또 나보고 '꽃 같은 소리하고 있네' 할 줄 알았지."

"제발. 내가 그렇게 무미건조한 사람이니? 네가 뜬구름 잡는 얘기할 때나 쓴소리하는 거지. 근데 지금 와서 말인데 진짜 대학 때가 좋았어."

"직장 다니는 사람들은 다 학창 시절을 그리워하나?"

"그럴걸." 주닝리가 영화 포스터를 하나하나 훑었다. "몇 위안이면 영화 대작도 볼 수 있잖아. 너희들은 너무 편안한 생활에 젖어 사는 거 같아. 나도 자주 와서 뭉개야겠어. 그땐 네가 쏘는 거야."

"그렇다면 학교에 오고 싶어 하는 사람이 또 있을 것 같은데." 장웨이루이가 그녀의 옷을 잡아당겼다. "우리 오빠 말이야."

"가서 아는 척이라도 하게? 정신 나갔어. 아직도 포기 못한 거야? 선례한테 이른다!"

"뭐가! 매일 귀에 대고 재잘대는 남자는 선례 하나로도 충분해. 설마 내가 날 위해서 이러는 줄 알아? 그리고 그 여잔 미국에 남자친구 있단 말이야. 내 오빠는 장위안 하나고."

"도대체 무슨 소린지? 무슨 말을 두서없이 해."

장웨이루이는 주닝리의 옷자락을 잡고 길 한복판에서 승강이를 벌이고 있었다.

* * *

"오랜만이네." 장위안이 둘을 보더니 웃으며 인사했다.

"그럼 친구랑 말씀 나누세요." 두궈궈는 그가 들고 있던 자료를 받아들었다. "전 택시 타고 돌아갈게요."

"톈다에서 이렇게 힘을 쓸 줄은 몰랐네. 부본부장이 채용 설명회까지 왕림하시고." 주닝리가 눈썹을 씰룩거렸다. "한데 오늘은 견문발검일세."

"꼭 그렇진 않을걸. 매년 마지막 채용 설명회에서 늘 보물을 발견했거든. 올해도 인사팀에도 행운이 있길 바라야지." 장위안이 웃었다. "난 다른 일 때문에 온 거야."

"설마 과거를 추억하러 온 건 아니죠?" 혼잣말처럼 장웨이루이의 목구멍에서 그 말들이 달싹거렸다.

"뭐라고?" 주닝리가 물었다.

"아, 그러니까 내 말은 대학 동기끼리 이번 주말에 모임 갖자고 했다면서? 잘됐네. 마침 여학생 대표랑 남학생 대표 모두 모였잖아. 둘이 잘 상의해봐." 장웨이루이는 자신의 대사가 맘에 들었다. "난 선례 오빠 실험실에 가볼게. 그쪽도 거의 정례회의가 끝났을 거 같네."

"선례라고?" 멀어지는 장웨이루이를 보며 장위안이 웃었다. "나도 아는 사람이네. 사람 좋지."

"응. 여자들이 꿈꾸는 그런 스타일은 아닌데. 친절하고 착실해."

"친절하지. 둘이 잘 어울려."

* * *

장웨이루이는 성큼성큼 걸어가며 선례에게 휴대전화로 전화를 걸었다. "여보세요. 오늘 내가 굉장히 대단한 일은 했어. 그게 뭐게?"

"식당 카드 재발급?"

"아 참……, 또 까먹었다……."

"그럴 줄 알았어. 됐어. 어차피 주닝리랑 저녁 식사할 거잖아. 학교 식당 가지 말고."

"아니, 내가 훈남이랑 자리를 마련했지롱." 장웨이루이가 웃었다. "누군지는 묻지 마. 어쨌든 당신보단 잘생겼으니까. 깔깔깔."

"첫, 잘생겨봤자지. 그럼 우리랑 같이 밥 먹자. 어차피 실험실 친구들이니까 너도 다 알잖아. 그리고 해외 유학파도 하나 있어. 와서 볼래. 근데 넌 지금 어디야?"

"선배 실험실 건물 아래."

"어? 우리 나왔는데. 나 보여?"

장웨이루이가 고개를 들자 한 무리의 사람들이 웃으며 건물에서 몰려 나왔다. 선례, 예즈, 그리고 대학 동창 몇몇. 중간에 선 여학생, 편안하게 옷을 입고 따뜻하고 밝게 웃는 그녀. 눈빛이 차분해진 것만 빼고 5년 전과 거의 달라진 게 없었다.

"넌……."

"장웨이루이, 허뤄." 선례가 둘을 소개했다. "아는 사이야?"

둘은 고개를 끄덕였다. 그때 댄스파티에서 급작스럽게 잠깐 스친 것도 인연이라면.

"어, 얘기 들었어." 허뤄가 먼저 침묵을 깼다. "선례 여자친구가 예쁘고 귀엽다고 이미 들었지. 이 녀석 어떻게 이런 아가씨를 꼬신 거야?"

"그러니까. 내 말이. 여자친구도 생겼는데 아직 한턱을 안 냈어?" 예즈가 맞장구를 쳤다.

"맞다, 맞아. 아예 오늘 이 녀석의 신상을 탈탈 털어주지." 친구들이 그를 떠밀었다.

"알았어. 알았다고. 내면 될 거 아냐. 아 참, 주닝리는?"

"아, 옛날 동창 만나러 갔어요."

"킥킥. 좋은 사람 만나기로 했나 보지. 그럼 우린 가자." 선례는 장웨이루이의 손을 잡았다. 그녀는 허뤄를 기억 속의 모습과 꼭 맞는지 살펴보고 싶었지만 똑바로 바라볼 수가 없었다. 시선은 어쩔 수 없이 워싱 블루 청바지만을 배회했다. 귓가에는 친구들의 대화가 아득하게 들렸고, 어쩌다 알아들을 수도 없는 DNA, 프로틴, 바이러스 같은 전문 용어가 불쑥불쑥 튀어나왔다.

장웨이루이 아예 끝없는 상상의 나래를 펼치며 슬쩍슬쩍 허뤄를 곁눈질로 쳐다보았다. 그녀의 옷차림이 왠지 낯설지 않았다. 하얀 풀오버 티셔츠, 눌러쓴 야구 모자, 미소 지으며 다른 사람의 이야기를 경청하고 습관적으로 눈썹을 실룩거리며 상대방이 계속해서 이야기하도록 만들었다.

이 분위기, 이 편안한 옷차림.

장웨이루이의 마음이 쿵 하고 내려앉았고 선례의 손을 꼭 잡았다. 그가 소리를 질렀다. "난 그냥 네가 정신없다고 말했을 뿐인데, 이렇게 세게 꼬집을 건 없잖아."

맞다, 장위안.

누가 누구한테 영향을 준 것일까? 아니면 당시 서로가 좋아하는 모습으로 변하기 위해 노력했기 때문인 걸까? 아니, 어쩌면 서로 천 리 밖 멀리 떨어져 있다 보니 그리움이 더해져 자신도 모르게 기억 속의 상대방의 모습으로 변하고 있는지도 모른다. 하지만 두 사람 모두 예전 들 떠 있던 눈빛은 온데간데없고 이제는 차분해졌다.

부드러우면서도 우아한 그녀. 신중하고 차분한 그. 모두 소년, 소녀의 티는 사라지고 그렇게 시간에 다듬어져 있었다.

* * *

"이젠 대학교 때처럼 재수 없지만은 않네." 주닝리가 갑자기 한 마디를 툭 던졌다.

"내가 밥을 사서?" 장위안이 웃었다. "너도 그래, 예전 같으면 내 밥은 얻어먹지도 않았을 텐데."

"하, 요즘 너희 눈앞에 불똥이 떨어진 것 같아서. 내가 널 공격할 기회를 놓칠 수는 없지……. 왜 아무 말도 안 해? 내 말이 맞구나?"

"아니, 겸허히 가르침을 듣고 중이야. 내가 너희 영업 기밀 염탐하려는 거 아니냐고는 하지 마라." 장위안이 가볍게 고개를 저었다. "사실 요즘 일이 잘 안 풀리긴 해. 지난번 입찰에서 5000만 달러짜리 프로젝트도 너희한테 뺏겼잖아."

"톈다에서 요즘 산학연 프로그램을 추진 중이지?"

"헉, 역시 소식통이야."

"우리도 원래 여러 대학이랑 협력했었어. 잊지 마. 우린 정보통신 산업부 산하 기업이라고. 너흰 신생 기업이고. 그러니 너희랑 같을 순 없지."

"응, 그래서 나도 대학교랑 연계하려고 하는 거야."

"나도 알아. 정부 기관이 뒤에 있는 큰 건들은 학교를 보고 맡기는 거지, 너희 회사를 믿어서만은 아니야." 주닝리가 웃었다. "그래서 대학교와 연계해서 인재를 배양하고, 더 나아가 대학교 소프트웨어 단지나 소프트웨어 학부와도 협력하려는 거잖아. 그들을 통해서 대형 프로젝트에 참여해 투자를 유치하려는 게 너희 구상

223

이지?"

"KGB 요원 출신이야?" 장위안도 따라 웃었다. "정말 예리한데."

너희 회사 움직임에 내가 너무 관심이 많은 걸까? 주닝리는 마음이 씁쓸했지만 여전히 쓴 웃음을 지어 보였다. "분명 네 생각이지."

장위안은 부인하지 않았다. "맞아. 겸사겸사 우리 기업에 적합한 엔지니어를 배양해서 졸업 후 직접 스카우트하려는 생각도 있지."

"그렇게 많은 계산이 숨어 있었구나. 어쩐지." 그녀는 잠시 말을 멈추었다. "난 또 이젠 네가 다시 이 학교에 안 오겠구나 했지."

"왜 안 와?" 장위안이 반문했다. "공은 공이고, 사는 사지. 우리가 보는 건 브레인과 발전 가능성이야. 지금은 교섭 초기 단계이고, 다른 대학들도 일부 접촉을 시도해볼 생각이야. 근데 이 학교만 건너뛸 수는 없지."

"공사 구분이 확실한 게 아니라 남자는 냉혈한이라서 그래." 주닝리가 코웃음을 쳤다.

"착한 게 밥 먹여주는 건 아니니까." 장위안이 웃었다. "한 번쯤 실패해보지 않은 사람이 어디 있겠어? 다만 어제의 걸림돌이 오늘의 부담이 된다면 그건 너무 바보 같잖아."

"걸림돌? 한때의 깊은 감정이 어떻게 방해가 된다고 할 수 있어?" 그녀가 눈을 들었다.

"그런 말이 아니야." 장위안의 얼굴은 평온했지만 심장이 바짝 쪼그라드는 것만 같았다. 주닝리의 질문이 그를 계속 궁지로 몰아넣었다. 그래. 한때 둘의 미래가 나에게는 버거운 짐처럼 느껴졌었어. 얼른 이 세상에 나의 실력을 증명하고 싶었지. 그런데 그녀를 잃는다는 게 이처럼 괴로운 일이라는 걸 깨달았을 때는 이미 그녀에게 바람과 비를 막아줄 다른 사람이 생겼더라. 나의 발목을 잡은 건 지난 감정이 아니라, 차마 놓지 못하는 내 마음이야. 둘은 각자의 고민을 끌어안고 어느새 많은 술잔을 비우고 있었다.

* * *

"아직도 연락하고 지내?" 주닝리가 물었다.

장위안이 고개를 저었다. "소문에 약혼했다고 들었어."

"아, 유학 떠나고 나서 다시 붙잡은 게 아니었어? 너답지 않다."

"상대 남자가 집안, 학력, 성격 모두 좋아. 소문에 흠잡을 데가 없다더라. 지금이 한창 바쁜 시기라 나도 승산 없는 일을 시도할 만큼의 시간과 에너지가 없어." 그 핑계로 다른 사람을 그리고 자신을 속이고 있었다.

"그건 네가 겁쟁이라서, 거절 당할까 봐 두려워서 아니야?"

"어쩌면." 장위안이 웃었다. "넌 잘 모를 거야. 시도했다가 실패하면 이젠 그 친구가 나를 안 볼지도 모르잖아. 그리고 여전히 너무 멀리 떨어져 있어서 현실적으로도 불가능해."

"내가 잘 모를 것 같아? …… 시도를 해도 안 해도 넌 영원히 그 여자를 잃게 될 거잖아." 주닝리가 흥 하고 콧방귀를 뀌었다. "설마 그 여자가 결혼하고 나서도 너랑 웃으며 얘기할 수 있을 것 같아? 아무 일 없이 다시 만날 수 있을 것 같아?"

"우리가 왜 이런 얘기를 하고 있지?" 장위안이 술잔을 채웠다. "한동안 이런 얘길 꺼낸 적도 없었는데."

"특히 나랑 이런 얘기를 하게 될 줄 몰랐겠지?" 주닝리가 고개를 숙였다. "안심해. 나 입 무거워. 사실 나도 이런 화제는 별로 좋아하지 않아……. 그럼 나도 비밀 하나 말해줄까?" 그녀가 눈을 들어 장위안을 쳐다보았다. "내가 좋아하는 사람은……."

"응?"

"그 사람도…… 결혼해." 주닝리가 웃으며 술잔을 들었다. "건배, 우리 같이 시름을 털어버리자."

둘이서 맥주 다섯 병을 마셨다. 그중 대부분을 마신 주닝리는 휘청거리며 걸었다. 장위안이 계산을 하고 둘은 학교 식당에서 나왔다. "내가 택시 잡아줄게. 집에 도착하면 나한테 문자 남기는 거 잊지 말고. 아니면 내가 경찰에 신고할 수도 있어."

주닝리가 손사래를 쳤다. "걱정하지 마. 난 문제 없어."

"넌 너무 센 척해."

센 척하는 게 아니야. 겁이 많아서 그래. 네가 다른 사람에게는 마음을 굳게 닫는다는 걸 알아. 나는 너와 논쟁을 할 때나 용기를 내어 너를 똑바로 바라볼 수 있는걸. 하지만 장 잡초는 널 그저 우상처럼 숭배했을 뿐이야. 그녀에게 또 다른 달콤한 행복이 찾아오면서 소녀의 짝사랑도 금세 막을 내렸지. 하지만 난 과거와 쉽게 안녕을 고할 수가 없어. 나 혼자 네가 아파할 때 함께 아파했어. 누가 내게 아무 희망도 없는 짝사랑을 한다고 비웃을까 봐 겁이

나. 주닝리의 눈가가 촉촉이 젖어 있었다. "그 사람도 나에게 늘 그렇게 말하곤 했어. 안타깝게도 나에게는 '좋아한다'는 짧은 말 한마디 할 기회조차 이젠 없을 것 같아."

그래, 잠시 나를 놓아버리자. 그녀는 장위안의 어깨에 이마를 기댔다. 그리고 허스키한 목소리로 조용히 그녀를 위로하는 그의 목소리를 들었다. "다 잘될 거야. 정말."

* * *

"왜 넋 놓고 있어? 곧 과일 장사 문 닫으면 여지(리치) 못 산단 말이야." 예즈가 허뤄 옆에 서서 그녀의 옷자락을 당겼다.

"아냐……."

"뭘 보는 거야? 잘생긴 남자라도 있어?" 예즈가 헤죽헤죽 웃으며 허뤄의 시선을 따라 쳐다보았다. "어라? 저건…… 쟨 또 누구야?"

"우리랑 상관없는 일이야. 가자."

좋은 사람 만난다더니 그게 장위안이었어? 얼룩덜룩한 나무 그림자가 뺨으로 기어 올라왔다. 어둠과 밝음 사이, 그 둘은 식당 밖 등불 아래 서 있었다. 네온사인이 깜박이며 서로 기대선 두 사람의 윤곽이 드러났다.

그녀는 애써 눈을 깜박였다. 눈앞이 희미해졌다.

즐거운 마음으로 대학으로 돌아온 게 아니었어? 케케묵은 지난 과거는 던져버리고 새로운 삶을 살기로 한 게 아니었냐고? 더는 그리워하지 않고 매일매일 단순하고 행복하게 산다면서? 그런데 왜 눈앞에 이 장면 하나에도 이렇게 쉽게 심장에 찌를 듯한 통증이 느껴지는 건데? 내 활달하고 낙관적인 모습이 설마 다 가식이란 말이야? 난 지금 누굴 속이고 있는 건데? 왜 그렇게 애를 쓰며, 심장이 다 마비되도록 속이고 있는 건데?

"괜찮아?" 예즈가 그녀의 옷자락을 당겼다. "힘들면 말을 해."

"내가 힘들어할 자격이라도 있나?" 허뤄가 입꼬리를 올리며 말했다. "이런 날이 언젠가는 올 거라 생각했어. 사실 그 사람 때문에 힘든 게 아니라 너무 갑작스러워서 잠깐 멍해진 것뿐이야. 혼자 좀 걷고 나면 금방 괜찮아질 거야."

"그래. 펑샤오가 장위안보다 훨씬 괜찮은 걸 몰라서 그래. 어휴, 내가 같이 있을게. 장위안 저 남자도 참 이상하지. 겨울에도 찾아와서 말 한마디 제대로 못하고 헤어지기 아쉬워할 땐 언제고, 몇 개월 만에 그새 다른 사람하고 뒤엉켜서는, 너무 경솔하고 무책임하다."

"남 탓할 건 못돼. 헤어진 지 오래됐잖아. 요즘 힘들다고 들었어. 소문에 작년에 또 입원했다더라. 관심과 도움이 절실하게 필요할 때 난 그 사람 곁에 없었잖아. 난 펑샤오를, 그는 다른 사람을 선택한 것뿐이야. 우리 둘 다 늘 제자리걸음만 할 순 없지, 안 그래? 그 사람이 즐겁고 행복하다면 내 마음도 좀 편해질 거야."

"정말?"

"정말, 정말이야. 나도 다 알아. 다만 너무 갑작스러웠을 뿐이야. 나 혼자 좀 걸을게."

* * *

허뤄는 자신이 어떻게 교문을 걸어 나왔는지 기억이 나지 않았다. 심지어 자신이 어떻게 발걸음을 옮기고 있는지조차 느껴지지 않았다. 그저 넘실대는 인파 속에서 사람의 그림자가 눈앞으로 지나갔고, 익숙하고 또 낯선 거리들이 스쳐 지나갔다.

펑샤오에게 전화가 걸려왔다. "여긴 새벽 5시야. 실험실에서 막 나왔더니 네 이메일이 있더라고. 근데 시티폰 왼손에서 오른손으로 옮긴 거야?"

"또 이렇게 늦게까지 밤샘한 거야? 얼른 들어가서 자지 않고?"

"네가 보고 싶어서." 펑샤오가 큰소리로 웃었다. "그래서 이렇게 괴롭히려고 전화했지. 진짜, 데이비스 교수가 널 데려가도록 허락하는 게 아니었는데. 그것도 이렇게 오랫동안."

물에 빠진 사람이 지푸라기라도 잡는 심정으로 허뤄는 전화기를 꼭 붙들었다. 한숨을 쉬며 그의 말을 따라 했다. "나도 네가 보고 싶어."

생각 없이 걷다 보니 길에는 오가는 사람들이 희희 하하 시끄럽게 떠들고 있었고 꽃이 송이송이 봄바람 속에서 피어나고 있었다. 소년이 여자친구를 자전거에 태우고 한참 웃고 떠들며 그녀의 곁을 지나갔다. 그녀는 피하지 않았다. 소년이 급브레이크를 밟자 자전거가 휘청했고, 허뤄의 팔이 쓸렸다. 소녀가 자전거에서 뛰어내리며 원망하듯 말했다. "길을 지날 땐 잘 살피면서 걸어야죠?"

"자전거에 사람을 태우고 다녀도 되니?" 허뤄가 고개를 쳐들었다. 지금은 누구와 한바탕 싸우고 싶은 심정이었다. 하지만 어린 두 남녀의 얼굴을 보니 오히려 자신이 원망스러웠다. "됐다, 됐어. 난 괜찮아."

"정말요?" 남학생은 그녀의 눈에 맺힌 눈물을 보더니 반신반의했다.

"정말 괜찮아." 허뤄는 억지로 웃었다.

* * *

육교에 서서 차량 행렬을 내려다보았다. 쓸린 팔이 화끈거렸다. 그녀는 자신에게 이야기했다. 별것 아니다. 아무것도 아니다. 용감하게 마주하자. 타조처럼 더는 도망치지 말자. 삶이란 이미 정해진 궤도에서 벗어나지 않는다. 이건 네 선택을 더욱더 단단하게 만들어줄 뿐이다.

지금, 좋잖아! 안 그래?

그랬잖아. 앞으론 그를 위해 눈물 한 방울도 흘리지 않겠다고? 그런데 짜고 떫은맛이 입가로 흘러내렸다. 그런데 또 이게 뭐야?

* * *

"비가 오려나 봐. 차가 왔으니 얼른 가봐." 장위안이 주닝리를 태우고 택시 문을 닫았다. 고개를 들어 보니 상현달과 저 멀리 쓸쓸히 떠 있는 별들이 보였다.

베이징의 늦봄에 부는 바람은 건조하고 미세먼지가 가득했다.

230

매일 여덟 잔의 물을 마셔도 이건 마치 건조해 갈라진 황토에 물을 쏟아붓는 것처럼 금세 흡수되어 버렸고 목구멍은 여전히 불이 뿜어져 나올 것처럼 건조했다.

그런데 지금 이 순간 가슴은 어찌하여 눅진하게 들러붙어 떨어지지 않는 습한 기운이 느껴지는 것일까?

제6장 가장 익숙한 낯선 사람

미치도록 사랑한 탓
깊이 사랑한 탓
그리하여 꿈에서 깨어나고도 여전히 헤어 나오지 못하네
침묵도 하고 손을 흔들어 봐도
여전히 정신을 차릴 수가 없어
그때 우리 만남에 불타오르던 영혼을 잠재웠더라면
어쩌면 오늘 밤 나는 그리움에 빠져들지 않았을지도 모르지

by 샤오아쉬안 '가장 익숙한 낯선 사람'

미국 대사관에는 통신 기계를 가지고 들어갈 수 없었다. 허뭐는 비자를 받아들고 밖으로 나와 길옆 게시판 앞에 서서 샹베이에게 전화를 걸었다. 10여 분이 지나자 그가 최신식 파사트를 몰고 길모퉁이를 돌아 들어왔다.

"폐만 끼치네요. 저 데리러 온 거면서 일부러 오늘 학교로 농구하러 간다고 둘러댄 거 아니에요?"

"별말씀을." 샹베이가 웃었다. "이 옷차림이 농구 시합하러 가는 것처럼 안 보이나요? 매주 금, 토요일은 거의 매번 학교에 가서 놀

다가 오는걸요. 마침 오늘이 성북 쪽으로 가는 길이라 모시고 가는 거죠."

"사무소가 부근에 있나요?"

"맞아요. 근데 가끔 다른 회사에 파견 나가기도 해요. 출장이 다반사죠. 모처럼 개인 시간이 생겼어요." 샹베이는 감회가 새로웠다. "펑샤오 형이 있었으면 좋았을 텐데. 활달한 성격이라서 농구, 술자리에 절대 빠질 사람이 아니죠."

"지금도 바쁘지만 않았다면 아마 하루가 멀다 하고 친구들을 불러서 집을 도적 소굴로 만들어놨을 거예요." 허뤄가 웃었다. "실험실에 들어가서 정신 못 차리고 일만 하느라고 아마 답답해서 곧 미쳐버릴지도 몰라요."

"별일 없으면 우리 학교 구경 갈래요." 샹베이가 제안했다. "한창때 형이 투쟁하고 생활하던 곳인데 한번 가봐요."

날이 아직 밝았다. 그녀는 고개를 끄덕였다. "그것도 좋죠."

* * *

이미 사무실에서 운동복으로 갈아입고 온 샹베이는 차를 운동장 가에 세우고 바로 트렁크에서 농구공을 꺼냈다. 약속한 친구들은 아직 도착하지 않았고, 그는 자리를 잡고 자유롭게 공을 던지며 허뤄와 이야기를 나누었다.

"농구공 만져본 지도 오래됐네요." 허뤄가 프리드로우 라인 앞에 섰다. 오른손으로 농구공을 들고 왼손으로 옆을 살짝 받쳐 든 후 가볍게 공을 던지자 부드러운 포물선을 그리며 '슝' 소리와 함께 네트를 통과했다.

"잘하는데요. 그것도 한 손으로 투구를 하다니." 샹베이는 허뤄의 레이업을 보고는 웃으며 말했다. "여학생 중에도 공 잘 던지는 축에 속하는데요."

"아녜요. 그냥 혼자는 좀 하는데, 경기만 시작되면 멍해지면서 눈앞이 뿌옇게 돼요. 내 팀이 어딘지도 몰라서 경기 때 자살골을 넣은 적도 있는걸요." 허뤄는 드리블했다. "예전에 친구가 말해줬어요. 여자는 힘은 약한데 정확도가 높다고요. 그러니까 너무 힘을 주게 되면 손에 힘이 많이 들어가 각도가 안 나와서 공이 튕겨 나온다고요." 그녀는 손을 높이 들고 두 번째 볼을 던졌다. "그러니까 손에 힘을 빼고 투구 각도를 높인 다음에 농구 골대 백보드를 향해 던지라고요."

"역시 고수의 가르침이 있었군요." 샹베이도 손이 근질거렸다. "자자, 우리 겨뤄볼까요? 나보다 골 정확도가 더 높을 것 같은데."

"좋아요!" 허뤄는 시원하게 대답했다. 각각 열 개의 공을 던졌고, 샹베이는 여섯 개, 허뤄는 다섯 개를 성공시켰다.

"이게 최고 성적은 아니죠?" 샹베이가 물었다.

최고 성적? 허뤄는 옆으로 몸을 틀어 반투명한 백보드를 올려다보았다. 그때는 열 개 중 여덟 개를 성공시켰다. 여름방학 내내 슛을 죽어라 연습했고, 고3 신학기가 시작되자마자 장위안과 내기를 했다. "지는 사람이 아이스크림 내기, 어때?" 그녀가 눈썹을 씰룩거리자 장위안은 어이없다는 듯 웃었다.

"아이스크림이 먹고 싶으면 그냥 내가 사줄게."

"내가 왜 질 거라고 생각하는데? 날 너무 얕잡아보는데. 진지하게 경기에 임해야 해."

장위안은 웃음기를 거두었고, 처음 다섯 개 중 네 개의 공을 성공시켰다. 허뭐는 다섯 개 모두 성공했다. 그는 더 진지해졌다. 실눈을 가늘게 뜨고 팔을 쭉 뻗었다. 역시 다섯 개 중 네 개를 성공시켰다. 하지만 허뭐는 실력 발휘를 제대로 하지 못해 결국 둘은 비겼다.

"하하, 역시 그 스승에 그 제자군. 장수 밑에는 오합지졸이 있을 수가 없지." 장위안은 득의양양해하며 허뭐의 꽁지머리를 잡았다. "역시 내가 기른 제자답군."

허뭐는 손바닥을 펼쳐 보였다. 손가락 끝은 까맣고 손바닥은 깨끗했다. 한때 손을 맞잡았던 그 사람이 이제는 누구와 함께 늙어갈까? 아, 그게 나랑 무슨 상관인데. 그녀는 속으로 고개를 흔들었다. 그는 다른 여자의 남자친구이고, 나 역시 다른 남자의 여자친구잖아. 각자 서로의 행복을 찾자고 나 스스로 말하고 행한 일이잖아. 그러니까 한숨짓지도 슬퍼하지도 말아야지.

그녀는 지갑을 꺼냈다. "여기 자리 맡고 있어요. 전 가서 음료수 사올게요. 생수랑 스포츠 음료 괜찮아요? 총 몇 명이나 되나요?"

"여기 계세요. 제가 갈게요." 샹베이가 그녀를 말렸다.

"제가 갈게요. 샹베이 씨는 남아서 친구들 기다려야죠. 친구들이 와도 전 못 알아보니까."

* * *

캉만싱이 샹베이를 발견하고는 손을 흔들었다. "선배도 온 거야? 농구장 경비 아저씨한테 안 쫓겨났어?"

"쯧쯧. 하이힐을 신고 왔네. 체육부 선생님께 곧 쫓겨나겠군. 우리 과 졸업생이라고 절대 말하지 마라. 그리고 넌 뭐 하러 왔어?"

"흥! 나도 여기 졸업생이거든. 선배가 오는데 나는 왜 못 와? 그리고 왔으니까 농구 시합해야지. 날 너무 우습게 보는데." 캉만싱이 농구 골대 밑에 앉았다. "돌아서 있어. 신발 갈아 신게."

"신발 하나 벗으면서 뭘 내외해? 양말에 구멍이라도 났어?"

"냄새에 질식할까 봐, 맡아볼래?"

"탈의실 따로 마련해줄까?" 샹베이가 그녀를 놀렸다. "하긴 신발 하나 신는데 아깝긴 하다."

캉만싱이 그 옆에 놓인 여자 백팩을 슬쩍 보고는 의혹의 눈빛으로 샹베이를 올려다보았다. "이건…… 선배 거야?"

"친구 거."

"여자?"

"여자."

"오." 캉만싱은 머리를 처박고 신발 끈만 묶을 뿐 한참을 아무 말도 하지 않았다. 그래도 무슨 말이든 해야 했기에 좌우를 살펴보며 그녀가 물었다. "선배 허접한 친구들은? 우리 보스는 또 왜

236

이렇게 늦어. 옷 하나 갈아입는데 뭘 그리 오래 걸린담."

＊ ＊ ＊

허뭐는 운동장 밖 매점에서 생수와 음료 열 병 정도를 샀다. 삼삼오오 남녀 무리가 운동장으로 몰려 들어가는 것이 보였다. 각양각색의 손목 보호대와 헤어밴드를 하고 가벼운 발걸음으로 걸어가는 사람, 혹은 살짝 고개를 쳐들고 무게를 잡으며 들어오는 사람, 친구들과 희희 하하 큰소리로 웃는 사람들이 보였다. 앞쪽에 키가 큰 남학생이 걷고 있었다. 허뭐는 안경을 끼지 않은 탓에 마치 남자의 실루엣을 따라 안개가 피어오르는 것처럼 뒷모습이 희미하게 보일 뿐이었다. 그는 등을 곧게 펴고 오른손 검지로 농구공을 돌리다가 다시 공을 가볍게 왼손으로 넘겼다.

오랜만에 보는 익숙한 동작이었다. 설마 남자들은 다 저렇게 멋있는 척을 하고 싶어 하는 걸까? 자작나무처럼 쭉쭉 곧게 뻗은 청년들, 긴 체형에 눈빛에는 오만과 자신감이 넘쳐흘렀다. 우리가 아무리 초연하게 맞이하려 해도, 청춘은 '획' 하는 소리와 함께 눈앞을 스치고 지나가버린다. 그녀는 걸음을 늦추고 지상으로 늘어진 석양의 그림자를 차곡차곡 밟고 있었다. 발아래가 순간 밝아졌다가 또 다시 어두워졌다. 앞에 걸어가던 그는 당연히 그런 그녀를 발견하지 못했다. 그는 전혀 아랑곳하지 않고 공을 굴리고 있었다. 몇 번이고 손에서 빠질 것 같던 공이 손가락을 슬쩍 구부리기만 해도 고분고분 그의 손안으로 들어왔다.

둘은 앞서거니 뒤서거니 걸으며 농구장의 끝에 다다랐다. 샹베이와 캉만싱은 피곤하지도 않은지 여전히 언쟁을 벌이고 있었다. 캉만싱은 뒤를 돌아보며 소리쳤다. "보스, 와서 말 좀 해봐요. 보스가 같이 오자고 한 거죠? 제가 죽자고 애원한 거 아니죠? 안 그래요?"

"맞아요. 오늘 업무상 이 학교에 올 일이 있어서요, 만싱이 여길 잘 아니까 특별 고문으로 모신 거죠." 뒷모습을 보이고 앞에 서 있던 키 큰 남자가 대답했다.

그의 목소리가 들려왔다. 그녀는 큰 비닐봉지 두 개를 든 채 농구장 밖에 꼼짝도 하지 않고 서 있었다. 샹베이가 그녀를 보더니 달려왔다. "이렇게나 많이 샀어요. 무거웠겠어요. 저를 부르지 그랬어요."

"괜찮아요." 그녀가 조용히 얘기했다.

장위안이 얼른 돌아보았으나 샹베이에 가려 제대로 보이지 않았다. 그저 눌러 쓴 야구모자만이 슬쩍슬쩍 보일 뿐이었다.

"우연이네." 허뤄는 더는 숨을 곳이 없다고 판단하고 당당하게 그의 앞에 서서 손을 흔들었다.

샹베이가 의아한 듯 물었다. "서로 알아요?"

"고등학교 동창이에요." 허뤄가 변명했다.

"잘됐네. 제가 소개할 필요 없겠네요."

"농구 하실 줄 알죠?" 캉만싱이 웃었다. "애플이 에이 라인 치마를 입고 와서 농구는 힘들 것 같아요. 그렇지 않아도 여자가 부족해서 걱정하고 있었는데."

샹베이가 말했다. "됐어. 비켜줄래. 넌 아무것도 못하잖아."

둘의 설전이 다시 펼쳐졌다.

* * *

"돌아온 거야? 아니면 안 떠난 거야? 왜 나한테 연락도 안 했어?" 장위안이 허뭐에게 다가왔다. 농구대 옆에 쌓여 있던 서류 가방에서 스위스 만능 칼을 꺼내더니, 죽어도 풀리지 않는 비닐봉지를 끊어버렸다.

역시 그녀가 선물한 칼이었다. 이미 닳아서 색이 바래 있었다.

"교수님이 강의를 맡으셨는데 내가 조수로 따라왔어. 계속 바빴어. 그리고 겨울방학에 왔다 간 지도 얼마 안 됐는데 괜히 시끄럽게 하고 싶지 않아서."

"완전 연예인인데." 장위안은 숨이 막힐 것 같았다. 하긴 약혼 같은 큰일도 전혀 귀띔도 안 해줬는데 뭘.

* * *

캉만싱이 어디 한번 승부를 가려보자고 떠들었다. 두궈궈는 운동장 옆에서 큰소리로 웃었다. "겨뤄보지 않아도 답이 나오는데요." 샹베이의 친구들이 속속 도착했고 모두 둘이 한번 겨뤄보라고 부추겼다.

"그렇게 겨루긴 힘들 것 같고, 3대 3으로 겨뤄봐요. 이렇게 텐다 팀, 선배는 누구 한 명 끼워서 한 팀 만들어."

"굳이 내가 나서지 않아도 허뤄가 널 끝장내줄 거다." 샹베이가 그녀를 향해 웃어 보였다. "슛이 굉장히 정확해."

허뤄는 두어 번 거절했지만 결국 떠밀려 경기장 중심에 서게 되었다. 같은 팀에는 샹베이와 그의 대학 동창 뤄 선배가 있었다. 다른 한 팀은 장위안, 캉만싱, 그리고 함께 온 송 기사가 있었다.

* * *

전반전은 3대 3, 각자 한 명씩을 마크하는 전술이었다. 장위안은 샹베이보다 조금 앞섰고, 뤄 선배는 송 기사보다 경험이 풍부했다. 허뤄는 신중하고 안정적이었다. 하지만 샹베이 말대로 허뤄의 문명적인 기술로는 캉만싱 같은 냉혈 동물의 거친 공격을 당해낼 수 없었다. "전기새마 전략(1등 말이 상대방의 2등 말을, 2등이 3등을, 3등이 1등을 상대하는 전략—옮긴이), 알죠? 장위안이 공을 못 만지게만 하면 돼요. 그럼 난 만싱을, 뤄 선배는 송 기사를 맡죠. 절대 장위안 손에 공이 넘어가면 안 돼요. 그럼 상대방이 미쳐버릴 겁니다. 허뤄는 그냥 손짓하면서 방해만 하세요."

"패스도 별로 위협적이지 않는데." 뤄 선배가 웃었다. "서로 합이 잘 안 맞아." 그는 샹베이와 대학 동기였고, 파고들어 돌파할 때 역시 서로 손발이 잘 맞았다. 반대로 톈다 팀의 경우 장위안이 공을 손에 넣으면 샹베이가 달려들어 허뤄와 함께 방어했다. 캉만싱 앞이 텅텅 비자 그녀가 고함을 질렀다. "두 사람이 한 사람을 마킹하면 그게 어디 3대 3 경기야?" 그러나 장위안은 전혀 그렇게 생각하지 않았다. 돌파하는 척 왼쪽으로 살짝 발을 옮기려다 손으로 살짝 공을 빼 캉만싱에게 넘겼다. 하지만 그녀가 미처 리액션을 취하기도 전에 눈앞에서 농구공이 그녀를 스쳐 떼굴떼굴 구르더니 농구 코트 밖으로 나갔다.

"다시 공 놓치면 보너스 삭감이야!" 연이어 그녀가 공을 놓치자 장위안이 웃으며 호통을 쳤다. 허뤄는 무게 중심을 낮추고 두 팔을 쭉 폈다. 장위안이 공을 돌리려 할 때 손을 흔들다가 실수로 그의 팔뚝에 닿자 얼른 손을 거두었다.

캉만싱이 경기 중 손을 번쩍 쳐들었다. "손이 닿는 건 파울이에요. 확실히 닿았다고요."

샹베이가 그녀를 흘겨보았다. "패스에 전혀 지장이 없었거든. 본부장도 가만있는데 네가 왜 난리야?"

뤄 선배가 말했다. "이게 농구냐? 입씨름이지. 그러지 말고 팀을 바꾸자. 우리 동창이랑 허뤄 씨 동창이랑."

"쟨 방해만 된다고요." 샹베이가 항의했다.

"남 말하네. 두 걸음만 뛰어도 숨을 헉헉 쉬는 주제에!" 캉만싱이 턱을 치켜들었다. "까짓 바꿔. 누가 방해되는지 두고 보자."

허뤄는 고개를 끄덕였다. '그의 앞에서 자연스러워야 한다.'

* * *

"저쪽 전술은 그대로 일거야." 장위안이 농구공을 옆에 끼고 조용히 얘기했다. "허뤄, 눈치 게임이야. 내가 기회를 봐서 패스할 테니까 직접 레이업하는 거야. 어떻게 하는지 아직 기억하지?"

"한번 해볼게."

역시나 경기가 시작되고 송 기사가 장위안에게 패스하자, 뤄 선배와 샹베이가 즉시 그를 에워쌌다. 그는 앞으로 두 발자국 정도 돌파한 뒤 패스를 하며 기회를 엿봤다. 공을 뤄 선배의 겨드랑이 밑으로 던져 프런트 코트 쪽으로 패스했다. 허뤄는 마침 하프라인에 서 있다가 얼른 달려왔다. 걸음을 멈추지 않고 손을 뻗어 공을 손에 넣은 후 세 발자국을 옮기며 안정적으로 레이업을 성공시켰다. 높이 솟아오른 농구공은 링을 빙글빙글 돌다가 네트를 뚫고 들어갔다.

그녀는 동작이 재빠르진 않았지만 장위안의 패스 위치를 정확하게 예측하고 적시에 포지션을 커버했다. 그러다 간혹 캉만싱이 마킹하기 위해 달려오는 것이 보이면 패스 받은 공을 얼른 다시 장위안에게 패스했다. 그가 옆으로 손을 까딱하거나 때론 돌아서며 몸을 한껏 뒤로 젖혀 골을 던지면 십중팔구 골이 들어갔다. 캉만싱과 샹베이 팀은 연이어 실점하자 서로를 원망했다. 뤄 선배가 한탄하며 말했다. "저쪽도 동창이고, 이쪽도 동창인데, 저쪽은 호흡이 잘 맞고, 이쪽은 서로 물고 뜯고 싸울 줄만 아니. 차이가 왜 이렇게 나는 거야?"

캉만싱은 잔뜩 화가 나서 샹베이를 째려보았다. "이게 다 선배 엉터리 전술 때문이야!" 그녀는 얼른 허뤄를 방어하러 뛰어갔다.

장위안은 옆에 상대 팀 한 명만이 남은 것을 보고 순간 홀가분해졌다. 두어 번 가볍게 페이크를 써서 샹베이를 따돌렸다. 허뤄가 장위안 옆에서 공을 받으려고 준비하고 있자 캉만싱이 그녀를 마킹하기 위해 크게 다리를 벌리려다가 순간 중심을 잃어서 그만 그녀에게 다리를 걸고 말았다.

"아!" 허뤄의 얼굴이 일그러지더니 잠시 휘청했다. 넘어져 땅과 친밀하게 접촉하기 일보 직전이었다.

"조심해!" 장위안은 패스를 신경 쓸 겨를도 없이 얼른 뛰어왔다.

힘 있는 그의 팔이 그녀의 허리를 세게 끌어안았다. 오장육부가 다 오그라들며 산소 공급이 끊기는 느낌이었다. 그녀가 입을 크게 벌리며 깊게 숨을 들이마시자 귓가에 심장이 뛰고 피가 솟구치는 소리가 들렸다.

장위안이 얼른 팔을 당기자 순간 마치 그녀를 팔에 안는 듯한 동작이 연출되었다.

"고마워." 허뤄가 뒤로 몸을 뺐다.

"괜찮아요?" 샹베이가 뛰어왔다.

"네……."

"팔뚝이……." 장위안이 그녀의 손목을 잡고 손을 뒤집어 보았다. 팔 아래쪽에 상처가 눈에 띄었다. "피부가 벗겨졌어?"

"이틀 전에 자전거에 긁혔어. 이제 거의 나았어." 허뤄가 손을 빼 등 뒤로 숨겼다. "그만할래. 피곤하네. 신발 밑창도 미끄럽고."

* * *

그의 옆에 서서 그의 익숙한 목소리를 듣고, 날렵한 그의 모습을 지켜보고, 그리고 옅은 그의 땀 냄새를 맡는다면, 그 누구였어도 피곤했을 것이다. 하지만 둘 사이에는 보이지 않는 균열이 존재했다. 좀 더 강해져야만 담담한 척 연기할 수 있었다.

"다들 좀 쉬시죠." 장위안이 손을 흔들더니 스포츠 음료를 각자에게 나눠주었다. 그리고 허뤄가 좋아하는 레몬 향 음료를 들어 캔을 딴 후 그녀의 손에 건넸다.

"고마워." 허뤄는 조용히 한마디를 던진 뒤 음료수를 받아 두궈궈와 캉만싱 옆에 앉았다.

"잘하네요." 두궈궈가 칭찬했다. "그쪽 학교의 우수한 전통 같은 건가요? 보스 실력도 절대 고수던데. 소녀 팬들이 보면 분명 눈에서 하트가 발사됐겠는데요!"

"팬, 프라이팬, 요리해?" 장위안이 화내는 시늉을 했다. "엄중하게 경고하는데, 근무 시간에 뒷담화 금지야."

"지금이 근무 시간인가요?" 두궈궈가 구시렁거렸다. "칭찬이지, 그게 뭐 뒷담화인가." 그녀는 돌아보며 허뤄를 잡아끌었다. "보스는 옛날에 분명 소녀 킬러였을 거야. 안 그래요? 대부분 여자들은 똑똑하고 농구도 잘하는 훈남한테 약하거든요!"

허뤄는 옅은 미소를 지을 뿐 아무런 대답도 하지 않았다.

"똑똑? 농구? 훈남? 속 빈 강정이었지. 놀 줄만 알고, 착실하게 공부하지도 않았고." 장위안은 자조하듯 웃었다. "그때는 내가 정말 만능인이라고 생각했었는데."

"보스는 정말 만능인이에요!" 두궈궈가 주먹을 불끈 쥐어 앞에 들어 보였다.

"대입 시험에서도 2점이나 부족해서 이 학교에서 떨어졌지." 골대를 만지자 감회가 새로웠다. 장위안은 허뤄를 바라보았다. 그녀는 고개를 숙인 채 무슨 생각을 하는지 도무지 알 수 없었다.

"떨어지면 어때요? 영웅은 출신을 따지지 않는다." 캉만싱이 웃으며 말했다. "결국 우린 팀장님 밑에서 일하고 있잖아요."

"그건 그저 내가 운이 좋아서지. 겨우 2년 지났는데 지금은 그때랑 생각이 많이 달라졌어." 장위안은 천천히 말을 꺼냈다. "이렇게 학생들을 보고 있으면 예전에 내가 생각나. 패기는 넘치는데 성급하고, 유치하고, 죽을 각오로 모든 걸 내걸고 달려들지. 이 세상에 자신을 증명해 보이려고……. 그래서 다른 것들에 너무 소홀해지지. 한데 얻은 것과 잃은 것 중 어떤 것이 더 많은지 단언하기 어려워."

그의 구구절절한 말 속에 탄식이 묻어 있었다. 그가 그 시절에 관해 말하는 것을 허뤄는 처음 들었다. 특히 마지막 그 한마디를 듣는 순간 눈가가 시큰해졌다.

* * *

두궈궈는 약간 수상한 낌새를 눈치채고 더 캐묻고 싶었다. 하지만 남자들은 이미 휴식을 취한 뒤 막 농구장에 도착한 몇몇 농구 파트너들과 다시 대오를 정비하여 경기하러 가고 없었다. 그래서 이번엔 허뤄에게 물었다. "보스도 예전에 학교 농구 선수였죠? 성적도 좋았고요?"

허뤄는 마음을 추스르고 고개를 끄덕였다. "늘 전교 10등 안에는 들었어요. 그해 대입 시험이 쉬웠는데 제대로 실력 발휘를 못한 것뿐이에요."

"아! 전설의 인물이구나!" 잔뜩 신이 난 두궈궈는 더 꼬치꼬치 캐물었다. "맞다. 옛날 친구니까 보스 여자친구도 알겠네요?"

"전……." 허뤄는 고개를 저으며 조심스럽게 대답했다. "2년간 외국에 나가 있어서 잘 몰라요."

"그렇구나. 한데 최근엔 특별한 가십거리는 없는 것 같은데." 그녀는 두 팔을 옆으로 펼쳐 보였다. "그래서 말인데, 사람들이 말하는 보스 여자친구는 아마 대학교 3학년이나 혹은 그 이전에 알던 사람 같아요."

"네?"

"조금 전 그랬잖아요. 다른 것들에 너무 소홀했다고. 뭔가 사연이 있을 것 같아요." 두궈궈는 끈질겼다. "분명 붕어 찹쌀죽을 끓여준 사람일 거예요. 맞죠?"

허뤄는 아랫입술을 깨물었다. "어쩌면, 아닐 수도 있어요."

* * *

캉만싱은 침울하게 옆에 잠자코 앉아 있다가 두궈궈의 말을 잘랐다. "너도 참 말 많다. 아까 엄중하게 경고한 것 같은데. 자꾸 보스 사생활 캐다가 잘리는 수가 있어요!" 그러고는 다시 허뤄를 돌아보았다. "참, 샹베이랑은…… 어떻게 아는 사이예요?"

허뤄가 막 대답하려는 찰나 샹베이의 핸드폰이 울렸다. 허뤄가 슬쩍 보고는 수신 버튼을 눌렀다.

저렇게 남의 전화를 마음대로 받아? 그것도 사적인 전화를. 아니 어쩌면 보통 관계가 아닐 수도 있겠구나. 더 화가 나는 건 샹베이가 여태 한 번도 언급하지 않았다는 거야. 캉만싱은 원망스러웠다. 좀생이 선배는 도대체 비밀이 왜 이렇게 많은 거야?

"해외 IP 번호기에 당신인 줄 알았지……. 그래, 그래, 똑똑해. 내가 비자 발급받으러 가면서 시티폰 안 가져갈 걸 알았구나……. 걱정하지 마. 이쪽 일은 잘됐지. 비자도 받았고……. 왜? 또 조금 전까지 실험한 거야? 운전 조심하고, 운전하다 졸면 안 돼……. 어, 샹베이랑 같이 있지. 응, 그리고 당신 다른 동창들이랑 여자 후배도 있고……. 누구? 뭐 선배, 캉만싱……. 캉만싱 별명이 별천지야……. 하, 그랬구나……."

전화를 끊고 그녀를 돌아보았다. "만싱, 펑샤오가 안부 전해달래요."

"펑샤오? 알아요……?"

"네, 남자친구예요."

"아!" 캉만싱은 크게 놀랐다. "난 또 벌써 결혼한 줄 알았는데!"

허뤄가 고개를 절레절레 저었다.

"약혼했잖아요? 대학교 4학년 출국하기 전에……."

"모두 그의 흑역사를 알고 있는 모양이군요." 허뤄가 웃었다. "그게 전 아니고, 그 여자하고는 출국하기 얼마 전에 파혼했대요."

샹베이가 한 게임이 끝나고 막 돌아오다가, 만성이 허뤄에게 펑샤오 얘기를 캐묻는 것을 들었다. 그의 얼굴이 굳어지더니 한마디도 하지 않았다.

두궈궈는 유쾌하게 웃으며 말했다. "언니, 조금 전 나보고 사생활 캔다고 할 땐 언제고?"

사람들 뒤에 서 있던 장위안은 생수를 손에 든 채 두 팔을 늘어뜨리고 있었다. 장위안은 지지배배 시끄러운 두 여자들 사이에 끼어서 어쩔 줄 몰라 하는 허뤄를 바라보고 있다가 마침 그들의 마지막 대화를 엿듣게 되었다. 그녀가 미간을 찌푸리며 당황스러워서 쓴웃음을 짓는 걸 보니, 그는 오히려 마음이 가벼워졌다. 당장이라도 운동장 한가운데를 미친 듯이 달리며 큰소리로 고함이라도 지르고 싶었다. 농구장으로 돌아온 그는 힘이 넘쳤다. 샹베이를 바짝 압박하며 물 샐 틈 없이 수비했다. 샹베이가 장난처럼 욕을 했다. "본부장님 아까 물이 아니라 레드불이라도 마시고 온 거예요. 꼭 자양강장제 먹은 사람 같아. 안 피곤해요?"

뤄 선배도 한숨을 내쉬었다. "겨우 한 살 차이인데 체력이 이렇게 차이 날 순 없어! 이건 분명 고등학생들처럼 뜨거운 피나 가능한 전법인데."

장위안이 살짝 미소 지으며 입술을 꾹 다물었다. 소년 시절의 그 오만한 자신감이 얼굴에 드러났다. 그의 기운에 힘입어 다른 남자들도 함께 고무되었고, 더 적극적으로 경기에 임했다.

"역시 수컷들이란." 두궈궈가 큰소리로 웃었다. "여자들 앞에서 꼭 폼 잡고 싶어한다니까."

* * *

장위안은 공을 드리블하며 돌파하다가 갑자기 프리드로우 라인에서 급하게 멈췄다. 샹베이는 그가 점프슛을 할 거라 착각했지만 그는 점프하는 척 손을 반쯤 들었다가 갑자기 옆으로 움직였다. 샹베이가 위로 튀어 올라 겨드랑이 아래쪽이 비어버리자 그제야 손을 뻗어 투구했다. 동작이 빠르고 정확했다. 샹베이는 옆으로 돌아서 공을 막으려다가 공이 빗맞으며 방향이 약간 틀어졌다. 공은 백보드에 맞아 튕겼지만 여전히 깨끗하게 골대 안으로 들어갔다.

두궈궈와 캉만싱은 힘껏 손뼉을 쳤고, 뒤이어 일제히 괴성을 질렀다. 둘은 샹베이가 떨어지며 장위안의 발등을 찍고, 동시에 엉덩방아를 찧는 것만 보고는 득달같이 달려왔다. 두궈궈가 말했다. "보스, 괜찮아요?" 캉만싱은 빈 생수병으로 샹베이의 어깨를 툭툭 쳤다. "왜 이렇게 격하게 해?" 그러곤 다시 장위안을 돌아보았다. 허뤄만이 샹베이 옆에 쪼그리고 앉았다. "괜찮아요? 안 아파요?"

"자기가 다른 사람을 밟았는데 아파봤자 발바닥이지!" 캉만싱은 심기가 불편했다. "냅둬요. 우리 보스는……."

"괜찮아요."

"괜찮아."

허뤄와 장위안이 이구동성으로 말했다. "경기에서는 오히려 다른 사람을 밟은 쪽이 대개 다쳐요." 장위안이 샹베이 대신 해명하며 발목을 돌렸다. "난 OK, 샹베이는 좀 어때요?"

"골치 아프게 생겼는데요……." 샹베이가 찬 공기를 '흡' 하고 들이마셨다.

"쌤통이다!" 캉만싱 흰자위를 드러냈다. 그러면서도 그 자리에 주저앉아 빈 병으로 그의 발가락을 두들겼다. "감각 있어? 못쓰게 되는 건 아니지……. 학교 의무실에 데려다줄까?"

"아니!" 샹베이는 끝까지 고집을 부렸다. "너 나랑 원수졌냐? 힘들게 졸업했구만. 더는 그 이상한 곳에 안 갈 거야!"

"그럼 큰 병원으로 가시죠." 장위안이 제안했다. "가시죠. 제가 부축할게요. 송 기사님, 운전 좀 부탁해요."

"나도 갈게요!" 두궈궈와 캉만싱이 동시에 대답했다.

"둘은 가지 마!" 장위안이 말했다. "사람이 많으면 오히려 번잡하기만 해."

"제가 갈게요." 캉만싱이 짐을 챙겼다. "골칫거리 선배를 둔 내 복이지. 애플, 넌 일찍 돌아가."

"좋아요!" 두궈궈가 흔쾌히 대답했다. "전 허뤄 언니랑 밥 먹으러 갈게요."

허뤄는 순간 당황했지만 고개를 끄덕였다. "나중에 내가 전화할게요."

장위안이 고개를 끄덕이며 대답을 하려는데 다시 보니 그녀가 샹베이에게 말하고 있었던 것이었다. 샹베이는 "네, 차 열쇠 드릴 테니까 도서관 건물 아래 세워주세요."라고 대답했다.

* * *

"고등학교 동창 중에 또 누가 미국에 있나요?" 식사하다 말고 두귀귀가 뜬금없이 물었다.

"네?" 허뭐는 방심하고 있었다. "많지는 않아요."

"오……." 두귀귀가 고개를 끄덕였다. "맞다. 아까 농구장에서 둘이 정말 죽이 척척 맞던데! 보스의 공을 잘 읽던데요."

"NBA를 많이 본 덕이죠." 허뭐가 둘러댔다.

"난 또 본부장님 경기를 많이 본 줄 알았죠." 두귀귀가 키득키득 웃었다.

"아니에요." 허뭐가 부인했다.

"그럴 리가요. 우리 고등학교 때도 시합이 있을 때마다 반 전체 여학생들이 다 나가서 응원하곤 했는데." 두귀귀는 허뭐의 안색을 살폈다.

그녀는 고개를 숙인 채 순채죽을 먹으며 천천히 대답했다. "너무 오래전 일이라 기억이 잘 안 나요."

두귀귀는 알 듯 모를 듯 고개를 끄덕였다. 왠지 대단한 비밀을 건진 것 같다는 생각이 들었다.

제7장 나의 사랑

단순하게 살다보면 심장 박동도 안정을 찾을 것이라 착각했어
그런데 내가 무엇으로부터 도망치고 있는지조차 잊게 되었지
내 사랑은 분명 아직인데
돌아서고 나니 알겠더라
서로 그리워만 할 게 아니라 행복을 되찾아야 한다는 사실을
by 쑨옌쯔 '나의 사랑'

그날의 기억은 농구장 철조망에 담쟁이덩굴처럼 닿을 수 있는 모든 공백을 무성한 가지와 잎으로 덮어버렸다.

병원으로 가는 길 장위안이 샹베이에게 허뤄의 전화번호를 물어, 그녀에게 함께 식사하자고 전화를 걸었다. "지난번에 쓰촨 요리 먹고 싶다고 하지 않았어? 내일이나 모레 붕어찜 먹으러 가는 건 어때? 아니면 후난 요리도 괜찮아. 잘하는 집 알거든. 후난에서 온 동료들도 거기 생선 대가리 찜이랑 즈장 오리가 정통이래."

"안 될 것 같아. 약속이 있어."

"사람 많으면 좋지. 같이 와. 시끌벅적하니 좋겠네."

"주말에 펑샤오 본가에 가." 허뤄는 조금의 머뭇거림도 없이 단호하게 거절했다.

* * *

펑샤오는 떠벌리는 걸 좋아하는 남자가 아니었다. 허뤄도 처음에는 그저 그의 아버지는 교수이고, 어머니는 의사라는 정도만 알고 있었다. 그런데 겨울방학에 그의 집에 가보니 그의 조부는 50년대 초창기 유학파 천체 물리학의 대가였고 대대로 학자 집안이었다. 펑샤오의 부모는 연초에 베이징 화이러우구에 방이 다섯 개나 되는 내화벽돌집을 사서, 앞뜰에는 꽃을 심고, 뒤뜰에는 채소를 심었다. 부모님은 허뤄가 귀국한다는 말을 듣고 주말에 묵고 가라고 당부했었다.

차가 옌시환다오를 지나 녹음이 우거진 산길로 접어드니 가까운 곳에서 졸졸 물소리가 들렸다. "이 물줄기는 우리 집 앞에서 흘러내리는 거예요." 차에서 내린 후 펑샤오의 엄마가 허뤄를 데리고 주변을 구경시켜 주었다. 들쭉날쭉 자라난 해당화와 백목련 그리고 막 싹을 움트기 시작한 하얀 사과꽃이 보였다. "모두 묘목 농원에서 사온 거예요. 허뤄는 무슨 꽃을 좋아해요? 다음에 같이 두 그루 사러 가요."

옆집에서 닭소리와 개 짖는 소리가 들렸고, 꽃향기는 잘 익은 술처럼 향기로웠다. 정원 소로 끝에는 포도넝쿨이 있었고, 그 아래 심어진 파줄기 끝에는 희고 둥근 꽃자루가 달려 있었다. 새로 지은 목화 이불은 햇볕에 막 말려서 부드럽고 뽀송뽀송했다. 허뤄는 잠깐만 쉬었다 부엌일을 돕는다는 것이 그만 하늘이 어두워질 때까지 잠을 자고 말았다. 그녀는 너무나 송구스러워 연신 사과를 했다. 펑샤오 엄마가 웃었다. "젊은 사람들이 다 그렇지. 우리 펑샤오도 마찬가지고. 펑샤오 친구들은 펑샤오가 큰형처럼 든든하다는데 사실 집에 돌아오면 침대에 늘어져만 있지요. 여태 한 번도 부엌일을 도운 적이 없어요."

"어머님이 오히려 방해만 된다고 하셨다던데요." 허뤄는 소매를 걷어붙였다. 우선 뚝배기 완자의 고기소를 만들고, 다시 감자채를 치며 웃으며 말했다. "저희 아빠도 탕수 감자채랑 시금치 두부 완자탕을 제일 좋아하세요. 엄마가 시금치랑 두부를 같이 드시면 결석이 생긴다고 아무리 잔소리를 해도 전혀 아랑곳하지 않으시고, 오히려 신문에서 잘못된 정보를 알려주는 거라고 하시더라고요."

"그러게. 남자들은 먹을 거라면 사족을 못 쓰지. 소문이 아니라 진짜 독이 들어 있는데도 복어를 먹지 않나요?" 펑샤오 엄마는 허뤄를 보고 있노라니 왠지 모르게 마음이 뿌듯해졌다. "밖에서 2년 동안 공부하는 것도 나쁘진 않네. 요즘 아가씨들은 허뤄 만큼 칼질을 못하는데. 가정 요리는 더 말할 것도 없고. 펑샤오는 정말 복이 많은 아이네요."

허뤄가 웃으며 말했다. "펑샤오도 잘해요. 매일 식사하고 나면 설거지하겠다고 나서는걸요."

"그건 당연한 거지요. 둘 다 힘들게 공부하는데, 허뤄 혼자만 가사를 도맡을 수는 없지요."

펑샤오 엄마는 작은 민물새우와 토종닭 달걀을 사고도 또 남편을 시켜 식당에서 무지개송어 한 마리를 사오라고 시켰다. 허뤄는 너무 많아서 다 먹지도 못한다고 한사코 거절했지만, 펑사오 엄마는 어깨까지 흘러내린 허뤄의 머리카락을 사랑스럽게 매만지며 말했다. "많지 않아요. 허뤄를 보니까 꼭 펑샤오를 보는 것 같아서 그래요. 아가씨가 너무 착하네. 자주 와요. 여기가 내 집이다 생각하고. 알았죠?"

꼭 자신의 엄마처럼 자상했다. 그녀의 부드러운 손은 허뤄의 마음속 피로까지 씻어주었다. 이틀 동안 실타래처럼 엉켜 있던 생각들이 점점 풀리기 시작했다.

"사실 아들이 너무 멀리 있어서 그게 제일 걱정이었는데. 지금은 딸이 하나 더 생긴 것 같고, 허뤄가 펑샤오 옆에 있다고 생각하니까 이제야 안심이 돼요."

허뤄는 펑샤오가 평소 다정하게 보살펴주었던 일들이 생각났다. 마음이 따뜻하고 편안해지니 잠시 고개를 들었던 무성한 잡념들도 시들어버리는 느낌이었다. 하지만 펑샤오와 남은 반평생을 함께할 생각을 하자 여전히 당황스러웠다. 정원에 앉아 있으니 베이징도 캘리포니아도 모두 멀게만 느껴졌다. 홀로 있을 때 마음이 제일 편했다.

＊＊＊

　　장위안은 두 번이나 전화를 걸었으나 허뤄의 시티폰은 계속 꺼
져 있었다. 두궈궈가 머리를 들이밀며 말했다. "보스, 편집하라고
시킨 일 다 했는데요. 한데 내용이 잘 이해가 안 돼요. 지분 참여
형 기술 라이선스는 무슨 말이에요? 기술 이전이랑은 무슨 연관
이 있나요?"

　　"다 대학교와 협약에 관한 내용이야. 내 책상에 자료 있으니까
한번 봐."

　　"어디 가세요? 주말에 잡힌 일 다 미루신 거 아녜요? 사람은 특
근을 시켜놓고 혼자 일찍 도망가시기예요?"

　　"사회생활 좀 하려고!"

　　"또 회식? 먹고 마시고!"

　　장위안이 웃으며 고개를 저었다. "어쩔 수 없잖아. 나도 채소나
두부 같은 담백한 음식이 정말 먹고 싶어."

　　"맞다. 지난번에 제게 사오라고 시키신 위염 약……." 두궈궈가
엘리베이터까지 쫓아 나왔다.

　　"일단 뒀다가 나중에 아프면 줘."

　　"일단 뒀다가 아파질 때쯤이면 이미 위에 구멍 나 있을걸요."
두궈궈는 투덜거리며 사무실로 돌아왔다. 사무실은 텅 비고 자신
혼자뿐이었다. 입이 방정이지. 토요일에 본부장에게 오후에 같이
샹베이 문병 가자고 전화를 했다가 본부장이 못 다한 자료 정리
를 하러 회사에 나오게 된 거다.

요즘 보스가 워커홀릭 증세를 보이는데 왜 자신이 총알받이가 된 건지 한탄스러웠다. 정말 지지리 복도 없지. 그녀는 그런 생각을 하며 약을 들고 장위안의 사무실로 들어가 서랍을 열고 약을 집어던졌다. 돌아서서 나오려다 말고 갑자기 되돌아왔다.

남의 사생활을 훔쳐보는 건 나쁜 일이고, 호기심은 고양이를 죽이기도 한다. 그래도 애플은 뉴턴의 무한한 상상력을 자극하지 않았던가. 그녀는 작은 애플, 자신의 오지랖 본능을 만족시키자는 것이 꼭 법도에 어긋나는 행동은 아니질 않은가? 지난번 보스 대신 찻잎을 가지러 왔을 때 서랍 안에 든 사진을 보았다. 그땐 바빠서 자세하게 살펴보지 못했었다.

* * *

두궈궈는 깨금발로 책상 앞까지 돌아갔다. 곰곰이 생각해보니 전체 건물에서 유일하게 로비와 복도에만 CCTV가 설치되어 있었다. 그래도 안심이 되지 않았던지 그녀는 뛰어나가 사무실 문을 잠그고 의자 두 개로 통로를 막았다. 보스가 갑자기 돌아왔다고 해도 쿵쾅하고 시끄럽게 소리가 나면 흔적을 지우기에 시간은 충분했다. 그녀는 그제야 벌렁거리는 심장을 단단히 붙잡아두고 안정을 찾은 뒤 손을 탁탁 털면서 신나게 장위안의 사무실로 돌아왔다. 그리고 등받이가 높은 검은 회전의자에 거들먹거리며 앉았다.

서랍을 열자, 그의 여권 아래…….

보인다, 보인다! 두궈궈는 조금 흥분되었다. 은색의 무광 금속

액자, 조금 퇴색된 테두리, 두 마리 학이 고개를 살짝 구부려 하트를 만들고 있었다.

여자는 연보라 대금 조끼를, 장위안은 정장을 입은 채 여자의 어깨에 손을 올리고 있다. 둘 사이에 살짝 거리가 벌어져 있었다. 물론 그 거리는 미세했지만 왠지 둘의 동작이 경직되고 어색해 보이는 느낌을 지울 수 없었다. 연인이라 하기엔 표정이 경직되어 있고, 친구라 하기엔 약간 애매한 구석이 있었다.

그녀는 액자를 들고 그날의 상황들을 하나하나 재현하며 곰곰이 생각해보았다. 둘이 썸을 탔었고 꽤 가까웠다, 하지만 후에 여자가 출국하고 거리가 멀어지니 점점 연락이 끊기게 되었다. 그렇게밖에 생각할 수 없었다.

아니, 분명 그래 보였다. 두궈궈는 자신의 오지라퍼 공력에 점점 탄복했다.

* * *

"뭐 해?" 호통이 불시에 날아들었다.

두궈궈는 깜짝 놀라 손에 힘이 풀리면서 액자를 바닥에 떨어뜨렸고, 액자 유리가 산산조각이 났다.

"난 죽었다. 난 죽었어." 그녀는 연신 소리를 지르더니 고개를 들고 캉만싱을 원망했다. "언니, 깜짝 놀라 죽을 뻔했잖아요. 아이고, 놀라 죽지 않는다고 해도 보스한테 걸리면 뼈도 못 추릴걸요."

"그러게 누가 몰래 나쁜 짓하래?" 캉만싱이 그녀를 흘겨보았다.

"바닥에 의자는 늘어놓고. 내가 날씬해서 망정이지, 겨우겨우 벽에 붙어 돌아 들어왔잖아. 산업 스파이인 줄 알았네."

"3시에 만나기로 했잖아요? 지금 2시도 안 됐는데."

"빨래 좀 하려고 했는데 단수되는 바람에. 깔깔깔, 나한테 들켰구나?" 캉만싱이 들여다보았다. "뭘 뒤진 거야? 그것도 모르고 팡빈은 나한테 네가 보스한테 아무 사심이 없다고 말했는데, 알고 보니까 흑심을 숨기고 있었군."

"그게 무슨 소리예요? 오지랖 넓다고 욕하는 거라면 몰라도 남자를 밝히는 건 절대 아니에요." 두궈궈는 자신의 결백을 증명해 보이기에 급급했다. "보스 맘속에 품은 사람이 이 사람인 줄 내가 진즉에 알았지."

"어?" 캉만싱이 깨진 유리 뒤 사진을 내려다보더니 소리를 질렀다. "허뤄!"

"얼른 정리하고 가서 유리 맞춰 와야겠어요." 두궈궈가 허둥지둥했다. "저 여자는 유학 간 지 2년이 넘었고 남자친구까지 있는데 보스는 함께 찍은 사진을 아직까지 간직하다니. 정말 아끼던 물건 같은데. 난 이제 죽었다."

"뒤에 한 장 더 있어." 캉만싱의 눈은 예리했다.

사진 속 둘은 좀 더 어려 보였다. 황금빛 잎사귀, 가을날 따뜻한 햇볕, 얼굴에 금빛 찬란한 솜털. 피로에 지친 얼굴을 한 장위안은 한 손으로 허리를 짚은 채 허뤄의 뒤에 서 있었다. 허뤄는 고개를 갸우뚱한 채 달콤하고 찬란하게 웃고 있었다.

"쯧쯧, 둘이 아무 사이도 아니라고 했을 때 난 믿지 않았지. 언니는요? 만싱 언니?"

캉만싱은 잠시 아무 말도 하지 않더니 천천히 고개를 들었다. 얼굴빛이 어두웠다. "마더싱이 보스의 여자친구가 미국에 있다고 했어."

"어, 허뤄 아닌가?"

"글로벌 조크야? 그럼 우리 선배는? 허뤄는 선배 여자친구란 말이야!"

"허뤄가 양다리를 걸치는 것 같진 않으니 너무 걱정하지 마요!" 두궈궈는 그녀를 탁탁 쳤다. "그냥 좋은 친구일 수도 있죠! 전 가서 유리 끼우고 샹베이한테 언제 문병 간다고 얘기하고 올게요."

* * *

그렇게 간단한 문제가 아니었다. 캉만싱에게 제일 먼저 떠오른 것은 두 남자의 비슷한 하관이었다. 그리고 그녀는 어렴풋하게 무엇이 떠올랐는지 월요일 출근하자마자 마더싱을 붙들고 물었다. "지난번에 본부장님이랑 같이 아파트 보러 갔다고 했죠? 이름이 뭐예요?"

"기억이 잘 안 나네. 벌써 몇 달 전 일인데." 그가 머리를 긁적였다. "직접 물어보지 않고?"

"뭘 제대로 기억하는 게 없어." 캉만싱이 머리를 흔들었다. "전…… 전 그냥 갑자기 생각나서 물어본 것뿐이에요."

"그래도 남자 화장실 문 앞까지 막으며 물어볼 건 아니지!"

캉만싱이 얼른 자리를 비켰다. 그가 들어갔다가 금방 다시 뛰어나왔다. "생각났다, 생각났어. 푸른 강이 흐르는, 허뤄 가든."

이게 어떻게 단순한 친구 관계야? 캉만싱은 마음이 점점 불안해졌다. 그녀는 물컵을 들고 장위안 사무실 앞을 서성이며 몇 번을 왔다 갔다 했다. 어떻게 모르는 척 떠보아야 할지 묘안이 떠오르지 않았다.

장위안은 컴퓨터 앞에서 고개를 들었다. 반쯤 열린 유리문 사이로 서성이는 캉만싱을 보더니 웃으며 말했다. "무슨 일인데. 들어와서 말해. 문 앞에서 인상 쓰고 있지 말고."

캉만싱을 깜짝 놀라 손을 흔들며 말했다. "아니에요. 어, 그날 애플이 샹베이 문병 간다고 했는데 보스가 잔업을 시켜서 못 갔잖아요. 내일이나 모레 한번 가봐야 하는 게 아닌가 싶어서."

"그거였어?" 장위안이 네 꿍꿍이를 안다는 얼굴로 그녀를 놀렸다. "그렇게 한참을 망설인 게, 샹베이 문병을 함께 가달라는 거야, 아니면 혼자 간다는 거야?"

캉만싱이 발을 구르며 말했다. "보스, 근무 시간에 뒷담화 금지라고 자기가 말해놓고."

* * *

허뤄도 샹베이 문병을 왔다. 문을 연 건 웬 남성이었는데 둘 모두 얼굴을 마주하고 당황했다. 남자는 허뤄를 거실로 안내하며 샹베이에게 웃으며 말했다. "형, 또 여성 한 분이 오셨네. 아까는 여자 후배고, 이번에는? 여자가 많아도 문젠데."

상베이는 왼쪽 발에 붕대를 감고 다른 한쪽 발로 뛰어왔다. "창평 말 함부로 하지 마라. 펑샤오 형님의 여자친구야. 허뤄."

역시 창평이 맞았다. 예전에 고등학교에 리원웨이를 찾아왔을 때 그는 심각한 얼굴로 교실 문 앞에 서 있었다. 허뤄가 '누구를 찾아왔냐'고 먼저 물었었다. 그 남자는 허뤄를 기억 못할지도 모르겠다. 하지만 허뤄는 리원웨이가 화를 내면서도 부끄러운 표정을 지었기에 그 남자에 대한 인상이 깊었다. 허뤄는 자신도 모르게 웃음이 나왔다. "말씀 많이 들었어요."

"저를요?"

"어…… 펑샤오가 말해줬어요." 그 와중에도 기지가 돋보였다. "다른 사람도 왔나 봐요?"

"저예요." 두궈궈가 앞치마를 두르고 주방에서 튀어나왔다.

"허뤄가 온다니까 자기도 오늘 오겠다고 난리를 쳐서요." 상베이가 어깨를 으쓱했다.

"전 만싱하고 약속하고 온 건데." 허뤄가 말을 꺼냈다. "족발 곰탕 끓여야 한다고 와서 조언 좀 해달라고 해서요."

"하하. 언제부터 '정숙'해졌지?" 창평은 상베이를 보며 윙크했다.

상베이는 입을 삐죽거렸다. "난 배탈 날까 봐 무섭다."

허뤄는 흐뭇하게 그를 쳐다보았다. 두궈궈와 창평이 과일을 씻으러 간 사이 조용히 상베이에게 물었다. "사실 속으론 좋지요?"

역시 펑샤오의 말대로였다. 이런 화제가 입에 오르자, 평소 당당하던 남자의 눈빛이 갑자기 흔들렸다. 하하 마른 웃음소리를 두어 번 낼 뿐 뭐라 대답해야 할지 망설이고 있었다.

"여자는 수줍어서 그런다고 쳐요. 둘 다 몇 살인데 애들처럼 입씨름을 해요. 그날 만싱이 저를 은근히 떠보더라고요. 어떻게 아는 사이냐고. 엄청 경계하던 걸요."

"걘⋯⋯." 역시 캉만싱이 좋아하는 사람이 누군지 모르는 편이 나아요.

"에이, 장 봐서 온다더니 왜 아직이지?" 창펑이 과일을 들고 오는 것을 보고 허뤄가 얼른 화제를 바꾸었다.

"그러니까요. 지가 안 오면 어떻게 족발 요리를 하냐고?" 창펑이 웃었다.

"뒷담화 하지 말아요." 허뤄가 웃었다. 벨 소리가 들렸고 뒤이어 두궈궈가 문 여는 소리가 들렸다.

"아. 만싱 언니, 왜 이제야 와?" 그녀가 앵앵거리며 말했다. "어머, 뭘 이렇게 많이 사왔어. 언니는 진짜 대단해. 보스를 짐꾼으로 부리다니."

"내가 감히 어찌 보스를 부려먹어? 보스의 고매하신 인품을 칭찬해야지!"

예상했어야 했다. 세상이 이렇게 좁은데 숨을 수도, 평생을 피할 수도 없질 않은가? 허뤄는 문 앞까지 걸어가 장위안이 들고 있던 비닐봉지를 받았다. 그리고 인사의 의미로 가볍게 미소를 지어 보였다. 그녀는 필요한 재료들은 꺼내고 나머지는 냉장고에 집어 넣었다.

장위안은 거실에서 샹베이, 창평과 한담을 나누고 있었다. "어떤 맛있는 걸 준비했나 볼까?" 장위안이 주방 문 앞까지 걸어가자, 허뭐가 앞치마를 매고 있는 것이 보였다. 캉만싱은 얼른 그를 밀며 얘기했다. "여긴 충분히 사람 많으니까 남자들은 안 도와주셔도 됩니다."

그는 어쩔 수 없이 웃기만 했다. "그럼, 가부장적인 말 하면 안 돼."

* * *

"본부장님 고등학교 동창이라면서요? 같은 반?" 캉만싱이 물었다.

"네. 처음부터는 아니고 고1, 2학기 때 분반하면서부터요."

"그럼 알고 지낸 지 10년 좀 안 되네요."

"네."

"서로 잘 알겠네요?"

"네? 누가 그래요?"

"제 생각이에요. 둘 다 내성적인 성격들도 아니고 그렇게 오래 알고 지냈으니까."

"나쁘진 않아요. 우리 반 동창들 모두 친하거든요."

"어, 좋네요……." 캉만싱은 버섯을 씻으면서 허뭐를 곁눈질로 살폈다. "그래서 예전에 대학 다닐 때 베이징에 오면 대접을 잘 받았다고 그랬구나."

"아는 사람도 많고, 친구도 많으니까요."

* * *

옆에서 듣고 있던 두귀귀는 답답해졌다. "질문 두 개만 해도 돼요? 보스는 여자친구 몇 명 정도 사귀었어요? 어떤 여자 스타일을 좋아하나요?"

"잘 몰라요……. 직접 물어보세요." 여자친구 몇 명이냐고? 몇 명이나 돼? ……너희는 몇 명이나 아는데? 허뤄는 말을 곱씹어보았다. 두귀귀의 눈빛에는 호기심이, 캉만싱의 눈빛에는 경계심이 흘렀다. 허뤄는 직감으로 오늘의 이 자리가 자신을 모략하기 위한 홍문연이구나 싶었다.

"샹베이는 위염도 있는데 족발 먹어도 괜찮을까요? 너무 느끼하지 않을까요?"

"식당에서는 빨갛게 하니까 좀 느끼할 수 있는데 집에서 맑게 끓이면 괜찮을 거예요. 사실 위염은 정시에 정량을 먹고, 조금씩 자주 먹으면서 천천히 보양하는 게 제일 중요해요. 어, 돼지 위도 좋고요." 허뤄는 캉만싱과 대화하면서도, 좀 있다가 샹베이에게 캉만싱이 얼마나 신경 쓰고 있는지 말해주어야겠다 생각했다.

"해외에서 그런 것도 배워요?"

"아니요. 예전…… 예전부터 알았어요."

"아." 캉만싱은 깜짝 놀라는 척 연기했다. "보스한테도 말해줘야겠네. 샹베이보다 위가 더 안 좋거든요. 작년 이맘때쯤 피를 토해서 입원했었다니까요. 그때 과음 때문인지 피를 엄청 토했어요. 바닥이 온통 피바다가 될 정도로요. 우리가 구급차를 불렀을 때는 이미 인사불성이었고요. 고질병이라고 그러던데."

"어…… 맞아요. 건강할 때 몸 관리 제대로 안 하고, 아프고 난 다음 병원에 갔을 땐 이미 문제가 커진 후죠." 허뤄는 '바닥이 온통 피였다'는 소리에 심장을 쥐어뜯는 것처럼 아팠지만 더는 물을 수가 없었다. 수도꼭지를 잠그니 남자들이 거실에서 이야기꽃을 피우며 대화하는 소리가 은근히 들려왔다. "나도 목발 짚어봤어요. 농구하다 실수로 발목을 살짝 접질렸는데 사실 아무렇지도 않았거든요. 그런데 왠지 재밌어 보여서 친구한테 목발 하나를 빌렸죠. 우리 담임이 깜짝 놀라면서 근육이랑 뼈가 다치면 100일은 간다고 3개월 내내 체조를 면해주셨어요."

허뤄도 기억이 생생했다. 그는 목발 두 개를 집고 얼굴을 일그러트린 채 계단을 올라왔다. 그녀는 놀라서 얼른 달려가 그를 부축했다. 그의 전신의 무게가 자신의 어깨를 누르는 것 같았지만 전혀 힘들지 않았다. 다만 마음이 아파서 그의 교복을 꼭 움켜쥐었다. 그런데 다음 순간 갑자기 어깨가 가벼워지더니 그가 하하 크게 웃었다. "속았지롱. 너는 오늘 나한테 속은 여섯 번째 사람이야!"

허뤄의 성난 눈과 마주치자 그는 얼른 변명했다. "알았어, 알았다고. 네가 첫 번째야. 첫 번째로 속은 여자야. 화내지 마."

화내는 게 아니라, 걱정하고 있는 거야.

하지만 지금, 걱정하고 관심을 가질 권리도 모두 다른 사람의 것이었다.

* * *

장위안이 갑자기 그녀를 불렀다. "허뭐, 허뭐, 이리 와봐, 창펑이 우리 고향 친구네. 톈샹하고 리윈웨이 중학교 친구래. 수학 올림피아드에서 만났을 수도 있었겠는데."

허뭐는 손을 앞치마에 문지르고 거실로 나갔고, 남아 있던 두궈궈와 캉만싱은 주방에서 귓속말을 나눴다.

"뭔가 수상해." 캉만싱이 확신에 차 말했다.

"당황하는 것 같지도 않고요. 언니가 보스 입원했었다고까지 했는데 눈 하나 깜박 안 하네."

"그러니까 이상하다는 거야. 사진 너도 봤잖아. 적어도 친한 친구 이상이었을 것 같은데, 왜 한마디도 안 물어보는 거지?" 캉만싱이 말했다. "만약 네 친한 친구가 입원했다면 아무렇지 않게 대충 한마디 하는 게 더 어렵지 않나? 설마 친구 병세가 어떤지 안 물어봤을까?"

"언니, 어째 점점 영악해지는 것 같네." 두궈궈가 고개를 끄덕였다. "옛날에 보스가 허뭐 마음을 안 받아줘서 허뭐 심기가 불편해서이거나, 허뭐가 장위안 마음을 안 받아줘서⋯⋯. 그럴 가능성은 희박한데. 보스는 가만히 있어도 여자들이 들이대는데, 보스가 누군가를 찍었다면 그건 틀림없는 거잖아."

"어쩌면 예전에 사귀었다가 헤어졌을 수도 있지. 장위안이 샀다는 아파트 이름이 뭔지 알아? 허뭐 가든! 우연은 아니라고 봐. 시간과 거리가 바로 사랑의 살인자인 셈이지."

두궈궈는 캉만싱이 이렇게 흥분하는 것은 처음 보았다. 두궈궈는 믿을 수 없다는 듯 그녀를 쳐다보았다. "만약 그게 사실이라면, 보스는 아직도 못 잊고 있는 거네⋯⋯. 그런데 지금 허뭐가 돌아왔고, 여전히 서로 죽이 잘 맞는다? 어쩌면 옛정이 새록새록 다시 돋아나겠네⋯⋯."

"그건 안 돼. 누구도 우리 선배를 다치게 하는 건 싫어." 캉만싱이 그녀의 말을 잘랐다. "아무리 보스라고 해도 그건 안 돼."

* * *

서로 함께 아는 친구가 있으니 사이가 금방 가까워졌다.

"톈샹은 요즘 어떻게 지내나요?" 창펑이 물었다. "미국에 가더니 완전 이 세상에서 증발해버린 것 같아요. 어쩌다 온라인에서나 볼 수 있다니까요."

장위안이 웃으며 말했다. "저도 소식 들은 지 오래됐네요. 소문에 벌써 결혼했다던데. 리원웨이랑은 가끔 연락한다는데 리원웨이는 선전에서 일하고 있어서."

"아, 톈샹 만나거든 제 대신 그 녀석 입 좀 꿰매주세요. 동창회에서 제발 혁명가 좀 못 부르게요. 아 참, 가오팡도 같은 학교겠네요. 집이 가까워서 같이 농구 자주 했었는데⋯⋯."

허뭐는 아무 말없이 조용히 남자들이 하는 익숙한 사람에 대한 익숙한 이야기를 들었다. 창평에 대한 기억은 단편, 단편이어서, 그에 대한 리원웨이의 이야기와 뒤죽박죽 섞여 있었다. 이 세상이 넓다고 하기엔 좁고, 좁다고 하기엔 또 넓었다. 그러니 언젠가 당신도 누군가의 이야기 속 주인공을 만날 수도 있다. 그리고 또 자신도 모르게 자신이 곧 이야기가 되기도 한다.

이야기에는 시작이 있고 끝이 있지만, 삶은 늘 계속된다. 창평은 은근히 리원웨이에 대한 얘기를 두 번씩이나 회피했다. 장위안은 또 그걸 예리하게 캐치하고, 허뤄가 은근히 눈치를 주기 전에 알아서 그 화제를 피했다.

얼마나 더 태연해져야만 지난날 실타래처럼 얽힌 관계를 끊어낼 수 있을까? 또 아무 일 없었다는 듯 예전처럼 웃고 이야기 나눌 수 있을까?

허뤄는 장위안 곁에 앉고 싶지 않았다. 그럼 그의 짙은 눈썹과 곧은 콧대가 너무 잘 보일 테니까. 그리고 다음 순간 그가 그 여성의 존재를 화제에 올리며 둘이 어떻게 만나게 되었는지, 둘의 현재와 미래는 어떤지 말하게 될까 봐 겁이 났다. 그럼 그땐 어떻게 표정을 다스려야 할까? 어떻게 넘치지도 부족하지도 않은 표정을 적절하게 조절할 수 있을까? 그녀는 가시방석에 앉은 듯 불편해도 미소를 지어야만 했다.

* * *

샹베이가 사과를 내왔다. "내가 없어도 둘이 알아서 잘하고 있구만."

"전 주방에 가서 일손을 돕는 게 좋겠어요." 허뤄가 손을 흔들었다. "식사 준비해야 할 것 같은데요."

곰탕은 은근한 불로 졸여야 하는 음식이어서, 장위안과 캉만싱은 가공 식품, 반조리 식품도 잔뜩 사왔다. 상 하나 가득 콜드 디쉬를 차려놓고 맥주 두 병을 곁들였다. 허뤄가 왔다 갔다 분주하게 일하며 말이 없자 샹베이는 미안해지기 시작했다. "여기 온 손님인데, 우리가 형수님을 부려먹은 걸 알면 형님이 귀국해서 우릴 가만두지 않을 거예요."

"괜찮아요……."

"정말 허뤄 씨도 펑샤오 선배처럼 참 친절한 것 같아요." 캉만싱이 말했다. "왠지 친근하고 믿음이 가요."

두궈궈는 그릇과 수저를 들고 와 장위안의 안색을 살폈다. 그는 여전히 창평과 웃고 떠드느라 이쪽 대화는 전혀 듣지 못한 눈치였다.

* * *

모두가 식탁에 모였고 샹베이는 집 안의 상석에 앉았다. "미안하네. 난 손 하나 까닥 안 하고 뻔뻔하게 주인 자리에 앉아 있으니."

"사람을 이렇게 모이게 했잖아요." 장위안은 웃으며 허뤄가 주방문과 가까운 대각선 반대편에 앉는 모습을 지켜보고 있다가 그녀에게 물었다. "요즘 실험은 잘돼 가?"

"그런대로."

"외국이랑 비교하면 국내 과학 연구 수준이 많이 떨어지지? 설비나 실험 기술 같은 거 말이야."

"큰 차이는 없어. 우리 교수님이 그날 그러시던데 장 교수가 새로 구비한 설비가 미국 일류 실험실과 비교해도 손색이 없대."

"그럼 앞으로 허뤄 씨 전공 학부에서는 외국으로 유학 가는 친구들도 많이 줄어들겠네요?" 샹베이가 물었다.

"그렇진 않을 거예요. 어차피 학술 전통과 관련된 문제니까요. 그리고 미국은 연구실이 많아서 같은 학과라도 연구 방향이 다른 랩들이 다양해서 서로 자극이 되고 생각도 더 트이게 되거든요. 국내는 당분간 어쩔 수 없이 몇몇 유명 학자들한테만 의존해야 하잖아요. 어느 분야에 성과를 내기에는 팀 간의 경쟁과 상호 작용이 부족한 실정이죠. 이게 다 생태계처럼 적자생존한 개체만이 진화할 수 있는 것이죠." 허뤄가 현황을 정리했다. "그러니 결국 해외 연구 환경이 더 좋을 수밖에 없죠. 그건 하드웨어 문제가 아니라 소프트웨어 문제거든요."

"엘리트들이 다 유학 가버리고 나면 국내는 당연히 사고가 굳어질 수밖에 없죠." 캉만싱이 입을 삐죽거렸다.

"맞는 말이야." 샹베이가 고개를 끄덕였다. "허뤄 씨, 형님이랑 미국에서 가정을 일구고 취업할 건가요? 아니면 귀국해서 자리 잡으실 건가요?"

"펑샤오는 미국에서 어느 정도 일하다가 경력이 쌓이면 귀국해서 자리 잡을까 고민 중이에요."

"거기서 자리 잡은 다음, 차나 집이 생기고 아이가 생기고 나면, 돌아오는 데 용기가 더 필요할걸요."

"맞아요. 그래서 장 교수님 가족도 아직 미국에 남아 계세요."

이게, 혹시 네 남은 인생의 행보인 거야? 장위안은 허뤄를 바라보며 더 정확히 묻고 싶었다. 이게 바로 네가 원하는 삶이니? 우수한 연구실, 믿음직한 남편, 꽃과 나무가 우거진 서양식 집, 재롱을 떠는 아이들……. 하긴 이게 전부 다 행복한 미래의 모습이구나. 너는 그 모든 것들을 손에 쥐고 있었네. 그러나 너와 나는 이미 과거일 뿐, 이제 우리 사이에는 아주 오래전의 추억과 서로 더는 교차하지 않는 미래만이 남아 있구나.

* * *

앞만 보고 걸어야 한다면 앞으로 나아가자.

이 생은 단 한 번뿐. 돌아보면 무엇할까?

* * *

"그럼, 허뤄 씨도 선배 뜻에 따라 움직이겠네요?" 내내 고개를 숙인 채 먹기만 하던 캉만싱이 갑자기 물었다.

"어? 잘 모르겠어요. 펑샤오는 하반기에 미국 동부로 가는데 저는 아직 적합한 실험실을 찾지 못했거든요."

"제가 말하는 건 더 먼 미래를 말하는 거예요."

"우린……." 허뤄는 잠시 생각했다. "당연히 같은 지역에 살려고 노력하겠죠."

"그럼 됐어요. 선배는 늘 쿨하고 대범한 척하지만 사실 감성적인 사람이거든요." 캉만싱이 그녀를 뚫어져라 쳐다보았다. "선배는 허뤄가 함께했으면 하고 바라도 제대로 표현하지 못할 거예요. 선배는 남을 너무 배려하고 친절해서, 다른 사람에게 자신을 위해 희생해달라고 강요 못해요. 선배는 어떤 시련이 와도 울기는커녕 아무렇지 않은 듯 웃으며 얘기할 사람이죠. 그렇게 겉으로 강해 보이는 사람이 오히려 외로움을 더 타거든요. 이젠 그를 이해해주고 배려해주고, 관심 가져주는 사람이 옆에 있어서 우리 모두 기뻐요. 선배는 보기 드문 좋은 남자예요, 그러니 놓치지 마세요."

"저도 알아요." 허뤄를 고개를 끄덕였다.

캉만싱이 눈썹을 씰룩거리며 웃더니 잔을 들었다. "자, 둘의 백년해로를 미리 축하합니다."

샹베이의 얼굴빛은 파랗게 질려 있었고, 장위안 역시 아무 말 없었다. 창펑만이 술잔을 들어 그녀와 잔을 부딪쳤다. "캉만싱, 그렇게 결혼 축하주를 빨리 마시고 싶었던 거야? 먼저 요리부터 먹지, 배가 불러서 그래? 배불리 먹었으면 이제 가자. 이렇게 많은 사람들이 한바탕 떠드는데 이게 어디 병문안이니? 형 좀 쉬게 하자."

허뤄는 자리에서 일어났다. "꼭 두 사람이 같은 곳에서 매일 함께 지내야만 진실한 감정이 유지되는 건 아니에요. 간혹 마음의 거리가 공간의 거리보다 더 크기도 하죠. 우린 서로를 이해하고 서로 진실하게 대해요. 그를 만난 건 제 행운이죠." 그녀는 잔에 담긴 맥주를 한입에 털어 넣었다. "전 먼저 갈게요. 데이비스 교수 님이 기념품을 사신다고 하셔서 제가 모셔야 하거든요."

그건 다른 사람에게 그리고 자신에게 하는 말이었다. 나이를 먹으면 심경에 변화가 생기기 마련이다. 사랑에 관해 느끼는 감정 역시 달라지게 마련이다. 펑샤오, 생각만으로도 사람을 편안하게 만드는 그 이름. 그를 아프게 만드는 일, 그 상처를 웃으며 맞이하도록 하는 일, 허튼는 할 수 없었다. 설사 내가 다른 사람 때문에 순간 아파했더라도, 그건 단지 의미 없는 회상이었을 뿐이다.

그에게는 이미 새로운 삶이 있고, 나 역시 그렇다.

그러니 그대 내게 했던 것처럼 지금의 그 사람도 아껴주기를. 돌아갈 수 없다면 잊어야 한다는 것, 우리 둘 모두 잘 알고 있지 않은가.

코끝이 시큰해졌다. 불규칙한 호흡이 새어 나오지 못하도록 아랫입술을 꼭 깨물었다.

"내가 바래다줄게요." 창펑이 옷을 챙기고 캉만싱을 돌아보며 말했다. "나중에 술이나 한잔해."

* * *

"악의는 없었을 거예요." 창펑이 엘리베이터에 기댄 채 천천히 얘기를 꺼냈다. "저 녀석이 아직 사랑을 몰라서 그래요. 사랑도 물을 마시는 것과 같아 직접 마셔본 사람만이 뜨거운지 차가운지 알지요."

허뤄가 그를 돌아보니, 웃고 있는 그의 눈에는 약간의 진지함이 보였다. 자신도 모르게 웃음이 나왔다. "말도 어쩜 이렇게 문학적으로 해요?"

"리윈웨이가 그런 말을 자주 하곤 했어요." 창평은 웃음기를 거두었다. "우리 모두 자신은 감정에 있어 냉정하다고 자신하지만, 막상 자신의 문제가 되고 보면 모두 바보가 된다고."

"캉만싱의 행동을 모두 이해해요." 문을 나서자 날은 저물었고, 황사로 주변은 온통 누렇게 변해 있었다. 허뤄는 코트 옷깃으로 얼굴을 가렸다.

"형을 아껴서 그런 거지 다른 뜻은 없어요."

"알아요." 허뤄는 고개를 흔들며 미소 지었다. "눈에 다 보여요. 만싱이 진짜 신경 쓰는 사람이 누군지. 펑샤오에게 다른 생각이 있었다면 절 떼어놓으려고 애썼겠죠."

"예전에 리윈웨이가 그런 말을 했었는데, 허뤄는 사람이든 문제든 잘 꿰뚫어본다고요."

"그건 보이는 것만 보려 하고, 모르겠는 건 피해버리니까 그런 거예요. 나이가 들수록 자신에게 도전할 용기가 없어져요. 그리고 고마워요."

"저한테 고마울 게 뭐예요?"

아까 장위안을 붙들고 계속 얘기해준 것. 아니었으면 서로 마주하고 앉아 너무 어색했을 거예요. "이 작은 도시 수많은 사연에 감사해요."

* * *

아마도 베이징 길을 걷는 마지막 날이 되겠구나. 그녀는 이 도시가 익숙하면서도 낯설었다. 팔에 난 상처를 들여다보았다. 상처는 주위 피부색이 약간 침착되긴 했지만 이젠 평평해졌다. 이번 여름이 지나고 나면 분명 원래대로 회복되겠지.

희뿌연 하늘색이 마치 한 겹 두 겹 퇴적된 황사 같았다. 허뭐는 미국의 맑은 하늘이 그리워지기 시작했다. 이번 귀국이 결코 헛된 것만은 아니었다. 강인함은 결국 삶의 가장 나약한 부분을 감추는 것이라는 진리를 깨닫게 되었으니 말이다.

천신처럼 용맹한 아킬레스에게도 취약한 발뒤꿈치가 있지 않았던가. 하물며 하찮은 인간들이야 더 말해 무엇할까?

더는 생각하지 말자. 어서 이곳을 떠나버리자. 이건 자신에게도 펑샤오에게도 불공평하니까. 세월은 쉬이 사람을 버리고 흘러가는데, 그 사람, 그 시절, 그 감정쯤이야 먼지에 뒤덮인 감정일 뿐. 구태여 과거에 휩싸여 자신을 괴롭힐 필요가 있을까?

녹색 불이 들어왔다. 그녀는 잰걸음으로 북적거리는 거리를 건너갔다. 바람이 긴 머리를 헝클어뜨리도록 내버려두었다.

* * *

식사는 따분하고 무미건조했다. 돌아가는 길 장위안이 아무 말도 하지 않자 캉만싱이 '흠흠' 헛기침을 했다. "본부장님, 죄송해요. 서랍 속 사진을 봤어요."

"저도요." 두궈궈가 고개를 숙이며 사죄했다. "제가 훔쳐보는 걸 만싱 언니는 지나가면서 보게 된 거예요."

"둘 중 누구를 먼저 잘라줄까? 자, 가위바위보 해. 지는 사람이 내일 사직서 제출해."

"보스, 쪼잔하기는!" 두궈궈가 고함을 질렀다. "아직 졸업도 못 했는데 돈줄이 끊기면 쪽팔려서 상하이에도 못 돌아가고, 베이징에서도 살 수도 없잖아요. 그럼 내일 조간 신문 사회면에서 어딘가에서 날 건졌다는 기사를 접하게 될 거예요. 쿤밍후일지 웨이밍후일지."

"애플 잘못이 아니에요. 조금 전 허뤄 씨를 난처하게 한 건 저예요." 캉만싱은 고개를 들지 못했다. "근데 다시 똑같은 기회가 생긴다면 저는 또 그렇게 말할 거예요. 아까 말한 것처럼. 펑샤오 선배는 겉으로 보기에는 쿨해 보여도 사실 자신의 희로애락을 드러내는 사람이 아니에요. 다른 사람한테 폐가 되는 일은 가능하면 하지 않는 게 좋다고 늘 말했었거든요. 그게 다른 사람의 잘못일지라도. 자기가 감당할 수 있는 일이라면 누구의 책임인지 굳이 따지려 들지 않을 거라고요. 옛날에 실험실에서 제가 실수를 했는데 선배가 제 대신 욕을 먹었어요. 그러고도 돌아와서 절 위로했고요. 그러니까 허뤄 씨가 본부장님한테 조금의 미련이라도 있는 걸 알게 되면 쿨한 척 둘을 이어주려 할 거예요. 게다가 본부장님도 허뤄 씨를 못 잊고 계시잖아요."

"내 희로애락은 얼굴에 다 쓰여 있나? 난 전혀 쿨하지 않고 쪼
잔해 보여?"

"제 말은 그게 아니라." 캉만싱 입을 삐죽거렸다. "속으론 절 이
자리에서 바로 산 채로 껍질을 벗겨서 먹고 싶겠죠?"

"흥, 나 길거리 음식 안 먹은 지 오래됐거든. 그리고 감정 앞에
서는 누구나 이기적일 수밖에 없는 거야. 상대방이 싫어졌을 때나
쿨하게 떠나보내 줄 수 있는 거지." 그는 말을 하다 말았다. 정말
상대방이 싫어졌을 때나 쿨하게 보내줄 수 있는 걸까? 그럼 그는
그때 왜 허뤄의 손을 놓았던 것일까? 이번엔 허뤄가 약혼했다고
오인해 깜짝 놀란 것이라지만 결국 언젠가는 발생할 일이지 않은
가. 다시 입을 열었다가 모든 것이 엉망이 되고, 심지어 조심스럽
게 유지해온 우연한 만남의 기회조차 잃게 될까 봐 두려웠다. 시
간과 공간, 환경 모두 펑샤오가 그녀의 삶과 더 가까웠다. 그렇다
면 그 자신은 무엇을 해줄 수 있을까? 도라에몽의 타임머신을 타
고 몇 년 전으로 돌아갈 수만 있다면 우리 헤어지지 말자, 계속 사
랑하면 안 될까, 하고 말할 것이다. 이렇게 계속 머리와 꼬리를 숨
긴 채 벌벌 떨고만 있다가 되돌릴 기회조차 영원히 잃게 되는 건
아닐까?

"누굴 탓하겠어. 모든 건 자신이 자초한 결과인걸." 장위안은 깊
게 숨을 들이마시고 마음을 진정시켰다. "말이 나와서 말인데, 내
가 이렇게 말하면 네가 실망할지도 모르겠지만 나도 이렇게 말할

수밖에 없어. 허뤄에게도 선택의 권리가 있듯이 나도 펑샤오와 경쟁할 수 있는 권리가 있다고……. 나도 이젠 포기할 건지, 아니면 다시 시작할 건지 결정을 해야 할 것 같아." 어쨌든 이렇게 계속 도망칠 수만은 없으니까. 궁지에 몰리고 나서야 정신을 차렸다고 해야 할까?

* * *

장위안은 허뤄의 학교를 찾아갔다. 방문 사무실에 그녀의 숙박 기록은 남아 있는 게 없었고, 그녀는 씨티폰도 받지 않았다. 그는 허뤄 대학 시절 기숙사를 두 바퀴나 돌았다. 1층 로비에 들어가고 싶었지만 지금은 경비 시스템이 되어 있었다. 네다섯 명의 남자들도 그저 문 앞 계단에서 인내하며 기다리고 있었다. 길가 회화나무 밑에 서서 고개를 들자 옛날 그녀 기숙사의 창문이 보였다. 18시간이나 기차에 서서 왔을 때에도, 지금 그녀를 찾아 헤매는 몇 시간만큼 초조하지 않았다.

종점이 보이는 여정이라면 이처럼 견디기 힘들지는 않았을 것이다. 긴 여정 끝에는 무언가 얻는 것이 있기 마련이니까. 하지만 목적지가 보이지 않는 미지의 길을 향해 계속해서 용감하게 나아갈 수 있는 사람이 몇이나 될까?

* * *

씨티폰 전원이 드디어 켜졌다. 장위안은 조용히 그녀의 이름을 불렀다. "허뤄."

수화기 저편에서 웬 남자가 '어' 하며 잠시 머뭇거렸다. "누구세요? 허뤄는 떠났는데요. 저는 허뤄 동창이에요."

"언제 떠났나요?"

"조금 전에요. 오늘 저녁 비행기로요."

"항공 편명이랑 출발 시간 아시나요?"

"잘 모르는데……."

허뤄, 이젠 너의 행보를 나에게 알릴 필요조차 없어진 거니?

* * *

장위안은 택시를 잡아타고 곧장 수도 공항으로 향했다. 국제선이 출발하는 공항의 로비를 두 바퀴나 돌았지만 어디에도 허뤄의 그림자를 찾을 수 없었다. 전광판을 올려다보았지만 야간에 미국 직항 비행기는 없었다. 그는 각 항공사 안내 데스크를 일일이 돌며 다른 지역을 경유하여 미국으로 가는 비행기가 있는지 물어보았다.

"죄송합니다. 선생님, 이 시각에 미국으로 가는 인터라인 비행기는 없습니다. 아마 직접 여행사나 인터넷을 통해 환승 비행기를 예약하셨나 보네요. 그럼 저희도 알 수 없거든요."

예전에는 호수에서 달을 건지는 꼴이었다면 이제는 바다에서 바늘을 찾고 있는 꼴이라는 생각이 들었다.

그는 공항 스타벅스에 앉아 진한 커피 한 잔을 시킨 후 다시 허뤄의 시티폰으로 전화를 걸었다.

"전 허뤄의 고등학교 동창입니다. 어느 항공사 비행기인지 중간에 환승하는 것인지 알고 계시나요?"

"환승은 아니고요, 상하이로 직접 날아갔는데. 누구세요? 장위안?"

"어? 네. 저는……."

"저는 선례예요. 목소리 듣고 당신인 줄 알았어요."

"쓸데없이 말 많이 하지 마……." 저편에서 여자의 목소리가 들려왔다. "허뤄가 어딜 가든 그게 자기랑 무슨 상관이야! 그냥 다른 여자나 끌어안고 있으라고 해. 제 밥그릇 놔두고 왜 남의 밥그릇에 욕심을 낸대. 욕심이 끝이 없어요!"

"예즈, 좀 조용히 해. 아직 전화 안 끊었다고……."

"뭐 어때서?" 예즈가 전화를 낚아챘다. "데이비스 교수가 초청받아서 남부로 강의하러 갔어. 베이징에 돌아오지 않을 거야. 상하이에서 바로 샌프란시스코로 갈 거니까 허뤄 찾으려거든 미국에나 가서 찾아!"

내가 누구랑 끌어안아? 내가 제 밥그릇 놔두고 남의 밥그릇을 욕심냈던가? 장위안은 묻고 싶었지만 예즈는 이미 전화를 끊어버린 후였다. 그는 그 길로 국내선 공항 로비로 달려갔다. 1층에는 남방항공의 전용 제1터미널이 있었다. 조금 전과는 상황이 전혀 달랐다. 항공편을 찾을 수 없는 것이 아니라 상하이로 가는 항공편도, 이착륙하는 항공편도 너무 많아서 허뤄가 어떤 비행기에 탑승했는지 알 길이 없었다. 게다가 시간이 너무 오래 지체된 탓에 항공편을 찾았다고 해도 이미 비행기가 이륙했을지도 모를 일이었다.

* * *

'그 사람을 만난 건 제 행운이에요.' 단호한 그녀의 말투가 귓가에 맴돌았다. 초여름이었지만 하늘에 구름층이 도시의 불빛에 어두운 노란색으로 물들어 분위기가 스산하고 쓸쓸했다. 집으로 돌아와 베란다에 섰다. 먼지가 쌓인 난간은 손을 짚을 곳이 없었다.

내가 너무 고집스러워서 정작 고백해야 할 때는 한마디도 못하고 있다가, '안녕'이라고 말해야 할 때는 매달리고 있었다. 한마디 인사말도 산을 넘고 물을 건너야만 그녀 귀에 닿을 수 있었다. 그는 한숨을 내쉬며 '허뤄 가든'이라고 쓰인 황금색의 큰 글자가 점점 비바람 속에서 광채를 잃어가는 모습을 지켜보았다.

* * *

하늘에는 비행기가 지나간 흔적을 찾을 수가 없었다. 구름 한점도 흔들림이 없었다.

그녀와의 거리는 지척 같기도, 하늘 반대편 같기도 했다.

제3악장
둔탁한 라르고; 미완성

제1장 채우기도 비워내기도 어려운 사랑

때로는 주위에 모두 관중뿐
네 마음을 이해해주는 이 하나 없는 것처럼 쓸쓸함이 나를 짓눌러
그러다 누군가 선뜻 나를 살뜰하게 보살펴주면 나는 금세 감동해서
1분 만에 그를 사랑하게 되어버리지
문득 사랑을 되돌아봤어,
그 이야기에 끝이 있다는 것을 누가 알았겠어
사랑이 한 차례, 또 한 차례 지나가고
사랑은 채워지지도 비워내기도 어려워
모든 사람이 그렇듯
우린 그저 사랑 자체를 사랑하는 것뿐
by 차이젠야 '채우기도 비워내기도 어려운 사랑'

평샤오는 가을이면 미국 동부로 가야만 했고 그전까지 눈코 뜰
새 없이 바빴다. 마무리 단계의 프로젝트가 아직 남아 있었다. 지
도 교수는 미국 국립 과학 재단에 기금을 신청해 연구 경비를 충
당했다. 최종 보고 시간이 임박하자 같은 랩 몇몇 연구생 모두 눈
이 빨개지도록 밤을 새우며 밤낮없이 일해 마감 시간을 맞추고 있
었다. 평샤오는 강철과 씨름하느라 이틀 밤을 지새우고 급하게 샌

프란시스코 국제공항으로 마중을 나갔다. 한 달 넘게 이발도 하지 못한 상태였고, 잦은 밤샘으로 얼굴색은 어두웠다. 그는 두 번에 한 번 꼴로 이야기할 때마다 하품을 했다. 데이비스 교수는 일본에서 비행기를 갈아탈 때 산 녹차 케이크를 펑샤오에게 건넸다. "허뤄를 이렇게 오래 붙들고 있어서 미안하네. 자네 완전 예술가처럼 변해서 못 알아볼 뻔했어."

펑샤오는 웃으며 허뤄 손에 들고 있던 짐을 받아들었다. "내 얼굴이 그렇게 엉망이야? 얼굴을 가릴까? 비행기에서 또 어지럽고 귀가 먹먹했어? 엄마가 멀미약 사줬다는데 효과는 있었어?"

데이비스 교수가 어깨를 으쓱했다. "비행기에서 내렸는데도 여전히 중국말만 들리네. 그나마 한 달 있었더니 조금은 알아듣겠는데."

"어? 교수님 중국어 배우셨어요?" 펑샤오가 물었다.

"아니, 근데 자네가 지금 '허뤄 많이 보고 싶었어. 앞으론 이 늙은이랑 어디 가지 마.' 하고 말한 거 아니었어?" 데이비스 교수가 웃자 콧수염이 위로 치켜 올라갔다. "좋아, 허뤄에게 이틀간의 휴가를 주지."

* * *

펑샤오의 냉장고는 텅텅 비어 있었다. "네가 없으니까 냉장고고 주방이고 그저 장식품일 뿐이야. 이젠 네가 돌아왔으니까 제 역할을 제대로 발휘하겠군."

"내가 가정부야?"

"그럼 난 운전기사." 펑샤오가 웃었다. "막장 드라마에서 주로 야반도주하는 조합이지."

"그럼 그동안 뭘 먹고 살았어?"

"서브웨이. 빵 여섯 종류, 치즈 세 종류 그리고 여러 종류의 생선, 고기, 채소를 조합해서 먹었지. 매일매일 다른 식단이었어. 그리고……." 그리고 쿠폰 뭉치를 꺼냈다. "먹을 때마다 쿠폰을 주는데 여덟 개 모으면 하나를 공짜로 주더라고. 자, 이건 나머지 모은 거야."

"아침도 이걸로 때웠어?"

"아침은 언제 먹었는지 기억도 안 나. 여기 아파트 임대가 아직 안 나가서 뉴저지는 아직 계약도 못했어. 아, 그리고 언젠가 화초물을 주다가 TV까지 적셨는데 다행히 보는 데는 문제없더라."

"진달래꽃은? 나 떠날 때만 해도 예쁘게 폈었는데."

"아마 내가 너무 오래 햇볕에 뒀었나 봐. 어느 날 보니까 다 시들었더라고. 버리려고 나갔다가 수거를 만났는데, 수거가 이 사태를 보더니 꽃을 다 죽일 셈이냐면서 남은 화분들도 다 너희 숙소로 들고 가버렸어."

"완전 엉망진창이구나. 우선 나가서 밥부터 먹고 중국 슈퍼에 가서 장 좀 봐오자." 허뤄가 웃었다. "하지만 일단 이발부터 해줘야겠어."

"홀아비가 대충 살면 되지, 매일 예쁘게 꾸밀 필요는 없잖아?"

"그럼 모든 홀아비는 아인슈타인처럼 하고 살게? 이발소에 가도 10달러 정도면 될 것을 꼭 이렇게 폭탄 맞은 머릴 해야겠어?"
허뤄는 그를 거울 앞으로 밀었다.

"우선 시간이 없었고, 둘째 이발소 머리가 맘에 안 들어. 역시
마누라 솜씨가 낫더라."

"어? 마누라 생겼어?" 허뤄가 콧등을 찌푸렸다. "가, 오빠 마누
라 찾아 가!"

펑샤오가 돌아서며 그녀의 허리에 손을 둘렀다. "여기 있는데,
왜 잡아떼고 그래?"

허뤄가 고개를 떨구자, 펑샤오는 그녀의 검은 머리카락만이 보
였다.

"네가 없으니까, 상상했던 것보다 네가 더 그리웠어. 물론 요리
사나 집사가 그리웠던 게 아니야. 알잖아. 난 이렇게 편할 대로 사
는 것에 익숙하다는 거. 게다가 요리도 몇 개 연습했는걸. 그런대
로 먹을 만해. 언제 내가 해줄게." 펑샤오가 뺨을 그녀의 이마에
가져다댔다. 노곤한 그의 목소리에서 웃을 때 둔탁한 울림이 느껴
졌다. "교수님이 내 업무 성과와 논문을 다 맘에 들어 하셔. 조금
만 손보면 졸업 논문으로도 손색이 없겠대. 물론 그간 힘들긴 했
는데 그래도 보람 있었어. 인턴 생활 좀 하고 나면 취업 비자도 받
을 수 있을 거야. 정식 직원으로 월급도 받으면 형편도 좀 필 거
고. 내가 조기 졸업하면 우리 좀 더 여유롭게 살 수 있을 거야."

"좀 여유롭게 살 수밖에 없게 생겼어……. 당분간 미국 동부엔
가기 힘들 것 같아. 유일하게 날 실습생으로 받아주겠다고 연락이

온 곳이 있는데 조건이 너무 안 좋아. 아무래도 여기 한 학기 더 남아 있으면서 박사 논문을 어느 정도 가닥이라도 잡아둬야겠어."

"괜찮아. 나도 지도 교수님이랑 상의를 좀 해봤는데 일단 몇 개월만 실습생으로 갔다가 다시 돌아와서 계속 논문 쓰기로 했어. 그럼 몇 달 있다 다시 돌아와서 당분간 머물 수도 있을 거야."

"집 구했다가 다시 임대하면 너무 번거롭잖아."

"그럼 어떻게 해? 그냥 집 두 개를 구하는 거지. 다행히 실습생 때는 돈이 조금 나온다니까." 펑샤오가 그녀의 코를 비틀었다. "그래도 그게 방학 때 미국을 날아 왔다 갔다 하는 것보다는 낫잖아. 그럼 너무 힘드니까."

허뤄는 감동했다. "그럼 여름에 석사 졸업식 끝나고 오빠랑 같이 건너갈게. 내가 새집 정리도 좀 도와줄 겸. 가는 김에 톈샹도 만나고, 톈샹 본 지도 너무 오래돼서 너무 보고 싶어."

"캘리포니아로 놀러 온다더니 왜 여태 한 번을 안 오지?"

"겨울방학 때 온다고 했었는데 우리가 그때 귀국했었잖아. 그래서 남편이랑 캘리포니아는 건너뛰고 로스앤젤레스, 샌디에이고에 갔었대. 씨월드랑 디즈니 구경 가고 싶어 했거든. 사진 보니까 완전 동심으로 돌아가서 신나게 논 것 같더라."

"결혼 일찍 한 것 같은데 중국에서부터 알던 남자친구야?"

"아니, 미국에 와서 갑자기 결혼했어."

"어……." 펑샤오는 잠시 침묵했다. "맞다, 너 이번에 귀국해서 우리 집에 갔었잖아. 요즘 우리 엄마가 나한테 얼마나 잔소리를 하는지 몰라. '남자야 급할 것 없지만 여자는 다르다. 설마 여자가 먼저 입을 떼야겠니.'라면서 말이야. 여하튼 여자는 너무 결혼이 늦어지면 안 된다는 말씀이셔."

"어?"

"우리 한번 생각해볼까?" 떠보듯 물었다. "물론 지금 꽃도 반지도 없지만. 알잖아. 약혼반지가 결혼반지보다 비싼 거. 그래서 물어보는 거야. 받을 의사가 있는지."

허뭐는 고개를 들다 하마터면 그의 턱에 부딪힐 뻔했다. "이건 완전 기습인데." 그녀는 입꼬리를 올리며 웃는 듯 마는 듯 웃었다. "난 짚신벌레 같은 단세포 동물이라서 자극에 단순 반응만 가능해. 복잡한 문제에 관해서는 미리 생각 같은 건 못해."

"바로 대답해달라는 건 아냐." 펑샤오가 웃었다. "반년이나 1년 정도는 기다릴 생각은 했어. 여기 일이 어느 정도 마무리되고 안정될 때까지. 물론 지금처럼 사는 것도 나쁘진 않아."

"나도 그래. 지금이 딱 좋아……." 허뭐는 속으로 안도의 한숨을 내쉬었다. 만약 펑샤오가 결혼 일정을 잡겠다고 밀어붙이면 어떻게 대답해야 하나 고민했다.

* * *

허뭐는 톈상에게 전화를 걸어 곧 미국 동부로 건너간다는 소식을 전했다.

"구체적인 시간은 정한 거야?"

"아니, 펑샤오 이쪽 프로젝트 끝나는 거 보고."

"펑샤오가 동부에 안 왔으면 나를 보러 올 생각도 안 했겠네?" 톈상이 키득키득 웃었다. "이젠 펑샤오 군 계획에 따라 움직이는 건가? 부창부수? 이렇게 고분고분 말을 잘 듣는 걸 보니 미스터 라이트(Mr. Right) 선생이 오셨나 보군. 난 펑샤오 군 직접 얼굴 본 적도 없는데 얼른 한번 보여줘."

"너도 알다시피 내가 계속 바빴잖아." 허뤄는 농담을 잊지 않았다. "너 하나 보자고 비행기표에 300달러 투자하긴 어렵지."

"쩨쩨하긴! 아까 펑샤오가 연구 보조금이랑 인턴 월급 둘 다 받는다며."

"그건 그 사람 돈이고. 그게 나랑 무슨 상관이야?"

"서로 네 것 내 것 가리는 사이야? 너무 내외하는 거 아냐?" 톈상이 웃었다. "나도 남편 돈으로 먹고살긴 싫어. 그래서 매일 나도 장학금 있다, 내 힘으로도 충분히 생활할 수 있다 그러지. 그런데 집도 자동차도 다 남편 월급으로 샀잖아? 그런데 난 전혀 아무렇지 않거든. 왜냐? 난 그 사람 와이프니까. 그 사람이 날 먹여 살려도 떳떳하단 말이지."

"너랑 나랑은 다르지. 넌 그 사람 와이프, 가족이잖아."

"그럼 너도 얼른 결혼해! 계속 빚진 기분으로 살기 싫으면."

"그렇지 않아도…… 그 사람이 결혼 생각해보자고 말했어."

"그래서 예스 했어?" 톈상이 다그쳤다. "뭘 더 생각하고 그래. 누가 널 데려간다고 할 때 얼른 해치워버려. 내 일본 친구가 입버

291

롯처럼 하는 말이 있어. 여자는 성탄절 케이크와 같아서 25일이 지나면 신선도가 떨어진대. 요즘 다들 공부한다고 결혼을 늦게 하는데, 그건 제야에 먹는 국수와 같대. 30일이 지나면 찬밥이 되어 버린다고."

"왜 이렇게 고리타분해? 결혼하고 나니까, 다들 얼른 결혼시켜서 너랑 같이 가정주부 놀이했으면 좋겠어?" 허뤄가 웃었다. "결혼은 생각 안 해봤어. 일단 박사 학위 따면 다시 생각해보려고."

"너무 질질 끌지 마. 그러다 남자친구마저 잃는다."

허뤄는 웃을 수도 울 수도 없었다. "넌 요즘 왜 이렇게 말도 안 되는 소릴 하니? 난 전혀 겁 안 나는데, 넌 내가 다 망칠까 봐 걱정인 거야?"

"조금······." 톈샹이 사뭇 진지해지더니 말투까지 엄숙해졌다. "대학교 4학년 2학기 막 미국에 왔을 때 매일 밤낮없이 공부만 해서 A + 받아야만 성에 찼잖아. 난 정말 걱정돼. 넌 매사에 지려고 들지 않아. 그러다 얼떨결에 혼자 살게 될지도 몰라."

"혼자여도 나쁠 것 같진 않아."

"이거 봐, 이거 봐. 그런 생각이 얼마나 위험한 생각인 줄 알아. 넌 독신주의자도 아니잖아! 예전에는 결혼 공포증 같은 것 없었잖아." 톈샹이 콧방귀를 끼며 말했다. "네 성격 내가 모를까 봐? 어쩌다 널 아이처럼 아껴주는 사람이 생겼는데, 결혼할 수 있을 때 얼른 해치워버려. 굳이 옛날처럼 그렇게 힘들게 살 필요 있어? 그러다 너만 힘들어져. 너무 뜸 들이다가 쓸데없이 생각만 많아져서 무슨 흡연입네, 금연입네 소리 하지 말고."

"흡연? 금연?"

"너 귀국 전에 괜히 초조해했잖아? 누가 담배 연기를 뿜으면 끊었던 담배가 생각나느니 어쩌니 하면서, 앞만 보고 산다며? 더는 추억 속에 살지 않는다며? 그럼 그럴만한 동기와 구속이 필요해."

"결혼이 서두른다고 될 일이야? 내가 좀 묻자. 넌 대체 어떻게 몇 개월 만에 결혼할 용기가 난 거야?"

"여자가 결혼을 서두르는 건 딱 두 가지. 첫째, 더는 미룰 수 없어 얼른 재고 처리해버리고 싶어서. 둘째 많은 사람 속에 찾아 헤매다가 서로 찌릿 전기가 통하고 너 아니면 안 되겠다 싶어서 결혼하는 거지." 톈샹은 자신 있게 말했다. "난 한눈에 필이 꽂혀서 결혼한 케이스."

"결혼은 평생을 결정짓는 건데 그렇게 얼렁뚱땅 해버리면 안 될 것 같아."

"후회하게 될까 봐 겁나는 거지? 맞지?" 톈샹이 정곡을 찔렀다. "펑샤오 사랑하지 않는구나. 아니, 적어도 그만큼 사랑하는 건 아니지? 예전에 장 군이랑 사귈 때는 검은 머리 파 뿌리가 어쩌고 맨날 노래를 하더니만."

"그땐 너무 순진했고."

"그래, 너도 잘 아네. 그건 너무 순진한 생각이야. 그러니까 이제라도 현실적이 되라고."

톈샹이 흥 하고 콧방귀를 뀌며 말했다. "지금도 장위안이 썩 맘

293

에 들지는 않지만 그 녀석이 널 데려가겠다면 난 그 녀석 편을 들어줄 거야. 하지만 이번에 귀국해서 그렇게 오랫동안 있었는데 그 녀석이 고백이라도 하디? 그것도 아닌데 그 녀석 때문에 펑샤오와의 감정을 망칠 건 없잖아?"

"내가 펑샤오에 청혼을 받아들이고 아니고는 우리 둘 사이의 감정이 그만큼 깊은가의 문제지 제삼자와는 아무 관계가 없어." 허뤄는 잠시 아무 말도 하지 않았다. "다신 장위안 얘기 꺼내지 마. 장위안도 여자친구 있어. 그날 나랑 예즈랑 봤어."

"미치고 까무러치겠네. 그럼 더더욱 안 되지! 진즉에 말했으면 케이크니 국수니 그런 말로 널 자극하진 않았지." 톈상이 분노했다. "너, 잘 기억해둬. 못나게 굴지 말고."

* * *

허뤄는 예전 출국하기 전 장위안이 그녀에게 주었던 편지를 꺼냈다. 찢어진 부분에 보풀이 일기 시작했다. 묵화 배경에 미니미 문어가 피켓을 들고 눈을 찌푸린 채 익살스러운 표정을 짓고 있는 것이 쓸쓸해 보였다.

"널 믿어. 내가 날 믿는 것처럼."

허뤄는 몇 번이나 쓰레기통에 처박아버리고 싶었지만 차마 그러질 못했다.

수거가 다가와 그녀의 어깨를 쳤다. 허뤄는 손이 떨리며 일부 종이가 탁자에 떨어졌고, 바람에 흔들려 사사사 소리가 났다.

"놀랐잖아!"

"무슨 생각을 그렇게 깊게 해?" 수거가 자라 젤리를 건넸다. "비행기 타고 와서 화기가 오르지 않았어? 자 이거 먹고 피부를 위해 화기 좀 내려." 그녀는 고개를 쑥 내밀며 탁자 위의 편지를 보았다. "누가 그린 거야? 귀엽다."

"응…… 친구."

"남자?"

"응?"

"필체가 힘이 있는 게 얼핏 봐도 남자네. 널 믿어. 내가 나를 믿는 것처럼. 쯧쯧, 애매하구만. 펑샤오한테 이른다."

"펑샤오도 알아. 장위안이라고 옛날 남자친구야."

"하, 2년이나 같이 살았는데 어떻게 한 번을 못 들어봤지."

"이제는 잊는 게 당연하지. 기껏해야 친구 정도일 뿐이니까."

"잊는 게 당연해? 사람 마음이 명령한다고 되니." 수거는 편지를 주었다. "아니었으면 그렇게 오랫동안 들여다봤겠어."

"오랜만에 본 거야. 이번에 귀국해서 다시 만나게 되니 감회가 새로워서." 허뤄는 목소리에 평정심을 잃지 않으려고 애썼다.

"그래, 그래. 감회가 새로워도 그냥 지나가야지. 펑샤오가 널 얼마나 보고 싶어했는데, 너 없을 때 네 자전거를 밀고 있더라니까. 자기가 잘 유지 보수해준다면서. 그런데 도서관 문 앞에서 두 번인가 만났는데 네 자전거를 타고 있더라고. 내가 웃으면서 '차도 있으면서, 자전거를 보면서 허뤄 생각이라도 하게요.' 했더니 내 말이 정곡을 찔렀던지 귀까지 빨개지더라. 히히, 그렇게 호탕한 사람이 귀까지 빨개지면 어떤지 상상이 안 가지? 그리고 펑샤오도 참 웃겨. 화분의 꽃들은 다 시들고 그 안에 잡초만 미친 듯 자라 있는 거야. 내가 더는 못 봐주겠어서 가지고 오라고 했어.”

허뤄가 웃었다. 거실의 창가에 크고 작은 화분들이 늘어져 있었다. 자주색과 흰색 한 줄기씩의 히아신스와 백합 한 주와 접난이 있었다. 모두 기르기 쉬운 꽃들이었지만 펑샤오는 일조량, 온도, 수분의 조합에 관해 아는 게 없어 그중 몇 그루는 그냥 보기에도 많이 시들었고, 잡초들만 무성하게 자라 있었다.

“단 며칠 만에 잡초가 자랐는데 정말 생명력이 왕성하지 않아. 정말 잡초 같은 생명력이야.” 수거가 아우성을 치자 허뤄가 고개를 끄덕이며 말했다.

“뿌리째 뽑아야지.”

“이렇게 초록초록한데? 아까워. 잡초가 꽃만 못하다는 거야?”

“잡초가 나쁜 게 아니야. 그저 자라지 말아야 할 곳에 자란 게 잘못이지.” 허뤄는 가늘고 긴 잡초 줄기를 손으로 감아 몇 번을 돌린 뒤 있는 힘껏 뽑았다. 부드러운 잎사귀는 내키지 않았던지 그녀의 손가락 끝에 선홍색의 흔적을 남겼다. 그녀는 무기력해졌다. 감정도 차라리 선택적으로 뽑아버릴 수 있다면 얼마나 좋을까. 그녀는 홀로 조용히 갖은 잡념들을 떨쳐버리고 싶었다. 과거도 미래도 생각하고 싶지 않았다. 하지만 펑샤오의 피곤한 미소를 보면 그녀는 잠시 혼자 있고 싶다고 차마 입을 뗄 수 없었다. 그 사람에게 올인할 수 없는 건지, 아니면 나이가 들면서 풍부했던 감정 표현이 서툴게 변한 것인지 자신도 헷갈렸다.

하지만 폐허 같은 마음속 잡초들이 빙설로 뒤덮인 세월 속에 조용히 숨죽이고 있다가 봄바람이 불자 다시 꿈틀대며 싹을 틔우고 있었다. 어쩌면 톈샹의 말처럼 더는 멍청하게 굴어서는 안 된다. "내겐 펑샤오가 있으니까." 그에게도 한없이 잘해주어야만 조금은 공평해질 것 같았다.

* * *

여름에 허뤄는 석사 학위를 받았고, 펑샤오의 실험 프로젝트도 일정대로 마무리되었다.

어느 날 《내셔널 지오그래픽》을 보다가 펑샤오가 갑자기 고개를 들더니 말했다. "우리 여행이나 갈까? 인턴 시작하면 이렇게 쉬기도 어려울 텐데."

허톈웨이는 사촌 누나의 학위 수여식에 참석했다가 둘이 옐로스톤 국립공원에 간다는 얘기를 듣더니 흥분해서 말했다. "좋은 곳이지. 몇 년 전에 온 가족이 같이 갔었어. 작년에 고등학교 졸업하고 안젤라랑 같이 가려고 했는데 아버지가 애들끼리 장거리 여행은 위험하다고 말리시는 바람에 못 갔어. 올해 내가 중국에만 가지 않아도 따라가는 건데."

"따라가? 플리즈. 둘이 밀월여행을 떠나시겠다는데 네가 꼽사리를 끼겠다고?" 수거가 그를 흘겨보았다. "넌 안젤라나 만나러 가."

"I am over her(우린 끝났어요)." 텐웨이가 어깨를 들썩거렸다.

"정말 명도 짧은 퍼피 러브(puppy love)구나. 중국에 가보니 세상 참 넓지? 예쁜 여자도 많던?"

텐웨이는 히히 웃으며 수거의 조롱에도 아랑곳하지 않고 허뭐와 펑샤오를 돌아보며 당부했다. "옐로스톤에는 곰이 많아. 멍청하고 온순해 보인다고 속으면 안 돼. 달리기도 엄청 빨라. 야영할 때는 먹을 거 다 감춰놔. 아니면 곰이 습격할지도 몰라."

"괜찮아." 펑샤오가 큰소리로 웃었다. "난 허뭐보다 빨리 뛰기만 하면 되니까."

* * *

허뭐는 이베이에서 CD 몇 장을 샀다. 매튜 리엔 'Bleeding Wolves', '포카혼타스'의 오리지날 사운드 트랙과 인디언풍의 음악 시디를 샀다. 펑샤오는 mitbbs(MIT 재학 중인 중국인 유학생이 만든 토론 웹사이트—옮긴이)에 몇 날 며칠을 빠져 있더니 다른 사람의 여행 일지를 참고하여 일정을 짜고, 인터넷에서 경로상의 렌터카와 숙소를 예약했다. 캘리포니아의 산호세에서 비행기를 타고 출발해서 유타주 솔트레이크시티에 도착한 후 렌터카를 빌려 쭉 북쪽으로 이동한 뒤 115번 고속도로를 탔다. 아이다호주에 진입하니 길옆으로 목장이 길게 이어져 있고 천장 같은 하늘 아래 바람이 불면 풀이 누웠다. 가는 길에 휴게소에서 쉬면서 냉장고 자석 같은 기념품을 샀다. 아이다호주는 감자 생산으로 유명한 곳이었다.

그녀는 앞니가 빠진 어린아이가 자신의 키만큼 큰 감자를 끌어안고 있는 엽서를 골랐다. 실눈을 뜨고 크게 웃고 있는 소년의 부드러운 금발이 배경 속 모호한 짚더미와 어우러지며 운치를 더했다.

"내가 너한테 부칠게. 네가 다시 나한테 부쳐. 보내는 사람이나 받는 사람이 같으면 혼자 노는 것 같아 재미없잖아." 펑샤오는 말하며 이미 보내는 사람에 자신의 뉴저지 신주소를 적어 넣고 있었다. "이렇게 주소를 멀리 써야 바로 건너편 이웃에서 보내는 느낌을 지울 수 있지."

"같은 주소로 쓰는 것도 재밌을 것 같은데. 한 바퀴를 돌아 자기가 보낸 카드를 자기가 받아보는 거지." 허뤄는 고개를 숙인 채 카드를 계속 고르고 있었다. "한 장 더 골라주려고 했는데, 난 또 영화 '아이다호' 카드가 있을 줄 알았네."

"무슨 영환데. 난 못 봤는데."

"키아누 리브스 주연의 영환데 홍콩에서는 영화 제목을 '거칠 것 없는 하늘'로 번역했어." 허뤄가 히히 웃었다. "대만 제목이 더 재밌다. '남자의 절반은 남자'. 당시 베니스 영화제에서 꽤 날렸었는데. 한번 찾아봐."

"안 봐." 펑샤오가 흥 하고 콧방귀를 뀌었다. "I'm straight(난 이성애자야)!"

그의 목소리가 크진 않았지만 매장 계산대에 미국인 아주머니가 그 소릴 듣고 미소 지으며 두 젊은이를 쳐다보았다.

* * *

    도로는 초록 물결이 출렁이는 목장을 가로질렀다. 사이드미러로 구름 그림자가 '획' 하고 빠르게 지나가고, 산은 아득하게 멀어져갔다. 지세가 평탄한 곳에 이르니 차량이 적었다. 펑샤오가 액셀을 힘껏 밟자 금세 시속 100킬로미터에 달했다. 허뤄는 그의 옷깃을 당겼다. "조심. 벌써 과속이야. 카메라에 찍히겠어." 막힘없이 뻥 뚫린 도로를 달려 저녁 무렵 이미 옐로스톤 국립공원 서쪽 입구에 당도했다. 이곳은 미국 최대 국립공원으로 면적이 약 9000평방미터에 달했다. 그 안에는 협곡, 호수, 하류, 삼림, 초원 등 지형이 다양했다. 공원 안 주요 도로는 8자 모양의 순환로였고 전체를 다 돌면 총 200킬로미터가 넘었다. 둘은 옐로스톤 부근에서 나흘을 묵은 뒤 다섯 번째 되는 날 이른 아침에 출발하여 공원 동북 끝 베어투스 하이웨이를 거쳐 계속 남쪽으로 내려가 수십 미터 떨어진 그랜드티턴 국립공원에 갈 계획이었다.

* * *

    베어투스 하이웨이는 해발 3000여 미터의 쇼쇼니 국유림 서쪽 봉우리까지 이어졌다. 산자락에서는 햇빛이 골고루 비추는 한여름이었는데 산 정상에 이르니 눈이 내리기 시작했다. 펑샤오는 반소매 티셔츠만 입은 채 재킷을 허뤄에게 입혀주었다. 찬 기운이 차 속까지 파고들어 히터를 틀었다. 산 최정상에는 뿌연 안개가 자욱했고 길가에는 사람 키 반만 한 설벽이 있었다. 펑샤오는 공구함에서 스패너를 꺼내 거의 얼음이 되어버린 설벽에 '왔다 갑니다'라는 글자를 남겼다. "영어로는 뭐라고 하지?"

"We were here." 허뤄도 비뚤비뚤 한 줄을 남겼다.

"눈밭에서 반소매 입은 건 처음이네. 이리 와, 사진 찍자. 온라인에 올려 친구들 놀라게 해줘야지." 펑샤오는 말을 하면서도 기침을 연달아 세 번이나 했지만 기분은 업되어 있었다. "이런 설벽은 몇 년이 지나도 녹지 않겠는데. 나중에 아이들 데리고 보러 오자. 네 엄마, 아빠가 옛날에 왔던 곳이란다 하면서."

* * *

저녁 무렵 둘은 옐로스톤을 지나 그랜드티턴으로 향했다. 오는 길 푸른 풀이 융단처럼 깔려 있고 강물이 가로질러 흘렀으며 수목은 곧게 뻗어 있었고, 저 멀리 설산이 이어져 있었다. 허뤄는 'Bleeding Wolves' CD를 틀었다. "여긴 꼭 중국 신장 같지 않아. 말도 탈 수 있으면 좋을 텐데."

펑샤오가 예약해둔 곳은 잭슨 호수의 오두막이었다. 창문을 열면 바로 티턴 설산의 웅장한 주봉이 보였다. 산정상은 빙설로 덮여 있었고 운무가 피어오르고 있었다.

"저기 봐. 파라마운트 픽처스 오픈 크레디트에 나오는 그 산이야!" 허뤄가 펑샤오를 끌었다.

"에베레스트가 아니었어? 난 우선 가서 장작 두 다발 사올게." 그가 중간에 놓인 벽난로를 손으로 가리켰다. "아까 주차하면서 관리인한테 물어보니까 여긴 저녁에 영상 10도 안팎이래. 근데 이런 오랜 목조 건물에는 온풍기가 없다네."

"장작에 불 붙이게? 붙일 수 있겠어?"

"걱정하지 마. 잊었어? BBQ 구울 때마다 불은 내 담당이었다는 걸. 지금 불붙이기 달인과 함께 있는데 뭘 걱정하는 거야?"

평샤오가 나간 지 30분이 넘었지만 돌아오지 않았다. 실외 우드 테이블에 앉아 평샤오를 기다리는데 허뤄의 배에서 계속해서 꼬르륵 소리가 났다. 허뤄가 직접 만든 참치 샌드위치 두 개에서 마요네즈와 치즈 향이 솔솔 피어올랐다. 군침이 돌기 시작했다. 그녀는 결국 참지 못하고 치즈를 입에 집어넣었다.

"잘한다. 남은 힘들게 일하러 갔는데 넌 몰래 훔쳐 먹기나 하고." 평샤오가 돌아와 트렁크에서 장작을 꺼냈다.

"그러게 누가 늦게 오래. 나무를 사는 게 아니라 베어 왔어도 벌써 돌아왔겠다."

평샤오가 샌드위치를 받아 한입 크게 베어 물었다. "많이 먹으면 흔들려서 오바이트하려나?"

"뭐가 흔들려?"

그는 웃으며 등 뒤를 가리켰다. 말을 끌고 있던 두 카우보이가 모자챙을 올리며 허뤄를 향해 가볍게 미소 지었다.

"조금 전 관광 안내소에서 만났어. 내일이랑 모레 승마 예약이 다 끝났다고 하더라고. 저분들이 막 교대하고 퇴근하려고 하는데 내가 생떼를 부려서 끌고 왔지."

"재주도 좋네." 허뤄는 신나서 갈색 말 주변을 돌았다.

"사실 간단해. 선량한 미국인의 감정을 이용하면 되거든." 펑샤오는 그녀의 허리를 끌어안으며 눈을 찡긋했다. "좀 다정하게 굴어봐. 내가 우리 신혼여행 왔다고 거짓말했단 말이야."

잭슨 호수에 쪽빛 호수에 푸른 설산이 비추고, 석양의 따뜻한 붉은 빛줄기가 잔잔한 물결에 튀어 올랐다. 호숫가에는 사파이어색과 옅은 보라색의 센토레아가 가득 피어 있었고 작은 해바라기가 빽빽하게 자라 있었다. 허뤄는 카우보이모자를 쓰고 카우보이가 부르는 이름 모를 목가 두 가락을 들었다. 펑샤오도 멀지 않은 곳에서 말을 타며 미소 짓고 있었다.

* * *

달이 나와 눈부신 설산을 고요히 비추고 벽난로의 장작은 타닥타닥 소리를 내며 타고 있었다. 허뤄는 낮에 감기 기운이 돌긴 했지만 밖에 앉아 호수와 산을 더 보고 싶었다. 펑샤오가 그녀를 보며 말했다. "샤워하고 바람 쐬면 감기가 더 심해질 수도 있어. 침대에 앉아 봐도 똑같은 풍경이구만." 그는 모포로 그녀를 꽁꽁 싸매주었다. 허뤄는 무릎을 끌어안고 침대에 앉아 유감스럽다는 표정을 지었다.

펑샤오가 웃으며 허뤄의 앞머리를 들어 이마에 키스했다. "다행히 이마는 별로 뜨겁지 않네." 그녀의 머리카락에선 민트 향 샴푸의 시원한 냄새가 났고, 머리카락 끝에 달빛이 묻은 것처럼 윤기가 났다. 그의 손가락은 이끌리듯 그녀의 젖은 머리 사이를 더듬었다. 그는 고개를 숙이고 부드럽게 애무해 내려갔다. 허뤄는 균형을 잃으며 목덜미를 점점 그의 손바닥에 기댔다. 그는 허뤄를 받치고 있던 손바닥을 점점 낮추었다. 허뤄의 머리는 이미 베개에 닿으며 축축한 머리카락들이 뺨에 달라붙어 느낌이 편치 않았다. 그녀는 머리카락을 치우기 위해 고개를 옆으로 돌렸다. 시선은 창밖을 헤매고 있었다. 하지만 눈에 보이는 것은 안개가 피어오르는 산정상과 그 위를 옅은 파랑으로 물들이고 있는 달빛뿐이었다. 그밤의 경치가 너무나 적막하여 허뤄는 두 눈을 꼭 감고 톈샹의 말을 떠올렸다. '어쩌다 널 아이처럼 아껴주는 사람이 생겼는데, 결혼할 수 있을 때 얼른 해치워버려. ……그리고 너무 뜸 들이지 마.'

* * *

모포가 침대에 풀어헤쳐졌다. 그녀의 긴 목선이 가운의 넓게 벌어진 옷깃 사이로 드러나, 어렴풋한 쇄골 라인과 연결되어 있었다. 펑샤오의 입술이 그 라인을 타고 내려왔다. 그의 손은 이미 그녀의 옷을 풀어헤치고 그녀의 허리 옆까지 더듬어 들어왔다. 뜨거운 온도에 그녀의 마음은 순간 얼어붙었다.

한없이 달콤해야 할 이 순간, 허뤄의 마음은 오히려 약간 슬퍼졌다. 모든 생각의 갈피들은 산을 휘감은 안개처럼 아무리 몰아내려 해도 사라지지 않고 차갑게 심장을 맴돌고 있었다. 갈피를 잡을 수 없는 생각을 잡으려 손을 뻗으면 홀연히 흩어져버리곤 했

다. 하지만 안개가 짙어질수록 점점 물방울이 커지고, 그 물방울
이 눈가에 걸려 끝끝내 와락 하고 쏟아져 내렸다.

이렇게 평생을 결정해버리고 싶진 않아.

* * *

리원웨이의 외할머니는 넘어지는 바람에 뼈를 다치긴 했지만
오히려 골절은 심하지 않았다. 다만 동시에 심혈관 질병과 폐렴이
겹쳐 문제였다. 그녀는 선전에서 돌아와 할머니가 건강을 회복하
실 때까지 근 한 달 동안 할머니를 보살폈다. 그녀는 선전으로 돌
아가는 길에 베이징에 들렀다. 그제야 장위안을 붙들고 너무 힘
들다며 징징거렸다. 그리고 두 손을 모으고 고개를 숙이며 "읍" 했
다. "짝꿍, 넌 인맥이 넓으니 나 새로운 일자리 좀 알아봐주라. 이
러다 곧 잘릴 것 같아."

"친구 좋다는 게 뭐야? 이런 큰일이 생겼는데 혼자 다 짊어지려
고 했다니. 진즉 말했으면 도와줬을 거 아냐."

"집안일로 너희를 귀찮게 할 순 없잖아? 다행히 장청즈가 근무
하는 병원으로 모셔서 도움 많이 받았어."

"할머니는 괜찮아지셨어?"

"응. 좋아지셨다 해도, 나이가 들면 골다공증이 생길 수밖에 없
지. 게다가 원래 호흡기에 문제가 있으셨거든……." 리원웨이가
한숨을 쉬었다. "이번엔 정말 나도 놀랐어. 원래 내 계획은 선전에
임금이 높으니까 2년 정도 더 바짝 벌려고 했었는데 아무래도 고

향으로 돌아가 착실하게 일이나 해야겠어. 너 거기 아는 대기업은 없어? 나 좀 추천해주라."

"거기에 지사를 둔 바이어 한 분을 알아. 근데 네가 업종을 갈아타야 할 텐데. 지금의 일자리를 포기할 수 있겠어? 그리고 넌 고등학교 선생님이 하고 싶다며?"

"이젠 익숙해……. 돈 많이 주는 일자리나 알아봐줘. 그럼 포기하는 건 없는 셈이야." 리원웨이가 장위안의 어깨를 탁탁 쳤다. "짝꿍이 있으니 안심이 돼."

"사실 혼자서는 힘들지. 소문에 누가 아직 널 기다리고 있다던데? 아냐, 그냥…… 군말이야."

"쉬허양? 지금 생각해보면 그때 그 친구랑 같이 출국 안 하길 잘한 것 같아. 외할머니 핑계를 대며 유학 못 가겠다고 했지만 사실 많이 미안해." 리원웨이는 고개를 숙이고 애먼 손톱만 물어뜯었다. "난 미국 유학 신청도 안 했다니까, 그 친구가 결혼해서 같이 공부하러 가자는 거야. 그래서 내가 화를 내면서 싸웠지. 날 전혀 존중 안 해주냐, 난 외할머니가 걱정된다, 그러면서…… 그런데 사실 난 그 친구랑 평생을 함께할 자신이 없었던 거야."

"결혼 공포증? 그 친구가 너한테 잘해줬잖아?"

"좋은 사람이지. 근데 우린 대부분 좋은 사람이 아니라 좋아하는 사람을 선택하잖아." 리원웨이가 고개를 들었다. "사랑도 물을 마시는 것과 같아. 직접 마셔본 사람만이 뜨거운지 차가운지 알지. 마지막엔 알겠더라. 사랑은 노력으론 안 된다는 걸 말이야. 그 친구한텐 늘 미안해."

"그게 누가 누구한테 미안할 일은 아니지. 노력으론 안 되는 게 바로 사람 마음이니까. 마치 용수철처럼 누를수록 더 높게 튀어 오르거든."

"너 여자친구 생긴 거 아니었어? 근데 뭘 눌러?" 리원웨이는 살짝 그를 쳐다보았다.

"내가? 없는데. 누가 그래?" 장위안은 눈살을 찌푸렸다.

"이틀 전에 온라인에서 톈샹을 만났는데 걔가 그러던데. 허뤄가 얘기해줬다면서. 잡아뗄 생각하지 마. 예즈도 봤다고 하던데."

"내 위를 걸고 맹세하지, 진짜 없어." 장위안은 곰곰이 생각해보았다. "아 대충 알 것 같다……. 근데 그건 오해야……."

"난 또 네가 여자친구 생겨서 새 출발하는 줄 알았지." 리원웨이가 한숨지었다. "그럼 넌 여태 용수철을 누르고 있었던 거야? 조심해 그러다 피 토한다! 너희 둘 다 내 친구들이야. 열 손가락 깨물어 어디 안 아픈 손가락 있니? 난 너희 둘 다 행복해졌으면 좋겠어. 함께하지 못한다고 해도 각자 행복했으면 좋겠어."

"허뤄는 행복하대?"

"잘 모르겠어." 리원웨이가 잠시 침묵했다. "난 그저 펑샤오가 허뤄한테 잘해준다는 말만 들었어. 너 지난번에 허뤄 만났잖아?"

"감당하지 못할 얘기를 듣게 될까 봐 더는 못 물어보겠더라. 귀를 닫고 그렇게 나 자신을 속이고 있었던 거지." 장위안은 웃으며 그녀의 말을 끊고 창가로 걸어갔다. "하고 싶은 말이 있었는데 차마 입이 안 떨어지더라고."

"뭐 하나 묻자. 넌 그때 왜 허뤄와 헤어진 거야?" 리원웨이는 곰곰이 생각하더니 다시 물었다. "허뤄가 그때 얼마나 힘들어했는지 알기나 해?"

"피로했어. 마음도 지치고." 장위안이 가슴을 손가락으로 가리키며 말했다. "처음 몇 년간은 나 자신에게 그랬지. 둘의 미래를 책임질 수도 없는데 그녀를 구속하고 싶진 않다고. 근데 사실은……." 그는 자조하듯 웃었다. "자신이 없었던 거야. 난 나만의 길을 가고 싶었어. 우선은 내가 진짜 좋아하는 일이었고 앞날이 밝아 보였으니까. 그리고 다른 하나는 허뤄의 제안을 본능적으로 거부했던 거야. 틀에 박힌 진학 과정에서 난 한 번 실패해봤잖아. 그래서 더 반항적으로 행동했나봐. 지금 와 생각해보니 좀 유치하더라."

"넌 언제나 자신만만하고 오만한 녀석이었는데." 리원웨이가 한숨을 쉬었다. "하긴 안 그랬으면 허뤄가 널 좋아하지 않았겠지. 너희 둘 다 본질적으로 같은 부류의 사람들이야."

"허뤄가 나보다 훨씬 착실하지! 모든지 조심조심. 지나치게 이상주의자야."

"허뤄야말로 비현실적인 애지! 예전에 허뤄는 뭐든 네 위주로 행동했었잖아." 리원웨이는 헛웃음이 나왔다. "허뤄가 너 때문에 고등학교 때 미국에 갈 기회를 버렸던 거 기억 안 나? 그리고 일주일에 십여 권이나 되는 수학 모의고사 문제집 풀었었잖아. 성적

떨어지면 너랑 사귀는 거 집에서 반대할까 봐. 그리고 너희들 헤어지고 나서도 우리 할머니한테 죽 만드는 법 배워서 널 간호했잖아. 네가 무슨 말이든 한마디만 했어도 허뤄는 아마 유학 안 갔을 거야. 그런데 넌 계속 허뤄의 용기를 약해지게 만들었어. 그러면 안 되는 거였는데. 못 느꼈어? 언제부턴가 톈상이 너랑 연락이 뜸해졌다는 거? 걘 허뤄를 너무 아끼니까 널 마대 자루로 요절 내버리고 싶었겠지."

"그래서 더더욱 허뤄가 출국하고 나서 내가 연락을 해도 될까 망설였어. 허뤄에게 새롭게 시작할 기회를 줘야 할 것 같아서." 장위안이 쓸쓸하게 웃었다. "지난번에 허뤄가 약혼한 줄 알고 정말 가슴을 치며 후회했어. 지금 아무런 희망도 남아 있지 않지만 그렇다고 이렇게 후회하고 싶지도 않아. 나도 알아. 내가 조금씩 지체할 때마다 허뤄는 그만큼 더 멀어진다는 걸."

"사실 누군가를 잊지 못한다는 건 헤어지는 것보다 더 가슴 아픈 일이야. 추억을 기억하는 게 더 용기가 필요하지."

"그래서 좀 더 이기적이 되어볼까 해. 그게 결국 '안녕'이라고 말하게 되는 계기가 될지라도. 쿨하게 헤어질 수 있도록 최선을 다할 거야." 장위안은 깊게 숨을 들이마셨다. "최악의 상황이라고 해봤자 허뤄가 더는 날 사랑하지 않는 것밖에 더 있겠어. 지금보다 더 나빠지진 않겠지."

제2장 Fly Away

이게 진짜 현실이야
성숙해지기 위해서는 미완성도 받아들일 줄 알아야 해
내가 웃을 수 있을 때
뒤돌아서 멀리 날아가

by 완팡 'Fly Away'

　

허뤄는 여행에서 돌아온 후 계속 목구멍이 따끔거렸다. 침을 삼킬 때도 목구멍이 부어 귀까지 터질 것만 같았다. 체온을 재보니 37.5도였다. 그녀는 약을 받기 위해 학교 양호실에 갔다. 간호사가 연계해주는 병원에 가서 진찰을 받았다. 미국 의사는 호흡기 전염병 예방에 특히 신경을 썼다. 허뤄의 귀, 코, 목을 찬찬히 진찰하더니 급성 인후염 판정을 내렸다. 펑샤오는 월마트 약국에 가서 처방해준 약을 샀다. 그는 미국 동부로 떠나기 전에 허뤄를 데리고 해변 식당에서 스테이크를 먹을 생각이었다. 그런데 골골거리는 허뤄를 보고는 그 생각을 접었다.

"허뤄가 말을 못하니까 너무 심심해." 수거가 아우성을 쳤다. "매일 집에서 왔다리 갔다리."

펑샤오가 설명했다. "아마 여행 중 감기에 걸렸나 봐."

"그러게 내 말이. 설산을 오르고 초원을 달리고, 길에서 먹고 자고!" 수거는 옐로스톤과 그랜드티턴의 사진을 보며 부러워했다. "이렇게 재미있을 줄 알았으면 나도 꼽사리 끼는 건데."

허뤄는 그저 미소를 지으며 고개를 끄덕였다.

펑샤오는 그녀의 이마를 툭툭 치며 말했다. "미스 브레드, 넌 이제 끝장이야. 며칠간 성대를 잃고 퇴화하는 거 아냐?"

수거는 두 눈을 동그랗게 떴다. "뭘 잃어? 며칠간? 그런 걸 나한테까지 보고하다니 둘 다 너무 개방적인 거 아냐?"

펑샤오는 수거가 무슨 말을 하는지 도무지 이해가 안 갔다.

허뤄는 자신의 룸메이트가 남방 출신으로 그곳에서 나고 자라 일부 발음을 구분하지 못한다는 사실을 잘 알았다. 이렇게 간사하게 웃는 건 또 무슨 발음을 잘못 들은 것인지? 그녀는 펑샤오에게 얼른 돌아가 쉬라는 뜻으로 그의 소매를 당겼다.

펑샤오는 그녀의 이마를 문질렀다. "요양 잘하고, 아니면 내일 모임은 취소할까?"

허뤄는 고개를 흔들며 갈라진 목소리로 조용히 말했다. "같이 가요."

* * *

평소 잘 알고 지내던 중국 유학생들은 펑샤오가 미국 동부로 떠난다고 하니까 어떻게 송별회를 할까 상의했다. 마침 2년 전 졸업하고 새집을 마련한 한 선배가 있었다. 모두 각자 요리 두 개씩을 만들어 선배 집에 모이기로 약속했다. 식사 자리의 화제는 당연히 일, 그린카드 신청, 집과 차 같은 이야기들이었다. 그중에는 이미 엄마, 아빠가 된 친구들이 있었다. 그들은 자신의 부모님이 아이를 돌봐주기 위해 미국에 오셔서 얼마나 고생하는지를 이야기하고 있었다. 허뤄는 샤오원 옆에 앉아 있었다. 젖먹이 아기가 반걸음쯤 걸어오다가 새까만 눈으로 허뤄를 뚫어져라 쳐다보았다. 허뤄는 자신도 모르게 손가락을 내밀어 아기의 손바닥을 만졌다. 아기는 허뤄의 손가락을 꼭 쥐고는 까르르 웃기 시작했다.

"허뤄가 좋은가 봐요." 샤오원이 웃으며 아들을 얼렀다. "이리 와. 이모한테 한번 안겨볼까?"

허뤄는 얼른 손사래를 치며 조용히 이야기했다. "아녜요. 전 애 잘 못 보는데. 애가 도망가면 어떻게 해요."

"매일 햇빛을 쐬어서 애가 아주 튼튼해 보이죠." 샤오원이 농담을 했다. "저도 애 낳고 다 배운 거예요. 허뤄도 미리 연습해둬요. 그래야 애가 생기면 허둥대지 않죠."

옆에 앉아 있던 젊은 엄마 하나도 끼어들었다. "맞아요. 2년 사이 애를 낳으면 박사 졸업할 때쯤 어린이집에 갈 수 있어요." 그러곤 펑샤오를 돌아보며 말했다. "펑샤오, 좀 적극적으로 나서봐. 얼른 반지라도 맞춰. 네가 동부에 가고 나면 다른 남자들이 허뤄를 채어갈지도 몰라."

펑샤오는 웃으며 고개를 끄덕이더니 허뤄를 쳐다보았다. 분위기는 화기애애했지만 그녀의 마음은 웬지 불안했다. 이곳에서 가정을 이루고 독립하는 일이 지금 이 친구들의 현재이자 어쩌면 자신의 미래가 될 수도 있었다. 하지만 과거를 되돌아보니 앞으로 수십 년을 또 어떻게 보내야 할까 걱정이 되었다. 내일 아침 일어나 갑자기 60세가 되어 있으면 그땐 시간이 참 속절없다 느끼게 될까? 아니면 못 다한 일들을 아쉬워하게 될까? 그녀의 목은 점차 나아져 간단한 몇 마디는 할 수 있었지만 이미 며칠 동안 침묵에 익숙해진 나머지 다른 사람들의 대화 속에 차라리 끝까지 침묵하기로 작정했다.

* * *

텐샹에게 전화가 걸려왔다. "깨끗하게 낫기 전까지는 여기 오지 마!"

"내가 전염이라도 시킬까 봐?"

"당연하지! 난 건강을 지켜야 해. 특히 항생제는 먹으면 안 된다고." 텐샹은 비밀스럽게 향후 5년 대계를 허뤄에게 간단하게 설명했다.

"어? 아기 가지게?"

"목소리는 갈라져 가지고, 소리 지르면 안 돼. 성대를 보호해야지." 톈샹은 여전히 본업인 벨칸토를 잊지 않고 여전히 목을 신경 썼다. "그럼 내가 박사 졸업할 때쯤 애를 어린이집에 맡길 수 있으니까 난 가벼운 마음으로 일할 수 있고 좋잖아!"

"소식은 있어?"

"아직. 임신 계획도 얼마 전에 세운 거라."

"어…… 너야말로 전통적인 현모양처구나."

"넌 어때? 소식은 있어?"

"내가 무슨 소식이 있어?"

"헤헤헤. 잡아떼기는." 톈샹이 의뭉스럽게 웃었다. "네가 놀러 가서 찍은 사진 보내줬잖아. 지천에 꽃이 흐드러지게 핀 오두막집에서 설마 아무 일도 없었다고?"

"죽을래." 허뤄는 욕을 퍼부었다. 그러고는 천천히 한숨을 내쉬며 쓸쓸하게 이야기했다. "톈샹아, 난 이제 끝난 것 같아."

"이미 뜸까지 다 든 거야? 그렇게 죄책감이 들거든 얼른 결혼해 버려. 펑샤오가 설마 나 몰라라 하겠어?"

"뜸은 무슨……."

"그럼?"

"아예 타버려서 완전 누룽지를 만들었다." 허뤄가 쓸쓸하게 웃었다. "아무리 노력하고 펑샤오에게 잘해주려고 해도 다른 방향으로 발전하기는 힘들 것 같다는 생각이 들어. 난 안 될 것 같아. 이틀 전 친구들 모임에 갔다가 미래에 대한 얘기가 나왔어. 그 사람이랑 평생 함께할 생각을 하니까 갑자기 겁이 나더라. 이렇게 억지로라도 관계를 유지하는 게 그 사람에게 불공평한 건 아닐까?"

"사랑에 공평하고 말고가 어디 있어? 누가 더 많은 걸 희생했는지 그런 건 원래 가늠하기 어려운 거야." 톈샹이 콧방귀를 뀌었다. "일단 불공평하다는 생각을 떨쳐버릴 수 없다면 그건 진짜 사랑이 아닌 거야."

허뤄가 헛웃음을 지었다. "정말 철학적이야. 너 요즘 이론 실습도 같이하는 거야?"

"네가 한 말이잖아."

"내가? 언제?"

"그때 내가 넌 이제 장위안 여자친구도 아닌데 왜 모든 걸 다 해주냐고, 너한테 너무 불공평한 거 아니냐니까 네가 그렇게 말했잖아. 일단 서로 계산하기 시작하면 그건 진짜 사랑이 아닌 거라고. 난 그때 네 그 위대한 사랑에 감동해서 눈물까지 흘렸는데. 근데 요즘 펑샤오 얘기를 할 때마다 넌 '공평'이란 두 글자를 꼭 들먹이더라. 일단 잠시 시간을 갖고 싶다면 펑샤오한테 말해. 도망가버릴까 봐 겁나서 그래?"

"겁나는 게 아니야. 그 사람 지금 실험실도 바뀌고 아직 업무 적응도 제대로 못했는데 나까지 보태고 싶지 않아서 그래."

"그럼 나보러 동부에 올 거야?"

"가야지. 우선 그 사람 도와서 짐 좀 정리하고. 내가 제일 힘들 때 곁을 지켜준 사람인데 이제 와 모른 척할 수는 없어."

"응. 토사구팽이지." 톈샹이 말을 거들더니 다시 웃으며 말했다.

"그건 가지고 논 다음에 버리는 거나 마찬가지야."

"나도 마음이 복잡해." 허뤄가 한숨을 쉬었다. "다들 처음 사랑을 시작할 때는 대부분 가슴이 먼저 뜨거워지며 물불 안 가리지만, 결국 점점 현실적이고 냉정하게 변한다고들 하잖아. 그래서 나도 지금 고민 중이야. 이렇게 갈팡질팡하지 말고 내 마인드와 애정관을 바꾸어야 하는 건 아닐까? 아니면 아예 혼자로 되돌아가는 건 어떨까……."

"그건 나도 모르지. 난 원래 단순한 사람인데다 연애 경력도 짧아서." 텐샹이 히히 웃었다. "펑샤오처럼 좋은 사람 놓치고 나면 다음에 또 그런 남자 만난다는 보장이 없어요."

허뤄는 가볍게 한숨을 내쉬었다. "결혼은 꼭 해야 하는 건가? 그런 거 생각 안 해도 된다면 얼마나 좋아."

"열이 나더니 정신까지 흐려진 거야! 명심해. 절대 억지로 버티려고 하지 마!"

* * *

허뤄의 병도 거의 나았고 학교는 월말에나 개강하니 시간을 내서 한번 뉴저지에 펑샤오를 보러 가야겠다고 생각했다.

뉴저지와 캘리포니아 모두 방값이 비쌌다. 물론 펑샤오가 가외의 인턴 수당을 받긴 했지만 돈을 아끼기 위해 그는 뉴저지와 펜실베이니아 경계 지점에 방을 얻었다. 매일 차를 타고 한 시간을 달려야 실험실에 도착했는데 일단 바빠지기 시작하면 아예 옆 사무실 소파에서 대충 잠을 잤다. 허뤄가 오자 그는 주말에 쉬고 월요일 아침 일찍 실험실로 출근했다. 아파트 앞에는 정원이 하나 있었는데 가정마다 밭 두 고랑을 분양받았다. 허뤄는 중국 식품점에서 토마토, 고추, 부추 모종을 샀다. "다른 건 그냥 한번 길러보는 거고, 부추는 오빠 미국 친구들한테 선물해. 오빠 교수님이 특별히 그 풀처럼 긴 풀을 꼭 집어서 먹고 싶다고 했다면서."

"그건 네가 부추랑 달걀 넣고 만든 만두 때문이지. 어디서 그런 걸 먹어봤겠어? 설마 진짜 풀떼기가 먹고 싶겠어?" 펑샤오가 웃었다. "다음에 친구들 데려올 테니 솜씨 한번 발휘해봐."

"나한테 맡겨." 허뤄는 채소밭으로 가려고 펑샤오 옷장에서 크고 오래된 셔츠를 하나 꺼내 걸쳤다.

"비행기에서 내리자마자 짐들 정리하느라고 힘들지 않아?" 펑샤오가 차 문을 열며 말했다. "난 출근할 테니 푹 쉬어." 그리고 다시 돌아보며 재차 당부했다. "너무 깨끗하게 정리하지 마. 어차피 3개월만 임대한 거라 나중에 다른 곳으로 이사할 거야."

"여기도 환경 괜찮은데, 왜?"

"이동하기 편하게, 톈샹이랑 좀 가까운 곳으로 가려고. 넌 나보다 그 친구를 더 좋아하잖아." 그가 허뤄를 놀리며 말했다. "이틀 뒤에 톈샹 보러 같이 가자?"

허뤄는 미소 지으며 고개를 끄덕였다. 펑샤오는 허리를 굽어 그녀의 입술에 가볍게 키스했다. 그녀의 몸에서 산뜻한 풀 향기가 났다. 조금 쌀쌀한 날씨에 그의 부드러운 입술에서는 온기가 전해졌다.

펑샤오의 차가 아파트 주차장을 빠져나갈 때까지 허뤄는 길가
에 서서 손을 흔들었다. 그가 그녀의 시야에서 사라지자 그제야
손을 천천히 내려놓았다. 허뤄는 마음이 무거웠다. '우리 잠시 시
간을 갖자'라고 말하기 적당한 타이밍을 도무지 찾을 수 없었다.
펑샤오는 4년 반 이내에 박사 학위를 따려면 조금도 쉴 틈이 없다
고 말했다. 하지만 그녀의 태도는 친근하지만 친밀하지는 않았다.
설마 그 사람은 못 느꼈을까? 그날 친구들이 그에게 청혼하라고
농담을 하던 날, 그녀를 보는 그의 시선에 무력감이 숨어 있었다.

지금 그녀에게 유일한 행복은 며칠 후면 톈상을 볼 수 있다는
사실뿐이었다. 허뤄는 입꼬리를 올리며 가볍게 숨을 뱉었다. 길가
에는 식목 가위, 모종삽과 광주리 등 원예 공구가 놓여 있었다. 그
녀는 흙이 묻은 두 손을 셔츠에 쓱쓱 문지르고는 공구들을 하나
하나 챙겼다.

＊ ＊ ＊

긴 남자의 손이 그녀에게 갈퀴를 건넸다.

"Oh, thanks." 허뤄는 자리에서 일어났다. 상대방의 스웨이드
구두는 물로 얼룩져 있었다. 그는 바짓단을 접어 올린 워싱 청바
지에 옅은 갈색 사선무늬 스웨터를 걸치고 있었다. 그렇게 조금씩
그의 모습이 눈앞에 드러났다. 그는 반쯤 붉어진 단풍나무 아래
서 있었다. 등 뒤로는 레이스를 두른 듯 안개가 드리워져, 저 멀리

관목이 연두색으로 보였다.

"장위안?!" 허뤄 앞으로 걸어오는 사람의 형체가 분명해지는 순간 자신도 모르게 그의 이름을 불렀다.

"그래." 차분하게 웃고 있는 그의 얼굴은 피곤해 보였고 먼지바람 속 햇빛을 등지고 서 있었다. 장위안 역시 눈앞에 익숙한 그녀의 모습을 바라보았다. 큼지막한 남자 셔츠를 입은 그녀는 편안해 보였다. 조금 전 미소 지으며 다른 남자와 키스하던 그녀, 그녀의 찰랑거리는 검붉은 머리카락이 그의 두 눈을 아프게 찔렀다. 그의 갈색 스웨이드 반 부츠에는 물기가 묻어 있었다. 찬 기운이 발아래에서부터 올라와 심장 끝이 얼어붙어 칼로 도려내는 듯 아파왔다.

"어떻게 왔어?

"밀입국했지." 장위안이 그녀 손에 들고 있던 소쿠리를 받아들었다. "미국에 연수 나왔다가 겸사겸사 너 보러 왔지."

"내 말은 여기 주소를 어떻게 알았냐는 거야?"

"나 KGB 출신이잖아……." 그는 눈썹을 씰룩거렸다. "놀랬지? 하늘에서 뚝 떨어진 줄 알고."

"조금. 그런데 무슨 연수?"

"시애틀에서 1주, 실리콘 밸리에서 3일. 난 네가 학교에 있는 줄 알고 널 찾아갔었지.

그리고 비행기를 타고 4000킬로미터를 날아 미국 동부에 온 게 겸사겸사 들른 거라고? 허뤄가 웃으며 물었다. "그럼 다음은 어디야?"

"뉴욕에 가야 해. 여기서 다행히 멀지 않아서 너 보러 왔지." 준비했던 말들은 눈앞에 현실과 부딪히자 끝끝내 마저 할 수가 없었다.

이제 봤으니까 가봐. 허뢰는 마음 독하게 먹고 그렇게 말하고 싶었다. 하지만 장위안의 지친 미소를 보는 순간 "들어와, 일단 한숨부터 돌리자!"란 말이 나와버렸다.

* * *

1층 보안문, 그리고 방화문, 그리고 다시 '웰컴' 갈색 문패가 걸린 방문이 하나하나 열렸다 닫혔다. 이국땅에서의 그녀의 삶, 다른 남자와 함께하는 생활이었다.

가스레인지 위에는 무엇을 졸이고 있는지 진한 간장 향 속에 산초나무, 팔각, 계피 향이 섞여 있었다.

"냄새 좋다." 장위안이 코를 킁킁거리며 문 앞에 놓인 크고 작은 슬리퍼 두 켤레를 얼쯤하게 쳐다보고 있었다.

"달걀, 닭발, 돼지 귀를 졸여서 여기에 넣고 만년탕 끓이려고." 허뢰는 새 슬리퍼를 내놓았다. "환영해. 네가 여기 온 첫 손님이야."

허뢰는 펑샤오에게 전화를 걸었다. "친구가 왔어. 좀 일찍 퇴근해. 우리 어디 가서 식사나 같이 하자."

"어? 톈샹? 그사이를 못 참고. 우리가 찾아가려고 했는데."

"장위안이야. 뉴욕에 회의차 왔대."

"어…… 그래. 끝나자마자 바로 갈게. 뭐 먹고 싶은지 물어봐. 내가 늦으면 먼저 먹고 있어."

허뤄가 돌아보며 물었다. "저녁에 뭐 먹을래?"

장위안은 잠시 생각하더니 대답했다. "아무거나 먹자. 요즘 연이틀 서양 음식만 먹었어. 어쩌다 중국 음식을 먹어도 달고 시기만 하더라. 정말 동북 요리가 그립네."

평샤오가 장위안의 말을 듣고 웃으며 말했다. "어쩔 수 없네. 허뤄가 직접 요리를 하는 수밖에. 괜찮아?"

"응." 허뤄는 식자재 몇 개를 불러주며 중국 식품점에서 사오라고 당부했다. "진짜 일찍 와야 해요. 아니면 요리를 시작할 수도 없으니까."

* * *

"중국 사람은 어딜 가든 중국 위를 들고 다닌다니까." 허뤄가 웃으며 말했다. "나도 미국에 온 지 오래돼서 이젠 치즈나 스테이크에 익숙해졌는데 1주일 내내 먹다 보면 속이 너무 불편해."

"맞아. 여기 중국 식품점에는 베이징 춘장에서 대만 사차 소스까지 없는 게 없다던데."

"맞아. 미국이 유럽보다 훨씬 좋아. 해바라기씨도 반입했다고 들었어."

"여기 좋다. 공기도 좋고 사람들도 친절하고."

* * *

허뤄가 연수에 관해 물으면 장위안이 일일이 대답했다. 둘은 화제가 떨어지자 소파 양쪽 끝에 어색하게 앉아 있었다. 그녀는 마저 심지 못한 모종을 정리하고, 냉장고에서 과일을 꺼내 장위안 앞에 놓아둔 뒤 다시 분무기를 들어 접난에 물을 주었다.

"소문에 또 진급했다던데?"

"응? 아직. 최근 진급자 명단 논의 중이야."

"오, 미리 축하해. 네가 마음먹은 일은 꼭 해냈잖아."

"패는 뒤집어봐야 아는 거지."

"너무 겸손 떨 것 없어. 가능성이 없었다면 이런 중요한 시기에 연수받으러 왔겠어?"

"나도 알아. 그런데 미국에 올 기회가 많지 않으니까 놓치고 싶지 않았어."

허뤄가 고개를 숙여 김을 푹푹 뿜어내는 솥을 들여다보았다. "미국에 얼마나 더 있을 건데. 뉴욕에 큰 IT 기업이라도 있어?

"아니. 사실…… 연수 기간은 다 끝났어. 연수생들 각자 자유 시간 갖고 내일 정오 비행기로 귀국해. 내 비자도 모레 만기야."

"응…… 시간이 너무 촉박하네."

"맞아. 리윈웨이가 그러는데 옐로스톤 공원에 갔었다며. 개학했는데 학교에 없을 거라곤 생각 못했어. 어제 너희 학교에 갔었는데 네 룸메이트가 뉴저지로 막 떠났다고 하더라고." 장위안이 씁쓸하게 웃었다. "다른 사람들은 샌프란시스코에서 비행기 타고, 나는 일정 변경해서 내일 뉴욕에서 비행기 탈 거야."

"회사에서 연수 보내준 거야?"

"아니. 자비로. 연차 냈어." 장위안은 허뤄쪽으로 걸어와 그녀의 한 발짝 뒤에 멈춰 섰다.

"진작에 오고 싶었는데." 그가 말했다. "참, 얼마 전에 예즈 찾아 갔다가 욕만 바가지로 먹고 왔어."

"어."

"여자친구도 있으면서 네 인생에 관심 꺼달래. 그런데 그게 오해였다면 믿어줄래?"

"내가 믿고 안 믿고가 뭐가 중요해. 내가 뭐라고 그걸 간섭해. 네가 어떤 여잘 좋아한다면……."

"허뤄!" 장위안이 그녀의 말을 끊었다. "좋은 여자는 많아. 하지만 그게 나랑 무슨 상관인데."

"그 얘기는 그만하자." 허뤄는 더는 다가오지 말라는 듯 손을 내저으며 뒤돌아 미소 지었다. "우리 다른 얘기하는 건 어때? 여기 주소 어떻게 알았는지 아직 말 안 해줬잖아."

"네 룸메이트도 정말 대단하더라. 뉴저지로 갔다는 말만 하고 아무리 물어도 주소는 말 안 해주는 거야."

"사실 아무도 모르니까. 이 집은 펑샤오가 급하게 구한 집이거든. 그리고 여기 중국 친구들이 도와줘서 구한 거기도 하고."

"내가 하도 귀찮게 따라다니며 물어봤더니 네 룸메이트가 내가 주방에 들어가서 물 마시고 싶다는 부탁은 들어주더라." 장위안이 주머니에서 엽서 하나를 꺼냈다. 아이다호의 감자였다. "냉장고에서 이걸 발견했지. 뒤에 미국 동부의 주소가 있더라……. 나도 그냥 운에 맡기기로 하고 바로 공항으로 갔지."

"야간 비행기를 탄 거야?" 이 확실하지도 않은 주소를 들고.

장위안의 미소가 피로해 보였다. 그가 야간 비행기표를 사서 동부에 도착했을 때는 이미 새벽이었다. 그는 서류 가방에 선물 꾸러미를 꺼내며 말했다. "하마터면 이걸 다른 짐들이랑 같이 뉴욕 공항으로 부칠 뻔했어. 이거 올해 새로 나온 차야. 그리고 지미의 만화 두 권."

허뤄는 물건을 받아들었다. "어. 고마워. 잘 받을게." 그녀는 잰 걸음으로 서재로 들어갔다. 손에 든 만화책 두 권이 천근처럼 무거웠다. 책상 위에 《왜?》와 《잃어버린 고양이》 두 권을 내려놓았다. 제일 처음 보았던 지미의 만화는 대학교 4학년 겨울에 읽었던 《왼쪽으로 가는 여자, 오른쪽으로 가는 남자》였다.

* * *

그 책에는 이렇게 쓰여 있었다.

그녀는 그를 만난 적이 없다. 그는 그녀를 만난 적이 없다.

변화무상이 어쩌면 확고부동한 것보다 더 아름다운 것은 아닐까?

* * *

허뤄는 창가에 섰다. 하늘을 찌를 듯 커다란 참나무가 제 가지와 잎을 흔들며 쉰 목소리로 여름이 지나가는 것을 탄식하고 있었다. 그녀가 창에 비친 자신의 얼굴을 보니 입꼬리가 아래로 처져 있었다. 책상 위에 작은 거울을 들어 자세히 살펴보니 눈이 약간 붉게 물들어 있었다. 그녀는 서랍에서 안경을 꺼내 썼다. 감정과 생각을 적나라하게 드러내지 않아야만 생각이 어느 정도 편해질 것 같았다.

아침에 일어나 컴퓨터를 켰을 때 MSN이 자동 로그인되어 현재 자리 비움 상태로 되어 있었다. 그런데도 모니터 반이 대화창으로 가려져 있었다.

평샤오였다. "실험실에 잘 도착했어. 난 출근 도장 찍고 왔지."

그리고 톈샹도 있었다. "자기야. 언제쯤 올 거야. 보고 싶어서 잠을 못 이루겠어!"

수거가 웃는 모습의 커다란 이모티콘을 보냈다. "히히, 월병은 먹었어? 그리고 내가 깜짝 놀랄 만한 소식을 전해주지."

"깜짝 놀랄 나쁜 소식?" 허뤄가 대답했다.

"나 드디어 그 전설 속의 문어를 봤어. 그게게 밤새 밖에서 앉아 있더니 어제는 또 와서 귀찮게 하는 거야. 정말 다리 여덟 개 달린 문어처럼 사람 잡고 늘어지는 재주 있더라. 그 사람이 네 엽서도 가져가려고 하기에 내가 말렸더니 글쎄 '여자는 때리고 싶지 않다.'라고 말하는 거 있지. 약 잘못 먹었나?" 수거가 얼른 말을 이었다. "그래도 잘생기긴 했더라. 폭력적 성향만 없었어도 소개해 달라고 하는 건데!"

"이미 알고 있어." 허뤄가 씁쓸하게 웃었다.

* * *

정오가 지나자마자 펑샤오가 아파트로 돌아왔다. 그는 문에 들어서자마자 사가지고 온 청경채, 두부와 양고기 그리고 방금 잡은 붕어를 허뤄에게 건넸다. "양고기가 좋아 보여서 네 식단을 내 마음대로 바꿨어. 토마토 소고기탕 말고 붕어 두부탕도 괜찮을 것 같아서." 그러곤 다시 장위안을 보며 웃었다. "왔어요? 한번 드셔보세요. 요리가 제법이거든요."

허뤄는 식자재를 정리했고, 두 남자는 대화를 나누고 있었다.

"전 붕어 찹쌀죽이 더 좋은데, 위에 좋거든요."

장위안의 말에 펑샤오가 웃으며 말했다. "전 요즘 위가 아주 좋아졌어요. 모두 허뤄 덕분이죠. 정해진 시간에 밥 먹고 채소랑 고기랑 적절히 곁들여 먹거든요. 사실 캘리포니아에 있을 때 실험실 중국 친구들이 다 제 도시락 보려고 달려들어서 아주 부러워 죽으려고 했죠. 그런데 요즘은 또 배 속이 썩어가고 있어요."

"일하다 보면 어쩔 수 없죠."

펑샤오가 손바닥을 펼치며 말했다. "운동량은 적은데 허뤄가 음식을 맛있게 해주는 바람에." 그는 다시 웃었다. "허뤄는 만날 내 식습관이 잘못됐다고 잔소리를 해요. 성질이 장난이 아네요. 제가 콜라나 포테이토 같은 정크푸드 살 때마다 화를 내요. 아주 고집이 세죠."

"예전부터…… 원리원칙주의자였어요."

* * *

감자를 둥글게 깎아 칼로 반을 내려치자 반쪽이 데구루루 바닥으로 굴러떨어졌다. 그녀가 몸을 숙여 감자를 주었다. "새 칼이라 손에 잘 안 익네."

"내가 도와줄게." 펑샤오가 손을 씻자 허뤄가 고개를 저으며 말했다. "오늘 하루 운전 많이 했는데 좀 앉아 있어." 둘이 서로 실랑이를 벌였다.

장위안은 탁자 위 두 사람이 함께 찍은 사진을 내려다보았다. 설벽 앞에서 여름옷을 입고 있는 모습이 갑작스럽게 들이닥친 자신만큼이나 시기적절하지 않았다. 점점 자신이 다른 사람의 영화를 관람하고 있는 것처럼 느껴졌다. 자신은 영원한 관객으로 다시는 무대에 오를 기회조차 놓쳐버린 것 같았다.

"저녁 6시 10분 버스 타고 뉴욕으로 돌아갈 거야." 장위안은 손에 들고 있던 시간표를 흔들었다. "내일 비행기니까 역시 일찍 시내로 돌아가는 게 좋을 것 같아."

"이렇게나 급하게요?" 펑샤오가 수저와 그릇을 준비했다. "그럼, 허뤄, 당신이 버스 정류장까지 데려다주고 와. 친구랑 대화도 나눌 겸."

허뤄가 눈살을 찌푸리며 말했다. "길 잘 몰라. 그러다 길 잃어버리면 어떻게 해."

"가까워. 코너만 돌면 되는데. 차로 딱 5분이야. 어제 드라이브할 때도 네가 운전했었잖아?" 펑샤오가 그녀를 도와 밥상을 차리며 띄엄띄엄 말했다. "괜찮아. 허둬, 넌 분명 찾아올 수 있을 거야."

* * *

가정식 냉채, 파 양고기 볶음, 삼색 채소 볶음, 배추 목이버섯 볶음, 붕어 두부탕과 막 졸인 닭발과 족발로 한상 가득 푸짐하게 차렸다. "요즘은 요리에 속도가 좀 붙었네." 장위안이 말하며, 허둬가 담담하게 웃으며 조용히 손에 핸드크림을 바르는 모습을 지켜보았다. 그는 그녀의 모습과 요리 맛을 기억하려고 애썼지만 입에서는 어떤 맛도 느껴지지 않았다.

식사 후 허둬는 차로 장위안을 버스 정류장까지 데려다주었다.

"지금 행복하니?"

"아주 좋아."

"그럼 안심이야. 참, 나 집 장만했어."

"어? 진짜였구나. 지난번에 물었을 때……."

"지난번에는…… 팔려고 했었어. 그런데 차마 못 팔았어."

이야기를 나누다 보니 어느새 정류장이었다. "안녕!" 허둬는 차를 길가에 세웠다. 그리고 뒤돌아보며 말했다. "무사히 잘 돌아가."

"그럼, 난 갈게." 장위안이 차에서 내려 두 걸음 정도 걷다 말고 다시 돌아와 그녀에게 사진 한 장을 건넸다. "미안해. 어쩌면 내가 너무 늦은 거겠지. 난 네가 이곳의 안주인이 될 거라고 생각했었는데." 그는 말을 마치고 잡초가 무성한 내리막길을 따라 걸어갔다. 에어컨이 달린 장거리 버스가 곧 출발하려고 했다. 머리가 벗어진 기사가 제복 모자를 흔들었다.

허뭐는 사진을 뒤집어보았다. 베란다에서 아래쪽을 향해 찍은 가든 뷰였다. 문양이 새겨진 철제 울타리 사이로 대문 안 초석에 쓰인 네 글자가 분명하게 보였다. '허뭐 가든'

"허, 뭐, 가, 든……." 딱딱해진 심장에 가슴이 꽉 막힌 것처럼 아팠다. 그녀는 고개를 젖히고 선루프의 갈색 유리 밖을 쳐다보았다. 구름이 빠르게 흘러갔다. 처음 미국에 왔을 때 그리움으로 보냈던 날들처럼. 옥탑에서 먼 곳을 바라보고 있노라면 심장이 지금처럼 조여 오는 것만 같았다. 하지만 구름 한 점도 멈춰서 자신의 고민을 들어주지 않았었다. 그땐 가슴 가득한 외로움을 털어놓을 곳이 없었다.

* * *

허뭐는 순간의 충동으로 버스까지 달려가 이렇게 말하고 싶었다. '가자. 나도 데리고 함께 가.' 아무것도 따지지 않고 모든 것을 내버린 채. 하지만 펑샤오의 말이 여전히 귓가에 맴돌았다. '허뭐, 넌 분명 찾아올 수 있을 거야.'

망설이는 사이 장거리 버스는 윙윙 모터 소리와 함께 떠나가버렸다. 허뭐는 차마 되돌아볼, 차마 회상할 용기가 나지 않아 의자에 등을 기댄 채 두 손으로 두 눈을 가렸다.

수많은 사람들 속에서 우리는 대체 누가 누구를 놓쳐버린 것일까?

* * *

돌아서기 전 얼핏 너의 두 눈에 고인 눈물을 보았어

내가 너의 마음속에 존재했었다는 사실을 알게 된 것만으로도,

나는, 충분해.

제3장 그럼 어땠을까?

우리가 지금껏 함께였다면 어땠을까
여전히 서로를 깊게 사랑하고 있지 않았을까
처음처럼 손을 잡은 채, 날이 밝아온다고 해도 말이야
by Penny Tai '그럼 어땠을까'

누군가 차창을 똑똑 두드렸다. "저기, 잊은 게 있어서. 내가 몇 마디만 더 해도 될까?"

"그러다 장거리 버스 놓쳐." 그녀는 웃어 보이려고 애썼다.

"괜찮아. 버스는 아직 더 있어."

둘은 어깨를 나란히 한 채 경사가 완만한 언덕의 풀밭에 앉았다. 저 멀리에는 들쭉날쭉 자라난 갈대가 바람에 흔들리고 있었고, 고독한 전봇대와 함께 점점 어두워지는 하늘의 반을 가르고 있었다. 바람이 차가웠다. 장위안은 외투를 허뤄에게 걸쳐주었다.

허뤄는 외투를 벗어 다시 돌려주었다. "고마워."

장위안은 외투를 받아 다시 입지 않고 옆에 그대로 내려놓았다. "겁쟁이라고 해도 좋고, 도망친 거라고 해도 좋아. 줄곧 아무 말도 못했어. 하지만 이제, 그 말들이 평생 내 가슴속에서 썩어가도록 내버려두고 싶진 않아."

"얘기하지 않는 게 좋겠어." 허뤄가 고개를 저었다.

"지금 말하지 않으면 나중에는 기회조차 없을 것 같아 두려워. 이 선물을 다른 사람의 아내가 된 사람에게 줄 순 없잖아?" 장위안이 손바닥을 펼치자 반지 두 개가 놓여 있었다. "이건 예전 거, 내가 대신 무료로 보관만 해둔 거고. 그리고 이건 새 거야······." 장위안이 가리키며 말했다. "원래 반지랑 집 열쇠랑 같이 주려고 했었는데."

허뤄는 망설였다. 차마 받아들 수가 없었다.

장위안은 반지를 만지작거렸다. "네가 막 출국했을 때는 내가 텐다에 입사해서 자리 잡고 있던 단계였어. 사실대로 말하자면 그 시기에는 내가 모든 걸 놓아버릴 수 있을 거라고 착각했었어. 사랑 같은 감정을 신경 쓸 여유나 여력이 없었어. 가끔 생각이 나도, 만약 네 마음속에 내가 있었다면 네가 그렇게 무정하게 떠나버리지 않았을 거라고 생각했지. 그렇게 시간이 흘러도 다시 만날 수 있는 기회가 또 있을 거라 생각했어. 그런데 문득 생각해보니 내가 널 붙잡기 위해 해준 말이 하나도 없더라. 차곡차곡 쌓인 추억들을 빼고 나면 너랑 나 아무것도 없더라고. 그래서 지금 너에게 이런 말을 할 자격조차 없어. 사실 내가 용기가 있어서 단숨에 미국 동부까지 날아온 건 아니야. 정반대로 너를 잃고 남은 평생을 살아갈 용기가 없어서야. 서로의 행복을 찾자고 한 말은 집어치워버려! 난 널 되찾고 싶은 생각뿐이야."

* * *

"생각해본 적 있어? 난 이제 네가 찾는 예전에 내가 아닐 수도 있다는 생각." 허뤄는 다이아몬드 반지를 집어 들며 물었다. "옛날이랑 같은 치수지?"

"응."

"그럼 끼워서 보여줄게." 허뤄가 왼손을 들어 반지를 끼우자 반지가 무명지 두 번째 관절에 걸리고 말았다. "차량 수리, 가사, 밭일들을 하다 보면 손가락 마디가 굵어져. 봐, 반지가 이젠 작지. 나도 사랑이 최고인 줄 아는 옛날에 그 어린 소녀가 아니야. 나에게도 내 삶이 있어. 우리 모두 앞을 향해 걸어가야 해. 뒤돌아보지 말고."

"그럼 말해봐. 마음속으로 그리워한 적 없어? 예전, 우리 함께했던 추억들, 그리고……." 장위안이 깊게 숨을 들이마시더니 후 하고 내쉬었다. "나."

허뤄는 이해하기 어려운 미소를 띠며 무릎을 끌어안고 고개를 살짝 뒤로 젖혔다. "날 난처하게 만드는구나. 알잖아. 거짓말 잘 못하는 거. 그리워하지 않았다고 하면 거짓말이겠지." 그녀는 저녁 안개 사이로 끝없이 이어진 먼 산을 응시했다. "예전에도 말했지만 넌 나한테 빚진 거 없어. 그때 얼마나 많은 여학생들이 나를 부러워했는데. 넌 나에게 내가 상상할 수 있는 가장 낭만적인 소녀 시절을 선물했어. 시간을 되돌린다고 해도, 그래서 우리가 결국은 다시 헤어진다고 해도 난 역시 너를 선택할 거야. 그래서일까? 가끔 나 자신에게 물어봤어. 왜 나는 너를 떠올리는 걸까? 다시 돌아오지 않을 아름다운 그 시절이 그리워서는 아닐까? 어떤 것이 진실인지 잘 모르겠어."

"만약에 네가 남자친구가 없었다면⋯⋯." 장위안이 물었다. "나에게 다시 기회를 주었을까? 너 자신에게 기회를 주었을까?"

"그 가설은 성립할 수 없어." 허뤄가 아랫입술을 깨물었다. "펑샤오는 실제로 존재하니까. 그리고 지금 이 순간도 내가 돌아오길 기다리고 있으니까."

"그럼 말이야. 넌 그 사람을 사랑하니?"

"뭐라고 해야 하나⋯⋯." 허뤄는 잠시 생각했다. "천둥처럼 요란했던 사랑도 결국 이렇게 뜨뜻미지근하게 변하기 마련이야. 사랑에는 한 가지 모양만 있는 건 아니야. 넌 영원한 사랑을 믿니?"

"세상에 진짜 영원한 사랑은 없어." 장위안이 그녀를 바라보았다 "다만 사랑에 대한 갈망만은 영원하지."

* * *

버스 한 대가 왔다가 또다시 떠나갔다. 7시 40분이 오늘 뉴욕으로 가는 마지막 버스였다.

"나도 그런 사랑 해봤잖아. 하지만 영원은 너무 길어……. 이젠 가자!" 허뤄가 입술을 깨물며 자리에서 일어났다. "내일 중국으로 돌아가는 비행기는 놓치면 안 돼. 비자가 만료되어서 불법 체류자로 분류되면 문제가 커지거든."

"상관없어. 앞으로 여기 다시 올 이유가 내겐 없는걸" 장위안이 쓴웃음을 지었다. "이렇게 갑자기 널 찾아온 건 내 생각을 너에게 말해주고 싶었을 뿐이야. 내게도 정정당당하게 너를 쫓을 권리가 있는데, 왜 죄 지은 사람처럼 몰래 너를 그리워하고 다른 사람에게 말도 못했을까? 그리고 지금 와 생각해보면 실패해서 다른 사람의 놀림거리가 될까 두려워했던 것 같아. 그땐 꼭 이 관문을 통과해야만 할 것 같았어. 자만도 하고 자괴감에 빠지기도 했지. 그래서 앞길이 불투명해도 밀어붙였어. 그렇게 내 생각만을 고집하며 우리가 함께해야 할 미래를 위해서는 아무 노력도 하지 않았지. 이제 와서 말이지만 그때 네 말대로 조용히 대학원 시험이나 준비할걸. 창업이든 취업이든 나중에 기회가 또 있을 테니까."

"아니. 넌 못했을 거야." 허뤄는 고개를 저었다. "우리 같이 암벽 탔던 거 기억해? 넌 맨손으로 올라갔었잖아? 나중에 미국에서 친구들과 암벽 등반을 했었는데 그제야 알았어. 보호 장비가 필요하다는 것을."

"그땐 떨어지면 얼마나 아픈지 몰랐으니까." 장위안이 탄식했다. "그해 겨울 네가 귀국한다는 소식에 꽃다발을 들고 공항에 마중 나갔었어. 그런데 너랑 펑샤오가 손을 잡고 같이 출입국 문을 빠져나오더라. 식당에서 만났을 때, 네가 날 고등학교 동창이라고 소개했지? 그때 내가 어떻게 갑자기 그냥 고등학교 동창이 되었을까 하고 생각했어. 대입 시험에도 실패해봤고, 사업은 늘 위기였지만 그런 건 충분히 감당할 수 있다고 생각했지…… 그런데 널 잃을 수도 있다는 건 전혀 생각을 못했어……"

"하지만 난, 더는 바닥으로 떨어지고 싶지 않아." 허뤄의 마음은 시고도 떫었다. "우린 이미 서로 다른 길을 가는 사람들이야. 이 세상에 후회를 멈출 수 있는 약은 없어."

"그래. 없지……" 장위안이 잠시 침묵했다. 그리고 눈빛은 애절했다. "그럼. 갈게……. 한번 안아봐도 될까?"

활짝 열린 그의 두 팔은 마치 거대한 자석 같았다. 허뤄의 머릿속에서는 계속해서 '안 돼'라고 외치고 있었지만 몸은 통제 불능이었다. 불구덩이로 뛰어드는 꼴이라는 걸 잘 알면서도 어쩔 수 없이 그녀는 그에게 몸을 맡겼다. 둘을 가볍게 포옹했다.

* * *

장위안이 그녀의 귓가에 조용히 속삭였다. "허뤄 가든을 팔아버릴까도 생각했었어. 네가 없다면 이 집이 무슨 소용 있겠어. 그런데 희미하게나마 환상을 품고 있었나 봐. 그리고 널 볼 때마다 무슨 말부터 해야 할지 몰라서 그저 널 붙들고 쓸데없는 업무 얘기만 했어. 사실 펑샤오가 너무너무 부러워. 매일 오늘처럼 너와 아무렇지 않게 살아가는 시시콜콜한 이야기를 할 수 있다는 게. 예전에 함께 찍은 사진이 아직도 내 서랍 속에 있어. 사진을 볼 때마다 감회가 새로워. 물론 그리워해봤자 아무 소용없다는 거 알아. 이젠 과거를 추억하는 이 버릇도 고쳐야 하겠지. 사실 널 그리워하는 것 자체가 너무 힘들어. 허뤄, 나도 이제 지쳤어."

장위안은 먹먹한 목소리로 말을 이었다. "할 수만 있다면 지금 내 모든 걸 걸고 헤어지자고 했던 그 바보 같은 말을 주워 담고 싶어." 그의 가슴은 여전했다. 익숙한 향기가 허뤄를 감쌌다. 그녀는 현기증이 났다. 자신의 모든 중심이 그의 몸에 실린 것 같았다. 똑바로 서려고 할 때마다 그는 팔에 더 힘을 주었다.

"예전에는 제대로 말하지 못했던 것 같아. 너무 간지러워서." 그가 잠시 말을 멈추었다. "사랑해, 허뤄."

"허뤄, 허뤄……" 장위안이 그녀의 이름을 불렀다. 이렇게 오랜 시간이 흘렀지만 그 사람만큼 자신의 이름을 가슴 떨리게 불러준 사람은 없었다. 그의 목소리는 여전히 열여섯 살 소년처럼 처음은 맑고 마지막은 부드러웠으며 깊은 울림이 있었다.

허뤄는 그의 품을 벗어나지 못하고 자신도 모르게 그를 두 팔로 감았다. 장위안의 힘찬 심장 소리가 들렸다. 그의 심장 박동에는 사람을 미혹시키는 힘이 있었다. 장위안은 자신도 모르게 그녀를 더 꼭 끌어안았다. 조금의 틈이라도 벌어지면 그 사이로 그녀가 빠져나가 더는 볼 수 없을 것만 같았다. 마지막 한 줄기 이성이 허뤄에게 말하고 있었다. 뿌리쳐, 그를 뿌리쳐. 이를 악물고 고개를 숙여 그의 가슴을 밀었다.

* * *

허뤄가 버둥거리는 것을 느낀 장위안은 '허뤄' 하고 속삭였다. 그의 목소리는 우울하고 무기력했다. 바람이 멈추었다. 세상의 모든 소리가 멈추었다. 그리고 세상이 지금 이 순간에 응집되었다. 빛을 잃고, 소리를 잃고, 향기를 잃었다. 유일하게 그녀 목에 차갑고 축축한 감각만이 전해졌다.

허뤄는 깜짝 놀랐다. 차가운 무언가가 무수히 흘러 머리칼을 타고 목덜미로 전해지며 소리 없이 피부로 미끄러져 내려왔다. 그는 발은 숨을 내쉬며 온몸을 떨고 있었다. "사……." 간단한 그 세 마디를 차마 다하지 못하고 눈물에 목이 메어왔다.

"장위안……." 그녀도 더는 주체하지 못하고 흐느끼며 그의 이름을 불렀다.

둘은 감정을 억누르지 못하고 눈물을 펑펑 쏟으며 서로 꼭 끌어안았다.

* * *

우리가 지금껏 함께였다면 어땠을까? 우린 대체 왜 이렇게 된 걸까?

우리는 왜 지금 이 순간 그저 서로를 끌어안을 수밖에 없게 된 것일까? 왜 눈물 속에서 너의 실루엣을 더듬을 수밖에 없는 것일까?

우린 울면 안 돼. 행복해지자고 약속했었잖아. 그렇게 힘든 나날을 보내면서도 여태 한 번도 울지 않았잖아.

과거는 이미 모두 낡아버렸다고 생각하고 갈기갈기 찢어서 바람 속에 흘려보냈어. 그런데 너는 정말 신기한 마법사인가 봐. 손을 한번 휘두르니까 모든 것이 생생한 그림처럼 분명하게 끼워 맞춰지더니 다시 내 머릿속으로 들어와버렸어.

* * *

장위안은 끓어오르는 감정에 고개를 숙이고 눈물이 어린 허뤄의 뺨을 따뜻한 엄지손가락으로 닦았다. 그의 입술이 그녀의 이마, 눈, 광대뼈를 타고 마지막으로 입가로 미끄러지더니 그녀의 입술에 머물렀다.

"아니……." 그녀의 거절이 묻혀버렸다. 그녀는 애써 두 손을 거두고 그의 가슴과 팔을 밀어내고 있었다. 따듯한 입술이 가볍게 부딪히더니 부드럽게 마음속 깊은 곳의 추억을 건져 올렸다. 심장박동도 불규칙해지고 호흡도 불안해졌다. 허뤄는 손톱으로 장위안의 팔뚝을 세게 잡았다. 하지만 두 입술이 미세하게 열리더니 그의 혀가 들어와 뒤엉키도록 내버려두었다. 그는 집착에 가까운 약탈로 자신이 얼마나 깊게 추억하고 있는지 호소하고 있었다.

허뤄, 널 평생 기억하겠어.

하룻밤 사이 백발로 늙어버렸으면 하는 생각이 다시 엄습했다.

산이 무너지고 바다가 뒤집힐 정도의 기세였다.

만년설이 일단 녹기 시작하면 둑이 무너지고 범람하여 재난이
된다.

* * *

맹렬했던 입맞춤에 눈물의 짜고 떫은맛이 뒤섞여 있었다. 허뤄
는 호흡이 거칠고 숨이 가빠왔다. 장위안은 그녀를 품에 안고 그
녀의 머리카락을 어루만졌다. 찬 공기를 가볍게 들이 마시고는 장
위안이 말했다. "손 좀 풀어줄래."

허뤄는 헛기침을 하기 시작했다. 자신이 그의 팔을 세게 꼬집
고 있었다는 사실을 그제야 발견했다. 눈물에 젖어 더욱 연해진
그녀의 뺨이 장위안 가슴의 얇은 니트에 닿자 따끔거렸다. 장위안
이 울 거라고는 생각도 못했다. 그의 입술이 여전히 자신의 입술
을 탐할 것이라고는 생각도 못했다. 따뜻하고 촉촉한 감촉, 그의
몸에 익숙한 향기가 그녀를 거부할 수 없게 만들었고, 흐느끼도록
만들었다. 그러나 펑샤오의 상처받은 두 눈이 순간 심장을 스치며
온몸이 벌벌 떨려왔다. 아무리 아쉬워도 언젠가는 잡은 두 손을
놓아야만 했다.

허뤄는 얼른 장위안의 품에서 벗어났다. 그가 소매를 걷자 팔
뚝 위쪽이 꼬집혀서 파랗게 멍들어 있었다. "예전보다 힘이 더 세
졌네. 우리……."

"이제 우린 없어." 허뤄의 젖은 눈에 엷은 미소가 떠올랐다. "이
미 충분히 아름다운 이별이었어."

그 순간 온몸의 힘을 다 빠져버렸다.

* * *

그녀는 차를 몰아 집으로 돌아왔다. 내내 두 눈을 아무리 부릅
떠도 눈물이 주체할 수없이 흘러내렸다. 조금 전 그 혼돈이 오히
려 꿈인 것만 같았다. 그의 곁에선 마치 자신의 몸이 빙의된 듯 손
발이 말을 듣질 않았다. 허뤄는 길가에 차를 세운 뒤 창문을 열고
라디오를 켰다. 창밖의 초목과 화초의 청신한 향이 컨트리 뮤직
기타 소리와 함께 퍼져나갔다. 그녀는 멍하게 한참을 앉아 있다가
가까스로 자신을 추슬렀다.

아파트로 돌아온 허뤄는 깊게 호흡했다. 자신의 붉게 부어오른
두 눈을 가리려고 고개를 푹 숙이고 집으로 들어갔다.

주방 조리대 위에 어둡고 노란 꼬마전구만이 켜져 있었다. 허
뤄가 집에 돌아온 후에도 펑샤오는 거실에 대충 누워 있었다. 접
이식 소파는 펼쳐져 있었고, 그는 축구 경기 중계를 보고 있었다.
그는 모니터에 시선을 고정한 채 말했다. "아무 일 없이 돌아왔으
면 됐어. 길 잃어버리고 경찰한테 딱지 끊긴 줄 알고 걱정했었지."

허뤄의 마음은 온통 죄책감으로 가득했다. 몇 마디라도 그의
마음을 다독여주고 싶었지만 차마 입이 떨어지지 않았다. 그녀
는 고개를 숙인 채 펑샤오와 다음 날 톈샹 방문 일정을 의논하고
는 바로 도망치듯 방으로 숨어 들어갔다. 벽을 건너 휘슬과 환호
성 소리가 들려왔다. 뒤이어 광고 음악과 스포츠 주간 주요 뉴스

가 들렸고 그 뒤로도 텔레비전은 쉼 없이 떠들고 있었다. 펑샤오
는 리모컨이 손에 닿지 않자 아예 한 개 채널에 고정해두었다.

　둘은 벽을 사이에 두고 서로 다른 고민을 가득 끌어안고 있었다.

* * *

　베이징으로 향하는 뉴욕발 직항에 올라 장위안은 창가에 몸을
기댔다. 팔은 살짝만 닿아도 이를 악물 정도로 아팠다. 하지만 마
음은 더 아팠다. 머리가 복잡했다. 미래에 대한 꿈도, 그의 장래와
명예도 이 순간 모두 내던져버리고 싶었다. 영원을 위해 이 멀고
험난한 길을 어떻게 헤쳐나가야 할까? 순간의 충동으로 그녀 앞
에 어색하게 서긴 했는데 창백한 단어 말고 그녀를 붙잡을 수 있
는 것은 아무것도 없었다. 그는 허뤄라는 사람을 잘 알았다. 바로
지척에 있는데도 태평양의 양쪽 끝에 선 것처럼 차마 그 간극을
넘을 수가 없었다.

* * *

　추억이 공기라면 사랑은 두 도시의 거리와 같다.
　사람의 마음에는 모두 하나의 도시가 존재한다.
　베이징에서 뉴욕까지 직항으로 13시간 35분이 걸리지만
　나와 너의 마음은 대체 몇 광년이나 떨어져 있는 것일까?

* * *

텐상은 뉴욕에 살았다. 허뤄는 기차를 타고 그녀를 보러 갔다. 역에 도착하자 텐상이 플랫폼에서 그녀를 기다리고 있었다. 노반 옆에는 사람 키 반만 한 잡초들로 무성했고 철도가 구불구불 이어져 있었다. 하늘은 또 얼마나 파랗던지 그 안에 녹아들고 싶은 충동이 들었다. 햇빛에 눈이 부셨다. 그녀는 무얼 잡으려는 듯 햇빛을 향해 손을 뻗었다. 반투명 주황색이 손가락 라인을 따라 그려졌다.

당장 1초 후에라도 그가 돌아보며 '이게 무슨 막대사탕이야? 너무 시어서 이빨이 다 빠질 것 같아.' 하고 말할 것만 같았다.

또는 고등학교 졸업하던 그 해 여름, 기차역에서 이별하던 때처럼 서로의 주먹을 마주하며 손가락 마디를 꼭 맞출 것만 같았다.

아니면 그해 겨울처럼 그의 등 뒤로 몰래 돌아가 '손 들어, 움직이면 쏜다.' 하면 그가 웃으며 낮은 목소리로 '탐하는 것이 재물입니까 아니면 색입니까? 재물이라면 소인 진짜 가진 것 없는 빈털터리입니다. 색이라면 어찌할 방도가 없으니 당신을 따르겠습니다.'라고 말할 것만 같았다.

당시 혼자 이 낯선 땅에서 고독과 싸우고 있을 때에는 이 기억들을 떠올리는 것만으로도 고통스럽고 슬퍼졌었다. 하지만 장위안이 다녀간 뒤 마음속에 깊이 잠들어 있던 지난 추억들이 다시 되살아나더니 점점 선명해지기 시작했다.

* * *

텐샹이 마중을 나왔다. 허리까지 닿은 긴 머리에 옅은 화장을
하고 여전히 눈빛에는 생동감이 넘쳐흘렀다. 하지만 행동은 좀 더
여성스러워졌다. 둘은 플랫폼에서 격정적으로 끌어안았다. "허뤄.
보고 싶어 죽는 줄 알았어!" 그녀는 흥분해서 과장된 몸짓으로 힘
차게 허뤄의 등을 두드렸다. 허뤄는 코끝이 시큰해지더니 온몸이
노곤해졌고 아무 말도 하고 싶지 않았다.

"펑샤오는 왜 같이 안 왔어?" 집으로 가는 길에 텐샹이 물었다.

"실험실에 일이 많다고 어제 말하더라고, 그래서 못 왔어."

"오…… 둘이 싸운 거 아냐?"

"왜 그렇게 묻는 건데?"

"눈이 부었어. 그것도 아주 심하게."

허뤄는 백미러에 자신을 비추어보았다. 아침에 일어났을 때 축
축하게 젖은 뺨을 떠올리며 아무 말도 하지 않았다. 그녀는 텐샹
집 손님방의 침대에 엎드려 누웠지만 잠이 오지 않았다. 햇볕이
따뜻하게 이불에 흩뿌려졌다. 텐샹이 문을 열고 들어와 조심조심
물 컵을 침대 머리맡에 두려다가 뜬 눈을 한 허뤄를 보고는 화들
짝 놀랐다.

"무슨 생각해? 안 피곤해?"

"피곤해. 이틀 동안 너무 피곤했어."

"근데 왜 눈 뜨고 있어? 내가 너무 보고 싶었구나. 나랑 하고 싶
은 얘기가 많은가 보구나."

"응. 갑자기 그때 그 사람 병문안 가서 죽을 끓여줬던 생각이 떠올랐어."

"그리고 어떤 사람이 배불리 먹더니 흐뭇해하며 잠들었다고. 넌 혼자 시름하며 이렇게 늙어버렸으면 좋겠다고 생각했던 일. 맞지?" 톈샹이 한심하다는 듯 비웃었다. "그때가 그 녀석이 제일 기고만장할 때였지. 너에게 아무 약속도 해주지 못하는 놈 옆에서 넌 조금도 원망하지 않고 보살펴줬으니. 난 정말 그 녀석한테 마대 자루를 집어던져 버리고 싶은 심정이야."

"넌 줄곧 마대 자루를 던지고 싶어 하더라." 허뤄가 웃었다. "고등학교 때부터 줄곧."

"근데 넌 줄곧 못 던지게 하더라."

"그랬어?"

"왜 갑자기 그 녀석 생각이 난 건데."

"찾아왔었어. 어제."

"찾아와? 어제?" 톈샹이 고함을 질렀다. "미국에를? 그것도 펑샤오가 지금 사는 곳으로? 이거 완전 깽판 아냐?"

* * *

허뤄는 자초지종을 설명했다.

"이 여자야……." 톈샹이 한숨을 내쉬었다. "원수가 마주했으니 눈에서 불꽃이 튀었겠네. 펑샤오가 그나마 널 잘 알았던 거지. 펑샤오가 직접 장위안을 태워줬어 봐. 너는 더 못 잊을걸. 그러길 잘

했네. 너 스스로 이렇게 계속 반성하고 있으니까."

"장위안을 정류장으로 바래다주는 길에 내내 펑샤오의 그 말이 떠올랐어. '넌 분명 찾아올 수 있을 거야.'" 허뤄는 두 눈을 살짝 감았다. "언제나 그 사람이 나를 보살펴줬었는데. 그 말을 할 때 그 사람은 꼭 아이 같았어. 자신을 버리고 가서 다시 돌아오지 않을까 봐 무서워하는 아이처럼."

"혹시 펑샤오도 네가 자신과 거리를 두고 있다는 걸 느낀 건 아닐까? 그래서 널 억지로 붙잡아도 붙잡아둘 수 없다고 느낀 거지."

허뤄는 아무 말도 하지 않았다.

톈샹이 다시 물었다. "그럼 장위안이랑 다시 시작하는 거야?"

허뤄는 여전히 아무 말도 하지 않았다.

"내가 그랬지. 사랑한다는 말 한마디가, 집 그까짓 게 뭐라고?" 톈샹이 허뤄의 손을 꼭 잡았다. "다른 사람은 몰라도 난 네가 대학교 4학년 때 얼마나 힘들어했는지 잘 알아. 그 녀석이 널 밀어냈잖아. 도대체 뭘 믿고 지가 싫다고 하면 가야 하고, 다시 돌아와달라고 하면 넌 왜 넙죽 그 녀석을 받아줘야 하는 건데? 좀 더 애를 먹어야지 내 분이 풀릴 것 같아. 그리고 갠 중국에 있고 넌 미국에 있는데 너희 둘이 무슨 견우와 직녀라도 돼?"

"사실 예전부터 언제 기회를 봐서 펑샤오한테 말할 생각이었어. 나 혼자 잠시 우리 둘의 관계를 곰곰이 생각해보고 싶다고. 그런데 장위안이 온 거지. 오히려 펑샤오에게 말하기 더 어려워졌어. 그럼 마치 나한테 다른 꿍꿍이가 있다고 생각할 거 아냐." 허뤄는 노곤한 목소리로 말했다. "근데 이미 눈치챈 것 같아. 아침에 날 역까지 바래다주고 굿바이 키스를 하는데도 내 몸이 경직되어 버렸거든."

"심했다. 밥은 고사하고 물도 안 끓였겠어." 톈샹이 눈을 부릅 뜨고 분노하며 말했다. "장위안 이 남자가 바로 화근이야." 그러더니 다시 어쩔 수 없다는 듯 한숨을 내쉬었다. "허뤄, 너 울지 마. 예전에 고등학교 때는 네가 날 돌봐줬고, 지금은 우리 남편이 날 보살펴주잖아. 그래서 난 다른 사람 달래는 거 잘 못해. 네가 울어버리면 난 완전 얼음이 되어버릴 거야. 됐다, 됐어. 네가 무슨 결정을 하든 난 너를 응원해. 설사 네가 장위안 그 나쁜 녀석한테 돌아간다고 해도. 흥, 그 자식 진짜 복도 많아. 근데 너 너무 억지로 뭘 하진 마."

허뤄가 웃었다. "펑샤오 지지했다, 장위안 지지했다 톈샹 너도 참 갈대 같구나. 도대체 누굴 응원한다는 거야?"

톈샹도 따라 웃었다. "바보. 둘 다 내 가족도 아니고 응원하긴 뭘 응원해. 난 언제나 네 편이야. 네가 누구랑 함께하든 난 그 사람을 지지할 거야."

허뤄는 마음이 따뜻해졌다. 허뤄는 등 뒤로 친구의 손을 잡고 몸을 잔뜩 웅크린 채 이마를 무릎에 가져다댔다.

장위안이 등장하던 순간 잠깐 찬란하게 빛나는가 싶더니 이후 '어제'의 그림자가 더 길게 드리워졌다.

제4장 바람의 노래를 들어

넌 지금 어디 있니. 너에 대한 그리움도 이제 옅어졌어
이미 잃어버린 것들은 어떻게 되돌릴 수 있을까
누군가의 노래가 바람 속에서 이런저런 이야기를 하네
마치 뒤늦게 용서를 구하는 것처럼
생명보다 더 긴 성장 과정에는
왜 이렇게 늘 많은 미지수가 존재하는 걸까
어떻게 해야 이별하지 않고
어떻게 해야 미안해하지 않을 수 있을까

by 완팡 '바람의 노래를 들어'

개학 후 허뭐는 캘리포니아로 돌아왔고 펑샤오는 실험실에 남아 여전히 바쁜 나날을 보내고 있었다. 그는 이번 프로젝트 팀에 신입으로 당연히 남보다 더 많이 노력해야 했다. 어쩌다 선배 기술자가 게으름이라도 피우면 10여 시간이 넘는 검측 업무가 펑샤오 한 사람한테 떠넘겨졌다. 밤을 새우는 일은 다반사였다. 캘리포니아와 미국 동부는 3시간의 시차가 존재했다. 그래서 자정이 다 되었는데도 창평의 메신저는 여전히 온라인 상태일 때가 많았다.

허뭐가 그를 타일렀다. "너무 힘들면 교수님한테 은근하게 돌려

서 말해봐. 당신 혼자 철인이야. 그 사람들도 너무 심한 거 아냐?"

그러면 펑샤오는 늘 껄껄 웃으며 이렇게 대답했다. "이것도 연마 과정이지." 그리고 그가 설명했다. "그 사람들은 모두 기술 지원 파트라서 성과가 딱히 없어도 아무도 신경도 안 써. 하지만 난 학생이잖아. 지금 열심히 해두어야 내공이 쌓이지."

샹베이도 물었다. "형, 그렇게 죽도록 일하면 추가 근무 수당이라도 나와? 돈 모아서 장가가게?"

"내가 결혼한대?"

"옛날에 결혼 계획 있다고 했잖아. 허뤄 씨가 박사 졸업하고, 형이 실험실 일 시작하면 한다며."

"Forget it(잊어)!" 펑샤오가 간단명료하게 대답했다. 그날의 일을 그는 묻지 않았고 허뤄도 언급하지 않았다. 하지만 늘 가시처럼 걸려 있었다. 그가 바란 대로 허뤄는 돌아왔다. 하지만 가려진 그녀의 눈동자가 붉게 물들어 있었다. 처음 만났던 그때처럼 눈가가 젖어 있었다. 그게 언제 적 일이었던가? 아마 근 2년 정도 전의 일이었을 것이다. 그때의 그녀는 확실히 총명하고 기민한 아가씨였다. 하지만 그녀는 가끔 미간을 찌푸리곤 했다. 그런 그녀에게 그는 연민을 느꼈다. 그리고 그녀를 웃게 하고 싶다고 생각했다. 마침내 그녀와 가까워지고 함께하게 되면서 조금씩 미소를 되찾는 모습을 보며, 주방에 폴폴 피어오르는 수증기 속에서 밥하는 모습을 보며, 진흙이 잔뜩 묻은 손으로 후원에 쪼그리고 앉아 화초며 채소를 가꾸는 걸 보며, 말총머리를 높이 묶고 축구장에서 손을 흔들며 자신을 응원하는 걸 보며, 그렇게 평생 함께 늙어가리라 생각했었다. 그런데 누군가의 갑작스러운 등장으로 지난 2년간의 감정이 완전히 몰살당할 줄은 꿈에도 생각하지 못했다. 펑샤오는 자신이 과거를 잘못 기억하고 있는 것인지 아니면 미래를 잘못 계획한 것인지 혼란스러웠다.

그래도 허뭐는 떠나지 않았으니 이걸 다행이라고 해야 하나?

* * *

추수감사절이 다가왔다. 허뭐는 다시 비행기를 타고 펑샤오를 찾아갔다. 가는 길에 선배가 일하는 대기업 제약 회사에서 인턴 자리를 알아보았다. "제약 회사 실제 상황에 관해 좀 알고 싶어서. 2년 후에 박사 졸업하고 일자리 찾을 때 적어도 내가 뭘 해야 하는지, 뭘 할 수 있는지 정도는 알아야지."

"막다른 길에 다다르면 다른 길이 보이게 마련이야." 펑샤오가 말했다. "제약 회사 말고도 바이오 관련 컨설팅이나 법률 고문 같은 일자리도 있잖아. 월급도 많고. 그럼 나도 너한테 빌붙어서 먹고 살아야지."

"그거 다 피 터지도록 힘든 일들이잖아." 허뭐가 고개를 저었다. "그리고 미국인이랑 비교하면 내 영어 실력이 한참 떨어져. 특히 컨설팅이나 법률에서는 내 영어 실력이 뽀록나게 되어 있다고. 그리고 로스쿨에서 또 공부해야 하고."

"그것도 좋지. 미국은 산업 진화가 잘되어 있어서 대개 노동한

만큼 보수를 받잖아. 물론 힘들긴 할 거야." 펑샤오는 그녀를 타이르며 말했다. "조급하게 생각하지 말 것. 첫째, 아직 졸업까지 많이 남았으니 인턴하면서 천천히 찾아보면 돼. 둘째, 당분간 제약 회사에 들어가지 못해도 역시 포닥(박사후과정, post-doctor—옮긴이)은 밟을 수 있으니까. 물론 수입이 높지는 않아도 학생 때보다는 나을 거야 그리고 상대적으로 여유도 있고."

허뭐는 엄마가 된 지 얼마 안 된 친구를 떠올렸다. 그 친구는 늘 '포닥도 괜찮지. 베이비 기를 수 있는 좋은 기회잖아.'라고 말했다.

하지만 그 생각은 그녀의 마음속 어떤 힘과 계속해서 부딪혔다. 이렇게 끝도 없이 공부만 하다 보면 길고 긴 미래가 그녀를 더 불안하게 만들 것만 같았다.

"너무 많이 생각하지 마. 우선 뉴저지와 펜실베이니아 제약 회사 여러 곳에 이력서 넣어봐. 그리고 지금 인턴을 해도 결국 제약 회사 입사해서 연구 개발 일을 하게 되면 회사에서는 포닥을 더 선호할 거야." 펑샤오가 그녀의 머리를 톡톡 쳤다. "얼마 후면 제약 회사에서 인근 대학을 대상으로 직원을 모집할 거야. 그때 내가 한번 가서 알아볼게."

"됐어. 당신도 바쁜데 이런 일에 신경 쓰지 않아도 돼."

"그렇게 말하면 나 화낸다." 펑샤오는 일부러 정색하며 말했다. "내가 널 걱정 안 하면 내가 누굴 걱정하겠니? 그리고 나도 네가 미국 동부로 왔으면 좋겠어. 나랑 가까운 곳으로."

그는 굳이 새로 배운 요리 두 개를 만들어보겠다고 고집을 부렸다. "가끔 실험하는 사람들은 현장을 떠나질 못해. 아무 할 일이 없어도 종일 계측기 앞에 앉아 있다가 인터넷으로 레시피 검색을 하지." 그가 웃으며 얘기하는 동안 주방은 온통 연기로 자욱했다. 냄비 뚜껑을 볶음용 주걱에다가 집어던졌다가 또 뛰어와 창문을 열었다 정신이 없었다. 허뤄는 그의 모습을 유심히 쳐다보고 있노라니 가슴이 답답했다.

"왜? 왜 눈에 쌍심지를 켜고 그래?" 펑샤오가 돌아보며 웃었다. "할 말 있으면 해?"

"어, 아니." 허뤄가 고개를 저었다.

"멍청하게 앉아 있지만 말고 가서 책상 위 프린트된 레시피 좀 봐봐. 대체 언제 맛술을 넣는 거야?"

* * *

허뤄는 레시피가 보이지 않자 펑샤오더러 직접 와서 찾아보라며 불렀다. 그의 컴퓨터가 켜져 있었다. 슬쩍 보니 MSN 대화창이 깜박이며 자신의 이름이 거론되고 있었다.

샹베이였다. "기회 봐서 별천지랑 말 좀 해봐. 뭔가 맺힌 게 있나 봐."

펑샤오의 대답도 있었다. "나중에. 요즘은 기분이 별로여서 쉽게 욱하더라고."

조금 전 깜박였던 대화 내용은 이랬다. "허뤄 일은 너무 강요하지 마. 사내대장부가 어디 여자가 없을까?"

허뤄는 그 자리에 꼼짝 않고 서 있었다. 무어라 형언할 수 없는 감정에 휩싸였다.

"봤어?" 평샤오가 그녀 뒤에서 밥주걱을 들고 서 있었다. "난 그 저 상베이한테 우리 당분간 결혼 계획이 없다고 말했을 뿐이야."

"응."

"자, 밥 먹으러 가자. 화내지 말고." 평샤오가 변명하며 말했다. "난 캉만싱하고 아무 관계도 아냐."

"화 안 내. 나도 알아."

"정말?"

"정말이야. 당신을 믿어요." 허뤄는 소매를 걷어 올리고 손을 씻은 후 수저를 놓았다. 평샤오는 그녀 뒤에서 입을 꾹 다물고 서 있었다. 허뤄가 돌아서려다 하마터면 그와 부딪힐 뻔했다. "왜?" 그녀가 물었다. "손 씻어. 밥 먹어야지."

"정말, 아무것도 안 물어봐?"

"응……."

"난 좀 전에 너랑 싸우게 될까 봐 걱정했었는데." 평샤오가 소파에 앉아 고개를 떨어뜨렸다.

"그럴 리가? 내가 그렇게 개념 없는 사람인가?"

"난 오히려 우리가 싸웠으면 좋겠어." 그는 천천히 눈을 들었다. "허뤄, 넌 나 때문에 질투 같은 거 안 하지?"

"난…… 당신을 믿어."

"그럼 그 친구 때문에 질투한 적 없어?"

허뤄는 긴 한숨을 내뱉었다. "그땐 어렸으니까 쉽게 흥분했지."

"난 줄곧 네 말이 다 맞다며 나 자신을 타일렀어. 내가 너무 널 믿었던 걸까? 아니면 애초에 널 제대로 이해하지 못했던 걸까?"

* * *

둘이 서로 한참을 응시하다 허뤄가 먼저 입을 열었다. "무슨 말인지 잘 모르겠어. 생각이 너무 많은 거 아냐?"

펑샤오의 짙은 눈썹이 여느 때와 달리 처져 있었다. 늘 웃음이 가득한 빛나던 눈동자도 점점 아득해졌다. "여태껏 널 믿고 싶었어. 단순하게 생각하려고 노력도 했어. 그런데 너 자신도 우리 감정에 대한 확신이 없잖아. 안 그래? 너의 진심에 다가갈 수 없다는 생각이 계속 들었어."

"요즘 마음이 복잡해서 그랬어. 주로 졸업 후에 뭘 해야 할까? 또 뭘 할 수 있을까 모르겠어서." 허뤄는 펑샤오 옆 카펫 위에 무릎을 꿇고 앉아 그의 손을 잡았다. "시간을 좀 줘. 차분하게 생각할 시간을."

"그 사람 때문이지?" 펑샤오가 그녀의 손을 뿌리쳤다. "업무 경력을 쌓으려는 것도 그래야 이른 시일 내에 귀국해서 일자리를 찾기 쉬울 테니까. 안 그래? 만약 포닥까지 밟으면 당분간 미국에 붙들려 있어야 하니까. 무의식 속에서 여기 남고 싶지 않았던 거 아냐?"

"……이건 별개의 문제예요."

"그럼 말해봐. 그런 생각 안 해봤어?"

허뤄는 아무 말도 하지 않았다.

"넌 거짓말 못하는 성격이잖아." 평샤오가 한숨을 내쉬더니 소파에 기대며 자조하듯 웃었다. "사실 옐로스톤에 갔을 때도 넌 그 사람이 미국에 올 걸 알았지? 난 그것도 모르고 바보처럼 어떻게 하면 널 기쁘게 해줄까만 생각했어. 솔직히 말해봐. 그랜드티턴에서 함께 있던 사람이 내가 아니라 그 남자였어도 그렇게 흐느껴 울었을까?"

허뤄는 옆에 있던 탁자를 집고 빠르게 일어났다. 입을 꾹 다물고 아무 말도 하지 않았다.

탁자 위에 놓여 있던 사진이 흔들리더니 그대로 쓰러졌다. 그 안에는 베어투스 하이웨이 끝에서 찍은 두 사람의 사진이 들어 있었다. 여름날 눈이 흩날리고 있었다. We were here! 과거 시제, 얼마나 적절한 표현인가. 한때 여행의 목적지가 반드시 종점은 아닌 것처럼.

* * *

평샤오는 그녀를 한번 쳐다보더니 앞치마를 풀어 식탁에 집어 던지고는 문을 박차고 나가버렸다.

결국 그를 다치게 하고 말았다.

허뤄는 탁자 위의 액자를 세우려 몇 번이나 시도했지만 제대로 세울 수가 없었다. 그녀는 텅 비어버린 방을 망연자실 쳐다보았다. 주방 안 후드 위 꼬마전구가 여전히 켜져 있었다. 희미한 노란 불빛은 따뜻했고, 막 덜어놓은 표고버섯 닭 날개 볶음에서는 여전히 김이 모락모락 피어오르고 있었다. 오븐에는 연어가 들어 있었는데 설정 시간이 되자 타이머에서 고막을 찢을 듯한 날카로운 소리가 울렸다.

밖에는 눈이 내리기 시작했고, 펑샤오의 코트가 여전히 옷걸이에 걸려 있었다. 창문으로 내다보니 그의 차 역시 주차장에 세워져 있었다.

어딜 간 거지?

허뤄는 외투를 입고 그의 코트를 들고 아래로 내려갔다. 막 1층 로비 현관을 열자 펑샤오가 벽에 기대서 공중에 흩날리는 눈꽃 송이를 올려다보고 있었다. 허뤄는 그에게 코트를 건넸다. 그리고 고개를 숙인 채 그와 함께 벽에 기대섰다.

"막 나와서 보니까 열쇠를 안 가지고 내려왔더라고." 말을 할 때 그의 입에서는 하얀 김이 서렸다. 그의 미소는 어딘가 어색했다. "돌아가자. 바람이 세네."

"미안해. 아까 그렇게 독한 말은 하는 게 아닌데." 펑샤오가 사과했다. "좀 더 쿨해지고 싶었는데 대범해질 수가 없더라. 사실 벌써 여러 번 너랑 잘 얘기해봐야겠다고 생각했었어. 그런데 그러질 못했어. 말이 엇나가기 시작하면 다시는 너를 붙잡을 수 없을 것 같아서."

"내가 미안해." 허뤄가 고개를 들자 그의 눈빛과 마주쳤다. "난 줄곧 이성적인 사람으로 살려고 노력해왔어. 그런데 이젠 마음 내키는 대로 한번 살아보고 싶어. 용서해줘요, 펑샤오."

펑샤오가 그녀를 잡았다. "그럼 우리 둘 다 후회하게 될 거야. 누구나 흔들릴 때가 있어. 그럴 때일수록 끝까지 잘 버텨야 해. 생각해봐. 대부분의 일들은 추억이 되면 미화되기 마련이야. 지금 손에 쥔 행복이 진짜 진실인 거라고. 설마 우리 함께 즐거웠던 시간들마저 다 아무것도 아니라고 생각하는 건 아니지? 난 못 믿겠어!"

허뤄는 입술만 달싹거릴 뿐, 마음속 수많은 말들을 차마 꺼낼수가 없었다. 나를 위해 근심을 덜어주고 비바람을 막아준 사람이야말로 평생 감사해야 할 사람이지. 그런데 함께여서 행복했던 게 꼭 사랑 때문은 아닐 수도 있어.

도대체 무엇이 사랑을 싹트게 만드는 걸까? 헤어진 후 그리움과 아픔? 한때 사랑했다고 여전히 사랑할 수 있을까? 장위안을 보면 가슴이 아팠던 건 그에게 되돌아갈 수 없는 안타까움 때문일까, 아니면 과거의 상처를 건드렸기 때문일까?

허뤄는 알 수 없었다.

"그 친구랑 다시 시작하기로 한 거야?" 펑샤오가 물었다. "내가 앞으로 어떤 노력을 해도 널 붙잡을 수 없는 거야?"

"그런 건 아니야." 허뤄가 고개를 저었다. "누구랑 함께할 계획 같은 건 없어⋯⋯. 나도 그 사람이 미국에 올 줄 몰랐어⋯⋯. 난 그저 나만의 시간과 공간이 필요한 것뿐이야." 그녀는 펑샤오의 눈빛을 피했다. 하지만 그의 마음에 상처는 피할 수가 없었다.

펑샤오는 잠시 침묵하더니 그녀의 손을 잡았다. "그럼, 허뤄, 날 사랑하니?"

"잘해줘서 고마워."

"날 사랑하냐고 물었어? 아니면 날 사랑하긴 했었니?"

허뤄는 아무 말도 하지 않았다.

"그렇게 매사 고지식할 필요는 없잖아." 펑샤오가 씁쓸하게 웃었다. "지금 이 상황에서도 넌 날 속이며 위로해줄 수는 없는 거야?"

"더는 자신을 그리고 당신을 속이고 싶지 않아. 어쩌면 지금 난 어떤 감정이 진짜 사랑인지 전혀 모르고 있는지도 몰라……."

"아무 말도 하지 마." 펑샤오가 그녀의 말을 잘랐다. "서로 무슨 말인지 알았으면 됐어. 난 영원히 그 말만은 듣고 싶지 않아."

* * *

한 프랑스 제약 회사에서 허뤄를 고용했다. 펜실베이니아에 위치한 공장 중 하나였다. 그쪽에서는 허뤄가 다음 학기부터 와서 인턴을 해주었으면 하고 바랐다. 수거가 그녀를 도와 짐을 정리하며 아쉬운 듯 물었다. "정말 크리스마스도 안 보내고 바로 갈 거야?"

"어."

"1월에 첫 출근하는 거 아니었어?"

허뤄는 가방 한가득 지도를 가리키며 말했다. "조금 전 트리플에이(미국 자동차 협회)에서 가져온 거야. 나에게 40일간의 휴가를 주려고."

"운전해서 미국 동부까지 가게?!" 수거가 지도를 뒤적거렸다.

중남부 각 주, 서쪽에서 동쪽까지 없는 것 없이 다 있었다.

"그럴 거야."

"난 반대야!" 수거가 소리를 질렀다. "매일 정신을 다른 데 놓고 살면서, 무슨 운전을 한다고 그래."

"보험 들었어. 무사고 운전 경력이라고. 그리고 매일 잠깐잠깐 운전하는 건데 뭘."

"보험이 운전 기술을 늘려주는 건 아니잖아. 미쳤구나?"

"아닌데."

"허뤄, 너 지금 오기 부리고 있는 거지." 수거가 말했다. "너 하고 싶은 대로 하고 살아도 돼. 남한테 미안해하지 말고."

"내가 뭘 하고 싶은지도 잘 모르겠어." 허뤄가 솔직하게 말했다. "내 처세 태도나 어려서부터 받은 교육 때문에 어떤 일이든 감정적으로 행동하기보다 생각이 앞섰어. 지금 내가 어떤 선택을 한다 해도 누군가에게는 또 나 자신에게는 미안할 수밖에 없어. 그래서 아예 그런 머리 아픈 일은 생각하지 않으려고, 인생에 사랑만 있는 건 아니니까."

"그렇다고 평생 타조처럼 숨을 수만은 없잖아."

"그러진 않을 거야. 잊고 있었어. 한때 나도 꽤 충동적인 사람이었다는 걸. 그래서 하고 싶은 것 맘대로 한번 해보려고. 집 나가서 자유를 만끽해보고 싶어." 허뤄는 짐을 챙겼다. "이건 내가 가지고 갈 거고, 이 상자들은 내가 다 봉해놨으니까 번거롭겠지만 내가 도착하면 나한테 부쳐줄래. 나머지 오디오며, 텔레비전은 모두 너한테 남겨둘게. 나중에 다시 돌아와서 박사 과정 밟을 수도 있으니까."

그녀는 텅 빈 방을 돌아보며 늘어지게 기지개를 켰다. "안전을 위해 내 일정을 알려줄게. 다른 사람한테 말해주면 안 돼. 나한테 나 자신을 맡겨보려고. 적어도 이 40일 동안은 말이야."

* * *

허뤄는 남쪽으로 계속 내려갔다. 샌프란시스코에서 피닉스까지, 휴스턴에서 다시 뉴올리언스까지, 날씨가 변덕스러운 검붉은 사막과 열정이 넘치는 뉴멕시코를 관통했다. 트렁크에 물, 빵, 소시지, 사과 그리고 침낭과 각종 공구를 챙겼다. 길에 오르고 나니 자신의 준비가 너무 허술했음을 깨달았다. 장거리 여행 경험이 부족한 것이 아쉬웠다. 한번은 지도를 잘못 읽어 한참을 헤매다 겨우 예약한 숙소에 도착하니 이미 자정이었다. 그리고 사람도 인가도 적은 애리조나주에서 고속도로 출구에 있던 주유소를 그냥 지나치는 바람에 유량계 지시등에 붉은 등이 들어왔던 적도 있었다. 그렇게 20마일을 더 달려 겨우 다음 주유소를 발견하기도 했었다. 한번은 휴스턴에서 야구 경기를 관람했다. 흥분해서 목이 쉬어라 소리를 지르고 나왔는데 열쇠가 보이지 않았다. 어쩔 수 없이 신고를 하자 트리플에이 직원이 나와 창문을 열고 열쇠를 따주었다……. 여행은 외로웠고 힘들었다. 하지만 미지와 유혹으로 가득하고 여행 내내 긴장과 흥분으로 가득했다. 이미 정해진 목적지가 있었기 때문에, 구불구불 길게 이어진 여행길에 자신을 맡길 수 있었다.

허뤄는 이렇게 자유분방하고 단순한 생활이 좋았다.

그녀는 하루가 멀다 하고 집에 전화를 걸었다. 허뤄의 부모님은 그것도 모르고 딸이 여전히 짐을 꾸리고 있는 줄로만 알았다. 펑샤오는 귀국해 친인척을 찾아뵈었다. 그리고 허뤄에게 이메일을 보내 가족들이 모두 허뤄의 소식을 물어본다고 전했다. '우리 엄마가 네가 보고 싶으시대. 너랑 쇼핑하고, 식사 준비를 하고 너무 행복하셨나 봐. 오랜 세월 딸이 있었으면 하셨는데 그 한을 푸셨대. 차마 엄마의 환상을 깨고 싶지 않아서, 넌 바빠서 나 혼자 귀국했다고 했어. 내년에 나랑 가까운 곳에 일자리를 찾느라고 바쁘다고 핑계를 댔지. 그렇게 말해서 미안해. 그런데 실은 나도 모든 것을 되돌릴 수 있을 거란 환상과 희망을 아직 품고 있거든.'

허뤄는 무어라 대답해야 좋을지 몰라 모니터를 한참 들여다보기만 했다. 모니터를 오래 보았더니 눈이 시큰거렸다. 차가운 문자에 대고 연신 '미안하다'라는 말만 되풀이했다. 그녀는 어느새 펑펑 울고 있었다.

* * *

가다 서다를 반복하며 여행을 떠난 지도 이미 20일이 가까워 오고 있었다. 크리스마스이브 플로리다주의 올랜도에 도착했다. 그녀는 씨월드 부근의 숙소에서 묵으며 유니버설 시티와 어드벤

처 아일랜드에도 갈 예정이었다. 당연히 절대 빼놓을 수 없는 디즈니도 들를 예정이었고 아예 1주일 권을 구매했다. 그녀는 아이처럼 솜사탕과 닭다리 바비큐를 들고, 신나서 애니메이션 캐릭터들과 일일이 악수도 하고 갖가지 놀이기구를 타며 괴성도 지르고 신나게 놀았다. 이곳은 환상의 나라, 모든 꿈이 이루어지는 곳이었다.

크리스마스이브 디즈니 매직 킹덤에는 여행객들로 붐볐다. 사람들은 모두 신데렐라 성 앞에서 밤하늘의 불꽃놀이를 기다렸다. 음악이 울려 퍼졌고, 성곽을 비추는 조명의 빛깔이 바뀌었다. 애니메이션 각 캐릭터가 경쾌하게 춤을 추었고 무대에는 온통 동화 속 공주와 왕자로 가득했다. 자정이 되자 음악소리가 뚝 하고 끊기고, 휘황찬란한 일루미네이션도 모두 꺼져버렸다. 바람마저도 고요해졌다. 사람들 모두 소리를 죽였다. 두서너 가닥의 금빛 신호탄만이 긴 꼬리를 남기며 경쾌한 휘파람 소리와 함께 밤하늘 속으로 돌진했다. 뒤이어 찬란한 불꽃이 여기저기서 터지기 시작하더니 성곽 위 깊고 푸른 밤하늘 위에서도 불꽃이 터졌다.

캐럴이 울려 퍼지자, 온 하늘을 수놓은 불꽃 아래 연인들은 서로 손을 잡고 달콤한 키스를 나누었다. 무리 속에는 아이와 함께 온 부모도 있었다. 사람들 모두 행복한 얼굴이었다.

* * *

이런저런 순간들이, 일생 중 아름다웠던 장면들이 모두 소환되며 만감이 교차했다.

굳이 눈을 감지 않고 그저 고개만 들어도 어제의 장면을 떠올릴 수 있었다. 고개를 들어 보니 하늘 가득 찬란한 빛들이 춤을 추고 있었다. 그 시절 모든 기억, 청춘의 미소, 혈기왕성했고 순수했던 시절, 함께 슬퍼하고 기뻐했던 친구들, 3월의 벽도화와 6월의 라일락 그리고 10월의 은행나무, 사계절 피고 지는 꽃과 낙엽, 밤새워 공부했던 시간, 농구장의 땀방울, 웃음, 눈물, 그리고 멀고 험난하기만 했던 시간들, 후회 없었던 집착…… 이 모든 것의 전부가 지평선을 뚫고 하늘 위로 솟아올랐다. 바람결의 노래, 그리고 그 노래 속의 꿈, 이 모든 것들이 청춘 시나리오의 지문이 된다. 그때의 그녀는 혼신의 힘을 다해 연기했다. 벨벳 장막 뒤에 그들을 주시하는 눈빛과 마주하면 스포트라이트 아래로 걸어나가 천천히 손을 뻗었다.

그때의 그 이야기들, 그 시절의 사람들, 한때 허뤄의 영혼을 따뜻하게 만들었다. 이렇게 많은 추억들을 가졌다는 것 자체가 이미 삶의 가장 벅찬 선물이었다.

어느 해 겨울, 그의 편지가 떠올랐다. '별 하나에 소원 한 개가 원래 내 목적이야.' 지금 무수히 많은 불꽃이 모든 과거를 집어 삼켜버리고 나면, 근심도 걱정도 없이 꿈만 가득했던 그 시절들을 되돌릴 수 있을까?

* * *

여행의 종점인 뉴욕에 도착했을 때는 이미 1월 중순이었다. 멀리 브루클린 교를 바라보니 차가운 달이 소리 없이, 엷은 안개가 낮게 깔린 황혼 속에 쓸쓸하게 걸려 있었다. 숨을 쉴 때마다 매서운 바람이 코를 날카롭게 뚫고 들어와, 그 찬 기운이 심장과 폐까지 스며들었다. 하지만 허뤄는 이 느낌이 좋았다. 미국 동부 강가에서 두 팔을 활짝 폈다. 작은 눈꽃 송이가 흩날렸다. 고향의 가장 익숙한 느낌이었다.

눈이 그치고 처음으로 개었던 엄동설한에 육각형 모양의 순백의 눈꽃들이 머리카락 끝과 눈썹 위에 슬그머니 꽃을 피웠다. 봄은 아직 멀리 있었지만 허뤄는 자신의 어깨 위에 내린 봄의 향기를 맡았다.

제5장 원점에서 다시 시작해

시간이 사랑에 남긴 첫 글자는 무엇일까
추억은 진실만을 말하는 거울,
우리 드디어 진실을 마주하네

by 쑨옌쯔 '원점에서 다시 시작해'

리원웨이가 시집을 갔다. 신랑 창펑은 그녀의 소꿉친구였다. 양가 모두 어른이 많지 않아 피로연은 간소하게 진행되었다. 하객은 직계 가족과 오랜 동창들뿐이었다. 장위안은 당시 백수였는데 그녀의 결혼식에 참가하기 위해 특별히 베이징에서 급히 돌아왔다. 한 달 전 텐다에 사표를 내고 몇몇 심복들과 함께 창업했다. 그렇게 자동으로 1개월 정직 상태로 업무를 인계하고 이직 전에 경제 책임 심사를 받아야 했다. "업무 인수인계는 잘해주는 게 좋아. 어차피 계속 IT 업계에서 일해야 하니까. 그리고 나중에 연락하고 지낼 사람 대부분이 지금의 오랜 바이어들이거든."

피로연에서 그가 축하주를 올리며 말했다. "너희야말로 진짜 세 살 버릇 여든까지 간다는 속담이 딱 들어맞네."

신랑, 신부는 술잔을 받쳐들고 서로를 공격하기 시작했다. "세 살이요? 그때 쟤는 진짜 못난이였는데요. 완전히 걸신들린 사람처럼 우리 집에 와서 갈비나 먹고."

"너 참 잘났다!" 리원웨이가 반박했다. "자기가 머리가 좋아서 구구단을 외운다고 자랑하더니 사구 오십육이래."

"밖에서 우리 집안 망신은 시키지 말자!" 창평이 팔꿈치로 그녀를 쿡쿡 찔렀다. "자, 술이나 마셔." 어차피 테이블이 많지 않아 술 대신 물을 마실 필요가 없었고, 둘은 벌써 얼굴이 벌겋게 달아올랐다. 둘은 손을 잡고 얼굴을 마주 보며 웃었다. 말하지 않아도 이미 마음이 통했다.

"신부가 정말 예쁘네." 모두 신부를 칭찬했다.

"창평도 괜찮아요." 창평의 농구 친구가 걸어오며 생글생글 웃었다. "언제나 여복이 많았죠."

창평이 친구에게 이를 갈았다. 리원웨이는 전혀 아랑곳하지 않고 술을 따르더니 장위안에게 걸어갔다. "누가 겁나나? 나에게도 남사친이 있거든. 자, 짝꿍, 이 술은 우리 둘이 마시자."

"좋지." 장위안이 다시 창평을 보며 말했다. "신랑님, 앞으로 제 짝꿍을 자극하지 마세요. 화내면 휙 하고 이 탁자를 집어 들고 달려갈 수도 있어요. 아마 저희가 굳이 손을 쓰지 않아도 자기가 알아서."

"넌 대체 신부 측 하객이야? 신랑 측 하객이야?" 리원웨이가 그를 노려보았다. 원샷을 하더니 술 한 잔을 더 따랐다.

"어차피 둘이 한 가족인데, 어느 쪽이면 어때?" 장위안이 웃었다. "됐어. 너무 많이 마시지 마. 대작 하려거든 다음에 하자."

"아니, 이번 잔은 꼭 마셔야 해." 리원웨이가 한사코 잔을 들었다. "오늘같이 즐거운 날에는. 너 우리한테 확실하게 말해봐. 네 결혼 축하주는 언제쯤 먹여줄 거야?"

장위안은 술잔을 들고 미소 지었다. "짝꿍, 차라리 언제 나스닥에 상장하는지를 물어라."

"여보, 그만 마셔. 좀 있다가 친구들이 술 진탕 먹일 텐데. 네가 나 업고 집에 가야 한단 말이야." 창펑이 리원웨이의 어깨를 잡았다. "절대 네가 먼저 자빠지면 안 돼."

순간 분위기가 오묘해졌다.

* * *

신랑 신부와 단체 사진을 찍었다. 장위안이 사진을 찍고 돌아서려는데 리원웨이가 갑자기 그를 잡아끌었다. "톈샹이 그러던데 미국에 갔었다며. 소문에 얼마 전 허뤄와 펑샤오도 헤어졌다던데. 그다음은 어떻게 아무 소식이 없는 거야? 넌 대체 뭣 때문에 바쁜 건데? 나랑 톈샹 둘 다 기대하고 있다고. 아마 당사자 둘보다 우리가 더 애가 탈걸."

"처음에는 창업 준비하느라고 자금 유치하고 바이어 만나고 다녔지. 미래도, 기업의 존폐도 모두 불투명해. 귀국하고 허뤄에게 편지를 썼었는데 감감무소식이고. 그리고 앞으로 몇 년간은 나조차도 안정적인 삶을 살기 어려울 것 같은데 군이 허뤄에게 모든 걸 버리고 돌아와 나랑 같이 고생하자고 할 순 없잖아? 그래서 그 다음의 일은 나도 신중하게 생각 중이야."

리원웨이가 미간을 찌푸렸다. "왜 늘 널 위해 허뤄가 포기해야 하는데? 반대로 네가 허뤄를 위해 포기할 순 없어? 넌 언제나 미래를 계획하지만, 허뤄에게는 한때 네가 허뤄의 미래였었어."

"네 말이 다 맞아!" 장위안이 고개를 끄덕였다. "나에게도 다 계획이 있어서 톈다를 떠난 거야. 그런데 아직 기반도 제대로 못 잡았어. 나중에 어느 정도 성공하고 나면……."

"아무리 연재 소설이래도 제때 업데이트를 해줘야 해. 허뤄에게는 일언반구 말도 없이, 모든 결정을 혼자 가슴에만 담아두면 너나 허뤄만 다치게 돼. 조금 전에 허뤄한테 전화 왔을 때 바꿔준다고 하니까 바로 끊어버리더라." 리원웨이가 그에게 편지 하나를 건넸다. "네 사촌 동생이 유학 간다기에 허뤄 옛날 유학 신청 자료 좀 빌려달라고 했는데, 이런 게 들어 있을 줄 몰랐네. 허뤄한테 돌려주지 않은 건 이 편지가 허뤄를 힘들게 만들 것 같아서였어. 이건 너한테 주는 게 맞을 것 같아. 원래 너에게 보내려던 편지였으니까. 그때 허뤄가 무슨 생각을 하고 있었는지 알 수 있을 거야. 네가 그렇게 고민하는 동안 설마 허뤄는 아무 고민 없었겠니? 누구든 한 사람은 적극적으로 행동해야지."

* * *

시간은 헤어지던 그해 겨울날이었다. 편지지에는 눈물이 번진 자국이 남아 있었다.

그리고 그 위에 쓰인 허뤄의 글자.

이렇게 펜을 드니 하염없이 눈물이 흐르고 목이 메어와 숨쉬기조차 힘들어. 기억해? 여자 농구 연습 때 내 손을 잡았던 일. 치통으로 괴로워할 때 내가 치과 의사를 소개해주었던 일. 내 막대사탕을 먹으며 너무 시어서 이빨이 다 빠져버리겠다고 했던 일. 벨 말고 여기저기 소리가 난다던 자전거를 빌려와 휘파람을 불며 함께 드라이브했던 일. 하루에 네 통의 편지를 썼던 일. 20시간 가까이 서서 먼지투성이가 되어서 날 보러 왔던 일. 날 '엽기녀'라고 불렀던 일. '허뤄, 널 평생 기억하겠어'라고 했던 일.

그런데 헤어지잔 말 한마디로 헤어질 수 있어? 나중에 내 곁에 네가 아닌 다른 사람이 있다는 상상해본 적 있어? 넌 아무렇지도 않을까? 그럴까? 그런데 네 곁에 내가 아닌 다른 사람이 있다는 상상을 하면 나는 마음이 너무 아파. 마음이 너무 아파서 이깟 심장쯤 없어져 버렸으면 좋겠단 생각이 들어.

나도 알아. 많이 힘들었지. 나도 많이 힘들었으니까. 나도 잠깐 멈춰서 숨을 고르며 쉬고 싶었어. 난 줄곧 우리가 길동무라고 생각했어. 걷다 지치면

서로 손을 잡아주고 누구도 그 손을 놓지 않을 거라고 생각했지. 그런데 우리가 가는 길이 다르다면서 나보고 떠나래. 우리의 이 감정이 서로에겐 부담이 되었던 거니?"

이미 오랜 세월이 흘러 글씨 가장자리도 약간 흐릿해지기 시작했다. 하지만 그때의 아픔만은 시간이 지날수록 오히려 더 새롭고 선명해졌다.

* * *

3월 말 톈샹은 남편과 함께 차를 몰아 워싱턴에 벚꽃놀이를 갔다. 가는 길에 허뤄가 사는 작은 마을에 들렀다.

"우리랑 같이 가자!" 톈샹이 그녀를 설득했다. "날씨가 이렇게 좋은데 기분 전환도 좀 할 겸. 요즘 또 피부 트러블이 생기기 시작했구나. 역시나 이마 쪽에. 잠 제대로 못 자지?"

"인턴 스트레스가 엄청나."

"염가 노동력을 부려먹는 거지?"

"맞아. 여기 대부분 연구원이 다 포닥 중이거든. 진도 따라잡으려다 보니 매일 10시간 넘게 일하는 건 기본이야." 허뤄가 웃었다. "그래도 배운 게 많아. 예전에 학교에 있을 때도 젊은 강사들이 펀딩 받으려고 죽어라 밤낮으로 실험하면서 지원금 신청을 하는 걸 봤거든. 그런데 그건 기업에서 생존하기 위해 받는 스트레스랑은 근본적으로 달라. 회사에서는 일단 프로젝트를 시작하면 즉시 대규모 자금을 투입해. 관리자들도 단기간 내에 얼른 성과를 봐서 제품을 출시하고 싶어하니까. 그래서 일단 가능성이 없어 보인다 싶은 건 자금 철수 명령과 동시에 다 뒤집어버려. 이게 다 눈 깜짝 할 사이에 일어나는 일이야."

"알아듣지도 못하는 말 그만하고. 우리랑 갈 건지만 말해? 내가 이렇게 진지하게 부탁하고 있잖아."

"정말 못 가. 동료 수잔이 워싱턴에 가야 한대. 아이 데리고 백 악관에서 Easter Egg Roll(부활절 달걀 굴리기) 행사에 참여하거든. 내가 수잔 대신에 콘퍼런스에 가야 해."

"부활절 달걀 굴리기? 이름도 웃기네."

"잘하는 애들은 대통령이 직접 초청도 하나 봐. 영광스러운 일 이지. 긴 숟가락을 들고 백악관 잔디 위에서 달걀을 굴리는 행사 야." 허뤄가 웃으며 화이트 초콜릿으로 만든 토끼와 색색 가지의 초콜릿 달걀이 든 봉투를 꺼냈다. "수잔이 준 건데 좀 나눠줄까? 난 미국 명절 중에 부활절하고 핼러윈이 제일 좋더라. 하나는 봄 이고, 하나는 가을인데 다 사탕 먹으라고 만들어놓은 날 같아."

"사탕 두 개로 매수당해서 대신 콘퍼런스에 가겠다는 거야, 유 치해!" 톈샹이 입은 삐죽거렸지만 떠날 때 좋다고 화이트 초콜릿 토끼를 들고 갔다.

* * *

수잔이 휴가를 낸 건 맞지만, 그건 필라델피아에서 열리는 비

371

즈니스 콘퍼런스가 회사에 별 중요한 행사도 아니고, 안 가도 그만인 행사이기 때문이라고, 허뤄는 차마 말하지 않았다. 아이가 대통령에게 초청을 받아 신이 난 수잔은 동료들에게 사탕을 선물했다. 모두 수잔의 사무실에 모여 이야기꽃을 피우고 있었다. 허뤄는 책상에 놓인 회의 자료들을 보고 이리저리 뒤지며 말했다. "내가 대신 가준다."

중국에서 방문한 비즈니스 대표단도 이번 콘퍼런스에 참가했다. 그녀는 자료에서 IT 부스 코너를 확인했다. 지사 명단 중 일부 베이징에서 온 기업도 있었지만 톈다는 없었다. 이게 다 나랑 무슨 상관이라고. 업종이 다르면 전혀 다른 세계 일처럼 낯설기 마련이다. 하지만 자료에 어쩌다 들어본 단어들이 나오면 더는 의미 없는 글자들이 아닌 오랜 친구처럼 친숙했다. 허뤄는 1년여 전의 겨울을 떠올렸다. 그는 얼굴에 애플파이 잼이 잔뜩 묻은 것도 모른 채 엄숙한 표정으로 전화를 받고 있었다.

그때의 그들은 어색하고 소원한 관계였다. 가슴 속에 수많은 말들이 맴돌았지만 무슨 말을 해야 할지 떠오르질 않았다. 서로를 마주하고 있으니 작은 동작 하나도 경직될 수밖에 없었다. 지난 몇 개월 동안 감정에 대한 문제는 전혀 생각하지 않았더니 진정으로 마음이 홀가분해졌다. 업무가 타이트했지만 그녀가 톈샹에게 직접 말했던 것처럼 삶에는 새로운 변수와 도전이 가득했다. 학교에서 배운 것을 직접 적용했을 때 그 성취감은 이루 말할 수 없었다. 그렇다고 너무 감격할 필요도, 살얼음을 걷듯 조심스럽게 타인을 대할 필요도 없었다. 이제야 겨우 예전에 아빠가 했던 말처럼 '다른 사람이 자신의 희로애락을 좌지우지하지 않도록 해야 한다'라는 의미를 진정으로 이해할 수 있을 것 같았다. 지난 불안과 우울이 사라지고 나니 마음속에 사소한 근심만이 남았다. 그가 일하는 세계는 도대체 어떤 곳인지 한번 둘러보고 싶었다. 이것이 다리가 되어 대양 저편에 그의 세계로 통할 수 있을 것만 같았다.

콘퍼런스 당일 허뤄는 우선 바이오 제약 회사 부스에 등록을 마쳤다. 투자 유치 의향이 있는 몇몇 제약 회사가 돌아가며 각자의 상황을 소개했다. 그녀는 시장 마케팅에 관해서는 전혀 아는 바가 없었다. 길고 지루한 소개에 잠이 쏟아졌지만 그녀는 정신을 바짝 차리고 발언자의 서투른 영어를 집중해서 들었다. 정말 앞으로 달려나가 대신 통역이라도 해주고 싶은 심정이었다. 그러던 중 관심이 가는 한 기업이 눈에 들어왔다. 대표자의 발언이 끝나고 자리에 돌아오기를 기다렸다가 곁에 다가가 앉아서 제품 개발과 기술진 등에 관해 물었다. 허뤄가 프랑스계 대기업에서 왔다고 하자 상대방이 깊은 관심을 보이며 밖에서 천천히 얘기 나누자고 제안했다.

허뤄는 고개를 끄덕였다. 둘은 자리에서 일어나 로비까지 걸어나왔다. 마침 옆 IT 부스의 휴식 시간이 되었던지 사람들이 속속 회의장에서 빠져나왔다. 순간 중국어와 영어가 시끄럽게 뒤섞였다.

　　　　　　　　* * *

　왁자지껄한 사람들 속에서 문득 익숙한 목소리가 들렸다. 영어로 느릿느릿 얘기하다가 가끔은 멈추기도 하면서, 어떻게 문장을 만들고 정확하게 발음할 것인지를 고민하는 듯 보였다. 그는 처음에는 조금 긴장한 듯했지만 점점 영어가 유창해졌다. 그의 부드러운 목소리는 마치 여름밤 통기타의 낮은 읊조림처럼 미풍을 타고 천천히 그녀의 두 뺨으로 불어왔다.

　허뤄는 차마 돌아볼 수 없었다. 다음 순간 그 훙성의 아름다운 목소리가 공기 중으로 사라져버릴 것만 같아 두려웠다.

　"전문가용 소프트웨어에 대한 고객들의 수요에 관해 잘 알고 있습니다. 그래서 소프트웨어 개발과 동시에 저희가 이러한 완벽한 전문가용 소프트웨어를 중국 고객에게 소개하는 업무를 대행해드립니다. 국내에 소프트웨어 프로젝트가 활발하게 진행되고 있지만 일부 소외된 전문 분야는 기술적 지원이 부족한 실정입니다. 중국도 곧 따라잡겠지요. 하지만 지금 중국처럼 큰 시장을 포기해서는 안 되지요." 훤칠한 키의 그는 사선 무늬의 이탈리아식 정장을 입고 따뜻한 미소를 짓고 있었다.

　후반부, 허뤄는 바이오 회의장에서 몰래 빠져나와 IT 부스 구석에 자리 잡고 앉아 함께 박수를 보냈다. 그가 내려와 앞에서 세 번째 열 복도 쪽에 앉았다.

　이미 반년 동안 아무 연락도 하지 않고 지냈다. 미래에 대한 막연함도, 마지막 사랑에 대한 양심의 가책도 모두 지나가고 이제 더는 그에 대한 엉킨 매듭 따위는 남아 있지 않았다. 하지만 지금 이 순간 허뭐는 조금 긴장된 마음으로 이 회의가 끝없이 이어지기를 바랐다. 이렇게 그의 대각선 뒤쪽에 앉아 조용히 그의 뒷모습을 바라보다 우연히 그가 뒤를 돌아볼 때 그의 옆모습을 확인할 수 있기만을 바랐다. 그녀는 이마에 새롭게 솟아오른 두 개의 여드름을 만졌다. 요즘 계속 밤샘을 했으니 얼굴색도 좋지 않았다.

어떻게 이렇게 갑자기 소녀처럼 이런 것들을 신경 쓰기 시작한 걸까?

* * *

회의가 끝나자 장내가 시끌벅적해졌다. 앞쪽으로 비집고 나가 중국 측 대표와 교류하는 사람도 있었고, 급하게 양쪽 출구로 퇴장하는 사람도 있었다. 크고 작은, 금발에 검은 머리에 붉은 머리까지 허뭐의 앞을 스쳐 지나갔다. 조금 전 장위안이 앉았던 자리를 다시 바라보니 아무도 없었다. 그녀는 회의장 중앙으로 달려가 주위를 둘러보았지만 익숙한 그의 그림자도 보이지 않았다. 황급히 옆에 있던 중국인을 붙들고 물었다. "말씀 좀 물을게요. 중국 대표단이시죠? 어디에 묵으시는지 알려줄 수 있나요? 제 친구도 대표단 소속인 것 같아서요."

"펜실베이니아 참관 일정은 모두 끝났어요. 다음에는 워싱턴으로 가는데 여객 버스가 밖에서 기다리고 있습니다."

허뭐는 회의장 문 앞까지 달려갔다. 이미 버스 두 대가 먼지를 풀풀 날리며 떠나가고 있었다. 그리고 일부 버스를 기다리는 단원들이 보였다. 광장의 비둘기 떼가 허뭐의 앞으로 낮게 날아갔다. 짙은 색 정장의 물결 속, 사람들의 얼굴은 별반 차이가 없다. 코와 눈은 그저 부호에 불과했다. 하지만 그의 모습은 찾을 수 없었다.

이별과 상실의 경계에서 허뭐는 여전히 그를 그리워하고 있는 자신을 발견했다. 만약, 만약에 그를 다시 만날 수만 있다면, 나는 모든 망설임과 자존심 그리고 오만을 다 벗어던지고, 톈샹이 말한 것처럼 누군가가 그리우면 그리웠다고 큰 소리로 말하고 힘들면 힘들다고 시원하게 한바탕 울 수 있을까?

그게, 어려운 일일까?

* * *

하이힐이 익숙하지 않아 발바닥이 아팠다. 절뚝절뚝 다리를 끌며 고개를 절레절레 저었다. 씁쓸한 미소를 지으며 자신의 순간적인 망설임과 순간적인 충동을 비웃었다. 그제야 자신이 회의 참석차 이곳에 왔으며 회사로 다시 돌아가 보고해야 한다는 생각이 문득 들었다. 그녀는 다시 바이오 제약 부스로 돌아가 안내 부스에 가져갈 만한 자료들이 남아 있는지 확인할 요량이었다. 사람들도 거의 떠나고 회의장 안의 불빛도 하나둘 꺼져갔다. 유일하게 한 사람만이 앞쪽에서 브로슈어를 뒤적이고 있었다.

허뭐는 그의 뒤에 멈춰 섰다. 조금 전 뛰어다니느라 여전히 숨이 가빴고, 잘 묶어두었던 머리도 흐트러져 있었다. 아직 어떻게 여드름과 다크 서클을 감춰야 할지 미처 생각하지 못했다. 지금 내 꼴은 분명 엉망진창일 것이다. 이런 형편없는 모습으로 재회의 장소에 등장할 순 없었다. 하지만 그녀는 그대로 그의 등 뒤에 선 채 도망갈 수도, 도망갈 생각도 없었다.

* * *

갑자기 멈춘 발걸음 소리를 의식한 장위안이 뒤를 돌아보더니 깜짝 놀라 두 눈이 동그래졌다. 그리고 자신도 모르게 입꼬리가 올라가며 그녀를 부드럽게 응시했다.

"잘못 찾아오신 것 같은데요." 허뭐가 옅은 미소를 지었다.

"문 앞에 바이오 제약이라고 쓰여 있길래 한번 들어와서 보고 싶었어."

"나 여기서 인턴하거든." 그녀는 브로슈어 하나를 손가락으로 가리켰다. "근데 네가 올 줄은 꿈에도 몰랐어."

"난 텐다 떠났어……."

"나도 알아." 허뭐가 고개를 끄덕였다. "아까 IT 회의장에서 너희 회사 소개 들었어."

"나 잘하지?" 그가 눈썹을 씰룩거렸다. "앉아 있던 미국인들도 다 알아들을 수 있었겠지?"

그녀는 또 고개를 끄덕였다.

"이번 일정은 자금을 더 유치하고 협력 파트너를 찾으러 온 거야……. 다음 목적지는 워싱턴이고." 그가 손목시계를 보았다. "벗꽃이 만개해서 아주 예쁘다던데."

"응."

"조단이 뛰었던 MCI 센터도 구경할 수 있고."

"응."

"포레스트 검프와 제니가 재회했던 리플렉팅 풀도 있지." 장위안이 웃었다. "둘은 인생에서 계속 재회하게 되는 것 같아."

마치 모든 재회가 이별을 위해 준비된 것 같았다. 하지만 모든 이별에 미래의 재회가 예견된 것은 아니다.

그는 다시 시계를 들여다보았다. "인솔자가 분명 나를 기다리고 있을 거야."

하지만 나도 널 기다리고 있었단 말이야.

허뭐는 손으로는 나가도 좋다는 제스처를 취하고 있었지만 미소는 어딘가 애잔했다. "어서 가봐. 나도 돌아가봐야 해." 그는 웃으며 그녀의 앞으로 걸어갔다. 허뭐는 호흡을 멈췄다. 여전히 익숙한 그의 체취에 자신도 모르게 그의 옷깃을 잡고, 그의 가슴에 얼굴을 묻은 채, 지난 세월의 아득함과 방황을 울음으로 쏟아내버릴 것만 같아 두려웠기 때문이었다.

그녀는 옆으로 돌아서며 눈을 감았다. 더는 그의 돌아서는 모습을, 자신의 눈앞에서 사라지는 모습을 보고 싶지 않았다. 그리고 더는 그가 버스에 올라 다른 도시로 떠나, 다시 대양을 건너 저편으로 날아가는 모습을 보고 싶지 않았다.

기다렸다. 이번 해후에 마침표를 찍을 '안녕'이라는 두 글자가 그의 입에서 떨어지기를 기다리고 있었다. 아니, 어쩌면 자신의 온몸 구석구석의 모든 용기를 입안으로 그러모아 그를 붙잡아 줄 단 한마디를 뱉을 수 있기를 기다리고 있었다.

시간이 오래 정지된 것만 같았다.

* * *

살며시, 누군가 자신의 옷깃을 잡았다.

"기억해? 내가 습관적으로 편지 봉투에 남겼던 엑스 표시를 보고, 네가 떠올렸던 팝송 말이야?"

허뤄가 고개를 끄덕였다. 어떻게 잊을 수가 있겠어. "Sealed With A Kiss(키스로 봉한 편지)!"

"하지만 그때 난 다른 곡을 얘기했었지. 지금까지 그 말은 유효해."

"난…… 기억이 안 나." 그녀의 말이 생각과 다르게 나와버렸고 대답이 어째 시원치 않았다.

"Right here waiting. 허뤄, 난 널 줄곧 기다렸어. 네가 내게 돌아오기를. 매번 비행기로 1만여 킬로미터를 날아, 열두 개의 표준시간대를 넘어올 때마다 너에게 '굿바이'란 말을 하기 위해 온 건 아니었어. 내가 미국에 오는 건 새로운 시작을 하고 싶어서야. 그래서 이번엔 '굿바이'라고 하지 않을래."

* * *

허뤄는 지하 주차장에서 차를 뺐다. 펜실베이니아 시 중심가

도로는 매우 혼잡했다. 도처에 일방통행 도로와 주차장이 깔려 있어 자동차는 가다 서기를 반복하며 천천히 나아갔다. 장위안이 말을 꺼냈다. "어제저녁 비행기로 막 도착한 거라 아직 시차 적응이 안 됐어. 차가 흔들흔들하니까 살짝 잠이 오네."

"우선 차이나타운 가서 뭐 좀 먹자. 그리고 내가 워싱턴에 데려다줄 테니 일행과 합류하면 돼. 자동차로 한 3시간 정도 걸릴 거야. 그때 가면서 좀 자면 되겠다." 허뤄는 손에 지도를 펼치며 결국 또 이렇게 묻고 말았다. "넌 왜 매번 몇 마디 하고 나면 피곤하대. 날 보면 지루해져?"

"맞아." 장위안이 껄껄 웃었다. "너무 보면 싫증나는 법이거든."

허뤄는 어이없다는 듯 고개를 저었다. 차는 차이나타운 부근에 주차했다.

"꿈에서 늘 널 보니까." 장위안은 몸을 뒤로 젖히고 두 눈을 감았다. "너무 많이 봤더니 이젠 좀 싫증나네." 그는 잠시 말을 멈추었다. "그래서 잠이 드는 게 좋기도 하고 싫기도 해. 매번 눈을 뜨면 늘 네가 내 곁에 없다는 걸 실감하게 되거든."

허뤄는 운전대를 꼭 잡았다. 달콤하고 시큼하면서 씁쓸하게도 그 오랜 시간 자신은 전혀 변한 게 없다는 사실을 깨달았다. 여전히 이 남자의 이 한마디 때문에 지구 반대편으로 기꺼이 날아갈 수도 있겠다 싶었다.

멀지 않은 곳 길가에서는 흑인 무용수가 북소리 장단에 맞추어 즉흥 무용을 하고 있었다. 길모퉁이 두 개를 돌자 차이나타운 패방 아래서 중화 무관의 외국인 제자가 창과 봉을 들고 무술을 연마하는 중이었다. 차에서 내려 허뤄는 길가 디저트 가게에서 팥빙수를 샀다. 장위안과 각자 하나씩을 손에 들고 둘은 천천히 쉬면서 걸었다. 아무 말 없이 그저 어깨를 나란히 하고 사람들 틈에 서서 거리를 구경했다.

장위안이 먼저 침묵을 깼다. "이런 날이 올 줄 몰랐어. 그때 네 가족이 너 미국 대학에 진학할 거라고 했을 때 난 속으로 생각했지. 네가 가더라도 내가 졸업하고 널 찾아가면 된다고."

"나랑 같이 조던 경기 보러 가자고 했었잖아."

"그래, 근데 조던은 이미 현역을 떠났어."

"그러니까 세상에 우리가 상상했던 것처럼 흘러가지 않은 일도 많아. 우리 더 이상 과거로 돌아갈 수 없다는 걸 너도 잘 알 거야." 허뤄는 그를 돌아보며 평화로운 미소를 지었다. "생각해본 적 있어? 내가 펑샤오와 헤어지긴 했지만, 그리고 우리 서로가 서로를 그리워하고 있긴 하지만 우리 사이에는 아직 많은 문제가 남아 있다는 거. 예를 들어 지난 세월 내가 어떻게 변했을지, 우린 또 그런 상대방의 변화를 받아들일 수 있을는지, 이후 진로 방향도 그렇고, 이 모든 게 다 미지수야."

"그런 건 나도 다 생각해봤어." 장위안이 고개를 돌렸고 그의 입가에는 미소가 남아 있었다. "왜 안 물어봐? 이번에 미국에 오면서 왜 너한테 아무 연락도 안 했는지?"

허뤄가 퉁명스럽게 말했다. "싫증났다며?"

"더 중요한 사람을 만나러 왔어." 그가 잠시 말을 멈추었다. "오랜 친구야. 너도 잘 아는 사람."

허뤄는 미간을 찌푸렸다. 순간 떠오르는 사람이 모두 그와 연관된 여성들뿐이었다.

* * *

"이상한 상상하지 마. 찬핑 선배야." 장위안이 웃기 시작했다. "그 선배 기억하지? 역시나 사업 체질이 아니었나 봐. 그나마 학업에는 어느 정도 성과가 있었지. 미국에 와서 2년 간 박사 과정을 밟은 다음에 피츠버그에서 학생들을 가르치고 있어. 그 미국 기업과 합작할 가능성을 타진해볼 겸 그 선배를 만나 얘기해볼 작정이었거든. 그럼 미국에 올 기회가 더 많아지잖아. 이게 내가 톈다를 떠난 진짜 이유야. 좀 더 자유가 많아지잖아. 그러다 안 되면 언제 대학원생 모집하는지, 뒷구멍으로 들어올 방법은 없는지 물어보면 되니까."

허뤄가 뒤로 살짝 몸을 젖혀 장위안을 살피며 미소 지었다. "너답지 않은데."

"하, 그래? 난 재정적 여유가 생기면 가게 하나 열 생각도 있었는데. 네가 말한 것처럼 세계 각지를 여행하며 수집한 기념품들을 팔거나 세계 각지의 간식을 파는 거지."

허뭐는 고개를 절레절레 저으며 웃었다. "그때 날 엄청 비난했으면서. 뜬구름 잡는 얘기라고 할 땐 언제고?"

"그건 만약에 네가……." 장위안이 웃었다. "그건 네가 다 먹어서 거덜 낼까 봐 그런 거고."

"그럼 네 꿈들은? 정말 다 버릴 수 있겠어?"

"당연히 못 버리지. 그것 말고도 많은걸. 근데 내 가장 큰 꿈, 차마 버릴 수 없는 꿈은 바로 너랑 함께하는 거야. 나 스스로에게 물어봤어. 많은 명예와 돈을 얻었는데도 네가 없다면 무슨 의미가 있을까? 내가 나중에 늙었을 때 이루지 못한 프로젝트 하나하나가 아쉬울까 아니면 내 옆에 네가 없는 게 더 후회될까?" 장위안은 웃음기를 거두고 진지하게 말했다. "우리가 결코 예전으로 돌아갈 수 없다는 거 나도 잘 알아. 앞으로 어떻게 해야 우리가 다시 함께할 수 있을는지도 잘 모르겠어……. 그런데 더는 너에게만 희생을 강요하진 않을 거야. 이제는 내가 변해야 할 때인 것 같아. 그래서 다시 너의 삶 속으로 들어갈 수 있도록 노력해야 할 때인 것 같아."

* * *

"얘기 하나 해줄까?" 장위안이 말했다. "비행기에서 어떤 기사를 하나 읽었어. 제목은 '행복은 어디 있을까?'였어. 강아지가 엄마 개에게 물었어. 행복은 어디 있나요? 그러자 엄마 개가 대답했지. 바보, 행복은 바로 네 꼬리에 달렸단다. 강아지가 그 말을 듣고 갖은 방법을 이용해 자신의 꼬리를 죽어라 쫓아 달렸지만 결국은 모두 실패했어. 여러 바퀴 돌고 난 후 강아지가 엄마 개한테 말했지. 아무리 해도 행복을 잡을 수가 없어요. 그러자 엄마 개가 말했어. 아들아, 너는 앞만 보고 달리면 된단다. 그러면 행복은 알아서 네 뒤를 계속 따라올 거라고 얘기해줬지."

그는 허뤄의 손을 잡고 깍지를 끼었다. "난 앞만 보고 달릴 거야. 앞길이 아무리 험하다 해도 제자리걸음보다는 나을 테니까. 우린 다시 과거로 돌아가지 않아도 돼. 너와 나 모두 예전의 우리가 아니더라도 난 새로운 너를 똑같이 사랑할 테니까."

장위안은 리윈웨이가 전해준 편지를 다시 허뤄의 손에 건넸다. "네가 너무 마초 같다고 생각할지도 모르겠어. 앞으로도 어쩌면 난 또 이 모양일지 몰라. 너에게 행복한 삶을 줄 수 없다면 어떤 말을 해도 다 공수표일 거라는 걸 알아. 하지만 앞으론 내가 아무리 지쳐도 다시는 네 손을 놓지 않을 거야. 허뤄, 널 평생 기억할 거야. 그리고 너와 평생 함께하고 싶어."

"오늘 내게 한 말 꼭 기억해야 해. 근데 행복하고 말고는 내가 판단할 거야, 알았지?" 허뤄의 눈가가 자신도 모르게 촉촉이 젖어 왔다. 그녀는 편지를 펼쳤다. 위에 '난 줄곧 우리가 길동무라고 생각했어. 걷다 지치면 서로 잡아주고 누구도 그 손을 놓지 않을 거라고 생각했지'라고 쓰여 있었다.

"나도 얘기 하나 해줄까?" 허뭐가 말했다. "옛날에 우리 함께 보았던 '귀를 기울이면'이라는 애니메이션 생각나? 영화 거의 후반부에 그 소년이 자전거를 타고 노을을 등진 채 일출을 보러 가잖아. 가는 길에 가파른 오르막길도 지나고. 소년은 죽어라 페달을 밟고 또 밟았지. 나중에 소녀가 자전거에서 내리면서 아주 단호하게 말했잖아. '난 너의 짐이 되고 싶지 않아. 하지만 너와 함께 이 길을 끝까지 갈 거야'라고 했지."

하얀 편지지 배경 무늬는 워터마크의 구름송이가 푸른 하늘에 떠 있는 그림이었다. 검은색의 카퍼플레이트 체의 영문 글자 역시 하늘 속에서 펄럭이고 있었다.

* * *

Although we are apart, I can feel that
We are still under the same big sky.
우리 비록 이렇게 헤어져 있어도 여전히 이 드넓은 하늘 아래 함께라는 걸.

* * *

순간 햇살이 눈부시게 빛났다.

에필로그

멀고 험한 길, 길옆 풍경이 아무리 아름다운들
당신의 곁에 머무는 것만 못하네
by 무원웨이 '두 도시 이야기'

Dearest Sweetheart,

모모 군께서는 내가 널 이렇게 부르는 걸 알면 쌍수 들고 반대하겠지만 내가 이렇게 부르겠다는데 어쩌겠어? 사실 그 사람은 아직도 꽁해 있거든. 처음에 우리 딸 이름 지을 때 네가 '즈이(장즈이)'라고 하면 어떻겠냐고 했었잖아. 네 아이가 네 성을 따르지 않은 게 천만다행이야. 그 사람이 외자로 '뤄'('톈뤄'는 '우렁이'의 동음이의어―옮긴이)라고 하라며 벌써 몇 번이나 말했었거든.

386

뭐 상관없어. 그 사람은 지금 말놀이 중이라 말씨름할 시간이 없거든. 근데 딸이 점점 말 타기에 흥미를 잃어가고 있어서 모모 군이 요즘 좀 충격을 받았나 봐. 요즘 걸음마를 시작했거든. 제대로 걷지도 못하면서 벌써 뛰려고 든다니까. 어느 날은 내가 빨래를 하려고 딸을 벽 쪽 바닥에서 놀게 했는데 돌아보니까 벽을 짚고 일어나고 있더라고. 뒤뚱뒤뚱 뛰어서 거실까지 달려가더니 소파 뒤에 숨었는데 거의 코너 테이블 밑에 기어 들어가기 직전에 찾아서 그나마 쉽게 찾았어. 요즘 내가 말끝마다 '우리 딸, 우리 딸' 하니까 모모 군이 자기는 뒷전이라며 샘을 다 낸다니까.

한동안 편지를 못한 건 우리 부모님이 오셨었거든. 집에 어른 둘이랑 꼬마 상전이 늘어서 정신이 없었어. 두 어른이 애한테 뭐든 다 해주고 싶어서 안달이야. 달이라도 따다줄 기세라니까. 하여간 나 빼고 모두 얼마나 즐겁게 놀았는지 몰라. 가엾게도 나만 이 사람 저 사람 어르고 달래느라고 아주 피를 토할 지경이었지.

그리고 딸이 요즘 아파트 단지에서 누가 강아지 산책시켜주는 것만 보면 흥분을 해서 강아지랑 경주라도 하듯 바닥을 기어다니면서, 괴성을 지르고 그래. 기어가면서 계속 '빠, 아빠…….' 하고 부르니까 다른 사람들이 부러운 눈빛으로 모모 군을 보더라. 그럼 그 사람도 자랑스러워하지. 근데 나만 아는 비밀인데 딸은 자기가 기는 게 느리니까 말을 타고 싶었던 거 분명해. 그 음절이 '빠빵'이랑 비슷하잖아.

여기서 그만 줄일게. 딸이 또 아빠를 거들떠보지도 않네. 분명 초콜릿으로 애를 꼬시려고 들 거야. 내가 지금 안 말리면 군것질 잔뜩 해서 또 저녁밥 안 먹으려고 들 게 분명해.

네 아기 사진을 보니까 너무 신기하다. 다음엔 우리 딸 사진도 보낼게.

너의 뤄가.

번외편. 희상봉(喜相逢)

인간사 가장 어려운 일이 쌍을 이루는 것이라
그저 빨리 흘러가는 시간을 탓할 수밖에

by 왕페이&량차오웨이 '희상봉'

하늘에서 간혹 공짜 떡이 떨어지기도 한다. 예를 들어 이번에
허뤄가 성(省) 전체 중학교 수학 경시대회에서 특등상을 받았다.

담임은 미친 듯 기뻐하며 "와우, 개천에서 용 났네."란 말을 입
에 달고 살았다. 만약 이 말이 교장의 귀에 들어가기라도 한다면
얼굴색이 변하며 어쩌면 담임의 연말 보너스를 즉시 취소할지도
모르겠다. 개천이라고? 작년에도 시 전체 상위권 고등학교 진학
률이 3위였는데 이렇게 호화 개천도 있단 말인가? 물론 수년간 학
교 평균 점수가 안정적인 흐름을 보이긴 했지만 올림피아드에서

는 이렇다 할 인재를 배출해내지는 못해왔다. 시내에 네다섯 개 이과 분야 올림피아드 전문 중학교가 있었는데 초등학교 때 이미 두각을 나타낸 영재들은 모두 그 학교로 진학했다.

허뤄는 그야말로 변수였다.

그리고 혼자 외롭게 수학 동계 캠프에 참여해야 할 운명에 처하게 되었다. 그때 베이징 인민대 부속 고등학교와 베이징 사범대학 부속 고등학교에서 신입생 모집 설명회가 있었는데 올림피아드 2등 이상의 성 내 모든 학생들이 초청을 받았다. 허뤄 학교는 아무리 둘러봐도 유일하게 허뤄만이 자격이 되었다. 그녀는 버스를 두 번 갈아타야 했다. 한 번도 타본 적 없는 300번대 시외버스를 타고 1시간 넘게 달려야만 도시와 농촌의 경계 지역에 도착할 수 있었다. 그러고도 버스에서 내린 뒤 칼바람 속에서 10분을 걷고 마지막으로 울창한 자작나무 숲을 통과해야만 했다.

* * *

초대소 안을 지키던 개가 미친 듯이 짖어대자 허뤄는 머리털이 쭈뼛쭈뼛 서며 자신이 어떻게 그런 기상천외한 생각을 했을까 후회했다. 왜 굳이 마지막 주관식 문제를 변형된 추적 문제였다고 생각했던 것일까? 그래서 결국 소 뒷걸음질 치다가 쥐를 잡은 꼴이었다. 그 문제는 이번 시험에서 점수를 잡아먹는 문제였고 정답률이 0.5퍼센트도 되지 않았다.

하느님은 정말 모자라는 아이를 아끼시는 모양이었다. 그녀는 한숨만 나왔다. 허뭐는 유일하게 한 우리에 갇힌 닭과 토끼 수 유추 문제와 서랍 원리, 추격 문제 등등 초등학교 상식 문제만 알고 있었는데 하늘이 그걸 알았던 모양이었다. 기왕지사 이리 되었으니 맘 편히 있다 가자.

* * *

허뭐만 혈혈단신 혼자였다. 개막식 때 허뭐는 강당의 제일 뒷자리에 앉았다. 앞쪽 서너덧 줄은 모두 시범 중학교에서 온 수상자들이 앉아 있었다. 그 학교에서는 봉고차 한 대까지 지원해주었으니 허뭐는 부럽기만 했다. 특등상이 대여섯은 될 거라고 생각했었는데 성에서 단 세 명뿐이었고, 나머지 두 명은 모두 시범 중학교 출신이었다. 허뭐의 이름이 불리자 모두 의아해하며 멀뚱멀뚱 서로만 쳐다보았다.

"누구야? 못 들어본 이름인데."

"시 교육 위원회 쉬 선생 수학 경시반 학생인가? 뭐! 아니야? 그럼 류 선생님 학생인가?"

앞쪽에 앉은 한 여학생이 웃으며 말했다. "중간에 복병만 없었어도, 장위안이 골절 때문에 왼손으로 답안만 작성하지 않았어도 분명 장위안이 특등상을 받았을 건데."

남학생이 깁스한 팔을 흔들며 말했다. "나도 득 본 게 있는데. 몸에 이렇게 삼각자를 들고 시험 봤잖아." 깡마른 뒷모습, 목소리에 웃음기가 담겨 있었다.

낙관적인 친구군. 허뤄는 자신도 모르게 미소 지었다.

희미한 웃음소리가 그의 뒤에서 들렸다. 그저 입꼬리를 살짝 올리는 정도의 아주 작은 소리였지만 그보다 더 큰 웃음소리는 정작 목구멍 안에 숨겨두고 있었다. 장위안은 팔을 들어 붕대를 정리하는 척하며 슬쩍 등 뒤의 소녀를 살폈다. 흰색과 카키색이 섞인 교복, 어느 학교? 삼중? 육중? 성대 부속중? 사중 같은데. 저 애가 설마 허뤄는 아니겠지?

장위안은 자꾸 돌아보았다. 그녀는 고개를 묻은 채 무언가를 끄적이고 있었다. 귀까지 내려오는 짙고 까만 단발머리에 얼굴이 반이나 가려 보이지 않았다. 정말 열심이네. 연단에서 말하는 지겨운 훈화까지 필기하다니, 이래서 특등상을 받은 거구나. 이렇게 조금의 빈틈도 없는 부류의 인간을 장위안은 존중은 하지만 존경해본 적은 없다.

* * *

그 소녀는 시상식에서도 계속 시계만 들여다보았다. 소매가 쓸리는 사각사각 소리와 초조한 한숨 소리가 계속해서 들려왔다. 장위안도 이런 종류의 행사가 싫었다. 하품을 수만 번쯤 하고 나니 그제야 행사가 끝났다. 그 소녀는 발바닥에 용수철이라도 달렸는지 튕기듯 밖으로 뛰쳐나갔다. 친구가 특등상 기념품으로 보온 컵을 받으며 말했다. "이상하네. 허뤄라는 애는 왜 받으러 안 오지? 설마 안 온 건가?"

"수학 천재들은 다 괴짜들이라니까." 누군가 말을 보탰다.

장위안의 예리한 눈은 그 소녀가 앉았던 의자에 버려진 종이 한 장을 놓치지 않았다. 종이를 집어 들어 보니 위에는 아이스크림, 닭다리, 햄버거…… 단순한 필체로 삐뚤빼뚤 한 문장이 더 쓰여 있었다. '아빠, 배고파요!!!'

* * *

배고파서 그런 거였어? 봉고차가 소녀 옆을 지날 때 코끝이 약간 빨개진 채 귀를 가리고 있는 그녀가 보였다. 겨울의 밤은 빨리 찾아왔다. 그녀의 모습은 하늘을 찌를 듯 높이 솟은 나무 아래 더 초라해 보였다.

"혼자 직접 참가한 사람도 있나 보네."

그의 말에 인솔자 선생님이 대답했다. "어쩔 수 없지. 일부 학교는 수상자가 한두 명밖에 안 되니까. 시 교육 위원회 사람들도 참말이 길어. 자기들이야 차가 있으니까 그렇다 치지만 다른 학생들은 차 시간에 늦으면 어떻게 하라고. 시외버스는 대개 일찍 끊길 텐데."

'우리가 시내까지 태워주죠.' 하마터면 장위안의 입에서 그 말이 나올 뻔했다. 하지만 그 소녀는 이미 저 멀리 뒤처져 잰걸음으로 정신없이 뛰어오고 있었다. 그녀의 모습은 점점 가느다란 선으로 줄어들었다.

뭔가 이상한 감정이 들었다. 이건…… 측은지심인가? 마치 겨울 들판에서 먹이를 찾아 헤매는 참새가 통통 튀어 다니며 '배고파, 배고파' 울부짖는 모습을 보는 것 같았다.

* * *

소녀의 이름을 다시 듣게 된 건 반년 후의 일이었다. 고등학교 영어 선생님 겸 담임이 옆 반에 외교관이 되고 싶어 하는 여학생이 있다며 자주 그녀의 이름을 언급했다. 어쩌다 복도에서 마주치면 '그날 차 놓치진 않았니?' 하고 묻고 싶었다. 하지만 그녀는 늘 언제나 영원히 주위 여학생들과 웃고 떠드는 중이었고, 어쩌다 무의식적으로 돌아보더라도 역시 그 눈길이 오래 머물지 않았다. 어떨 때는 허뤄의 눈빛이 너무 오만하여 다른 누군가에게 눈길조차 주지 않는 것인가 생각이 들 때도 있었다.

그런데 넌 걔랑 잘 아는 사이니? 반년 전의 일을 물으면서까지 친하게 굴 필요가 있을까?

분명 오만하고 까탈스러운 여학생이다. 무의식속에서 장위안은 그녀를 그렇게 정의해버렸다.

하지만 지금, 그녀가 자신의 뒤에 앉아 바스락바스락 과자 봉지를 까더니 혼자 중얼거리고 있다. 아마도 수를 세고 있는 모양이었다. 뭘 세는 거지? 과자 봉지 아닌가? 꼭 유치원 학생 같잖아. 진심으로 그녀의 콧대를 눌러주고 싶었다. 그녀를 놀려주고 싶었다.

장위안은 웃었다. 느릿느릿 상반신을 일으켜 뒤쪽으로 기댔다. "이봐. 조용히 좀 해줄래. 민폐 끼치지 말고."

뜻밖에도 그녀의 얼굴이 순간 붉게 달아올랐다.

* * *

칠판 앞에서 보여준 그녀의 모습에 그는 그녀를 다시 보게 됐다. 이게 예전 특등상을 받던 그 허뤄란 말인가? 그녀는 손에 든 분필을 이리저리 굴리며 입술을 살짝 깨물고 있었고, 콧등에 땀이 보일 정도였다. 장위안은 갑자기 그 우스꽝스러운 그림과 '아빠, 배고파'란 글자가 떠올랐다.

도와주자. 그는 속으로 한심하다는 듯 한숨을 내쉬며 고개를 저었다.

순간이 평생을 좌우한다.

* * *

대학교 기숙사로 들어가기 전 장위안은 상장들을 정리하다 초등학교 때부터 중학교 때까지 올림피아드 수상자 명단을 발견했다. 명단을 들춰 보다 실없이 웃음이 나왔다. 허뤄가 대상을 받은 건 그때가 유일하구나.

남몰래 신께서 정해놓으신 인연에 감사해야 하는 건 아닐까?

헤어진 지 며칠 지나지 않아 벌써 그녀가 보고 싶어졌다. 왜 영화나 책에서는 눈에서 멀어지면 서로 소원해지고 마음도 멀어지는 것이라 하는 걸까? 장위안은 이해가 되지 않았다.

어떻게 그럴 수가 있지?

그건 남들 이야기이다. 자신과 허뤄의 운명은 톱니바퀴처럼 꼭 맞물려 있다.

장위안은 그렇게 자신을 설득했다.

바람이 분다. 남쪽으로 날아가는 기러기 떼를 바라본다. 철새처럼 모든 그리움도 함께 데려갔으면 좋으련만.

번외편. 바꾸지 않아

너를 그리며 이불 속으로 파고들어, 잘 자
무슨 일로 짜증이 난 건지 나에게 말해줘
타이베이는 너무 혼란스럽다, 일본 드라마 결말이 너무 잔인하다
한참 이런저런 얘기를 하는데 새근거리는 소리가 들려
네가 있어 얼마나 낭만적이고 얼마나 위안이 되는지
모든 것이 다 특별해져
세상을 다 준다 해도 너와 바꿀 순 없어
평생 너 하나만으로도 충분히 삶은 다채로워

by 완팡 '바꾸지 않아'

술이 세 바퀴 돌았다. 시계를 보니 벌써 10시가 다 되어갔다.

"장 본부장님, 또 먼저 가시게?" 협력사 팀장이 술잔을 들고 다가왔다. "오늘 한 잔도 안 마셨잖아요."

"진짜 못 마셔요. 우리 마누라가 워낙 엄해서."

"한 잔만, 딱 한 잔만 해요. 날 사랑하는 만큼 마시는 거예요." 그의 혀는 이미 꼬여 있었다.

"안 돼요." 장위안이 손을 내저었다. "중요한 시기라서."

"중요한 시기?"

"아이 가지려고 몸 만들고 있거든요." 마더싱이 끼어들었다. "자자, 제가 대신 마실게요."

술집에서 나와 먼저 집으로 전화를 걸었다. 그녀가 분명 자지 않고 기다릴 것을 알고 있기 때문이었다. 아무리 늦어도 그녀는 그가 돌아올 때까지 기다렸다. 희미한 불빛 아래 책을 읽으며 피곤한 얼굴을 한 채로.

"왔어? 이렇게 빨리?" 열쇠로 문 여는 소리가 들리자 허뤄가 내다보았다. "국제무역센터 쪽에서 식사했다며? 또 과속했구나."

"난, 또 네가 안달 났을까 봐……." 일부러 혀를 꼬며 말했다.

* * *

예상대로 그녀가 다가오더니 눈살을 찌푸리고는 고양이 새끼처럼 킁킁 냄새를 맡았다. "온몸이 술 냄새, 담배 냄새에 아주 찌들었네." 그녀는 장위안의 얼굴을 받쳐 들었다. "입 벌려. 냄새 맡아보게."

"하……." 그녀의 코에 입김을 불었다. 오는 내내 자일리톨을 씹어 블루베리 냄새만이 연하게 났다.

"또 증거 인멸이야?" 두 손으로 그의 두 뺨을 꾹 눌렀다.

"그럼 트림해볼게. 맡아볼래? 위 속에서 냄새가 올라오나 안 올라오나." 장위안이 웃었다. "아니면 토해서 보여줄까?"

"더러워. 믿어줄게."

"대를 잇기 위해 몸을 사렸다네." 그는 허뤄에게 살짝 입을 맞

추었다. "가서 샤워하고 올게. 술집에서 저녁 내내 온몸에 냄새가
배었어. 억울해."

* * *

나와 보니 허뤄가 인터넷을 하고 있었다.

"나한테 뭐라고 잔소리했었지? 술 마시지 마라, 컴퓨실 들어가
지 마라. 자기는 컴퓨터 앞에 앉아 있으면서 지금 잡아떼겠다는
거야?" 그가 백허그를 하며 그녀를 간지럽혔다.

"그러지 마. 봐봐, 텐샹 아들이야. 봐, 얼굴이 분홍색이지."

"왜 이렇게 주름이 많아? 애늙은이 같네."

"이렇게 몰라서야. 신생아는 다 이렇게 못생겼어."

"내가 어디 신생아를 본 적이 있어야지. 그러지 말고 네가 여덟
이나 열 명 정도 낳아서 내가 관찰할 기횔 주면 되겠네." 허뤄의
귀에 키스했다.

"무슨 암돼지랑 결혼했니?"

"비슷하지. 잘 먹고 잘 자니까."

* * *

허뤄가 그를 흘겨보자 장위안이 대답했다. "이것도 나쁘진 않
아. 예전에는 너무 초췌하고 머리도 노랗게 변했었잖아. 지금이
좋아. 하얗게 살이 오른 게 아이 하난 잘 낳게 생겼잖아."

"여보." 그가 귓속말로 속삭였다. "나 3개월 동안 술 안 마셨는

데. 어디 계산해봐. 응?"

"그래서 뭐?"

"나 몰라라 하는 거야, 지금?"

"난 원래 아는 게 없어서." 허둬가 컴퓨터를 끄고 기지개를 켰다. "자자, 내일 출근해야지."

"좋은 말론 안 되겠네?" 그녀를 쫓아와 옆으로 둘러멨다. "좋은 말로 안 되면 무력을 사용하는 수밖에." 두 걸음 걷다 말고 그가 소리쳤다. "아휴, 무거워. 침대에 던지면 침대 부서지는 거 아냐?"

* * *

"머리 말리고 와." 허둬가 그의 머리카락을 문지르며 말했다. "물이 내 목에 다 튀었잖아."

'제발 집중 좀 하자'라고 장위안은 말하고 싶었다.

* * *

(이 부분은 5000자 생략—누군가는 3000자로도 충분하지 않냐고 하지만. 하하.)

* * *

허둬의 양육 태도는 옛날 허둬 엄마 판박이었다. 네 살밖에 안 된 딸이 고집을 부리며 저녁을 먹지 않겠다고 하니 허둬가 딸을 끌어다 당장이라도 때릴 기세였다.

"몸에 살도 하나 없으면서 밥을 굶겠다니 내가 화가 나 안 나?"

"옆집 친구가 나보고 뚱뚱하대."

장위안이 딸을 위로했다. "하나도 안 뚱뚱해. 정말. 얼굴이 동글동글 얼마나 귀여운데. 그리고 네가 뚱뚱하면……." 장위안이 허뤄를 쳐다보았다. "너희 엄마는 죽으라는 거니?"

번외편. 치아 요정의 마법

Primitive people believed that hair, nail clippings, and lost teeth remained magically linked to the owner……

* * *

유유는 영어 보습 신문에 실린 단문을 한 자 한 자 번역했다. "옛날 사람들은 머리카락이나 자른 손톱과 빠진 치아가 인간의 신체에서 떨어져나가더라도 그 주인과 신비하게 연결되어 있다고 생각했다. 부두교 대사들이 하는 말과도 일맥상통한다. 만약 누군가를 사지로 몰아넣고 싶다면 그 사람에게 직접 손을 대지 않고도 그 사람의 빠진 치아만 밟아도 충분하다. 나머지는 무한한 법력에 맡기기만 하면 된다. 이것은 바로 전 세계 각 민족이 자신의 몸에서 떨어져나간 신체의 일부가 나쁜 사람 손에 들어가지 못하도록 숨기는 풍습과 연관이 있다."

* * *

갑자기 예전에 이웃집 오빠가 했던 치아 요정 이야기가 생각이
났다.

"잠들기 전 빠진 치아를 배게 밑에 두고 자. 네가 잠들고 나면
치아 요정이 그걸 가지고 가서 소원 하나를 들어줄 거야."

"아무 소원이나?" 당시 유유는 다섯 살이었고 옛날이야기를 곧
이곧대로 믿는 나이었었다.

"응, 아무 소원이나."

« chapter 2 »

친구들과 서로 고민을 털어놓다가 유유가 결국 지금까지 13년
간을 짝사랑해온 오빠 이야기를 꺼냈다.

"어머나!" 언니, 동생 모두 소리를 질렀다. "그럼 유치원 때부터
시작된 거야? 진짜 풋풋사랑이구나."

여학생들은 어떤 남자인지 불라며 유유를 물고 늘어졌다.

"그 남자는…… 햇빛처럼 찬란해." 나무 그늘에 앉은 유유의 남
색 교복 치마 아래로 드러난 종아리에 늦봄의 따스함이 전해졌다.
"웃으면 꼭 오늘 날씨 같아. 키는 크고 걸을 때는 등을 꼿꼿이 펴
고 걷지. 하지만 여학생이랑 대화할 때는 허리를 굽힐 줄 아는 다
정한 남자야."

이야기보따리가 풀리자 그녀는 알아서 술술 털어놓았다. "좀

오만하긴 해. 근데 그건 똑똑하고 공부도 잘하니까 그런 거고. 그래도 공부벌레는 아니야. 유머가 넘치고 농구도 잘해."

"웅……. 13년이면 소꿉친구네……. 네 설명대로라면……." 친한 친구가 눈동자를 굴렸다. "아, 자오원정!"

"자오원정?" 유유는 손가락 세 개를 이마에 댔다. "검은 줄(반동분자—옮긴이)! 차라리 죽는 게 낫지."

"걔가 왜…… 어디가 어때서?" 모두 한마디씩 거들었다. "그리고 너희는 어려서부터 이웃이었다며. 유치원부터 고등학교까지 같이 다니고."

줄곧 함께였지. 누군가는 천생연분이라고 하고, 또 누군가는 귀신처럼 들러붙는다고도 하지.

* * *

유유는 입이 근질거렸다. "걔네 아빠가 치과 의산데 두 살 넘었을 때부터 양치를 가르쳤대. 이 꼬맹이가 치약의 박하 향이 견디기 힘들었던지 칫솔을 아빠한테 집어던진 거야. 아침 댓바람부터 아빠한테 손바닥으로 엄청 맞았지……. 뭐 그다음은 새벽 시간을 알려주는 온 동네 수탉들이 일자릴 잃었다지.

유치원 때 걔 얼굴이 동글동글했는데, 유치원 선생님들이 불러다 이빨 뽑은 아기 곰 분장을 시켰어. 매일 갈색 니트를 입고, 얼굴을 빨갛게 칠하고 다녔지. 우리 집에 사진도 있어."

* * *

원정이 체육관에서 나와 농구공을 옆에 끼고 수돗가로 걸어갔다. 같은 반 여학생이 눈을 깜빡거리며 그를 놀렸다. "히히, 이렇게 잘생긴 남자한테도 흑역사가 있다니. 이빨 뽑은 아기 곰……."

그는 입을 앙다물고 눈썹을 찌푸렸다. 들고 있던 농구공을 유유의 어깨에 던졌다.

"야, 아프잖아!"

"쉬유유양" 원정이 그녀의 말총머리를 잡아당겼다. "내가 네 흑역사 얘기한 적 있어?"

"나한테 흑역사가 어디 있다고?" 유유는 계속 시치미를 뗐지만 그녀에게도 잊을 수 없는 과거가 있었다. 원정이 따귀를 맞을 때 그녀는 막대사탕을 물고 있었다. 잠자기 전에도 아이스티를 타달라고 조르곤 했다. 발음도 부정확할 때였고 '쌤통이다'라는 단어가 무슨 뜻인지도 몰랐을 때였다. 점점 충치가 늘어났고, 가엾게도 검은콩처럼 뿌리만 남아, 웃을 때 앞니 두 개가 유독 하얗고 가지런해 보일 정도였다.

* * *

남의 고통을 내 즐거움으로 삼기 시작한 건 원정이 먼저였다.

유치원 선생님들은 원정을 꾸며주는 걸 좋아했다. 유유는 그때 어떤 게 연기파고 어떤 게 얼굴파 배우인지 잘 몰랐다. 하지만 분명한 건 원정이 치통을 연기할 때 그 울음은 분명 어색했고, 실제로 얻어맞을 때처럼 실감나질 않았다.

하지만 의외로 자오원정은 당당하게 갈색 의상을 입고 머리에는 곰의 탈을 쓰고 다녔다. 건들거리며 다가오더니 유유의 앞니를 가리키며 다른 한 손을 높이 쳐들었다. "선생님, 유유는 흰 토끼 시켜요." 소년은 손뼉을 치고 춤을 추며 노래까지 불렀다. "흰 토끼는 하얗기도 하지. 두 귀를 쫑긋 세우네."

물론 토끼가 귀엽기는 하다. 하지만 자신의 앞니와 엮인다면 이야기는 달라진다. 유유가 어리긴 해도 칭찬과 조롱은 어느 정도 구분할 줄 알았다.

10년이면 강산도 변한다고 했던가.

* * *

유유에게는 고개도 못 들 정도로 창피한 과거가 하나 더 있었다. 엄마가 하필 그녀를 데리고 자오 아저씨의 개인 치과에 간다고 했다. 유유는 책상다리를 붙들고 죽어도 가지 않겠다고 고집을 부렸다.

"안 가도 된다." 할머니였다. "어차피 아직 어리고 또 새 치아가 자랄 거잖니."

"어머니, 지난번에 자오 선생님이 그랬어요. 유치가 건강해야 정상적인 저작 운동이 가능하고 그래야 턱관절 성장 발육과 영구치로 이 갈이 할 때도 좋다고요." 엄마가 연설을 늘어놓았다.

환갑이 넘으신 할머니는 도통 무슨 말인지 알아들을 수 없었다. 그건 유유도 마찬가지였다. 유유는 그저 두 눈을 크게 뜨고 얼굴에 애써 천진난만한 표정을 짓고 있었다. 그리고 책상다리를 잡고 있던 두 손을 놓고 할머니 옷자락을 잡았다. 엄마와의 힘겨운 대치 상황에서 누가 자신의 편인지를 잘 간파한 것이다.

하지만 모든 저항은 수포로 돌아갔다.

집안에서 엄마의 지위를 정의할 적절한 단어를, 유유는 한참 후 역사 교과서에서 배울 수 있었다. '독재'

* * *

어느 날 유유는 엄마에게 유괴당했다. 엄마는 블록을 사주겠다고 꼬셨다. 하지만 상가의 현관문이 치과 진료소와 직통으로 연결되어 있다는 말은 한마디도 하지 않았다. 유유는 젖 먹던 힘을 다해 발버둥쳤다. 입을 앙다물었다. 갑자기 입속에서 이상한 느낌이 전해졌다. 혀를 살짝 굴려보니 앞니 하나가 덜렁덜렁 흔들리고 있었다. 앞니는 떠나긴 아쉽지만 어쩔 수 없는 운명을 받아들이며 잇몸에 이별을 고했다. 유유는 손바닥에 앞니를 뱉었다. 앞으로 의지할 곳 없이 홀로 남아 있을 나머지 앞니를 생각하니 슬픔이 밀려와 대성통곡하고 말았다.

자신이 이 세상에 가장 불행한 아이 같다는 생각이 들었다.

* * *

그녀는 엄마 손을 뿌리치고 한달음에 집까지 뛰어왔다. 작디작은 치아를 움켜쥔 채 정원에 섰다. 오후의 태양은 너무 컸고 밝은 빛에 눈이 따끔거렸다. 납작해진 입과 붉은 눈이 점점 더 토끼와 비슷해졌다.

엄마가 해주신 말씀이 떠올랐다. 빠진 치아 중 윗니는 물웅덩이에 버리고, 아랫니는 지붕에 던져야 해. 유유는 지붕을 올려다보았지만 자신에겐 그만한 힘은 없을 것 같았다. 원정이 끼어들었다. "네가 도와줄게. 내가 해줄게." 그가 손을 뻗어 이를 빼앗으려했지만 유유는 절대 내주지 않았다.

책상보다 조금 큰 두 꼬마가 정원 중앙에서 서로 쟁탈전을 벌이고 있었다. 옆집 큰 오빠가 나타나 한 손에 한 놈씩 먹살을 잡아서로 떼어놓았다.

* * *

그날 그는 유유를 달래기 위해 이야기 하나를 해주었다. "치아 요정이라고 알아? 빠진 치아를 베개 밑에 두고 자면 저녁에 잠잘 때 예쁜 요정이 그걸 가지고 가면서 작은 선물을 놓고 간대."

"그럼 예전에 이 빠졌을 때는 왜 안 왔어?" 유유가 고개를 내저었다.

"그건 네가 버렸으니까."

"그럼…… 오빠는 무슨 선물을 받았는데?"

오빠가 유유의 머리를 쓰다듬었다. "치아 요정님이 너무 바쁘셔서 그땐 중국에 안 계셨대."

"외국인이었어?"

"그래."

"그럼 날 못 알아보면 어떻게 해?" 유유는 한참을 생각하더니 오빠의 손을 잡아당겼다. 그리고는 신중하고 진지하게 자신의 치아를 그의 손바닥 위에 놓았다. "나 대신 선물로 바꿔줘."

* * *

답답한 고민을 털어놓다가 유유는 그 이야기까지 끄집어냈다. 친구들은 배꼽을 잡고 웃으며 말했다. "그 오빠 불쌍하기도 하지. 이빨이 이렇게나 많은데. 차라리 산타클로스라고 하지. 그럼 1년에 한 번만 선물을 주면 되잖아." 그러곤 다시 웃으며 말했다. "너도 속이 참 시커멓다. 어려서부터 요정이 없다는 거 알았으면서."

"아니거든." 유유는 입을 샐쭉거렸다. "그건 내가 오빠를 너무 믿어서 그런 거지." 자신의 작고 하얀 치아를 그 오빠 손에 맡기면, 내 신체의 일부가 그의 따뜻한 손바닥에 들어갈 테고 그럼 앞으로 더 가까운 사이가 된 것처럼 느껴질 테니까.

« chapter 3 »

12년 전 유유는 오빠와 정원의 노천 계단 위에 나란히 앉아 오빠한테 옛날이야기를 해달라고 졸랐다. 한여름 밤의 따뜻한 바람이 두 뺨을 어루만졌고, 그녀는 실눈을 가늘게 뜨고 오빠의 무릎 위에 누워 있다가 그만 잠이 들어버렸다.

8년 전 그들이 살던 지역이 재개발에 들어가면서 이웃들은 도시 구석구석으로 흩어지게 되었다. 그러던 와중에 유유가 속한 수학 올림피아드 준비반이 그 오빠의 중학교에 개설되었다. 유유는 그 사실을 알고 날아갈 듯이 기뻤다. 오빠가 도와준다면 그 어떤 문제도 쉽게 풀 수 있겠구나 생각했다.

4년 전 유유는 원정 아빠의 치과에 진료를 보러 갔다가 우연히 군사 훈련을 받고 돌아온 오빠를 만나게 되었다. 까맣게 그을린 피부 덕분인지 눈동자가 유독 반짝거렸다. 유유는 반 전체 남학생을 다 모아놔도 오빠만큼 잘생긴 사람은 찾아보기 힘들 거라고 생각했다. 그날 그녀는 일기에 처음으로 오빠라는 칭호 대신 그의 이름을 적었다.

* * *

오빠가 대학을 졸업하고 베이징에 취업했을 때 유유도 베이징에 있는 한 대학교로부터 입학 통지서를 받게 되었다. 그의 모교로 작별 인사를 하러 들렀을 때 유유는 그의 연락처를 처음으로 알게 되었다. 받아 든 연락처를 높이 들고 화단을 빙그르르 돌다가 하마터면 뒤에 서 있던 원정의 발을 밟을 뻔했다.

"이리 와." 원정이 그녀의 소매를 잡고 곧장 학교 진열실에 영광의 얼굴 게시판 앞까지 뛰어갔다. 그 위에는 역대 성적 우수 졸업생의 사진이 걸려 있었다. 그는 4년 전 게시판에서 두 번째 줄 왼쪽에 예쁘장하게 생긴 여자를 가리켰다. 그녀는 해맑고 따뜻하게 웃고 있었다. "이게 그 형의 여자친구야. 예전에 아빠 치과에서 본 적 있어. 아마 7년 전쯤일걸."

그날 저녁 유유는 오기로 오징어 세 마리, 양꼬치 열다섯 개를 먹어치웠다. 잇몸이 바로 부어오르기 시작했다. 단순한 열감이 아니었다. 나중에 치과에 찾았을 때 사랑니가 나기 시작해서 그런 것임을 알 수 있었다. 유유의 입속 공간이 너무 작아 갑작스럽게 찾아온 손님을 들일 공간이 없어서 계속 주위 이빨을 밀어내면서 솟아오르려고 한 것이다. 길고 긴 고통이 계속되면서 각종 염증이 쉽게 재발했다. 차라리 잇몸을 갈라 뽑아버리고 싶은 심정이었다.

그때 머리를 얼마나 흔들었던지 마치 자신이 보랑구(북 양옆에 손잡이가 달려 있어 흔들면 북에서 소리가 나는 전통 장난감—옮긴이)가 된 것 같았다. 마음이 시큰하고 쓸쓸한 것이 마치 모든 상실감과 비애가 입속에 집중된 것만 같았다. 시시때때로 통증이 밀려올 때마다 마음은 오히려 홀가분했다. 눈가가 젖어도 그럴듯한 핑계가 생겼으니까.

* * *

베이징으로 떠나는 기차에서 잇몸이 다시 아파오기 시작했다. 원정은 그의 맞은편에 앉아 매운 닭발 봉지를 흔들었다. "줄까?"

그녀는 고개를 돌려 턱을 받쳐들고 창밖으로 빠르게 물러나는 들판과 나무들을 보며 천천히 침을 삼켰다.

"정말 안 먹어?" 원정이 봉투를 뜯는 소리가 들렸다. 매콤한 향기가 코끝에서 맴돌면서 그녀의 후각 세포를 자극했다.

"아픔으로 허기를 달래시게?" 먹을 것으로도 원정의 주둥이를 막긴 어려웠다. "그 형 진짜 여자친구 생겼어."

'알아, 안다고, 네가 굳이 말해주지 않아도 잘 안다고. 그러니까 너는 먹는 데나 집중해주겠니. 보지 않아도 입가가 온통 기름투성이겠지.' 유유는 정말 이렇게 대답해주고 싶었다. 하지만 명치의 묵직함과 입속 안쪽에서 전해오는 통증 때문에 그럴 기력조차 남아 있지 않았다.

* * *

원정이 오빠에게 여자친구가 생겼다고 말해주던 날 갑자기 그때 그 치아는 어디에 두었냐고 묻고 싶어졌다.

《 chapter 4 》

유유는 '그때 우리가 이사하지 않았더라면 좋았을 텐데' 하고 늘 생각했다. 이 생각을 원정에게 들키기라도 한다면 분명 그에게 비웃음을 살 게 뻔했다. 형의 눈에는 넌 그저 솜털 보송한 아기에 불과하고, 형의 여자친구가 등장했을 때 넌 그저 양 갈래머리를 한 아직 꽃도 피지 않는 초등학생에 불과했을 것이라고, 어쩌면 치아가 몇 개 빠진 상태였을지도 모른다고 놀렸을 것이다.

원정과 유유는 그런 얘기를 할 수 있을 정도로 오랜 시간 붙어지냈다. 무려 18년 동안.

* * *

그녀는 오빠가 자신의 앞에 쪼그리고 앉아 자신을 향해 웃음
짓던 모습을 분명하게 기억한다. 당시 그는 그녀가 모르는 무수히
많은 이야기를 알고 있었다. "치아가 예뻐야 요정님이 가져가시는
거야. 그러니까 양치 잘해야 해, 알았지?"

원정이 끼어들며 말했다. "유유 이빨은 까매서 요정도 싫다고
할걸요!"

유유는 결국 울음을 터뜨렸다. 제 앞니가 절대 그의 어떤 치아
보다도 하얄 순 없다는 사실이 부끄럽고 원망스러웠다.

"유유 울지 마. 내가 올챙이 잡아줄게. 어떻게 청개구리로 변하
는지 한번 볼래?"

오빠는 어디서 신기한 물건을 잘도 찾아냈다.

* * *

유유는 자신의 치아를 작은 청개구리와 바꾸고 싶었다. 오빠는
그녀를 태우고 강변으로 데려갔다. 원정도 따라가겠다고 난리를
피우는 바람에 구식 2인용 자전거 앞뒤에 한 명씩을 탈 수밖에 없
었다. 그때 오빠는 여름 교복을 입고 있었는데, 흰 셔츠가 너무나
깨끗해 유유는 그의 허리에 손을 두르기 전에 자신의 몸에 먼저
손을 슥슥 문질렀다. 붉은 석양이 강에 걸친 다리 한쪽에서 떨어
졌다. 그리고 그 위로 미풍이 불어 푸른 파도 위에서는 금빛 석양
이 춤을 추었다. 원정 저 코흘리개 녀석만 아니었으면 완벽한 분

위기인데. 유유는 포토샵을 배우기 시작하면서 제일 처음 든 생각이 지우개로 기억 속 장면에서 이 거머리 같은 녀석을 떼어버리고 싶다는 것이었다.

강가 웅덩이에서 올챙이 열 마리를 잡아 투명한 병에 담고 집으로 돌아갔는데 그걸 모두 원정이 독점해버렸다.

* * *

유유는 한바탕 울었다. 하지만 며칠 지나 올챙이가 모두 두꺼비로 변한 것을 보자 그제야 화가 좀 풀렸다.

* * *

오빠는 각종 수학 경시대회에서 늘 상을 타, 온 동네의 자랑거리였다. 이웃 모두 그를 마치 자기 아들처럼 칭찬했다. 매사 오빠를 따라했던 원정은 그가 시상대에 서 있는 멋진 모습을 늘 부러워했다. 오빠는 원정에게 장기를 가르치며 늘 하나를 알려주면 둘을 안다며 칭찬했다. 옆에서 지켜보던 유유는 심기가 불편했다. 나란히 놓인 붉은 마와 검은 상을 가리키며 말했다. "밟아버려. 코끼리(상)로 말(마)을 밟아버려."

원정은 그녀의 손을 찰싹 때리며 말했다. "야, 족발 안 치워. 이게 동물 놀이냐, 장기지! 알기는 아냐?"

유유는 별로 알고 싶지도 않았다. 다만 어서 빨리 이가 빠져서 오빠의 새로운 이야기와 맞바꾸고 싶다는 바람뿐이었다.

* * *

원정은 중학교 때 '가슴에 원대한 포부가 없다는 흉무대지(胸無大志)'라는 사자성어를 배웠다. 그는 이 성어를 유유에게 전했다.

« chapter 5 »

같은 도시에 살았지만 그녀가 학교에서 버스를 타고 오빠의 직장으로 찾아가려면 2시간이나 걸렸다.

베이징에 사는 친구 하나가 유유를 데리고 허우하이에 놀러갔다. 가을바람이 불어 연못 가득 연꽃잎이 떨어졌고 연밥만 외로이 바람 속에 남겨졌다. 유유는 인딩교(북경에 있는 아치형 돌다리로, 스차하이 호수와 쳰하이 호수 사이의 수로 위에 있다—옮긴이)에 섰다. 예전에는 이곳에서 서산이 보였었다고 들었다. 지금은 빼곡히 들어선 고층 빌딩이 그 풍경을 가로막고 있었다.

* * *

유유는 오빠에게 전화를 걸었다. 자신은 이미 베이징에 도착했으니 지나는 길에 학교에 들르라고 말했다.

그는 수화기 저 너머로 온화하게 웃고 있었다. "그래, 언제 너랑 원정이랑 두 꼬맹이한테 밥 한번 사야지. 베이징 덕, 어때?"

둘 사이의 놓인 거리는 차로 가면 좁힐 수 있지만 둘 사이의 세월은 영원히 단축할 수 없으리라 느껴졌다. 그의 눈에 자신은 영원히 어린 소녀일 수밖에 없었다.

유유는 노래방에서 '용기'를 불렀다. 한 구절 또 한 구절.

"난 이 뮤직비디오 맘에 안 들어. 진짜 누가 뮤비 감독인지 궁금해. 이건 양다리 걸치라고 아예 부추기는 꼴이잖아." 원정은 눈을 부릅뜨고 그녀를 바라보았다.

유유도 샐쭉거리며 대답했다. "나도 임자 있는 몸은 싫거든."

"네가 그 형만 바라보는 거 아는데, 형은 널 여자로 생각도 안 해."

유유는 파마를 하고 싶었다. 그녀는 패션 잡지를 들고 그 안에 모델 하나를 가리키며 원정에게 물었다. "이 머리 스타일 예뻐?"

"예뻐……." 원정이 얼른 대답하고 입 모양으로만 '개뿔'을 덧붙였다. "안 빗은 머리 같아." 그가 평가했다.

"촌스럽긴!"

"더 늙어 보일걸." 원정은 악담을 했다. "갑자기 아줌마처럼 폭삭 늙어 보일걸." 그는 날아드는 유유의 주먹을 본능적으로 피했다.

한데 그녀는 오히려 실실 웃고 있었다. "내가 너랑 같니. 이 애송아."

"파마하지 마!" 원정이 호통을 쳤다. "겨울방학에 너의 부모님이 보시기라도 하면 내가 널 제대로 돌보지 않았다고 말씀하실 거야."

"누가 누굴 돌봐?" 유유는 흰자위를 드러내며 그를 흘겨보았다. 베이징으로 떠나기 전 유유와 자오원정의 어머니가 플랫폼에서 감정이 격해진 나머지 눈물을 흘리면서 죽마고우니까 서로 잘 돌봐야 한다고 일렀었다.

역시 현명한 판단이었다. 서로 물고 뜯는 사이인 두 사람은 다른 한 명이 나쁜 물이 든다면 막아설 게 뻔했다. 같이 혼나기는 죽기보다 싫을 테니 말이다.

* * *

유유는 분개하며 원정의 이마를 한 대 때려줄 생각이었다. 그런데 그가 몸을 쭉 펴며 가볍게 피하더니 유유의 손을 낚아챘다.
"괜히 힘 빼지 마. 손이 닿을 것 같아?"

언제 그가 이렇게 큰 것일까? 유유는 순간 넋을 놓고 그를 뚫어지게 쳐다보았다.

원정의 얼굴이 조금씩 붉어지더니 유유의 손을 놓았다. 자신의 손을 어디에 두어야 할지 몰라 애먼 머리만 긁적였다.

그녀가 조용히 물었다. "너랑 오빠랑 누가 더 커?"

원정은 순간 놀랐다. "비슷해. 아마 형이 나보다 2센티미터 정도 더 클걸."

* * *

유유는 알았다는 표정을 지었다. 아무래도 다음에 만나기 전에 하이힐이라도 사야겠어. 그래야 작아 보이지 않지.

"우리 엄마가 얼마 전에 아줌마를 만났는데 오빠 지금 여자친구 없다고 그랬다던데." 그녀는 여봐란듯이 원정에게 말했다. "이 거짓말쟁이야."

"유유야." 원정은 가소롭다는 표정을 지었다. "세상엔 네가 이해 못하는 일도 있단다."

유유의 사랑니가 다시 아파오기 시작했다. 원정은 차라리 뽑아버리라고 계속 그녀를 설득했다. "어차피 아플 거 잠깐 아프고 마는 게 나아. 그리고 사랑니는 아무짝에도 쓸모없잖아. 닦기도 힘들고 자칫 잘못하면 이가 썩어서 다른 치아도 망가뜨린다고."

유유는 아파서 대꾸도 하기 싫었지만 또 참지 못하고 대거리를 했다. "잇몸 뚫고 나오느라 그런 거야. 완전히 뚫고 나오면 그땐 안 아플 거야!"

"혹시 그 얘기 알아. 젊어서 사랑니를 안 뽑았는데 나이가 들어 염증이 생겼대. 그 염증이 온몸에 퍼져 결국 장기가 다 쇠약해졌다는 거야. 감염이 심한 경우 죽을 수도 있어!"

"겁주는 거야?" 유유는 반박했다. "다들 사랑니 안 뽑는데 그럼 다들 죽게? 그리고 네 아빠도 그랬어. 자신의 치아는 가능한 치료해서 사용하라고. 나중에 늙어서 임플란트하는 거보다 낫다고."

"치아가 좋은 사람들이랑 너랑 비교가 되니? '통통해 보이려고 얼굴을 때린다(자신에게 손해를 끼치면서까지 체면치레를 한다는 중국 속담—옮긴이)'는 속담이 딱 네 얘기네." 원정은 냉정하게 쏘아붙였다. "하긴 지금 넌 얼굴 때릴 필요도 없겠다. 얼굴이 꼭 빵떡처럼 부었어. 못 믿겠거든 치과에 가서 엑스레이 찍어봐. 의사 선생님이 뭐라 하시나."

유유는 단호하게 말하긴 했지만 그래도 원정의 말에 조금 걱정이 되긴 했다. 그 길로 몰래 학교 병원에 찾아가 엑스레이를 찍었다. 역시나 사랑니가 밖으로 튀어나오지 않고 잇몸 아래로 삐뚤어져 자라고 있었다. 의사는 자오 선생님과 같은 말을 했다. 잇몸을 가른 후 사랑니에 구멍을 뚫어 잡아 빼거나, 몇 개 조각으로 부순 뒤 하나하나 꺼내야 한다고 했다.

"괜찮을 거예요." 의사가 그녀를 안심시켰다. "마취할 거니까." 그가 고개를 숙이고 처방을 다 쓰고 나서 눈을 들어보니 앞에 앉아 있던 여학생은 무림의 신공이라도 썼는지 이미 사라져버리고 빈 의자만 흔들거리고 있었다.

* * *

유유는 캠퍼스 안을 무작정 걸었다. 치아는 뽑는 게 맞겠지만 그럴만한 용기가 부족했다. 숙소로 돌아오자 친구들이 이상한 눈빛을 하고 달려들었다. "유유 솔직히 말해. 요즘 연애하지?"

"어떤 남자가 널 찾아왔어. 그것도 잘생긴 남자가."

"그러게 말이야. 게다가 다정하기까지." 책상 위에 약 봉투를 가리켰다. "우린 네가 치통으로 고생하는지도 몰랐는데. 몸매 유지하느라 적게 먹는 줄로만 알았어."

수입 구강 전문 소염진통제로 직접 잇몸에 바르는 약이었다.

"말도 안 돼. 잘생기긴 개뿔. 진짜 잘생긴 남자를 못 봤구나."

그리고 다정하다고? 다정한 거랑은 영 거리가 먼데.

* * *

며칠 후 식당에서 원정을 만났다. 그는 놀랍게도 유유의 룸메이트들과 마치 오래 알고 지낸 사람들처럼 웃고 떠들고 있었다. 그러면서도 순간순간 이쪽을 살폈다. 분명 내 어릴 적 흑역사를 말하고 있겠지? 그리고 안 지 얼마나 됐다고 여자들에게 생글거리는 꼴이라니 꼭 버터를 발라놓은 거 같잖아. 유유는 생각할수록 화가 치밀었다. 주머니에서 소염제를 꺼내 입안을 마구 문질러댔다.

* * *

역시 오빠가 최고였다. 유유는 전화기에 대고 발치 과정을 작은 수술처럼 부풀려 말했다. 그러자 그가 바로 큰 병원에 가야 하는 게 아니냐며 주말에 시간이 되면 같이 가주겠다고 말했다.

어쩜 발치가 꼭 참기 힘든 고통스러운 일만은 아니구나. 유유는 심지어 그날이 얼른 오기를 기대하고 있었다.

* * *

유유는 하루를 1년 같이 목이 빠져라 기다렸지만 주말은 더디게 다가왔다. 오빠는 약속대로 학교로 유유를 데리러 왔다. 그녀는 몹시 긴장했다. 처음으로 화장을 했다. 진한 눈화장에 마스카라로 올라간 속눈썹을 거울에 비추어보니 그제야 어른이 된 듯한 느낌이 들었다. 맏언니가 말했다. "동생, 아무리 봐도 오페라 속 장제(江姐) 같네." 룸메이트 모두 형장으로 나가는 유유를 배웅하는 것처럼, 그녀가 문밖을 나서는 것을 지켜보았다.

* * *

오빠는 워싱블루 청바지에 미색 남방을 입었다. 옷이 길어서인지 그는 더 훤칠해 보였다. 대부분 직장에 다니기 시작하면서 살이 찐다는데 그는 전혀 그럴 기미가 보이지 않았다. 다만 눈썹 위로 약간의 성숙 과정이 드러나기 시작했다. 유유는 그것을 세월의 흔적이라고 불렀다.

그는 숙소 아래서 전화를 하고 있었다. 아마도 고객과 업무상 전화를 하는 모양이었다. 공손하지만 단호하고, 냉정하면서도 침착한, 소년이 아닌 진짜 남자였다. 유유는 그를 이렇게 바라보는 것이 좋았다. 그럼 반에 다른 남학생들은 모두 강단 아래 못난 감자들처럼 보였다.

* * *

"장위안." 그녀가 그의 이름을 불렀다.

그는 순간 당황했다. 고개를 들어보니 옷자락을 흩날리며, 웃음꽃을 활짝 피우고 걸어오는 유유가 보였다. 그는 부드럽게 그녀를 나무랐다.

"꼬맹아. 지금 뭐라고 불렀니? 위아래가 없네."

"이젠 나도 어린애가 아니란 말이에요. 꼬맹이라고 부르지 말아요."

"오호, 많이 컸구나. 난 그대론데." 장위안이 웃었다. "그럼 2년 후엔 나를 아예 동생이라고 부르겠네?"

유유가 입으로는 '좋다'고 말은 했지만 속마음은 그렇지 않았다. '싫어요. 난 오빠랑 똑같은 시간대에서 함께 편안하게 늙어가고 싶다고요.'

"동생이라고 하니까 말인데 원정 녀석은 왜 여태 꾸물거리는 거야?" 장위안이 계속 전화를 걸었다. "이 녀석, 얼른 안 와. 안 그러면 우리가 고기 다 먹어버리고 넌 뼈만 남겨준다."

"아······." 설마, 우리 둘만의 데이트가 아니란 말이야? 유유는 고개를 숙이고 소매에 달린 레이스만 잡아 뜯었다. 원정이 미워지기 시작했다.

그 녀석만 없어도 좋으련만.

« chapter 7 »

식당으로 가는 길, 원정이 숨을 할딱거리며 뛰어오더니 아주 대놓고 장위안과 유유 사이를 비집고 들어왔다. 게다가 팔을 장위안의 어깨에 척 하고 걸쳤다. 허물없이 행동하는 그에게 질투가 났다.

그녀는 원정의 옷자락을 잡아끌어 한쪽으로 치워버리고 싶었다. 그런데 이 녀석은 전혀 꿈쩍도 하지 않고 그녀를 돌아보며 눈을 흘겼다. "보는 눈도 많은데 서로 밀당하지 말자."

"네 땀 냄새 때문에 미치겠거든!"

"나⋯⋯." 변명을 하려는데 꽃단장한 유유의 모습이 먼저 눈에 들어왔다. 상상만큼 우스꽝스럽지는 않았다. 그는 미간을 찌푸리며 들리지 않을 정도로 낮게 탄식했다.

* * *

"농구 했어?" 장위안이 물었다. "여전히 잘하지?"

"절대 형한테 안 질걸요. 언제 시간 내서 겨뤄보실래요?"

둘은 농구에 관해 대화를 나누기 시작했다. 전술이니 NBA 선수니 유유는 전혀 알아들을 수가 없었다. 정말 이상했다. 같은 화제인데 원정이 말하면 잠이 쏟아지고, 소귀에 경 읽기처럼 전혀 들리지 않았다. 그런데 장위안이 얘기하기 시작하면 어찌나 박진감이 넘치는지. 유유는 곁눈질로 그의 잘생긴 얼굴을 주시했다. 이마에 '박식'이라고 쓰여 있었다. 다시 원정을 보니 날이 잔뜩 선 애송이 같았다.

* * *

자리에 앉아 식사한 지 얼마 안 되었는데 장위안이 백반을 한 그릇 더 주문하더니 게 눈 감추듯 먹어치웠다. 유유는 아픈 치아와 고군분투하며 깨작깨작 조금씩 먹었다. 돌아보니 장위안은 이미 계산대에서 계산하고 있었다. "오후에 바이어와 약속이 있어서. 천천히들 먹어." 그는 웃으며 유유를 쳐다보았다. "특히 넌 말이야. 지금 많이 먹어둬. 발치하고 나면 당분간 아무것도 못 먹고 죽만 먹어야 해."

"같이 가준다면서요?" 유유가 '휙' 하고 자리에서 일어났다. "왜 약속 안 지켜요."

"유유, 다 컸다며? 조금 전에 네가 그랬잖아. 이제 어린애 아니라며." 그는 간사하게 웃었다. "오호, 설마 무서워서 그래?"

"무서운 게 아니라⋯⋯." 그녀는 되레 큰소리를 치며 머리를 갸우뚱한 채 그에게 물었다. "그럼, 이번에 이 뽑고 나면 또 요정이 선물을 줄까요?"

"늙어서 이제 이갈이 안 할 거야. 나도 본 지 오래됐는걸." 장위안이 원정을 발로 걷어찼다. "어이, 말 좀 말해봐?"

* * *

남겨진 원정과 유유는 서로 마주 앉아 양지머리탕을 먹었다. 그녀가 건더기를 한 젓가락 집었는데 당근이었다. 그녀는 화가 나 당근을 다시 내동댕이쳤다.

"허허, 토끼 앞니가 없어서 이젠 당근도 안 먹는 거야?"

유유는 눈까지 빨개지도록 그를 노려보았다.

"화내지 마. 형이 요즘 진짜 바빠. 처음에 내가 물어봤을 때도, 형이⋯⋯." 원정이 무심결에 말을 흘렸다. "어서 먹자. 돌아가서 양치하고 다시 병원 가자."

유유는 꼼짝 않고 그대로 앉아 있었다.

"코흘리개."

"짠돌이."

"울보."

……

원정이 아무리 불러도 유유는 대답하지 않았다. 조금 전 장위
안에게 그때 그 이는 어디에 두었냐고 물었었다. 그는 갑자기 당
황하며 주머니를 뒤지는 시늉을 하더니 주먹을 내밀었다.

"올챙이랑 바꿨지." 손을 펴자 텅 비어 있었다. 선이 분명한 생
명선과 감정선 모두 자신과는 무관한 것들이었다.

* * *

어디에 둔 거지? 강가 모래 속에? 무성한 수풀 속에? 아니면 강
물에 흘려보냈나? 처음으로 느꼈던 순수한 감정, 마치 풋사과처
럼 시큼하면서도 상큼한 사랑 역시 이렇게 큰 바다로 흘러가버리
고 나면 다시 돌아오지 않겠지.

유유는 정말 눈물을 흘리기 시작했다. 원정이 아무리 달래도
소용이 없었다. 옆자리 손님들이 호기심 어린 눈으로 쳐다보자 그
녀는 얼굴을 가렸다. 손가락 틈 사이로 눈물이 흘러내렸다. "치통
이 너무 심해. 너무 아파."

* * *

치과는 학교에서 좀 떨어진 곳에 있었다. 버스를 기다리는데 유유가 슬슬 도망갈 궁리를 하고 있었다. 그녀가 막 내빼려고 하자 원정이 손을 뒤로 뻗어 그녀의 손목을 잡았다. "도망 못 가."

"안 가. 가고 싶지 않아."

"안 돼. 꼭 가야 해."

"안 가. 안 간다면 안 가는 줄 알아."

"뭐야. 간다고 할 땐 언제고 이제 와 딴소리야?" 원정이 그녀의 이마에 꿀밤을 때렸다. "나한테 맞고 이가 다 빠져버리면 치과 갈 일도 없겠네. 못난이."

"못난이라니?" 유유는 고개를 뻣뻣이 쳐들었다.

* * *

"꼭 질질 짜는 청상과부 같네."

"너랑 무슨 상관이야?"

* * *

둘은 어렸을 때처럼 약속이나 한 듯 눈싸움을 벌였다.

* * *

"네가 오빠 부른 거지?" 유유는 광고판에 기대어 고개를 푹 숙였다. "오빠는 내가 죽든 살든 전혀 관심이 없었던 거야."

426

"또 그렇게 심각할 건 뭐야. 이 하나 가지고." 원정은 입을 삐죽 거렸다. "어쨌든 형이 나서지 않았으면 발치하러 병원 한번 가는 게 무슨 도살장에 끌려가는 것 같았을 거 아냐."

"옛날이야기로 달래주지도 않았잖아."

"그건 네가 이젠 컸으니까."

"응?"

"그런 얘기는 애들이나……" 원정은 보기 드물게 엄숙해졌다. "자기가 아껴주고 싶은 사람한테나 하는 거지. 물론 형 여자친구 가 유학을 갔지만 형은 돌아오기를 줄곧 기다리고 있었어. 지난번 에 선배들이랑 농구 시합하는데 다들 그렇게 말하더라."

* * *

"그 여자가 부러워." 유유는 울기 시작했다. 왼손으로 눈물을 훔 치자 축축하고 차가운 촉감이 손등으로 번졌다. 하지만 여전히 원 정이 잡은 오른손이 너무나 따뜻해서 차마 뿌리칠 수가 없었다.

<hr>

« chapter 8 »

치과 안은 인산인해를 이루고 있었다. 문을 열고 들어서자마자 접수처에 걸린 알림판에 이렇게 쓰여 있었다. '금일 접수는 끝났 습니다. 예약하지 않으신 분들은 다음에 다시 방문해주시길 바랍 니다.'

유유가 돌아서려고 하는데 원정이 주머니에서 접수 표를 꺼내며 담담하게 말했다. "오전에 내가 미리 왔었어."

앞에 기다리는 사람이 십여 명 정도는 더 있었다. 원정과 유유
는 복도 쪽 플라스틱 의자에 나란히 앉아 서로 아무 말도 하지 않
았다. 익숙한 소독약 냄새와 이를 뚫는 윙윙거리는 소리, 유년 시
절 치과에 대한 나쁜 기억이 다시 유유의 마음을 흔들었다.

"사랑니는 정말 쓸모없는 걸까?" 유유가 겁에 질려 묻고는 다
시 자조하듯 웃었다. "그렇겠지. 더구나 내 건 삐뚤게 자라고 있으
니까."

"아니, 쓸모 있어." 원정은 단호하게 대답했다. "발치하면 물론
아프긴 하겠지만 그건 네가 성장했다는 걸 증명해주는 거잖아. 그
리고 자기 신체의 일부가 이렇게 사라져버리지만, 그래서 네 삶도
완벽해진다는 걸 깨달을 수도 있지."

* * *

자신의 일부가 이렇게 떨어져나간다.

마치 아무 일도 없었고, 앞으로도 아무 일도 없을, 시시하게 끝
나버린 짝사랑처럼.

* * *

그의 얼굴은 엄숙했다. 순간 유유가 여태 본 적 없는, 어쩌면 지
금까지 눈치채지 못했던 수많은 표정이 얼굴에 드러났다. 오전에
병원과 학교 사이를 왔다 갔다 하느라 지쳤던지 다리를 길게 앞으

로 뻗고 고개를 숙인 채 눈꺼풀을 살짝 내리고 있었다. 짙은 그의 속눈썹에는 아직 소년의 티가 남아 있었지만 굳게 다문 입술과 곧은 콧날 모두 이 소년이 얼마나 혈기 왕성하게 성장하고 있는지를 올곧게 보여주고 있었다.

과묵한 그, 자신과 다투지 않는 그의 얼굴은 익숙하지만 낯설었다.

* * *

마취약이 들어가니 입속 절반의 감각이 사라졌다. 하지만 차가운 기구가 이를 가르자 온몸의 뼈들이 다 흔들리는 느낌이었다.

유유는 유닛 체어에 손잡이를 꼭 잡았다. 성장은 피할 수 없는 고통처럼 용기 내 부딪쳐야만 한다. 그녀는 어려서 발치하던 때가 생각났다. 치과 전용 유닛 체어에 앉아 눈물 콧물 흘리며 울고 있는데 원정이 구경을 하러 왔다. 원정은 유유에게 붙들려 사정없이 꼬집힘을 당했는데 피하지 않고 묵묵히 참았다.

발치 후 유유의 얼굴 반쪽이 퉁퉁 부어올랐다. 집으로 돌아오는 지하철에서 사람들의 시선을 고스란히 받아야만 했다. 원정은 그녀의 옷깃을 세워주며 자신에게 바짝 붙으라고 신호를 보냈다. 그의 듬직한 등 뒤에 타조처럼 머리를 묻었다. 돌아오는 내내 그녀는 솜을 입에 물고 부정확한 발음으로 웅얼웅얼 얘기할 수밖에 없었다.

"그 오랜 짝사랑이 이렇게 맥없이 끝나버리다니. 정말 아무 쓸모없는 감정이었을까? 그렇게 오래 좋아했었는데 이렇게 포기하고 나면 삶의 일부가 왠지 미완성으로 남아버리는 건 아닐까?"

* * *

"네 사랑니처럼 불필요한 것을 뽑아버리면 염증도 사라지고 네 삶이 비로소 완벽해지는 거지. 사실 모든 사랑은 다 사랑니와 같아. 예쁘게 나는 사람들도 있는가 하면 잘못 자라나는 사람도 있지. 잘못 자라난 사랑니는 마치 시한폭탄처럼 언젠가는 화근이 되고 말아. 그러니까 과감하게 뽑아버려야 해. 그렇다고 네 인생에 결함이 생기는 건 절대 아니야. 당장은 아플지 몰라도 뽑아버리고 나면 시원하게 느껴질 거야."

유유는 지하철 창문에 비친 자신의 얼굴을 바라보았다. 깜빡거리는 사이 창문에 비친 얼굴이 빠르게 지나가버렸다. 그녀는 자신의 반질반질하게 부어오른 한쪽 얼굴이 비친 유리창을 손바닥으로 덮었다. "이의 요정은 온전한 치아만 선물로 바꿔주겠지. 근데 이 사랑니는 뽑을 때 이미 산산조각 나버려서 어쩌지."

* * *

"내가 선물 줄게. 진짜로."

유유는 웃으며 손바닥을 내밀었다.

원정은 머리를 긁적였다. "아니면 옛날이야기 하나 해줄까? 그런데 재미없을 수도 있어. 그래도 들어볼래?"

* * *

치아 요정의 마법은 유유가 열여덟 살이 되던 해에 나타나기 시작했다.

번외편. 하늘을 동경한 바다

사랑은 마치 하늘과 맞닿은 바다처럼,
그 끝을 알 수 없으니 계속해서 찾아 헤맬 수밖에
당신을 사랑하는 내 마음은 쉽게 상처받는데,
난 또 왜 이렇게 계속 마음을 주는 걸까요
전 그저 당신이 사랑하는 사람이 누군지 알고 싶어요
저 멀리 보이는 하늘가가 당신이라면 그 바다가 나이길
아무 결실도 없는 사랑을
더는 견딜 수 없어요
'하늘을 동경한 바다' by 탕성

« chapter 1 »

리징은 모든 에너지를 이미 다 가불해서 사용해버렸다. 새벽 4시 겨우 잠들어 9시에 아슬아슬하게 제약 회사에 출근했다. 같은 팀 다이애나가 로비 현관에서부터 엘리베이터까지 뛰어오며 그녀를 불렀다. 그녀는 멍하니 돌아보았다. 그녀가 자꾸 '재닛'이란 이름을 자신에게 찍어다 붙였다.

아직도 그녀는 자신의 영어 이름이 익숙하지 않았다.

　　　　　　　　　　* * *

　인턴으로 온 지 3일째 되던 날 팀 책임자인 헬렌이 담담하게 한마디 던졌다. "나중에 제약 회사 마케팅 쪽 일하면서 직접 고객을 만나려면 우선 영어 이름부터 짓는 게 좋아."

　동료들이 해준 말이 떠올랐다. 그녀가 복사하러 갔을 때 헬렌이 그녀를 찾아왔었고 그때 자신이 열어두고 간 구직 사이트를 본 것 같다고 했다. 여기서 인턴 월급을 받으면서 근무 시간에 다른 일자리를 알아보고, 그걸 또 책임자한테 들켰으니 마음이 불안할 수밖에 없었다.

　게다가 그녀는 헬렌이 싫었다. 아니, 두렵다는 게 더 맞을 것이다. 학교 다닐 때 젊은 중국인 교원들은 연구비와 학술적 명예를 얻기 위해서 무섭게 연구에만 매진하면서 수하의 대학원 조수들을 엄청 부려먹는다고 들었다. 차라리 어느 정도 덕망 있는 미국인 교수가 훨씬 친절했다.

　그러니 제약 회사도 마찬가지일 거란 생각이 들었다.

　리징의 눈에는 헬렌은 늘 깐깐하고 잘 웃지도 않는 여자였다. 그녀는 말이 많지 않았지만 영어 발음이 원어민처럼 정확했다. 사람을 압도하는 그녀의 눈빛은 실험실 실험 도구처럼 정확하고 냉철했다. 중국 여성 특유의 기질을 버리는 것도 모자라 자신의 중국 이름까지 버린 소위 여장부 스타일의 헬렌에 본능적으로 거부감이 들었다.

　왜 헬렌 앞에만 서면 자신도 모르게 주눅이 드는지 리징은 그런 자신에게 화가 났다. 자신이 정직원도 아니고 구체적인 실험 내용을 인수인계받지도 않은 상황에서 구직 사이트 좀 본 게 뭐 잘못인가? 일종의 반발 심리로 바로 다음 날 홧김에 자신의 이름을 재닛이라고 지었다.

하지만 헬렌은 오히려 웃으며 얘기했다. "괜찮네. 옆집 소녀처럼 친근해."

* * *

리징은 자기와 같은 기수의 다이애나가 헬렌에게 혼나고 있는 모습을 우연히 보게 되었다. 그날 이후부터 그녀는 매일 전전긍긍하며 자신도 무슨 꼬투리를 잡히지는 않을까 조마조마했다.

"오늘 정례 미팅 있지?" 그녀가 엘리베이터에서 하품하며 물었다. "난 죽었다. 준비도 제대로 못 했는데."

"안색이 어두워 보여. 꼭 잠에서 덜 깬 사람 같아." 다이애나가 말했다. "아까도 내가 널 한참 불렀는데. 회의 때도 이렇게 정신 나가 있다간 욕먹는다."

지난번 혼이 난 이후 그녀는 입만 열었다 하면 헬렌이 벌써 갱년기가 온 것 같다고 욕을 했다. "헬렌, 남자친구가 있을 것 같아? 분명 없을 거야. 차갑고 딱딱하고 분명 정서 불안도 있을 거야."

* * *

리징은 입을 삐죽거렸다. 누군가와 다른 사람 뒷담화를 할 기분이 아니었다. 어제 전화로 남자친구와 대판 싸웠기 때문이었다. 사실 인턴 생활이 힘들다고 투정을 부리고 싶었던 것뿐인데 남자친구는 몇 마디 위로 후, 학교 다닐 때처럼 충동적으로 행동하지 말고 착실하게 일이나 하라고 충고했다. "네 말대로 오기로 영문 이름을 지은 것부터가 유치해."

"그런 사소한 것까지 걸고 넘어가는 여자가 정말 쪼잔한 거지."

"그게 중요한 게 아니야. 네 생각이 문제지. 그러다 나중에 괜한 분란 만들 수도 있어."

리징이 변명을 늘어놓았다. 사실 요즘 둘은 말이 잘 통하지 않았다. 전화를 끊고 나니 더 답답해졌다. 남자친구는 그녀보다 미국에 먼저 왔고, 지금은 서로 다른 도시에 살았다. 그가 두 번이나 전학에 실패해 결국 이렇게 동과 서로 떨어져 살게 되었다. 이젠 거리감에도 무뎌지기 시작했고 현실에 타협하기 이르렀다. 처음 서로 죽고 못 살 것 같던, 달콤하기만 했던 사랑도 어느새 씹다 버린 사탕수수처럼 달콤함이 지나가고 나면 입에는 온통 찌꺼기만 남아버린다.

* * *

리징은 깊은 밤 잠들지 못하고 인터넷에서 대기업의 구인 정보를 검색하며 이력서를 일일이 보냈다. 창밖에 푸른등울새가 첫 여명을 깨울 때, 그녀는 그제야 얼굴을 벅벅 문질러 닦고는 침대로 엎어졌다.

오늘 프로젝트 팀의 정례 미팅을 까맣게 잊고 있었다.

* * *

실습생으로 이곳에 온 지 얼마 되지 않았지만 다른 팀 책임자가 헬렌을 못마땅해한다는 것쯤은 한눈에 알 수 있었다. 그는 명문 대학 박사후과정(포닥)을 밟고 있는데 석사 출신의 헬렌과 같은 대우를 받으려니 심기가 불편했던지 말끝마다 명령조였다.

그의 괴롭힘에도 헬렌은 머리를 끄덕이기만 할 뿐 전혀 반박하지 않았다.

강자 앞에선 약하고, 약자 앞에선 강한 사람이었구나. 리징은 입을 삐죽거렸다.

* * *

포닥은 헬렌이 중요한 매개 변수를 하나 빼먹었다면서 합성 보고서를 걸고넘어졌다. 리징은 가슴이 덜컹했다. 그 자료는 자신이 준비한 것이었다. 당시 마음이 콩밭에 가 있어서 포닥이 말한 매개변수가 실험의 원시 데이터에 들어가 있었는지 기억나질 않았다. 그녀는 헬렌이 위기의 상황에서 자신을 제물로 바치지 않을까 두려웠다.

"재닛." 역시나 헬렌이 자신의 이름을 불렀다. "이 보고서 네가 쓴 거지?" 온종일 한마디도 없던 헬렌이 볼펜으로 탁자를 톡톡 치며 물었다.

리징은 고개를 끄덕였다.

"원시 데이터랑 같이 통계 담당자한테 보내줘." 헬렌이 고개를 들더니 보고서에 있는 매개변수의 명칭을 하나하나 거론하며 설명해주었다. "네 데이터는 다른 매개변수로도 간단한 비선형 피팅이 가능해. 일반적인 통계 프로그램이 하는 회귀 분석 방법이지. 그런데 내가 생각하기에 생략해도 될 것 같은 이 데이터들이 너한테는 중요할 것 같은데. 다음엔 미리 이메일로 나한테 보여줄래. OK?"

리징은 한시름 놓았다. 그리고 더불어 그녀가 존경스러웠다. 보고서를 쓴 당사자인 자신도 기억하지 못하는 보고서 내용을 헬렌은 술술 잘도 이야기했다. 상대적으로 오히려 포닥이 더 생각이 짧은 것 같아 보였다.

*　*　*

이번 일을 계기로 리징은 헬렌을 다시 보게 되었다. 가끔 실험실의 헬렌을 보면 긴 머리를 틀어 올리고 고개를 숙인 채 현미경에 시선을 고정하고 있었다. 집중하는 그녀의 모습이 멋있어 보였다. 리징은 자신도 언젠가는 누가 뭐라 해도 휘둘리지 않는 그녀의 경지에 오를 수 있지 않을까 생각했다. 헬렌이 그녀를 보더니 이리 오라며 손짓했다. "요즘 정신이 딴 데 팔린 거 같아. 샬레 두 개에 곰팡이가 피었네. 우린 지금 페니실린 만드는 게 아니야."

리징이 혀를 쭉 빼물었다. 몰래 처리하고 새것을 가져다놓으려고 했는데 들키고 만 것이다.

"내가 계속 주시하고 있어." 그녀가 제 잘난 멋에 사는 애란 걸 헬렌도 간파한 듯했다. "일부러 트집 잡으려는 게 아니야. 난 그냥 네가 실습생이지만 난 널 정직원으로 대하고 있다는 걸 알아줬으면 해. 넌 여기 경력 쌓으러 온 거지 구경 나온 게 아니잖아."

리징이 고개를 끄덕이며, 떠나가는 헬렌의 뒷모습을 바라보았다. 백색 가운 속 그녀의 몸이 너무 앙상해 보였다. 그녀는 헬렌에게서 자신의 미래 모습을 발견한 것 같아 갑자기 비참해졌다. 남자친구도 잃고 자신도 어쩌면 이처럼 차가운 껍데기로 무장하다 보면, 다른 사람들 눈에 괴팍하고 오만한 별종으로 보일 수 있겠구나 싶었다.

* * *

그 후 1주일간 리징의 남자친구에게서 연락이 오지 않았다. 실험 중간 비는 시간에 그녀는 문 뒤 구석에 서서 전화를 걸었다. 벨이 한참이나 울렸지만 아무도 받지 않았다. 그녀는 핸드폰을 주머니에 쑤셔 넣으며 그 사람도 지금 바쁜 거라며 자신을 타일렀다. 그리고 다시 혹시 그가 이 사랑에 이미 싫증을 느끼고 있는 것은 아닐까 생각하니 어느새 눈가가 붉어졌다. 헬렌이 보고서를 들고 지나가는 것이 보이자 그녀는 얼른 복도 한쪽으로 피해 비상 분무 장치에 눈을 씻었다.

"실수로 시약이 튀었어요." 헬렌에게 둘러댔다.

"퇴근 시간이야." 헬렌도 더는 묻지 않았다. "네 차 수리 들어갔다던데……. 어디 살아? 내가 데려다줄게."

* * *

"헬렌, 상대방이 무슨 생각을 하는지 어떻게 알 수 있을까요?" 차에서 리징은 자신이 질문해놓고 얼른 변명했다. "헬렌이 모든 걸 다 꿰뚫고 있는 것 같아 보여서요."

"나도 모를 때가 많아. 근데 그때 가장 좋은 방법은 상대방에게 '왜?'라고 묻는 거야. 물론 그 질문에 답을 자신이 감당할 수 있는지가 중요하지." 그녀는 리징이 지금 무얼 묻고 있는지 잘 알고 있었지만 갑자기 말을 돌렸다. "정례 미팅만 해도 그래. 넌 네 일만 하면 되는 거야. 다른 사람의 말에 네 감정이 휘둘릴 필요 없어. 네 희로애락의 감정은 자신이 다스려야지, 다른 사람에게 휘둘리기 시작하면 쉽게 실망하기 마련이야."

그녀는 친절하게도 말하기 곤란한 감정 문제는 언급하지 않았다. 리징은 그런 그녀에게 감동했다. "감사해요." 진심에서 우러나온 말이었다. "헬렌도 서른 살로는 보이지 않아요."

"서른하나." 미소 짓는 헬렌의 얼굴은 온화했다. "사실 나도 우울한 시절이 있었어. 한때 내가 우울증이 아닌가 생각했을 정도였으니까."

"울어본 적 있나요?" 리징은 궁금했다.

헬렌은 눈을 깜박였다. "어떨 것 같아? 다른 사람 눈에는 내가 어쩌다 신경과민 증상을 보인 거라고 생각할 거야. 뭐 어쨌든 시약이 눈에 띌 확률보다 신경과민 보일 확률이 더 높아."

* * *

그녀의 입은 웃고 있었지만 눈빛은 예리했다.

리징은 절로 미소가 지어졌다. "미국에 온 지 얼마나 되셨어요?"

"8년 정도."

"영어를 너무 잘해서 대학도 미국에서 나온 줄 알았어요. 아 참. 제가 헬렌 중국어 이름도 아직 모르고 있네요."

헬렌은 잠시 머뭇거렸다. 마치 까마득한 구석에서 기억을 건져 올리기라도 하듯.

"허뤄. 사람인변에 '허(何)'에 '뤄양(중국 허난성 위치한 도시―옮긴 이)'의 뤄(洛)."

« chapter 2 »

리징을 아파트까지 데려다주고 시계를 보니 아직 시간은 충분했다. 허뤄는 슈퍼로 차를 몰았다. 그리고 이웃집 꼬마들에게 나눠줄 대용량 허쉬 초콜릿과 철제 케이스에 담긴 막대사탕을 샀다. 늦가을이 성큼 다가왔고 머지않아 곧 아이들이 좋아하는 핼러윈이었다. 그때가 되면 분장한 아이들로 순간 마을은 스몰 사이즈 선녀와 공주, 마녀, 해적, 드라큘라, 그리고 거리를 활보하는 해바라기, 꿀벌들로 가득했다. 아이들은 집집마다 돌아다니며 노크를 하고 "Trick or Treat(과자를 안 주면 장난칠 거예요)."을 외치고 다녔다.

동심이 풍부한 옆집 할머니는 못생긴 호박 쿠키를 굽고 지렁이 젤리를 준비할 거라고 얘기해주었다. 그녀는 가끔 허뤄를 끌고 함께 교회 활동에 참여했다. 모두 이 차분한 중국 여자를 좋아했다. 마을에서 가정식 요리를 서로 교류하는 활동을 하면 그녀는 늘 신선한 동양 요리를 선보였다. 허뤄는 신도는 아니었지만 성경을 읽었다. 한동안 그녀는 성경을 읽으며 마음의 안정을 찾기도 했다. 교회 사람들 모두 그녀에게 신앙을 강요하지는 않았다. 좁은 화교 사회보다 이곳이 더 자유롭고 편했다. 하지만 역시 수백 명의 호기심 어린 눈빛은 피할 수 없었다.

그녀는 자신의 생활에 관해 어떤 설명도 하고 싶지 않았다. 그저 한 그루 나무처럼 이 땅에 튼튼하게 뿌리를 내릴 수 있기를, 그리하여 성장하고, 또 흔들리지 않고 우뚝 설 수 있기를 바랐다.

* * *

중국에 돌아갈 생각을 안 해본 것도 아니었다. 하지만 어떻게? 그녀는 더는 그런 문제들을 생각하지 않기로 했다. 필요 조건에 부합하지 않으면 영원히 방정식을 풀 수 없는 법이었다.

* * *

물론 중국 사람들의 눈에는 십만 달러 정도의 연봉이라면 그럴 듯한 생활을 누리는 것처럼 보이겠지만, 연방세와 주세 등등, 그리고 방세, 관리비, 자동차 관리비, 파출부 아줌마의 시급을 제하고 나면 남는 게 거의 없었다. 거기에 부동산 계약금을 저축하고 나면 생활이 녹록치 않았다.

부모님이 미국에 그녀를 보러 오겠다고 할 때마다 그녀는 일이 바빠 부모님과 함께할 시간이 없다는 핑계로 매번 미루었다. 그리고 지금은 취업 비자이기 때문에 그린카드를 받기 전까지는 귀국하기가 어렵다는 핑계를 대기도 했다.

모두 겉보기엔 그럴듯한 이유였다.

* * *

그러면 가족도 더는 아무 말하지 않았다. 다만 때때로 인륜지대사는 어떻게 되어가는지 은근히 에둘러 물었다. 이제 곧 서른둘, 이제 더는 소녀가 아니었다.

* * *

저녁을 먹고 허뤄는 바닥에 어지럽혀진 잡지를 치우고 텔레비전 소리를 줄였다. 그녀는 욕조에 물을 가득 받고 어제 태우다 반쯤 남은 로즈메리 향초를 켰다. 그녀는 목욕하면서 팩을 했다. 지금이 하루 중 가장 편안한 시간이었다. 눈을 감자 흐릿한 촛불 아래 추억의 그림자들이 또다시 아른거렸다.

하루 중 이 시간이 자신의 감정을 억누르던 굴레에서 벗어날 수 있는 유일한 시간이었다. 그녀를 웃고 울게 할 장면들이 머릿속에 용솟음치도록 내버려두었다.

그녀는 5년 전 추수감사절을 떠올렸다. 지구 반대편에서 전해 온 장위안의 소식. 그녀에게 예쁘고 똑똑한 새 여자친구가 생겼다고 했다. 그녀는 모 대기업 총수의 영애로 집안이 상당하다고 했다. 허뤄는 호박파이를 준비하려다 리원웨이의 이메일을 봤다. 그녀는 자신이 설탕을 넣었는지 기억이 나질 않아 한 컵을 더 부었다. 느끼할 정도의 달콤함은 쓰고 떫은 눈물을 감추기에 충분했다.

* * *

한동안 그녀는 꿈에서 자주 깨곤 했다. 여전히 장위안은 푸른 잡초가 무성하게 우거진 내리막길을 따라 장거리 버스 정류장으로 걸어 내려가고 있었다. 손에 든 사진을 들여다보니 '허뤄 가든'이라는 네 글자가 아파트 정문 앞에서 반짝반짝 빛나고 있었다.

그녀의 이름을 가진 그의 보금자리는 지금쯤 새로운 여주인으로 바뀌었겠지. 어쩌면 그럴 필요가 없을지도 모르겠다. 유복한 집안의 여자가 굳이 전 여자친구의 그늘 속에 살 이유는 없을 테니까.

* * *

허뤄는 여전히 믿고 싶지 않았다. 날이 흐리던 어느 날 오후 그녀는 희뿌연 안개가 자욱한 골든게이트 브리지에 서 있었다.

"지구가 편평하다면 여기서 네가 보일까?"

편지 봉투의 뒷면에 허뤄는 이렇게 적었다. '바다 건너 이쪽 시간은 새벽 4시' 그녀는 결국 핸드폰을 꺼내 익숙한 번호를 눌렀다. 전화가 연결되자 나른한 여자의 목소리가 들렸다 "여보세요."

말끝을 길게 늘이며 말하고 있었다.

그녀의 '여보세요'는 전혀 상대방에 대한 경계도, 또 누군지 물어볼 가치도 없는 듯 보였다.

* * *

경쾌한 그 목소리가 허뤄의 가슴에 울려 퍼졌다. 마치 정교한 도자기에 열을 가한 뒤 냉장고에 넣으면 쨍그랑 하고 갈라지는 것과 같았다.

When you come to San Francisco.

(샌프란시스코에 오거든)

허뤄의 머릿속에는 사랑을 좇아 질주하던 포레스트 검프가 떠올랐다. 그녀는 힘차게 뛰어가 구름다리 옆에 서서 두 팔을 힘껏 벌렸다. 공허한 가슴에는 바다 바람만이 세차게 불어왔다.

* * *

하이즈의 시가 떠올랐다. 바다를 마주하니 따뜻한 봄, 꽃이 만개한다.

444

그때 장위안이 모는 자전거에 올라 그의 등에 머리를 기대고 있노라면 온 세상의 나무가 춤추는 듯했었다.

*　*　*

샌프란시스코의 11월, 무성하던 꽃들도 시들고 꽃 같던 시절도 흘러갔다.

허뭐는 편지로 비행기를 접어 구름다리에 서서 바다를 향해 힘껏 던졌다.

*　*　*

장위안이 미국을 떠나고 그녀는 두 달 동안 펑샤오와의 감정을 정리했다. 처음엔 싸웠고 나중에는 편안하게 서로 헤어지기로 했다. 그런데 뜻밖의 소식을 들려왔다. 넌 이미 지친 거니? 그때의 방문은 나방이 불길로 뛰어드는 심정으로 모든 걸 끝내고자 했던 것이었니?

용감하게 받아들이자고 나 자신을 설득해보기도 했다. 잘 버텨낼 것이라 착각도 했다. 하지만 사소한 일들이 떠오를 때조차 나약하게도 눈물을 주체하지 못했다. 마치 온 세상의 슬픔이 자신의 두 눈에서 흘러내리는 것처럼 그랬다.

*　*　*

그때 허뭐는 저자세를 취하며 승부수를 던졌다. 장위안이 자신에게 남은 정이 있다고 생각하고 리원웨이에게 완곡하게 말을 전해달라고 했다. 그가 돌아온다면 모든 것이 달라질 수도 있다고.

그리고 사나흘이 지나 리원웨이에게서 편지가 왔다. 그의 그녀가 얼마나 솜씨가 뛰어나고 집안이 또 얼마나 잘나가는지에 관해 쓰여 있었다. "넌 몰랐겠지만 텐다 윗분들의 권력 싸움에 그 불똥이 IT 자회사까지 튀었어. 중요한 시기에 장위안이 미국에를 갔고 돌아와 보니 완전히 붕 떠버린 거지. 그가 일군 사업이 순식간에 물거품이 되어버렸어."

허뤄는 더 보지 않아도 다음 말이 무엇인지 짐작할 수 있었다.

"나도 믿을 수가 없어. 장위안이 그런 인간이었다니. 그것도 모르고 나는 그때 그 녀석 편들었는데. 내 눈이 삔 거지."

"누구의 탓도 아니야." 허뤄가 회신을 보냈다. "내가 그 사람을 따라가지 않겠다고 한 거니까."

그런데, 정말, 정말 아무것도 기억을 못하는 거니? 아니면 일부러 잊기로 한 거니?

* * *

허뤄는 이제 더 묻고 싶은 마음도 없었다. 이미 여러 친구가 차례로 편지를 보내와 장위안의 새 여자친구 소식을 고해바쳤기 때문이었다. 일부는 어물쩍 말을 돌리기도 하고, 또 일부는 대놓고 악담을 퍼붓기도 했다. 그러면 그녀는 그저 담담하게 '이미 헤어진 지 오래야. 나랑 아무 상관없어.'라고 회신했다.

이것이 바로 이메일의 장점이었다. 문자 뒤에 숨겨진 표정을 읽을 수도, 숨겨둔 감정을 들킬 일도 없었다.

* * *

그 당시 허뤄는 제대로 먹지도 못해서 위가 텅텅 비어 있었다. 그런데도 매일 새벽이면 어김없이 화장실로 달려가 누런 위액을 토해냈다. 바다로 날려버린 종이비행기는 성 베드로 병원의 검사 결과지였다. 안에는 아무도 모르는 비밀이 기록되어 있었다.

인터넷으로 검색해보기 전까지 허뤄도 다른 사람들처럼 기독교를 신봉하는 이 나라에서 어떤 수술은 법률로 금지되어 있다고만 생각했다. 전화번호부에는 없었지만 인터넷에서는 합법 시술 의사의 연락처가 넘쳐났다. 그녀는 그중 익숙한 생활 반경에서 조금 떨어진 한 곳을 찾았다. 그곳에 도착하니 진료소 책임자가 웃으며 말했다. "여기 찾기 쉽죠? 낙태 반대한다며 한밤중에 시위 글 남기고 가는 사람도 있어요."

진료소로 들어가기 전 보았던 페인트도 채 마르지 않은 삐뚤빼뚤하게 쓰인 글자들이 떠올랐다. '생명을 죽이는 악마'

* * *

여기서 악마는 누구일까? 나일까? 아니면 여자를 이용해 다시 날아오르기 시작한 그일까?

* * *

허뭐는 마스크팩을 떼고 무릎을 잔뜩 구부린 채 욕조 안으로 쏙 들어갔다. 따뜻한 물이 자신을 집어삼키도록. 책상도 서랍장도 하나 없는 침실 바닥에 매트리스를 직접 깔았다. 허뭐는 그 위에 쿠션을 뒤에 받치고 다리를 쭉 펴고 앉아 그 위에 모포 담요를 덮었다. 블랙커피를 연거푸 두 잔 마셨다. 베개 밑에 있던 법률과 경영학 교재를 들고 번갈아가며 보았다. 지금 하는 일이 적성에 안 맞는 건 아니었지만 연구직은 많은 시간을 실험실에서 보내야 했다. 진짜 바빠질 때는 일주일에 10시간도 제대로 쉬지 못할 때가 많았다. 허뭐는 힘든 일을 마다하는 사람이 아니었다. 다만 시간이 문제였다. 고용하는 시간제 도우미마다 족족 그만두면서, 역시 마음이 놓이질 않았다. 매일 저녁 꼭 집으로 돌아와야만 안심이 되었다.

* * *

그녀는 인근 대학에서 마케팅을 공부했다. 나중에 헬스 컨설팅이나 제약 회사 영업 대행으로 업종을 바꿀 생각이었다. 하지만 잡무가 많아 그간 석사 학점을 다 이수하지 못했다. 그러나 이 역시 가장 힘든 일은 아니었다. 가장 힘든 시기는 이미 지나갔다고 그녀는 자신을 타일렀다. 당시 그녀는 박사 과정을 그만두고 OPT를 받아 1년 동안 인턴을 할 수 있었다. 하지만 미국 동부로 옮긴 지 얼마 되지 않아서 어쩔 수 없이 인턴을 그만두어야만 했다. 이

후 합법적인 신분이 살아있을 때 자신을 받아줄 고용주를 어떻게든 찾아야 했다. 그래서 여기저기 이력서를 넣었다. 동시에 생계를 유지하기 위해 중국인이 운영하는 회사에서 자료 번역 업무도 했다. 하지만 이 또한 불법 취업이어서 사장은 임금을 마구 후려쳤다. 한번 앉아 일을 하다 보면 야밤이 되도록 일을 해야 했고 이 때문에 몸이 많이 상했다. 그때는 이미 음력 2월이었지만 야심한 밤이면 한기가 여전히 발끝에서부터 몰려왔다. 아직도 날이 조금만 서늘해지면 무릎이 시려와 모포로 둘둘 감아야만 다리에 쥐가 나지 않았다.

* * *

따뜻했던 커피도 차가워졌고, 난해한 교재도 그림 동화책으로 바뀌었다. 못난이 오리는 동면에 들어갔고, 신데렐라는 아직 유리 구두를 찾지 못했으며, 잠자는 숲속의 공주는 성곽 깊은 곳에서 왕자가 구해주기를 기다리고 있다. 만약 눈부시게 찬란한 결말 없이 이야기가 중간에 끝나버린다면 대부분의 동화는 영락없는 비극이 되고 말 거다.

허뤄는 자신의 미래에도 행복이라는 두 글자가 있기는 한 걸까 궁금했다.

« chapter 3 »

인턴 기간이 계속될수록 리징은 허뤄가 친절하고 귀여운 여자라는 생각이 들었다. 물론 그녀는 여전했다. 다이애나의 말처럼 사소한 트집까지 잡아냈다. 하지만 인턴을 조금이라도 무시하거나 비난하지 않았다. 리징은 그녀의 친절한 미소와 예리한 눈빛을 본 적이 있으므로, 그녀의 바위처럼 단단한 겉모습 뒤에 따뜻하고 부드러운 본성이 숨겨져 있다는 것을 믿게 되었다.

어느 날 점심을 먹는데 다이애나가 식판을 들고 와 허뤄가 인정머리가 없다며 계속 욕을 했다. 리징은 참지 못하고 반박했다. "허뤄만 욕할 거 없어. 너 벌써 보고서 형식만 세 번 틀렸잖아."

다이애나가 깜짝 놀라 어제의 맹우를 바라보았다. "헬렌이 너한테 뭔 약이라도 먹인 거야?"

"헬렌의 학력으로 지금의 이 자리까지 올랐다는 건 쉽지 않은 일이야. 분명 학문적으로도 뛰어나기 때문일 거야."

"하, 정말 그렇게 생각해?" 다이애나가 입을 삐죽거렸다. "좀 봐. 저녁에는 실험 안 하려고 미룰 수 있는 건 다 남한테 미루잖아. 어떻게 이 자리까지 왔는지 알게 뭐야?" 그녀는 소곤소곤 이야기했다. "너 그거 알아? 내 대학교 선배가 헬렌 미국 대학 후배였대. 선배가 그러는데 그때 미국에 남자친구가 있었는데 중국에 옛날 남자친구와도 계속 양다리를 걸쳤다더라. 미국에 있던 남자친구도 꽤 잘나가는 남자였는데 더는 견디기 힘들었는지 헬렌한테 헤어지자고 했대. 아마 그래서 학교에 안 남고 캘리포니아에서 미국 동부로 취업해온 걸 거야." 그녀는 아예 못을 박아 얘기했다. "그렇게 정숙하지 못한 여자가 어떻게 이 자리까지 왔는지 알 게 뭐야?"

리징은 이런 악의적인 추측이 귀에 거슬렸고 식탁 아래 그녀의 발을 걸어찼다. "먹기나 해. 아무리 네 미움을 샀어도 인신공격은 하는 게 아냐."

다이애나는 의심스러운 눈빛으로 그녀를 쳐다보았다. 그리고 그날 이후 그녀와 함께 식사하지 않았다. 리징은 원래 교우 관계가 좋은 편이 아니었고 더군다나 이곳에는 친구도 별로 없었다. 이제 다이애나마저도 멀어졌으니 가슴에 쌓인 이 고민을 어디 털어놓을 곳이 없었다.

* * *

리징은 주말에 쇼핑몰에 가서 반나절을 돌며 시나몬 롤을 샀다. 그러나 여전히 가슴이 텅 빈 것 같아 하겐다즈 아이스크림콘을 사러 갔다. 계산대로 가 막 주문을 하려는데 누군가 자신의 이름을 불렀다. 허뤄였다. 허뤄는 리징과 간단한 안부 인사를 나눈 뒤 아이스크림 세 개를 시켰다. 기다리는 동안 그녀는 리징의 손에 들린 디저트 상자를 보며 미소 지었다. "평소 많이 안 먹는 것 같던데. 업무 시간 동안은 몸매 관리한 거였어?"

리징은 계면쩍은 듯 호호 웃었다. "사실 체중 조절해야 하는데, 단 걸 먹으면 기분이 좋아져서요."

"응, 나도 그런데." 허뤄는 고개를 끄덕였다. "아 참. 요즘 잘하고 있어. 좀 한가해지면 편안하게 다른 일 처리해도 좋아." 그녀는 아이스크림 세 개를 받아 든 채 이야기했다. 표정은 담담했지만 왠지 인간미가 풍겼다.

리징은 고개를 끄덕이며 의아한 눈빛으로 그녀 손에 든 아이스 크림을 쳐다보았다. "이렇게나 많이 드세요?"

"아, 갑자기 친구가 들이닥쳐서. 오래간만에 만나는 거라 이렇게 나왔지." 허뤄가 웃었다. "얼른 가야겠다. 이러다 녹겠어."

리징은 헬렌이 햇살 쏟아지는 중앙 홀로 걸어갈 때까지 눈으로 배웅했다. 그리고 여자의 목소리가 들렸다. "뭐, 허뤄. 우리 여기 있어~." 부드러운 음색에 호소력이 짙었다. 시끄러운 인파 속에서도 여자의 목소리는 귀에 꽂혔다. 멀리 쳐다보니 허뤄와 비슷한 연령대에 허리까지 내려오는 장발의 여성은 네다섯 살가량의 남자아이의 손을 잡고 있었다. 조로 분장을 한 남자아이는 검은 망토와 가면을 쓰고 손에 보검을 들고 있었다. 그들을 향해 걸어가는 허뤄는 편안한 미소를 짓고 있었다. 리징은 한 번도 본 적 없는 헬렌의 따뜻한 미소였다.

그녀는 남자아이의 검을 받은 후 아이스크림을 건넸다. 그리고 헬렌과 무슨 말을 하는지 수시로 어깨를 부딪치며 깔깔깔 웃었다. 그녀에게도 친구가 있었구나. 리징은 한때 감상에 젖어, 남자친구와 헤어지고 허뤄처럼 사는 것도 나쁘지는 않겠다고 생각한 적이 있었다. 하지만 오늘 반짝반짝 빛나는 또 다른 허뤄를 보고 나니 평범한 일상에 대한 갈망이 일기 시작했다. 더는 오기를 부리지 않기로 하고 전화를 꺼내 들었다. 그녀는 저도 모르게 웃음이 나왔다. 조금 전 입안 가득 당을 보충했는데 어찌 사랑하는 애인에게 달콤한 말 대신 독한 말이 나올 수 있겠는가?

* * *

텐샹을 배웅하고 나니 이미 저녁 10시가 넘었다. 텐샹은 인근 마을 중국인 교회 성가대 교육을 부탁받았다고 했다. 허뤄가 자고 가라고 만류하니 텐샹도 심각하게 갈등하는 듯싶었다. "뭐라고 해야 하나? 나도 좀 더 머물면서 널 심문하고 싶은 생각이 굴뚝같아. 지난번에 날 보러왔다가 이메일만 달랑 남겨놓고 떠났잖아. 오늘 성가대에서 널 아는 동료를 만나지 않았으면 네가 바로 내 눈 밑에 이렇게 숨어 있는지 상상도 못했을걸." 그녀는 사악한 미소를 지었다. "이젠 공통 관심사가 하나 늘었네. 그리고 우리 집 꼬마 상전이 떼를 부려서 매일 내가 옛날이야기를 해줘야만 잠이 들거든. 너도 이젠 내 고충을 좀 알겠지? 내일 다시 보러올게."

아래층까지 배웅하고 돌아오니 엄마에게 전화가 와 있었다. 순간 가슴이 철렁했다. 대개의 경우 자신이 먼저 집으로 전화를 걸었다. 그런데 처음으로 부모님이 먼저 전화를 걸어온 것이다.

"거기 왜 이렇게 시끄럽니?" 엄마가 물었다. "손님이 많은 것 같네."

"어, 친구들이 찾아와서 함께 요리 얘기하고 있었어."

"그럼 아까 전화받은 꼬마는? 완전 아기 티가 나던데, 엄마는 나갔다고 하더라."

"옆집 꼬마야. 아직 어려서 아무나 엄마라고 불러."

"다른 집 애들 좀 봐라……." 허뤄 엄마는 말을 하다 말았다. 기운 없는 목소리였다. 그녀는 전혀 나아진 게 없는 딸을 나무랄 기분이 아니었다. "어휴, 그 얘긴 그만하자. 지금 몰래 전화하는 거야. 네 아빠가 입원하셨는데 너한테는 말하지 말라고 해서."

"아빠가 왜요?" 허뤄가 서둘러 물었다.

"아휴, 무슨 가을걷이를 하겠다고 베란다에서 배추를 나르다가 허리를 삐끗했지 뭐냐."

"심해요?" 허뤄가 미간을 찌푸렸다. "요즘 없는 채소가 어디 있다고? 바로바로 구해서 먹을 수 있는데. 노인네가 돈은 모았다 어디에 쓰려고 그러는지?"

"너 먹여 살리려고 그러지!" 엄마가 웃었다. "우리를 위해서라도 얼른 한 놈 데려와. 그래야 네 아빠도 한시름 놓지."

* * *

허뤄는 다시 아버지의 병세를 물었다. 별일 아니라는 대답은 들었지만 여전히 마음이 놓이지 않았다. 톈상이 자신을 보고 깜짝 놀라 입을 다물지 못하고 소리를 지르던 장면이 떠올랐다. 이 세상에 비밀은 없었다. 이젠 어쩌면 정말 집으로 돌아가봐야 할 때가 온 것인지도 몰랐다.

이제 더는 손바닥으로 하늘을 가릴 수는 없었다.

그녀는 텔레비전을 껐다. 몸을 피하며, 이리저리 흔들리며 날아드는 플라스틱 검을 잡고는 심각한 표정을 지었다.

"알렉스, 내가 뭐라고 했지? 전화받지 말고, 텔레비전 크게 틀지 말라고 했지?"

"Why, mommy(왜요, 엄마)?" 소년은 조로 안대를 풀며 물었다.

"It's a rule(그게 규칙이니까)." 허뤄는 그의 머리를 톡톡 때렸다.

"이모도 그랬어요. 이젠 나도 다 큰 형이라고." 소년은 검을 다시 집어넣으며 톈샹의 말투를 따라했다. "나도 이모가 좋아요. 마미, 핼러윈에 조로 분장해도 돼요?"

허뤄는 고개를 끄덕이며 무릎을 꿇고 앉았다. 작디작은 알렉스를 품에 안고 소년의 부드러운 머리카락에 키스했다. "말 잘 들으면 크리스마스에 외가댁에 데려갈게. 좋지? 다들 널 좋아하실 거야."

알렉스는 그녀의 품에서 정중하게 두 손을 모았다. "그럼 아빠 보러 가는 거야? 아빠도 중국에 계시다고 했잖아."

* * *

허뤄는 뭐라 대답해야 좋을지 몰라 '응응' 대충 얼버무리며 말했다. "톈샹 이모가 준 장난감 정리하고 어서 잘 준비나 하자."

"싫어. 좀 더 놀고!" 알렉스는 장난감 검을 높이 쳐들고 방을 한 바퀴 돌았다. 허뤄는 고개를 절레절레 저으며 우유 반 컵을 데웠다. 알렉스가 뛰어오더니 잔을 받아 들고 벌컥벌컥 단숨에 다 마셔버렸다. "마미, 우리 아빠 보러 가는 거냐고?"

허뤄는 고집스럽게 물어보는 아들의 작은 얼굴을 쓰다듬으며 아무 대답도 하지 않았다. 그건 자신도 아직 답을 내리지 않은 문제였기 때문이었다.

"쏘리……." 알렉스가 중얼거리듯 말했다. "맘 아프게 해서 미안해요."

"응?"

"엄마도 아빠를 너무 사랑하지만 아빠가 옆에 없는 거잖아."

"누가 그래?" 어른스럽게 말하는 아들을 보며 허뤄는 깜짝 놀랐다.

"TV에서. 엄마가 꼬마한테 그랬어. 엄마가 아빠를 너무 사랑해서 네가 있는 거라고."

* * *

온종일 뛰어논 탓에, 허뤄가 동화책을 반도 채 읽기 전에 알렉스는 스르르 잠에 빠져들었다. 알렉스는 그녀의 무릎에 엎드려 입을 살짝 벌린 채 잠들어 있었다. 짙은 속눈썹이 자연스럽게 올라갔다. 허뤄는 아들을 안아 옆에 뉜 후 이불을 덮어주었다. 알렉스는 본능적으로 엄마의 품속으로 파고들며 고양이처럼 몸을 웅크리더니 고사리 같은 손으로 그녀의 옷자락을 잡았다. 허뤄는 고개를 숙여 부드러운 아들의 뺨에 키스했다. 그 순간 그녀의 마음에는 무한한 사랑과 애정이 솟구쳤다. 그녀는 마치 다음 순간 아들이 사라져버리기라도 할 것처럼 두 팔로 알렉스를 꼭 끌어안았다.

당시 허뤄는 이미 다음 날 수술을 받기로 의사와 약속하고 진료소를 나왔다. 그리고 차에 기독교 단체에서 꽂아놓은 전단을 보았다. 전단에는 아직 태어나지도 않은 천사들을 모체에서 얼마나 다양하고 잔인한 방법으로 떼어내는지가 적혀 있었다. 수많은 생쥐 실험을 해왔던 허뤄이기에 그 해부학 용어들이 전혀 낯설지 않았다. 자신의 몸속에서 팔딱팔딱 뛰고 있는 작은 심장이 천 갈래 만 갈래로 찢어져 흔적 없이 사라지는 상상을 하니 허뤄의 심장도 옥죄어왔다. 전단은 집어던져 버렸지만 머릿속에 끝없이 떠오르는 혈흔이 낭자한 장면만은 떨쳐버릴 수가 없었다.

* * *

허뤄는 그때 당시 생각으로는 평생 가장 바보 같은 결정을 내렸다. 아이를 지키기로 한 것이다.

가장 근본적인 이유는 인정하고 싶지 않았지만 또 부정할 수도 없는 명백한 사실, 이 아이와 아이의 아버지를 깊게 사랑했기 때문이었다. 그것이 비록 아픔이라 할지라도, 그것도 뼈를 깎는 고통일지라도.

그 생각만으로도 그녀는 눈물이 흘렀다.

* * *

지난 세월에 관해 그녀는 톈샹에게 가능한 한 아주 간단하게 설명했다. 이야기 초반 톈샹은 그나마 입을 헤벌쭉 벌리고 '모두 아무 마음의 준비도 못했는데 언제 몰래 호박씨를 깠냐'며 허뤄를 놀리기까지 했었다. 하지만 이야기 후반부로 갈수록 눈물을 흘리며 장위안이 배은망덕하다고 욕했다. 그리고 다시 그의 근황에 관해 알고 있는지 물었다. 고등학교 때부터 줄곧 그의 머리통에 날려버리고 싶다던 마대를 들고 만 리 길을 달려가 죽여버리겠다며 욕을 했다.

허뭐가 고개를 저었다. "리윈웨이가 결혼식 날 장위안과 통화해보겠냐고 물었었어. 그때 이미 배가 많이 부른데다 인턴도 그만둔 뒤여서 그 사람하고는 한마디도 하고 싶지 않았거든."

톈샹은 분개했다. "리윈웨이도 참 그래. 나였으면 벌써 여자 등쳐 먹고 사는 녀석과 절교했을 텐데. 그런 녀석을 결혼식까지 초대해?"

"다들 사정을 모르니까. 그리고 알렉스의 존재도 그렇고." 허뭐는 담담하게 웃었다. "그간 생각이 많이 달라졌어. 이젠 다른 사람 원망 같은 건 안 해. 다른 사람들이 보기엔 내가 그때 너무 단호했고 그 사람도 참는 데 한계가 왔다가 생각할지도 몰라."

"일이 이 지경이 되었는데도 너는 여태 그 모양이구나. 다른 사람 변명이나 해주고. 설마 너와 알렉스를 봐서라도 다시 돌아와달라고 할 참이야?"

"생각 안 해봤어." 허뭐는 진심이었다. 시간도 이미 흘렀고, 상황도 달라졌으니 더는 어떤 환상도 품고 싶지 않았다. 또 다른 절망의 수렁 속으로 자신을 밀어 넣고 싶지 않아서였다. 다만 어떻게 부모님께 패를 까보여야 하나 그 고민뿐이었다. 톈샹이 다녀간 후 언젠가는 닥칠 그 일정이 좀 당겨졌을 뿐이다. 톈샹이 허뭐의 얘기를 까발리고 다닐 리 없다는 것을 알면서도 허뭐는 톈샹의 거

침없는 입을 잘 알았다. 톈샹은 실수로 얘기를 흘릴 가능성이 농후했다.

소문은 도미노와 같다. 지금 첫 번째 패가 아직 자신의 손에 있을 때 가족들에게 솔직하게 말하는 편이 나았다.

* * *

그녀는 연차에 크리스마스, 신정을 이용하면 20일 동안 중국에 다녀올 수 있었다. 알렉스는 장거리 여행 생각에 벌써 신이 나 있었다. 허뤄와 함께 차이나타운 약국에 간 알렉스는 제일 큰 서양삼 선물 세트를 들고 흥분해서 소리쳤다. "이건 외할머니, 외할아버지 선물할 거예요." 사장님도 하하 크게 웃으며 곱상하고 똘똘하게 생긴 꼬마 손님에게 20퍼센트나 할인해주었다.

알렉스는 늘 사람들의 귀여움을 받았다. 허뤄는 우선 친구에게 부탁해 알렉스를 데리고 먼저 자신의 부모님을 찾아뵙게 할 생각이었다. 두 노인이 아이가 귀여워 어쩔 줄 몰라 할 때 자신이 나타나 자초지종을 설명할 생각이었다. 아무리 생각해도 리원웨이만큼 적합한 인물이 없었다. 그녀는 이미 고향에 일가친척 하나 없고 허뤄 부모님과도 친하니, 그녀가 겨울에 친척 집 아이를 데려와 허뤄 집에서 며칠 묵어간다 해도 전혀 이상할 것이 없었다.

* * *

베이징에 돌아가 제일 처음 할 일은 리원웨이와 연락하는 일이었다. 만날 시간과 장소를 약속하고 재차 당부했다. 이번 일정이 너무 빠듯해 단둘이만 만나려 하니 다른 사람에게는 알리지 말라고 했다. "그때 누군가를 보여줄 건데 너무 놀라면 안 돼."

"Mr. Right?" 리원웨이가 웃었다. "벌써 기대되는데."

* * *

허뤄는 아들을 데리고 식당으로 들어갔다. 종업원을 따라 구불구불 복도를 걸었다. 어린 알렉스는 벽에 걸린 인테리어 소품인 연에 관심을 보였다. 종업원이 문을 열었다. 허뤄가 잠깐 정신을 놓은 사이, 알렉스가 뒤로 돌아가 실크로 만들어진 칼새 연을 잡았다. 그 때문에 허뤄는 친구들을 반길 새가 없었다.

식당 룸에는 리원웨이 부부, 자오청제, 예즈, 선례, 장웨이루이, 익숙한 얼굴들이 앉아 있었다. 허뤄를 본 친구들은 다 함께 자리에서 일어나 소리쳤다. "서프라이즈!"

리원웨이가 변명했다. "다들 너 본 지 오래됐는데 내가 널 혼자 독점한 걸 알면 나중에 날 가만두지 않을 거 아냐."

예즈도 말을 거들었다. "내 말이. 설마 내 맘속엔 우리는 없고 리원웨이만 있는 거야?"

어떻게 자신이 없는 5년 동안 자신의 고등학교, 대학 동창들이 서로 어울려 지내고 있는 것이냐고 허뤄가 차마 묻기도 전에 꼬마 알렉스가 뒤에서 그녀의 옷을 잡아당겼다. "이 연이 좋아요."

* * *

모두 호기심 어린 눈으로 알렉스의 말을 듣고 있었다. "아줌마 가 이거 날 수도 있다는데 진짜야, 마미?"

"마미?" 모두의 눈이 휘둥그레졌다.

허뤄가 어색하게 웃었다. "서프라이즈!"

« chapter 4 »

종업원이 여러 가지 음료를 들고 와 알렉스에게 어떤 것을 먹을 지 물었다. "물이오. 감사합니다." 어린아이가 점잖게 앉아 있었다.

"여기 콜라, 주스, 땅콩 우유도 있어. 리원웨이가 하나하나 가리 키며 물었다.

알렉스는 허뤄의 눈치를 살폈다. "그래. 오늘만 특별히 마시게 해줄게." 허뤄가 그의 머리를 쓰다듬으며 리원웨이에게 설명했다. "미국 음료가 하나같이 당분이 높아서 애들 건강에 안 좋거든. 그 래서 평소에는 못 마시게 해."

예즈는 생선찜을 집어 알렉스에게 주었다. "꼬마야, 이거 먹어. 영양 만점이야."

알렉스는 고개를 저었다. "생선이랑 원수예요."

"목구멍에 가시가 걸려서 식초를 두 사발이나 먹었거든." 허뤄가 웃으며 생선 가시를 하나하나 발라주었다. "알렉스, 먹어봐. 마미가 한 것보다 더 맛있어. 그리고 예즈 이모한테 뭐라고 해야 하지?"

"고맙습니다, 이모." 알렉스가 시원시원하게 웃으며 예즈에게 손을 흔들었다.

자오청제도 헤헤 웃더니 간장 닭볶음을 집어주었다. "꼬마야, 나는 뭐라고 불러야 하지?"

"저 사람도 엄마 친구야?" 알렉스가 물었다.

자오청제가 고개를 끄덕였다.

"정말이야? 근데……." 알렉스가 눈을 굴리며 고개를 갸우뚱하더니 영어로 물었다. "But he looks much older than you(근데 엄마보다 더 늙어 보여)."

원어민 발음이긴 했지만 아직 어린아이라 말하는 속도가 느려서 모두 분명하게 알아들을 수 있었다. 모두 웃음이 터졌다.

하지만 목구멍에 걸린 가시처럼 툭 터놓고 말할 수 없는 문제 하나가 걸려 있었다. 허뤄가 말을 꺼내지 않으니 다른 사람들도 그 문제를 끄집어낼 수 없었다.

알렉스, 네 아빠는 누구니?

* * *

모두 고개를 처박고 밥만 먹었다. 허뤄를 붙잡고 이것저것 물어보는 알렉스의 앳된 목소리만이 불시에 울렸다. 1시간이 채 지나기 전, 앞 접시가 이미 서너 번 바뀌었고, 정말 배가 터질 것만 같았다. 모두 서로의 눈치만을 살폈다.

허뤄가 계산서를 빼앗아 먼저 계산을 한 뒤 리원웨이를 잡았다. "할 말 있어. 너랑 단둘이." 급선무는 어떻게 알렉스의 존재를 부모님께 말씀드리냐 하는 것이었다. 오늘 일이 어떻게 퍼져나가 그 사람의 삶에 큰 파문을 일으킬지, 그런 것은 생각할 겨를이 없었다.

　일단 중국으로 돌아왔으니 만반의 준비를 해야만 했다.

* * *

　다른 사람들은 눈치껏 자리에서 일어나며 나중에 다시 연락하자 말했다. 리원웨이는 자오칭제를 잡았다. "넌 남자잖아. 어딜 내 빼려고!"

　"네 남편도 있잖아?" 자오칭제가 창펑을 가리켰다. "내 남편이 의지가 될 거야." 그리고 도망치듯 뛰어나갔다.

　창펑이 아내의 손바닥을 탁탁 쳤다. "난 아래 찻집에서 기다리고 있을게."

　허뤄, 리원웨이, 그리고 식당에서 선물로 준 작은 연을 들고 신나게 뛰어노는 남자아이만이 남겨졌다.

* * *

　허뤄는 알렉스를 품에 안았다. "알렉스, 너 올해 몇 살인지 이모한테 말해봐."

　"네 살 반."

　"태어날 때 600그램도 안 됐어. 조산이었거든."

　"애 아빠…… 우리가 아는 사람이야?"

허뭐가 고개를 끄덕였다.

"개는 잊어. 장위안은……." 리윈웨이가 고개를 숙였다. "장위안도 나름 고충이 있었다는 걸 알아줘. 그때 회사가……."

"이번에 돌아온 건 그 사람을 만나 뭘 보상받으러 온 게 아니야." 허뭐는 자신의 뺨을 알렉스의 이마에 가져다 대었다. "얜 내 애야. 아무에게도 주지 않아."

* * *

"그럼 알렉스한테는 뭐라고 할래?"

"죽었다고."

"어떻게 그렇게 말할 수 있어." 리윈웨이가 소리쳤다.

"가장 간단한 방법이야. 그래야 아이도 아빠가 어디 계시냐고 계속 묻지 않을 테니까."

"우리 아빠 얘기예요?" 알렉스가 물었다. "엄마가 그러는데 아빠는 똑똑하고 능력 있는 사람이고, 엄마와 절 무척 사랑한다고 하셨어요. 물론 아빠는 안 계시지만 우린 아빠를 영원히 사랑할 거예요!"

* * *

자오청제가 노크를 하고 들어왔다. "미안해. 외투를 놓고 가서." 그는 들어오다 마침 알렉스가 하는 말을 듣고는 눈이 휘둥그레지며 리윈웨이를 쳐다보았다. "어떻게 된 거야? 허뭐한테는 얘기하지 않기로 우리 약속한 거 아니었어. 근데 지금 아이까지 알게 한 거야?"

리윈웨이가 열심히 눈치를 주었다.

"저 알아요. 아빠는 하늘에 계신 거. 별나라에서 우릴 지켜보고 계시잖아요."

"무슨 얘기를 안 했는데?" 허뭐는 순간 굳어졌다. 그리고 바로 전후 인과관계를 대충 파악했다. 웃음이 얼굴에 그대로 굳어버렸다.

리윈웨이가 그녀의 손을 잡았다. "내 말 들어봐, 허뭐. 절대 흥분하지 말고." 그녀의 목소리가 멀고 아득하게 들리더니 그녀도 흐느끼기 시작했다.

* * *

"알고 보니 너희들 모두 날 속이고 있었던 거구나." 허뭐는 문득 어떤 생각이 스쳐 지나갔고 얼굴이 파랗게 질리기 시작했다. "사실 무슨 부잣집 딸 같은 건 애초에 없었던 거지?" 그녀는 몸을 숙여 알렉스를 안고 밖으로 뛰쳐나갔다. 예즈 일행 역시 복도에 서 있다가 허뭐가 뛰어나오는 것을 보고 모두 깜짝 놀랐다. 허뭐는 서슬 파란 눈으로 하나하나 쳐다보았다. "너희도 다 알았던 거지?" 그녀는 잰걸음으로 자리를 떴다. 잠시 후 정신을 차린 친구들은 모두 서로를 원망했다. "멍하니 서서 뭐 하고 있는 거야? 쫓아가야지!"

* * *

알렉스를 안은 허뤄는 빠르게 뛸 수 없었다. 아이를 내려놓고 손을 잡아끌며 뛰고 또 뛰었다. 하지만 어디로 가야 할지 알 수 없었다. 아이는 그녀의 걸음을 따르지 못하고 숨을 헐떡거리며 엄마를 불렀다. "마미, 너무 빨라 못 따라가겠어요."

허뤄는 아무것도 들리지 않았다. 귓가에는 여전히 조금 전 허뤄의 추궁에 못 이겨 자오청제가 했던 말만이 울려 퍼졌다. "알렉스가 들어오는 순간 난, 난 바로 알겠더라……. 하지만, 장위안은, 4년 전…… 위암으로……."

* * *

죽었어.
죽었어.
죽었어.

* * *

알렉스가 빙판을 밟고 미끄러지려는 것을 다행히 허뤄가 잡아 다치지는 않았다. 그녀는 아이의 몸에 묻은 눈을 털어주었다. 알렉스가 머뭇머뭇 물었다. "마미, 추워요? 계속 몸을 떨고 있어요. 제 목도리라도 드릴까요?"

허뤄는 두 무릎에 힘이 풀렸다. 더는 자신의 몸을 지탱할 수 없어 그 자리에 털썩 주저앉아 알렉스를 붙들고 펑펑 울었다. 크리스마스를 앞둔 거리에는 나무마다 반짝이는 금빛 전구들이 걸려 있었다. 징글벨의 신나는 리듬이 기나긴 거리 끝에서 끝으로 울려 퍼졌다. 이렇게 사람들이 넘쳐나는 도시에, 이처럼 광활한 천지간에 그는 없었다. 그가 죽었다.

그는 별 뒤에서 우릴 지켜보고 있었다.

* * *

리윈웨이와 예즈가 쫓아와 허뤄를 일으키려고 손을 내밀자 허뤄가 완강하게 뿌리쳤다. 둘 모두 이미 눈물을 참지 못하고 허뤄와 작은 알렉스를 끌어안고 길 한복판에서 함께 엉엉 울었다.

* * *

울퉁불퉁한 산길을 걷고 있는 듯싶었다. 녹음이 우거지고 나뭇가지 사이로 하늘 높이 흘러가는 구름을 비집고 나온 빛이 보였다. 그는 앞서 걸으며 뒤를 돌아보지 않았다. 허뤄가 숨을 헐떡거리며 쫓아가자 그가 걸음을 멈추고 얘기했다. "돌아가."

"싫어!" 허뤄가 고집스럽게 고개를 저으며 뒤에서 그를 끌어안았다. "이번에는 너랑 함께 갈 거야."

그의 손이 그녀의 손등을 감쌌다. "돌아가. 알렉스가 기다리잖아."

* * *

허뤄는 순간 깜짝 놀랐다. 햇살이 커튼을 뚫고 들어와 온 벽을 환하게 비추고 있었다. 그녀는 눈을 감고 꿈결을 되짚었다. 네 얼굴을 자세히 보지도 못했는데 이렇게 끝낼 순 없어!

다시 한번 보고 싶어.

* * *

시차 때문에 알렉스는 벌써 일어나 호텔 가운을 입고, 긴 가운을 땅에 질질 끌며 이리저리 뛰어다니고 있었다. 허뤄가 눈을 뜬 것을 확인하고 그제야 엄마에게 달려들었다. "마미, 굿모닝! 내려가서 뭐 좀 먹을래요?"

"벌써 깬 거야? 배고프지? 왜 마미 안 깨웠어?"

"배고파요." 알렉스가 고개를 끄덕였다. "그런데 어제 창펑 아저씨가 엄마 아프니까 잘 돌봐주라고 그랬어요. 엄마가 아프면 푹 자야 한다고 그랬잖아요."

* * *

예즈가 전화를 걸어 지금 호텔 로비에 와 있다고 했다. "리윈웨이는 수업이 있대. 오늘 기말고사라 자릴 비우기 힘든가 봐."

"똑같은 질문할게. 그 사람 어디 있어? 알렉스 데리고 찾아가볼 거야."

예즈는 난처했다. "잘 몰라. 나도 최근에 안 사실이라서. 리윈웨이가 선례 통해서 나한테 연락했더라고. 네가 돌아온다면서 자기 혼자 만날 자신이 없으니까 같이 가달라고."

허뤄는 '응'이라고 간단하게 대답했다. 알렉스에게 달걀 프라이와 물만두국을 주고 자신은 흰죽을 두 입 정도 먹다 말았다. 예즈가 걱정스러운 눈빛으로 허뤄를 보자 허뤄가 고개를 들고 웃었다. "괜찮아. 그동안 알렉스한테는 그렇게 말해왔기 때문에 마음의 준비가 전혀 없었던 건 아니야."

아주 날카로운 칼날에 베인 것처럼 맨 처음은 아무런 통증도 느껴지지 않았고 그저 차가운 기운만 느껴질 뿐이었다.

* * *

그녀는 알렉스를 예즈에게 맡기고 자오청제를 찾아갔다. 병원에 도착했을 때 그는 회진 중이었다. 허뤄는 병동에서 그를 기다렸다. 가는 길에 얼굴빛이 제각각인 환자와 가족들을 보게 되었다. 우울한 사람, 평온한 사람, 광분하는 사람, 낙관적인 사람……. 일부 병실은 텅 비어 있었고 안에는 자외선 등만이 세워져 있었다. 허뤄를 안내하던 간호사가 '조금 전 한 환자가 저세상으로 가서 소독하고 있는 중'이라고 설명했다.

* * *

자오청제는 허뤄가 병실을 보고 마음을 다칠까 봐 걱정하며 줄곧 이맛살을 찌푸렸다. "여기서 뭐 하는 거야?"

"그때, 너희 병원에 있었지?"

"아니야."

"하긴, 넌 심혈관과니까." 허뭐는 덤덤하게 그를 바라보았다. "그해 내가 귀국했을 때 예전에 위출혈이 있어 입원했었고 그 후 괜찮아졌다고 들었어. 그래서 장위안도 조심하는 것 같았고. 아니야?"

"맞아. 그런데 나중에 상복부에 통증이 있고 소화 불량이 계속돼서 위염이 재발했나 하고 예전처럼 위궤양 약이랑 소염제를 먹었던 거지. 몸이 야위어가고 빈혈이 생긴 후에 병원에서 진단을 받았을 때는 이미 말기였어." 자오청제는 이야기 도중 허뭐의 안색을 살폈다. "젊은 사람은 조기 발견율이 극히 낮아. 대부분 확진을 받았을 때는 이미 3기나 4기까지 발전하고 난 후지."

"그 후에는?"

"확진받고 2주 후에 수술해서 위의 3분의 2를 잘라냈어. 회복 속도도 괜찮았어. 그런데 반년 후 암세포가 림프샘 조직까지 전이됐어."

"그럼…… 아팠겠지?" 그녀는 버텼다. 입술을 깨물고 울지 않으려고 노력했다.

"진통제를 썼어. 거의 마지막에는 모르핀이랑 돌란틴을 썼고."

마약성 진통제는 거의 마지막 단계에 사용하고, 그 삶은 환각 상태와 같다는 사실을 허뭐도 잘 알고 있었다.

* * *

자오청제는 오후에 수술이 잡혀 있었다. 리원웨이는 결국 다른 사람에게 수업을 부탁하고 창핑과 함께 허뭐 마중을 나왔다. 셋은 함께 허뤄 가든으로 갔다. 날이 추워지면 장위안의 부모님이 이곳에서 잠시 머무신다고 했다. 지금은 설을 앞두고 고향에서 가족들과 함께 보내기 위해서 이 집을 리원웨이 부부에게 맡겼다고 한다.

집은 원래 배치대로였다. 탁자 위에 놓인 백조 액자는 광택이 바래고, 그 안에 둘은 10년이란 세월 저 너머에서 세상의 변화를 비웃고 있었다. 리원웨이가 들고 온 스케치북에는 그가 그린 인테리어 배치도가 들어 있었다. 허뤄는 창가로 가 카멜색의 멜턴 원형 러그 위에 앉았다. "여기선 서산이 보이겠지. 저녁 무렵이면 석양이 비추고. 여기서 함께 이야기를 나누고 책을 읽으면 정말 좋을 거야."

* * *

그녀가 무릎을 끌어안고 눈을 깜박이자 눈물이 주르륵 흘러내렸다. "그 사람이 또 뭐라고 했는지 알고 싶어. 걱정하지 마. 내가 힘들어할까 봐 걱정하지 않아도 돼. 이거 말곤 나에겐 아무것도 없잖아."

"수술 후 한동안 안정되는 듯했고, 내 결혼식에도 참석했었어. 난 되돌릴 기회가 아직 남았다고 생각하고 장위안더러 너한테 해명하라고 했지. 그런데…… 장위안이 괜찮다면서 시간이 많이 남았다면 널 보러 가겠다고 했어. 내가 지금 당장 말하면 허뤄는 분명 돌아올 거라고 했더니 웃으면서 그러면 자기가 너무 이기적인 거라고 하더라."

허뤄는 처연하게 웃었다. "그때 내가 알았더라면 그 사람도 알렉스를 볼 수 있었을지도 몰라."

리원웨이의 눈가도 붉어졌다. "누가 알았나. 어쩌면 아무 근심 없이 떠난 게 더 잘된 일인지도 몰라. 장위안은 몇 년이 더 지나고 나면 너에게도 다른 사람이 생길 거라고 생각했었어. 그럼 설사 네가 알았다고 해도……."

* * *

"알렉스 친할아버지, 할머니를 찾아뵈어야겠어. 주소랑 전화 안 바뀌었지?"

"응, 적어줄게."

허뤄가 고개를 저었다. "아직 기억해."

* * *

고향으로 돌아와 허뤄는 알렉스를 데리고 산소를 찾았다. 그녀는 꽃다발을 무덤 앞에 두고 묘비를 문질렀다. "예전에 네가 나한테 처음으로 선물한 꽃이 노란 국화였는데. 내가 너한테 선물하는 첫 꽃다발 역시 노란 국화가 될 줄 몰랐네."

평생 기억하겠다는 장위안의 말이 떠올라 눈물이 하염없이 흘러내렸다.

하지만 평생이 이렇게 황급하게 지나갈 줄 너와 나 누구도 알지 못했다.

* * *

장위안의 부모님은 설맞이 용품을 준비하러 밖으로 나왔다. 단지 앞 가판대를 지나다 우연히 불꽃놀이 폭죽을 보려고 까치발을 들고 있는 남자아이를 보았다.

"저 꼬마 정말 우리 장위안 어렸을 때랑 똑같이 생겼어요." 장위안의 어머니가 말했다.

아버지가 그녀를 잡아당겼다. "좀 멀쩡하게 생긴 애들만 보면 꼭 그러더라."

"정말 닮았다니까." 그녀는 남편을 뿌리치고 다가갔다. "꼬마야, 왜 혼자니? 엄마는?"

"저기요. 과일 사고 계세요." 꼬마가 옆으로 뛰어가 엄마의 손을 잡았다.

* * *

미국으로 돌아가는 비행기에서 스튜어디스가 알렉스를 보며 꼬마가 참 귀엽다며 칭찬했다. 그리고 아이의 옆얼굴이 정말 예쁘다고 한 사람도 있었다.

허뤄는 엷은 미소를 지었다. "네, 아빠를 닮았어요."

* * *

허뤄의 엄마는 얼마 후 미국행 비자를 받았다. 허뤄가 학위를 받기 전까지 알렉스를 돌봐주기로 했다. 하지만 양가 부모 모두 그녀가 익숙한 고국으로 돌아왔으면 하고 내심 바랐다.

비행기는 다시 날짜 변경선을 지나고 창문은 동반구의 햇살을
완벽하게 차단했다. 허뤄는 알렉스를 끌어안았다. 어딜 가든 햇살
은 영원히 그녀의 마음속에 있다는 것을 잘 알고 있었다.

모든 행복했던 청춘들에게 이 글을 바칩니다.

이 이야기는 이별에 대한 이야기이다.

적어도 내 본래 의도는 그렇다.

시간이 흘러가다보면, 한때의 아름다운 시절도 모두 부질없어지기 마련이다. 우리는 그렇게 성장을 한다. 《홀이금하》에서는 그런 감정의 변화를 이야기하고 싶었다. 시간의 강이 굽이굽이 흘러가면 사랑했던 기억을 기억 속에 남겨둘 뿐, 함께 안고 갈 수는 없다.

하지만 막상 글을 쓰려니 그 사람, 그 시절의 일들이 지금 나의 인생을 얼마나 따뜻하게 비추고 있었는지 깨닫게 되었다. 눈을 감으니 오래전 먼지 냄새를 머금은 초여름의 바람이 귓가를 스치고 지나갔다. 백양나무 가로수길을 따라 자전거를 타고 달리던 청춘의 시절들이 뇌리를 스쳤다. 포도넝쿨 아래 빛과 그림자가 반짝이고, 우리는 엷은 미소를 짓고 있다.

라일락 향이 한 계절 가득하다.

어느 저녁 무렵 교차로에서 쌍쌍이 귀가하는 아이들을 만난 적이 있었다. 흰색에 녹색이 뒤섞여 있는 운동복을 입고 소매는 반쯤 걷어 올린 채였다. 녹색불이 켜져도 여전히 길을 건널 생각이 없는지 하하 호호 즐겁게 수다만 떨고 있었다. 밤새도록 얘기해도 피곤하지 않을 얼굴들이었다. 이 아이들이 장위안이고 바로 허뭐이다. 아이들은 이내 각각 왼쪽으로, 청춘은 오른쪽으로 흩어졌다.

나는 웃는 얼굴로 그들의 행복을 빌어주었다.

감상적인 이야기는 여기서 그만 접어두기로 하자. 실은 내가 이렇게 긴 글을 쓰게 되리라곤 상상도 못했다. 원래 간신히 8만 자 정도만 써도 기록 경신이었다. 그런데 결국 나는 나의 수다 본능을 끝내 억누르지 못했다. 주저리주저리 쓰다 보니 20만 자에 육박하게 되었다. 미발표된 부분을 빼고도 이미 15만 자가 남았으니, 충분히 비약적인 발전이라 할 수 있겠다.

너무 뻔한 레퍼토리지만, 그래도 어쩔 수 없이 그동안 나를 응원해주신 많은 분께 감사를 전할까 한다. 《훌이금하》는 내가 가장 애정하는 학원물 장르이었지만 그닥 자신이 없었다. 그래서 나 혼자 좋아할지언정 끝까지 써보자는 마음뿐이었다. 그런데 여러분이 응원해주신 덕분에 그 과정이 즐거울 수 있었다. 이 이야기의 문장이나 구조가 성에 차는 건 아니지만 그래도 독자 여러분이 이 글을 통해 청춘의 추억들이 새록새록 떠올리면 좋겠다.

상상해보라. 우리 모두 단순하고 행복했던 시절이 있었다. 크든 작든 비밀 한 가지씩을 가지고 있다는 것만으로도 얼마나 행복한가?

이 글은 어린 친구들을 위해 쓰인 글이 아니다.

십 대 독자는 아마 앞부분의 청소년 시절에 관한 글에는 흥미를 보이다가 뒤로 갈수록 지지부진하다고 느낄 수도 있다.

이십 대의 독자라면 글 속의 달콤함과 아픔을 함께 이해할 수는 있을 것이다. 하지만 진정으로 이해하려면 아직 몇 년은 더 기다려야 한다.

이 글은 나와 비슷한 연령대를 위해 쓰인 글이다. 여러분이 이 글을 읽고 회심의 미소를 지으며 한때 투명했던 자신의 눈을 떠올릴 수 있기를 바란다. 그러면 그제야 이 글이 알고 보니 달콤한 독약이었구나 깨닫게 될 것이다.

달빛 아래 광음의 소리를 기록하여, 내 친구들 그리고 유수같이 흘러가는 가장 아름다운 시절에 이 글은 바친다.

이 후기를 쓸 때 나는 시속 300킬로미터를 달리는 고속철도를 타고 있었다.

여러분도 알겠지만 허뤄가 처음 대학교에 입학했을 때만 해도 장위안과 1000미터 거리에 떨어져 있었고, 제일 빠른 기차로도 열18시간이나 걸렸다. 《홀이금하》의 1쇄 홍보 문구 중에도 청춘은 빠르게 달리는 열차와 같다고 표현했었다. 하지만 뒤돌아보면 그와 그녀는 한 번도 멀어진 적 없었던 것처럼 여전히 그 자리에 있는 듯하다.

함께 길을 걸어준 친구와 여러분이 있어서 정말 행복했다.

《홀이금하》는 내 첫 장편소설로, 처음 인터넷에는 《두 도시 이야기》란 제목으로 연재됐었다. 제일 처음 무원웨이의 '두 도시 이야기' 중 '멀고 험한 길, 길옆 풍경이 아무리 아름다운들 당신의 곁에 머무는 것만 못하네'라는 가사를 모티브로 삼아 이 이야기를 썼기 때문이다. 어떤 감정, 어떤 사람, 어떤 일들은 시간이 지나도 퇴색되지 않으며, 거리가 아무리 멀어지고 더 광활한 새로운 세계를 만나게 되더라도 그 기억이 지워지지 않고 가슴 깊은 곳에 남아 있기도 한다.

이 작품을 구상할 당시 나는 주로 수필이나 기행문을 쓰는 것이 더 익숙했었다. 그래서 수만 자에 기승전결을 다 집어넣어야 한다는 것이 어렵게만 느껴졌었다. 때문에 대개 도입부만 쓰고 중간에 포기해버리는 경우가 다반사였다. 하지만 오랫동안 적립해 두었던 줄거리와 문구들이 포문을 여는 데 큰 도움을 주었고, 대개 이후 장편소설에 반영되었다. 그중 이 글 원문의 첫 구가 그러한데 역시 실제 출간된 책의 표지에도 실려 있다. '내가 사랑했던 그 소년은, 옆모습이 세상 누구보다 아름다웠다.'

한때 누군가는 그 문구를 보며 이 이야기가 미남, 미녀 이야기라고 오해한 적이 있다. 하지만 이 글을 다 읽고 나면, 이 글에서 묘사하고자 하는 사람이 단순히 '잘생김' 하나로 사람들의 이목을 끄는 남자가 아니라는 사실을 알게 될 것이다. '가장 아름다운 옆모습'은 소녀의 마음속 가장 아름답고 순결한 감정이 그의 모습에 투영되었기 때문이다.

자신이 사랑하는 사람이 세상에서 가장 아름다운 사람이기에.

이런 마음가짐 역시 대개 가장 단순한 나이에나 가능한 일이다. 때문에 '사랑했었던' 그 소년은 바로 영원히 시들지 않는 청춘의 시절을 의미한다.

인터넷에 연재를 시작하고 지금까지 이미 10년의 세월이 흘렀다. 그러던 어느 날 편집부로부터 《홀이금하》 독자가 보내온 편지를 받아보게 되었던 때, 처음 이 글을 쓸 때의 감정들이 되살아나는 듯했다. 이 이야기는 이미 나 혼자만의 것이 아니라 이미 여러분 모두의 추억과 하나가 되었으리라고 생각한다. 독자들의 편지를 읽다 보니 여러분과 더불어 그 당시의 청춘이 다시 되살아나는 듯한 기분이 들었다.

비록 너와, 나와, 그(그녀)와의 추억이 다른 시공간에 벌어졌다 하더라도, 성장의 과정을 뛰어넘는다거나 심지어 그 과정을 단축할 수는 없다. 우리는 여전히 매 시절, 매시간을 한 걸음 한 걸음 착실히 밟아가며 이상과 현실 사이에서 힘겨운 사투를 벌여야 한다.

우리는 모두 시간이라는 긴 강물에 잘 다듬어진 자갈처럼 천천히 모습이 변해간다. 그 연마의 과정에는 불안을 동반할 수밖에 없다. 때문에 근심도 걱정도 없는 소년 시절이 추억 속에서 더욱 순결하게 미화되기 마련이다. 내가 10년 전 이 이야기를 썼던 것이 얼마나 다행인지 모른다. 일부 소년, 소녀의 감성은 지금의 내가 절대 묘사할 수 없는 부분이기에 더욱 이 글이 값지게 느껴진다. 이 이야기가 나를 대신하여 집필 과정의 감정과 이상 및 인생에 대한 나의 생각들을 기록해주었기 때문에 더더욱 그러하다. 어제와 오늘을 비교하며 나의 성장 궤적을 명확하게 볼 수 있게 해준다.

시간이 한참 지난 후에 다시 읽어 보니 감회가 새롭다고 말한 독자도 있었다. 이 말이 작가에게는 얼마나 기쁨과 격려가 되는지 모른다. 어떤 이는 하권이 결말이 너무 비현실적이라고 비판하는 사람도 있었다. 현실 속에서는 두 사람의 관계가 이야기 상권의 '그만하자. 헤어지자. 잊어버리자'처럼 끝나버리는 게 보통이라고 말이다.

이 문제에 관해 나는 2006년 9월 블로그에 게재한 문장으로 우선 갈음하고자 한다. 이 문장은《홀이금하》개정판 서문에도 나온다.

잠수병이란 높은 수압 때문에 호흡을 통해 몸속으로 들어간 질소 기체가 몸 밖으로 빠져나가지 못하고 혈액 속에 녹게 되는데, 그러다 잠수한 이가 수면 위로 올라오면 이것이 기포로 변해 혈액 속을 돌아다니면서 통증을 유발하는 병이다.

깊은 바닷속 압력이 너무 강하면 마치 술에 취한 것과 같은 환각 증상이 나타나기도 하는데 이를 질소 마취라고 부른다.

당신은 얼마나 깊이 잠수할 수 있는가? 2미터, 10미터, 50미터, 100미터?

산소통이 없다면 4미터가 나의 한계이다. 더 깊은 곳은 도전할 용기가 없다.

산소통이 있다면?

난 잠수병이 두렵다.

절대 돌아보지 말자.

　이 문장을 이곳에 둔 이유는 허점이 많기 때문이다. 예를 들어 스킨 스쿠버 다이빙에는 산소통이 아니라 대부분 공기통을 사용한다. 이 글을 쓸 때는 스쿠버 다이빙을 체계적으로 배우지 않았을 때였다. 잠수했을 때 귀 통증으로 나는 스킨 스쿠버 다이빙에 맞지 않는다고 생각하고 다시 시도해볼 생각조차 하지 않았었다. 극히 정상적인 반응이었다. 나도 처음에는 비행기만 타면 귀에 통증이 생겨서 내 고막이 약하고 민감한 건 아닌가 생각했었다. 그러니 스킨 스쿠버를 배운다는 건 꿈도 꿀 수 없었다. 그러다 우연한 기회에 스킨 스쿠버 수업을 듣게 되었는데 그 후 취미가 되고 이젠 헤어 나오지 못하게 되었다. 공기통을 지고 40미터는 기본이고 공기통 없이도 숨을 참고 한 번에 10여 미터는 잠수한다. (잠수 과정에서 들이마신 공기통의 압축 공기는 주변 기압과 비슷하기 때문에 귀의 압력을 일정하게 유지할 수 있고, 깊이가 깊어진다고 해서 고막 안과 밖의 압력 차이가 크게 달라지지 않는다.)
　이번 일을 계기로 깨달은 것이 있다. 첫째, 자신이 시도해보지 않은 일은 대개 주워들은 이야기 때문에 잘못된 인식을 갖게 된다는 점. 둘째, 시도해보았다고 해도 사건의 전부를 보았다 할 수 없다는 점. 셋째, 할 수 없다고 생각했던 일들이 나중에는 가능하기도 하다는 점, 심지어 자신이 상상했던 것보다 더 잘 해낼 수도 있다는 점이다.

이것 역시 성장의 일종이다.

일부 독자 중 자신 혹은 지인이 이 이야기와 비슷한 이별과 재회를 경험했고, 현재 함께 행복하게 잘살고 있다는 소식을 전해오기도 했다.

옛사랑과 함께 행복하게 잘살고 있는 이들의 삶을 응원하고 진심으로 축복한다. 하지만 재결합하지 못하고 각자의 삶을 살고 있는 옛사랑 역시 슬퍼할 필요는 없다.

지난 10년간 '청춘'이란 두 글자에 대한 내 마음속의 정의가 계속해서 달라졌다. 세월은 덧없이 흘러간다. 하지만 성장한다는 것이 피로해지거나, 처세술에 능해지거나, 세파에 찌들어간다는 것을 의미한다고 생각하지는 않는다. 오히려 그 반대로 더 넓은 세계를 보게 되고, 차근차근 자신의 꿈을 실현해 더욱더 자신감과 용기로 무장할 수 있다고 생각한다. 청춘의 시절이란 앞길에 걸림돌이 아니라 그 안에서 탐닉할 수 있는 안식처 같은 곳이다. 이는 우리 신체와 영혼의 일부로 지나간 모든 것은 또 다른 형태로 내 삶에 투영되기 마련이다. 당신이 소유했었던, 잃어버렸던 모든 것들이 당신의 인생 여정을 더욱 다채롭고 완벽하게 만들어준다. 어제의 이야기가 오늘의 당신을 만든다.

초판 후기 중 이 이야기의 문장들을 '달콤한 독약'이라고 표현했었다. 그렇다면 이번 후기는 그와 반대로 '해독약'이 되길 바란다.

앞을 보고 앞으로 나아간다는 것은 무한한 가능성을 의미한다.

이번에도 역시 유수처럼 흘러버린 청춘에게, 그리고 이 이야기를 읽고 감동한 당신에게 이 글을 바친다.

명전우후(비 온 뒤 날이 개기 전)

2015년 7월 20일

홀이금하 ❷ ; 그해 여름

초판 1쇄 인쇄 2019년 9월 18일
초판 1쇄 발행 2019년 9월 27일

자은이 명전우후(明前雨后)
옮긴이 이지윤
펴낸이 연준혁

출판 2본부 이사 이진영
책임편집 조한나
디자인 조은덕

펴낸곳 (주)위즈덤하우스 미디어그룹 **출판등록** 2000년 5월 23일 제13-1071호
주소 경기도 고양시 일산동구 정발산로 43-20 센트럴프라자 6층
전화 031)936-4000 **팩스** 031)903-3893 **홈페이지** www.wisdomhouse.co.kr

값 15,000원
ISBN 979-11-90305-41-9 04820
      979-11-90305-42-6 (세트)

이 도서의 국립중앙도서관 출판시도서목록(CIP)은 서지정보유통지원시스템 홈페이지(http://
seoji.nl.go.kr)와 국가자료공동목록시스템(http://www.nl.go.kr/kolisnet)에서 이용하실 수 있습
니다. (CIP 제어번호: CIP2019034211)